Los hermanos Burgess

Elizabeth Strout (Portland, 1956) es una novelista norteamericana autora de *Amy e Isabelle*, *Quédate conmigo* y *Los hermanos Burgess*, así como de las exitosas sagas protagonizadas por Olive Kitteridge —*Olive Kitteridge* y *Luz de febrero*— y por Lucy Barton —*Me llamo Lucy Barton*, *Todo es posible*, *Ay, William* y *Lucy y el mar*—. *Amy e Isabelle* obtuvo el Premio Art Seidenbaum de *Los Angeles Times* y el Premio Heartland del *Chicago Tribune*; *Olive Kitteridge* ganó los premios Pulitzer, Llibreter, Bancarella y Mondello, y se convirtió en una aclamada serie de televisión, y *Ay, William* fue elegido como uno de los mejores libros del año por *The Times* y resultó finalista del Premio Booker. Además, Strout ha sido finalista del Premio PEN/Faulkner y del Premio Orange. Su novela más reciente se titula *Cuéntamelo todo* (2025). Actualmente vive entre Nueva York y Portland.

Biblioteca
ELIZABETH STROUT

Los hermanos Burgess

Traducción de
Rosa Pérez Pérez

DEBOLS!LLO

Papel certificado por el Forest Stewardship Council®

MIXTO
Papel | Apoyando la
silvicultura responsable
FSC® C117695
www.fsc.org

Penguin
Random House
Grupo Editorial

Título original: *The Burgess Boys*

Primera edición: marzo de 2025

© 2013, Elizabeth Strout
© 2025, Penguin Random House Grupo Editorial S. A. U.
Travessera de Gràcia 47-49. 08021 Barcelona
© 2013, Rosa Pérez Pérez, por la traducción, cedida por Editorial Planeta, S.A.
Diseño de la cubierta: Penguin Random House Grupo Editorial / Marta Pardina
Imagen de la cubierta: © David Arsenault. Todos los derechos reservados, 2025 / Bridgeman Images
David Arsenault, *Still There*, óleo sobre lienzo, 46x91cm, 2006

Printed in Spain – Impreso en España

ISBN: 978-84-663-7862-8
Depósito legal: B-639-2025

Impreso en Black Print CPI Ibérica
Sant Andreu de la Barca (Barcelona)

P 3 7 8 6 2 8

Para mi marido, Jim Tierney

PRÓLOGO

Mi madre y yo hablábamos a menudo de la familia Burgess. «Los hermanos Burgess», los llamaba ella. Solíamos hablar de ellos por teléfono, porque yo vivía en Nueva York y ella en Maine. Pero también lo hacíamos cuando iba a visitarla y me hospedaba en el hotel cercano. Mi madre no había estado en muchos hoteles y sentarnos en una habitación que tenía las paredes pintadas de verde y decoradas con una franja de rosas para hablar del pasado, de los que ya no estaban en Shirley Falls, de los que seguían allí, se convirtió en uno de nuestros pasatiempos favoritos.

—He estado pensando en los hermanos Burgess —dijo, y descorrió la cortina para contemplar las hayas.

Creo que los hermanos Burgess la tenían cautivada por el hecho de que los tres habían sufrido públicamente. Además, había sido su maestra de catequesis cuando eran pequeños. Prefería a los chicos. A Jim porque estaba enfadado, incluso entonces, e intentaba dominarse, en su opinión, y a Bob porque tenía buen corazón. Susan no le caía simpática.

—Ni a mí ni a nadie, que yo sepa —dijo.

—Susan era guapa de pequeña —recordé—. Con el pelo rizado y unos ojos enormes.

—Y después tuvo a ese hijo chalado.

—Una pena —me lamenté.

—Muchas cosas son una pena —afirmó.

Para entonces, ambas éramos viudas y siempre nos quedábamos calladas cuando ella hacía ese comentario. Después, una de las dos añadía cuánto nos alegraba que Bob Burgess hubiera acabado encontrando una buena esposa. La mujer, la segunda de Bob, y esperábamos que la última, era ministra de la Iglesia unitaria. A mi madre no le gustaban los unitarios; opinaba que eran ateos que no querían perderse el jolgorio de la Navidad, pero Margaret Estaver era oriunda de Maine, y eso le bastaba.

—Bob podría haberse casado con una neoyorquina después de vivir tantos años ahí. Mira lo que le pasó a Jim por casarse con esa esnob de Connecticut —dijo mi madre.

Por supuesto, habíamos hablado mucho de Jim, de cómo se había marchado de Maine después de trabajar en Homicidios para la Fiscalía, de nuestra esperanza de que se presentara a gobernador y de nuestro desconcierto cuando, de golpe, no lo hizo. Aquello nos llevó a hablar de Jim el año del juicio de Wally Packer, en el que apareció todas las noches en las noticias. Fue uno de los primeros juicios en televisarse y, un año después, O. J. Simpson eclipsaría el juicio de Packer en el recuerdo de muchas personas, pero, hasta ese momento, Jim Burgess tuvo partidarios en todo el país que se quedaron maravillados cuando consiguió la absolución para Wally Packer, el cantante soul de rostro afable con cuya melódica voz («Líbrame de esta carga, la carga de mi amor») había perdido la inocencia casi toda nuestra generación. Wally Packer, quien presuntamente había encargado el asesinato de su novia blanca. Jim consiguió que el juicio se celebrara en Hartford, donde predominaba la población negra, y su selección del jurado se calificó de brillante. Luego, desacreditó a la acusación con inexorable paciencia, incidiendo en la complejidad de los procesos que separan el pensamiento de la acción, hasta tal punto que llegaron a publicarse viñetas en revistas de alcance nacional. En una de ellas, una mujer miraba su sucio salón y se preguntaba: «Si me imagino el salón limpio, cuándo se limpiará...». Los sondeos indicaban que casi todo el país creía, como mi madre y yo, que Wally Packer era culpable. Pero Jim realizó una labor magistral y eso lo lanzó a la fama. (Algunas revistas le eligieron uno de los hombres más sexis de 1993, y ni tan siquiera mi madre, que aborrecía cualquier alusión al sexo, pensó mal de él por eso.) Al parecer, O. J. Simpson quería que Jim lo defendiera; fue una cuestión muy debatida en las cadenas de radio y televisión y, sin comentarios por parte de los Burgess, se decidió que Jim se había «dormido en los laureles». El juicio de Packer nos había dado a mi madre y a mí un tema de conversación en una época en la que no nos llevábamos bien. Pero eso ya era agua pasada. Esa vez, cuando me marché de Maine, le di un beso y le dije que la quería, y ella me dijo lo mismo.

Ya en Nueva York, la llamé una tarde desde mi piso de la planta veintiséis mientras el crepúsculo se cernía sobre la ciudad y los campos de edificios que se extendían ante mí se llenaban de luces que brillaban como luciérnagas.

—¿Te acuerdas de cuando su madre llevó a Bob al psicólogo? —le pregunté—. Los niños lo comentaban en el patio: «Bobby Burgess va a un médico para chiflados».

—Los niños son espantosos —afirmó mi madre—. Palabra de honor.

—Fue hace mucho tiempo —argüí—. Nadie iba al psicólogo en el pueblo.

—Eso ha cambiado —dijo mi madre—. La gente con la que voy a bailar tiene hijos que van al psicólogo y parece que todos tomen alguna medicación. La verdad es que ahora nadie se lo calla.

—¿Te acuerdas del padre de los Burgess? —Ya se lo había preguntado. Hacíamos eso, repetir lo que ya sabíamos.

—Sí. Me acuerdo de que era alto. Trabajaba en la fábrica. De capataz, creo. Y luego ella se quedó sola.

—Y no volvió a casarse.

—No volvió a casarse —repitió mi madre—. No sé qué posibilidades tenía entonces. Con tres hijos pequeños. Jim, Bob y Sue.

La casa de los Burgess estaba situada a casi dos kilómetros del centro del pueblo. Era pequeña, aunque casi todas las casas de esa parte de Shirley Falls eran pequeñas, o no muy grandes. Estaba pintada de amarillo y construida en una colina, con un campo en un lado que en primavera se ponía tan verde que recuerdo que, de pequeña, me habría gustado ser vaca para masticar la hierba húmeda, tan deliciosa me parecía. El terreno de los Burgess no tenía vacas, ni siquiera un huerto, sólo un sabor a campo cerca de un núcleo urbano. En verano, la señora Burgess estaba a veces en el patio delantero, pasando una manguera alrededor de un arbusto, pero, como la casa se encontraba en una colina, siempre parecía alejada y pequeña y no respondía cuando mi padre la saludaba con la mano al pasar con el coche, imagino que porque no lo veía.

La gente cree que los pueblos son un nido de chismorreos, pero, cuando yo era pequeña, rara vez oía a los adultos hablar sobre otras familias, y la situación de los Burgess se asimiló igual que las tragedias de otros lugareños, como la de la pobre Bunny Fogg, que se cayó por las escaleras del sótano y a la que no encontraron hasta pasados tres días, o la de la señora Hammond, que tuvo un tumor cerebral justo cuando sus hijos se marcharon a estudiar, o la de la loca de Annie Day, que se levantaba el vestido delante de los chicos pese a tener casi veinte años y seguir en el instituto. Éramos los niños, sobre todo los pequeños, los chismosos y crueles. Los adultos nos corregían con severidad, de modo que, si alguno susurraba en el patio que Bobby Burgess «era el que había matado a su padre» o «iba a un médico para chiflados», mandaban al infractor al despacho del director, llamaban a sus padres y no le dejaban comer nada antes del almuerzo. Aquello no sucedía a menudo.

Jim Burgess era diez años mayor que yo y me parecía tan inalcanzable como alguien famoso, y es que, en cierto modo, incluso entonces lo era; era jugador de fútbol y delegado de clase, y muy guapo, con el pelo moreno, pero también era serio. Lo recuerdo como un chico cuyos ojos no sonreían jamás. Bobby y Susan eran menores y, en momentos distintos, cuidaron de mis hermanas y de mí. Susan no nos prestaba mucha atención, aunque un día decidió que nos habíamos reído de ella y nos quitó las galletas con forma de animalitos que mi madre nos dejaba siempre que ella y mi padre salían. En señal de protesta, una de mis hermanas se encerró en el baño y Susan le gritó que llamaría a la policía. No recuerdo nada de lo que sucedió aparte de que no hubo policía y de que mi madre se sorprendió de ver que las galletas seguían ahí cuando regresó a casa. Bobby nos cuidó unas cuantas veces y siempre nos llevaba a caballito. Nosotras notábamos que íbamos agarradas a una persona amable y bondadosa por cómo volvía continuamente la cabeza y nos preguntaba: «¿Vas bien? ¿Todo bien?». En una ocasión, cuando una de mis hermanas se cayó mientras corría por el patio de casa y se desolló la rodilla, vimos que a Bobby le sabía fatal. Le lavó la herida con su gran mano. «Eres una niña muy valiente. Todo irá bien.»

Cuando nos hicimos mayores, mis hermanas se fueron a vivir Massachusetts. Pero yo me marché a Nueva York y a mis padres no les gustó: era una traición a un linaje de Nueva Inglaterra que se remontaba al siglo XVII. Mis antepasados habían sido pendencieros y habían sufrido muchas penalidades, pero jamás habían puesto un pie en el pozo negro de Nueva York, decía mi padre. Me casé con un neoyorquino, un judío sociable y rico, y eso empeoró las cosas. Mis padres no nos hicieron muchas visitas. Creo que la gran ciudad los asustaba. Creo que mi marido les parecía un extranjero y eso los asustaba, y creo que mis hijos también les asustaban; debían de parecerles descarados y consentidos, con sus cuartos desordenados y sus juguetes de plástico y, más adelante, sus aros en la nariz y su pelo azul y morado, de modo que hubo años de resentimientos entre nosotros.

Pero, cuando mi marido murió el mismo año que mi hijo menor se fue a la universidad, mi madre, que había enviudado el año anterior, viajó a Nueva York, me acarició la frente igual que hacía cuando me ponía enferma de pequeña y me dijo que sentía que hubiera perdido a un padre y a un marido en tan poco tiempo.

—¿Qué puedo hacer por ti?

Yo estaba tumbada en el sofá.

—Cuéntame alguna cosa —respondí.

Ella fue a sentarse en la silla próxima a la ventana.

—Bien, veamos. El marido de Susan Burgess la ha dejado y se ha ido a vivir a Suecia. Supongo que le tiraban las raíces, a saber. Acuérdate de que era de un pueblecito del norte de New Sweden. Antes de ir a la universidad. Susan sigue viviendo en Shirley Falls, con su hijo.

—¿Aún es guapa? —pregunté.

—Qué va.

Y así comenzó. Como figuras del juego de los hilos que conectaban a mi madre conmigo, y a mí con Shirley Falls, los chismes, recuerdos y noticias sobre las vidas de los hermanos Burgess nos sirvieron de sostén. Nos los explicábamos y los repetíamos. Volví a describir a mi madre mi encuentro con Helen Burgess, la mujer de Jim, cuando ellos vivían, como yo, en el barrio de Park Slope de Brooklyn: los Burgess se mudaron allí desde Hartford después del juicio de Packer, cuando Jim empezó a trabajar en un importante bufete de Manhattan.

Una noche, mi marido y yo nos encontramos cenando cerca de Helen y una amiga suya en un café de Park Slope y, a la salida, nos paramos junto a su mesa. Yo había tomado vino (supongo que por eso me paré) y le dije que era del mismo pueblo que Jim. Jamás olvidaré cómo se le transformó la cara. Pareció que, de pronto, le entraba miedo. Me preguntó cómo me llamaba y, cuando yo se lo dije, comentó que Jim no le había hablado nunca de mí. No, yo era más joven, argüí. Entonces se colocó bien la servilleta, sacudiéndola con suavidad, y dijo: «Hace años que no voy al pueblo. Ha sido un placer. Adiós».

Mi madre opinó que Helen podía haber sido más amable esa noche.

—Recuerda que su familia tiene dinero. Se creería mejor que alguien de Maine. —Yo había aprendido a ignorar aquella clase de comentarios. La actitud defensiva de mi madre ante su querido Maine había dejado de afectarme.

No obstante, cuando el hijo de Susan hizo lo que hizo, cuando la noticia apareció publicada en la prensa, incluso en *The New York Times*, y también en televisión, dije a mi madre por teléfono:

—Creo que voy a narrar la historia de los hermanos Burgess.

—Es una buena historia —convino ella.

—La gente dirá que no está bien escribir sobre personas a las que conozco.

Mi madre estaba cansada esa noche. Bostezó.

—Bueno, no los conoces —dijo—. Nadie conoce nunca a nadie.

LIBRO PRIMERO

1

Una ventosa tarde de octubre en el barrio de Park Slope de Brooklyn, Nueva York, Helen Farber Burgess estaba haciendo el equipaje para irse de vacaciones. Había una gran maleta azul abierta encima de la cama y la ropa que su marido había elegido la noche anterior estaba doblada en el sillón cercano. El sol bañaba la habitación cada vez que las nubes se movían y, cuando lo hacía, los pomos de latón de la cama relucían y el color azul de la maleta se intensificaba. Helen hacía viajes entre el vestidor, provisto de enormes espejos, paredes forradas de tela de crin blanca y una ventana con el marco de madera oscura, y el dormitorio, que tenía unas puertas que daban a una terraza elevada con vistas al jardín y que, en esa época del año, permanecían cerradas. Helen estaba experimentando la especie de parálisis mental que se apoderaba de ella cuando tenía que hacer el equipaje para un viaje, de modo que le alivió oír el súbito timbre del teléfono. Cuando leyó la palabra *privado*, supo que sólo podía ser una de las mujeres de los socios de su marido (eran un prestigioso bufete de abogados famosos) o su cuñado Bob, que tenía desde hacía años un número que no figuraba en la guía (pero no era, ni nunca sería, famoso).

—Me alegro de que seas tú —dijo. Sacó un colorido pañuelo del cajón de la cómoda, lo sostuvo en alto, lo dejó en la cama.

—¿Ah, sí? —Bob parecía sorprendido.

—Temía que fuera Dorothy. —Helen se acercó a la ventana y contempló el jardín. El ciruelo estaba doblado por el viento y las hojas amarillas de la dulcamara se arremolinaban en el suelo.

—¿Por qué no querías que fuera Dorothy?

—Ahora mismo me aburre —respondió Helen.

—Estás a punto de pasar una semana con ellos.

—Diez días, lo sé.

Un breve silencio y, luego, Bob dijo:

—Sí. —Empleó un tono de voz más bajo que le transmitió una comprensión total e instantánea; era su fuerte, pensó Helen, su rara capacidad para ponerse en la piel de otra persona sin apenas esfuerzo. Eso tendría que haberlo convertido en un buen marido, pero, al parecer, no lo había sido: su mujer lo había dejado hacía años.

—Ya hemos viajado con ellos —le recordó Helen—. Irá bien. Alan es encantador. Aburrido.

—Y el gerente del bufete —le recordó Bob.

—Eso también —reconoció Helen, en tono guasón—. Cuesta un poco decir: «Oh, preferiríamos hacer este viaje solos». Jim me ha comentado que su hija mayor lo está suspendiendo todo. Estudia bachillerato, y el psicoterapeuta familiar les ha sugerido que hagan una escapada. No sé qué sentido tiene hacer una escapada si un hijo lo suspende todo, pero en fin.

—Ni yo —replicó Bob, con sinceridad. Y añadió—: Helen, acaba de pasar una cosa.

Ella lo escuchó mientras doblaba un pantalón de lino.

—Vente —le interrumpió—. Iremos a cenar enfrente de casa cuando Jim vuelva.

Después de eso, Helen fue capaz de hacer el equipaje sin vacilar. Decidió llevarse el colorido pañuelo, junto con tres blusas blancas de lino, unas manoletinas negras y el collar de coral que Jim le había comprado el año anterior. Cuando se tomara un whisky sour con Dorothy en la terraza mientras esperaban a que los hombres se ducharan después del golf, Helen comentaría: «Bob es un hombre interesante». Puede que incluso mencionara el accidente y le explicara que Bob, a los cuatro años, había jugueteado con la palanca de cambios del coche y había provocado el atropello que mató a su padre; el señor Burgess había bajado por el camino de la casa para reparar el buzón y había dejado a sus tres hijos pequeños en el coche. Una verdadera desgracia. Y un tema vedado. Jim sólo lo había abordado una vez en treinta años. Pero Bob padecía ansiedad y a Helen le gustaba estar pendiente de él.

«Eres una santa», puede que dijera Dorothy mientras se recostaba, con los ojos tapados por unas enormes gafas de sol.

Helen negaría con la cabeza.

«Sólo soy una persona que necesita que la necesiten. Y ahora que los hijos se han hecho mayores...» No, no mencionaría a sus hijos. No si la hija de los Anglin lo estaba suspendiendo todo y no volvía a casa en toda la noche. ¿Cómo iban a pasar diez días juntos sin hablar de sus hijos? Se lo preguntaría a Jim.

Helen fue abajo y entró en la cocina.

—Ana —dijo a la asistenta, que estaba limpiando unos boniatos con un cepillo para verduras—. Ana, esta noche cenaremos fuera. Puedes irte a casa.

El viento estaba disgregando las nubes otoñales, espléndidas en su jaspeada oscuridad, y anchas franjas de sol bañaban los edificios de la Séptima Avenida. Allí era donde estaban los restaurantes chinos, las papelerías, las joyerías, las tiendas de comestibles con frutas, verduras e hileras de flores cortadas. Bob Burgess pasó por delante de todos aquellos establecimientos camino de la casa de su hermano.

Bob era un hombre alto de cincuenta y un años cuya mayor virtud era la simpatía. Las personas que estaban con él se sentían aceptadas, parte de su círculo íntimo. Si Bob hubiera sabido eso de sí mismo, puede que su vida hubiera sido distinta. Pero no lo sabía y, a menudo, un miedo indefinido le oprimía el corazón. También era voluble. Sus amigos reconocían que podían pasárselo muy bien con él y que luego, cuando volvían a verlo, estaba ausente. Bob sí sabía eso, porque su exmujer se lo había dicho. Pam decía que se ausentaba con el pensamiento.

—A Jim también le pasa —había argüido Bob.

—Ahora no estamos hablando de Jim.

Mientras esperaba a que cambiara el semáforo, Bob se sintió, de pronto, inmensamente agradecido con su cuñada por haber dicho: «Iremos a cenar enfrente de casa cuando Jim vuelva». Era a su hermano a quien él quería ver. Lo que había presenciado hacía un rato desde la ventana de su cuarta planta, lo que había oído en el piso de abajo, le había alterado y, cuando cruzó la calle en ese momento, cuando pasó por delante de un café grande y oscuro en cuyos sofás había gente joven hipnotizada por la pantalla de sus ordenadores portátiles, se sintió lejos de todo lo que le rodeaba. Como si no llevara media vida viviendo en Nueva York y no la quisiera como se quiere a un ser humano, como si nunca hubiera dejado los vastos prados de hierba ni nunca hubiera conocido ni deseado nada aparte de los grises cielos de Nueva Inglaterra.

—Acaba de llamar tu hermana —dijo Helen cuando abrió la puerta enrejada bajo la escalera—. Quería hablar con Jim y parecía seria. —Se volvió después de colgar el abrigo de Bob en el armario y añadió—: Lo sé. Ella es así. Pero sigo diciendo que Susan me sonrió una vez. —Se sentó en el sofá y subió las piernas, que llevaba enfundadas en unas medias negras—. Estaba intentando imitar el acento de Maine.

Bob se sentó en la mecedora. Empezó a subir y bajar las rodillas a toda velocidad.

—Nadie debería intentar imitar el acento de Maine ante una persona de Maine —continuó Helen—. No sé la razón, pero está claro que en el sur se lo toman mucho mejor. Ahí, si saludas a alguien imitando su acento, no tienes la sensación de que se ríe de ti. Bobby, estás muy nervioso. —Helen se inclinó hacia delante y bajó varias veces las manos—. No te preocupes. Puedes estar nervioso mientras estés bien. ¿Estás bien?

Durante toda su vida, la bondad había debilitado a Bob y ahora notaba la sensación en el cuerpo, una suerte de inestabilidad palpitándole en el pecho.

—Pues no —reconoció—. Pero tienes razón con lo del acento. Cuando la gente nos imita, es penoso. Lamentable.

—Lo sé —convino Helen—. Anda, dime qué ha pasado.

—Adriana y el Niño Pijo han vuelto a pelearse —explicó Bob.

—Espera —dijo Helen—. Ah, claro. La pareja que vive debajo de ti. Los que tienen ese perrillo que siempre ladra.

—Exacto.

—Sigue —dijo Helen, contenta de acordarse—. Un segundo, Bob. Tengo que explicarte lo que vi anoche en las noticias. Un minirreportaje titulado: «A los hombres de verdad les gustan los perros pequeños». Entrevistaban a varios hombres con pinta de maricas, con perdón, que llevaban en brazos unos perros diminutos vestidos con gabardinas plisadas y botas de goma y pensé: «¿Esto es una noticia? ¿Estamos en guerra con Iraq desde hace casi tres años y a esto lo llaman noticia?». Es porque no tiene hijos. La gente que viste así a sus perros. Bob, lo siento muchísimo. Sigue contando.

Helen tomó un cojín y lo acarició. Tenía las mejillas arreboladas y Bob creyó que le había dado un sofoco, de modo que se miró las manos para dejarle intimidad, sin darse cuenta de que Helen se había ruborizado por haber hablado de personas que, como Bob, no tenían hijos.

—Se pelean —continuó él—. Y cuando se pelean, el Niño Pijo, el marido, porque están casados, siempre grita lo mismo: «Coño, Adriana, me estás volviendo loco». Sin parar.

Helen negó con la cabeza.

—Imagínate vivir así. ¿Te apetece una copa? —Se levantó y fue al armario de caoba, donde vertió whisky en un vaso largo de cristal; era menuda y aún tenía una bonita figura, vestida con aquella falda negra y aquel jersey beige.

Bob se bebió la mitad del whisky de un solo trago.

—Pues oye —continuó, y vio que Helen crispaba un poco la cara. Ella no soportaba aquella expresión tan frecuente en Maine, aunque él siempre lo olvidaba, como acababa de ocurrir, agobiado por su sensación de que no iba a saber hacerlo. No iba a ser capaz de transmitir la tristeza de lo que había presenciado—. Ella ha llegado a casa —explicó—. Se han puesto a discutir y él le gritado lo mismo de siempre. Luego, ha sacado al perro. Y, mientras estaba en la calle, ella ha llamado a la policía. No lo había hecho nunca. Cuando él ha vuelto, lo han detenido. He oído que los policías le decían que su mujer decía que le había pegado. Y que le había tirado la ropa por la ventana. Y lo han detenido. Y él estaba estupefacto.

Helen había puesto cara de no saber qué decir.

—Es un hombre guapo, con un jersey de cremallera que le queda increíble, y se ha puesto a gritar: «Cariño, yo no te pego nunca. Cariño, llevamos siete años casados. ¿Qué estás haciendo? Cariño, ¡por favoooor!». Pero lo han esposado, lo han llevado al coche patrulla a plena luz del día y esta noche la pasará en el calabozo. —Bob se levantó de la mecedora despacio, se dirigió al armario de caoba y se sirvió más whisky.

—Es lamentable —dijo Helen, que estaba defraudada. Esperaba algo más dramático—. Pero él podría haberlo pensado antes de pegarle.

—No creo que le pegara. —Bob volvió a sentarse en la mecedora.

—¿Seguirán juntos? —preguntó Helen con aire distraído.

—No lo creo. —Bob se notó cansado.

—¿Qué te ha afectado más, Bobby? —preguntó Helen—. ¿Que el matrimonio fracase o la detención? —Se lo tomó como algo personal, por la expresión de su cara.

Bob se meció varias veces.

—Todo. —Chasqueó los dedos—. Ha pasado sin más. O sea, era un día normal, como cualquier otro, Helen.

Helen dejó el cojín en el respaldo del sofá y lo ahuecó.

—No sé qué tiene de normal el día que detienen a tu marido. Al volver la cabeza y mirar por las ventanas enrejadas, Bob atisbó a su hermano mayor acercándose por la acera; ver su paso rápido, su abrigo largo, su grueso maletín de piel le creó una cierta ansiedad. Oyeron girar la llave en la cerradura.

—Hola, cariño —dijo Helen—. Ha venido tu hermano.

—Ya veo. —Jim se quitó el abrigo y lo colgó en el armario del recibidor.

Bob jamás había aprendido a colgar el abrigo. «¿Qué es lo que te pasa? —solía preguntarle su mujer, Pam—. ¿Qué es, qué es, qué es?» ¿Y qué era? Bob no lo sabía. Pero, siempre que entraba en una casa, a menos que alguien le cogiera el abrigo, el acto de colgarlo le parecía innecesario y, bueno, demasiado complicado.

—Ya me voy —dijo Bob—. Tengo que acabar un escrito de fundamentación. —Bob trabajaba en el departamento de apelaciones del servicio de orientación jurídica, leyendo transcripciones de casos llevados a juicio. Siempre había una apelación que requería un escrito de fundamentación, a la espera de ser redactado.

—No seas bobo —observó Helen—. Te he dicho que iríamos a cenar enfrente de casa.

—Fuera de mi mecedora, tontaina. —Jim movió una mano en dirección a su hermano—. Me alegro de verte. Han pasado ¿qué?, ¿cuatro días?

—Para, Jim. Tu hermano ha visto cómo se llevaban a su vecino esposado esta tarde.

—¿Problemas en el colegio mayor?

—Jim, para.

—Él es así —arguyó Bob. Se cambió al sofá y Jim se sentó en la mecedora.

—Cuéntame. —Jim se cruzó de brazos. Era un hombre corpulento y musculoso y, cuando se cruzaba de brazos, una postura que adoptaba a menudo, parecía cuadrado, agresivo. Escuchó sin moverse. Después se agachó para desatarse los zapatos—. ¿Le ha tirado la ropa por la ventana? —preguntó.

—Yo no he visto nada —respondió Bob.

—Familias —dijo Jim—. El derecho penal perdería la mitad del negocio sin ellas. ¿Te das cuenta, Helen, de que podrías llamar a la policía ahora mismo y acusarme de malos tratos y yo tendría que pasar la noche en el calabozo?

—No voy a denunciarte a la policía. —Helen expresó aquello en tono informal. Se levantó y se arregló la cinturilla de la falda—. Pero si quieres cambiarte de ropa, ve. Tengo hambre.

Bob se inclinó hacia delante.

—Jimmy, me ha afectado. Ver cómo lo detenían. No sé por qué. Pero lo ha hecho.

—Madura —dijo Jim—. Por Dios, ¿qué quieres que haga yo? —Se quitó un zapato y se frotó el pie. Añadió—: Si quieres, llamaré esta noche y me aseguraré de que lo traten bien. Un pijo blanco en el calabozo.

En la habitación contigua, el teléfono sonó justo cuando Bob preguntaba:

—¿Lo harías, Jim?

—Será tu hermana —dijo Helen—. Ha llamado antes.

—Dile que no estoy en casa, Hellie. —Jim tiró el calcetín al suelo de parqué—. ¿Cuándo fue la última vez que hablaste con Susan? —preguntó a Bob.

—Hace meses —respondió él—. Te lo conté. Discutimos por los somalíes.

—Por cierto, ¿por qué hay somalíes en Maine? —preguntó Helen mientras se dirigía a la habitación contigua.

Volvió la cabeza y añadió—: ¿Quién va a ir a Shirley Falls si no lo llevan encadenado?

Bob siempre se sorprendía cuando Helen hablaba así, como si no le hiciera ninguna falta disimular su aversión por el lugar de procedencia de los hermanos. Pero Jim le gritó:

—Van encadenados. La pobreza es una cadena.

—Susan me dijo que los somalíes estaban invadiendo el pueblo —continuó Bob—. Que llegaban a montones. Me dijo que, tres años antes, sólo había unas cuantas familias y que ahora hay dos mil, que cada vez que se da la vuelta bajan cuarenta más de un autobús de línea. Yo le dije que su reacción era un poco histérica y ella replicó que a las mujeres siempre las acusan de ser unas histéricas y que, en lo referente a los somalíes, yo no sabía de qué hablaba porque hacía siglos que no iba al pueblo.

—Jim. —Helen regresó al salón—. Susan necesita hablar contigo. Está muy alterada. No he sido capaz de mentirle. Le he dicho que acababas de llegar a casa. Lo siento, cariño.

Jim le tocó el hombro al pasar.

—No te preocupes.

Helen se agachó para recoger los calcetines de Jim, y Bob pensó que, si él hubiera colgado el abrigo como hacía su hermano, Pam quizá no se hubiera enfadado tanto por sus calcetines. Después de un largo silencio, oyeron que Jim hacía preguntas en voz baja. No distinguieron las palabras. Hubo otro silencio, más preguntas y comentarios susurrados. Ellos continuaron sin oír las palabras.

Helen se toqueteó el pendientito y suspiró.

—Tómate otro whisky. Parece que esto va para largo.

Pero no se pudieron relajar. Bob se recostó en el sofá y se volvió hacia la ventana para observar a la gente que regresaba de trabajar. Él vivía a sólo seis manzanas de allí, al otro lado de la Séptima Avenida, pero nadie haría chistes sobre colegios mayores en la manzana de Jim y Helen. En su manzana, la gente era adulta. En su manzana, había banqueros, médicos y periodistas, y todos llevaban maletines y una increíble gama de bolsos y carteras negras, sobre todo las mujeres. En su manzana, las aceras estaban limpias y los arbustos sólo crecían en los jardincitos delanteros.

Helen y Bob volvieron la cabeza cuando Jim colgó.

Él se quedó en el hueco de la puerta, con la corbata roja aflojada.

—No podemos irnos de viaje —dijo. Helen se inclinó hacia delante. Jim se quitó la corbata dándole un fuerte tirón y se dirigió a Bob—: Van a detener a nuestro sobrino. —Jim estaba lívido, con los ojos entrecerrados. Se sentó en el sofá y se llevó las manos a la cabeza—. Oh, no. Esto podría salir en todos los periódicos. El sobrino de Jim Burgess ha sido acusado...

—¿Ha matado a alguien? —preguntó Bob. Jim lo miró.

—¿Qué diablos te pasa? —preguntó, justo cuando Helen dijo, con cautela:

—¿A una prostituta?

Jim negó bruscamente con la cabeza, como si tuviera agua en un oído. Miró a Bob y dijo:

—No, no ha matado a nadie. —Se volvió hacia Helen y añadió—: No, la persona a la que no ha matado no era una prostituta. —Después, miró el techo, cerró los ojos y explicó—: Nuestro sobrino Zachary Olson ha chutado una cabeza congelada de cerdo dentro de una mezquita. Durante los rezos. ¡Durante el Ramadán! Susan dice que Zach ni siquiera sabe qué es el Ramadán y yo la creo: ella no lo sabía hasta que ha leído la noticia en el periódico. La cabeza de cerdo estaba sanguinolenta, había empezado a descongelarse. Les ha manchado la alfombra, y ellos no tienen dinero para comprar otra. Tienen que limpiarla siete veces, como dicta la ley sagrada. Eso es lo que ha pasado.

Helen miró a Bob. Puso cara de desconcierto.

—¿Por qué razón iba a salir en todos los periódicos, Jim? —preguntó por fin, en voz baja.

—¿No lo pillas? —preguntó Jim, igual de bajo, y la miró—. Es un delito xenófobo, Helen. Es como si tú fueras al barrio de Brighton Beach, buscaras un templo judío ortodoxo y obligaras a todas las personas que hubiera dentro a comer helado y beicon antes de dejarlas salir.

—Vale —dijo Helen—. No lo sabía. No sabía eso de los musulmanes.

—¿Lo van a juzgar como un delito xenófobo? —preguntó Bob.

—Parece que van a por todas. El FBI ya lo está investigando. La Fiscalía del Distrito podría plantearlo como una violación de los derechos civiles. Susan dice que ha salido en las noticias nacionales, pero ahora mismo está tan desquiciada que cuesta saber si es verdad. Por lo visto, un reportero de la CNN estaba en Shirley Falls por casualidad, oyó la noticia en la radio, le encantó y decidió informar a todo el país. ¿Qué persona está por casualidad en Shirley Falls? —Jim cogió el mando a distancia, apuntó al televisor con él y lo dejó a su lado en el sofá—. Esto ahora no me conviene. No me conviene nada. —Se pasó las manos por la cara, el pelo.

—¿Lo tienen en el calabozo? —preguntó Bob.

—No lo han detenido. No saben que fue Zach. Están buscando a algún delincuente juvenil y resulta que sólo ha sido el memo de diecinueve años de Zach. Zach, hijo de Susan.

—¿Cuándo pasó? —preguntó Bob.

—Anteanoche. Según Zach, es decir, según Susan, lo hizo sólo para gastar una broma.

—¿Una broma?

—Una broma. No, perdón, una *broma tonta*. Sólo te informo, Bob. Echó a correr y nadie lo vio. Según parece. Y hoy lo ha oído en las noticias, se ha asustado y se lo ha contado a Susan cuando ha vuelto de trabajar. Ella se ha puesto como loca, claro. Le he dicho que Zach tiene que entregarse de inmediato, que no tiene que prestar declaración, pero está demasiado asustada. Le da miedo que lo encierren y tenga que pasar la noche en el calabozo. Dice que no hará nada hasta que vaya. —Jim se recostó en el sofá y volvió a erguirse de inmediato—. Cielos. ¡Mierda! —Se levantó con rapidez y empezó a pasearse por delante de las ventanas enrejadas—. El jefe de policía es Gerry O'Hare. No sé nada de él. Susan dice que salieron juntos en el instituto.

—Él la dejó después de dos citas —dijo Bob.

—Bien. Quizá tenga un trato favorable con ella. Susan me ha dicho que a lo mejor le llama por la mañana para decirle que Zach se entregará en cuanto yo llegue. —Jim alargó la mano para dar un puñetazo en el brazo del sofá cuando pasó por delante. Volvió a sentarse en la mecedora.

—¿Le ha conseguido un abogado? —preguntó Bob.

—Tengo que buscarlo yo.

—¿No conoces a alguien de la Fiscalía del Distrito? —preguntó Helen. Se quitó un hilo de las medias negras—. Me imagino que el personal de ahí no debe de cambiar muy a menudo.

—Conozco al mismísimo fiscal general —respondió Jim, en voz muy alta. Se meció, bien agarrado a los brazos de la mecedora—. Los dos trabajamos como fiscales hace años. Lo conociste unas Navidades, Helen. Dick Hartley. Te pareció un negado y acertaste. Y no, no puedo llamarle, Jesús. Ha metido las narices en el caso. Hay un conflicto tremendo. Y, como estrategia, sería un suicidio. Jim Burgess no puede entrar al trapo, santo Dios. —Helen y Bob se miraron. Un momento después, Jim dejó de mecerse y miró a Bob—. ¿Que si ha matado a una prostituta? ¿A qué venía eso?

Bob alzó la mano en señal de disculpa.

—Zach es un poco enigmático, sólo me refería a eso. Es callado.

—Lo único que es Zach es gilipollas. —Jim miró a Helen—. Cariño, lo siento.

—He sido yo la que ha dicho prostituta —le recordó Helen—, así que no te enfades con Bob, porque tiene razón, ¿sabes? Zach siempre ha sido distinto y, francamente, es el tipo de cosa que pasa en Maine: un chico callado que vive con su madre, mata prostitutas y las entierra en un campo de patatas. Y como Zach no ha hecho eso, no sé por qué tenemos que renunciar a nuestras vacaciones, de veras. —Helen cruzó las piernas y entrelazó las manos en las rodillas—. Ni tan siquiera sé por qué tiene que entregarse. Consíguele un abogado de Maine y que lo resuelva él.

—Hellie, estás disgustada y lo entiendo —dijo Jim, con paciencia—. Pero Susan está muy confundida. Y voy a conseguirle un abogado de Maine. Pero Zach tiene que entregarse porque... —Jim se quedó callado y miró alrededor—. Porque ha sido él. Ésa es la razón primordial. La otra razón primordial es que si se entrega y dice: «He sido un tonto», es probable que sean menos duros con él. Pero los Burgess no somos fugitivos. Nosotros no somos así. No nos escondemos.

—Vale —dijo Helen—. Bien.

—No me he cansado de repetírselo a Susan: le acusarán, fijarán la fianza y podrá llevárselo a casa. Es un delito menor. Pero Zach tiene que entregarse. La policía está bajo presión por culpa de la publicidad. —Jim abrió las manos como si sostuviera una pelota de baloncesto delante de él—. Lo inmediato es contener la situación.

—Iré yo —dijo Bob.

—¿Tú? —preguntó Jim—. ¿Don Pánico a Volar?

—Me llevaré tu coche. Saldré mañana temprano. Vosotros id a ese sitio, ¿adónde vais?

—A San Cristóbal —respondió Helen—. Jim, ¿por qué no dejas que vaya Bob?

—Porque... —Jim cerró los ojos y bajó la cabeza.

—¿Porque no soy capaz de hacerlo? —preguntó Bob—. Es cierto que Susan se lleva mejor contigo, pero, vamos, Jimmy, iré yo. Quiero ir. —De pronto, Bob se sintió ebrio, como si el whisky que se había tomado antes acabara de hacerle efecto.

Jim siguió con los ojos cerrados.

—Jim —dijo Helen—. Necesitas estas vacaciones. Estás muy estresado. —La urgencia de su voz volvió a despertar en Bob una soledad que le encogió el corazón; el feudo de Helen con Jim era sólido y no debía ser atacado por las necesidades de una cuñada a la que Helen, después de tantos años, apenas conocía.

—Vale —dijo Jim. Alzó la cabeza y miró a Bob—. Ve tú. Vale, de acuerdo.

—Somos un verdadero desastre de familia, ¿verdad, Jimmy? —Bob, sentado al lado de su hermano, le pasó un brazo por los hombros.

—Basta —dijo Jim—. Haz el favor. Santo Cielo.

Bob regresó a pie por las calles sumidas en la oscuridad. Cuando estuvo cerca de su piso, vio que la televisión estaba encendida en el piso de abajo. Vislumbró la silueta de Adriana sentada sola delante del televisor. ¿No tenía a nadie que pudiera pasar la noche con ella? Pensó en llamar a su puerta y preguntarle si estaba bien. Pero se imaginó a sí mismo, el hombretón de pelo cano que vivía en el piso de arriba, de pie en el umbral, y pensó que ella no querría eso. Subió a su piso por la escalera, tiró el abrigo al suelo y descolgó el teléfono.

—Susie —dijo—. Soy yo.

Eran gemelos.

Jim tuvo su propio nombre desde el principio, pero Susie y Bob eran «los gemelos». «Ve a buscar a los gemelos.» «Di a los gemelos que vengan a comer.» «Los gemelos tienen la varicela, los gemelos no pueden dormir.» «Pero los gemelos tienen un vínculo especial. Están —dedos cruzados— así.»

—Lo mataré —dijo Susan por teléfono—. Lo colgaré por los pies.

—Susan, cálmate. Es tu hijo. —Bob había encendido la lámpara del escritorio y estaba junto a la ventana, mirando la calle.

—Hablo del rabino. Y de esa ministra unitaria tan rara. Se les ha ocurrido hacer una declaración. Esto no ha perjudicado únicamente al pueblo, sino a todo el estado. No, perdona. A todo el país.

Bob se frotó la nuca.

—Oye, Susan. ¿Por qué lo ha hecho?

—¿Que por qué lo ha hecho? ¿Cuándo fue la última vez que educaste a un hijo, Bob? Ya sé que tendría que ser cuidadosa con este tema, que no debería mencionar nunca tu baja concentración de espermatozoides, o tu nula concentración, o lo que sea, y jamás lo he hecho. Nunca he dicho una palabra sobre la posibilidad de que Pam te dejara para poder tener hijos con otro. No me puedo creer que me estés haciendo decir estas cosas, cuando la que está en apuros soy yo.

Bob se apartó de la ventana.

—Susan, ¿tienes alguna pastilla para tomarte?

—¿De cianuro, por ejemplo?

—Diazepam. —Bob se sintió invadido por una tristeza inexplicable y echó a andar hacia el dormitorio con el teléfono al oído.

—Nunca tomo diazepam.

—Siempre hay una primera vez. Tu médico puede llamar a la farmacia para que te lo vendan. Así dormirás esta noche.

Susan no respondió y Bob supo que su tristeza se debía a que echaba de menos a Jim. Porque la verdad era (y Jim lo sabía) que Bob no sabía qué hacer.

—Tu hijo no corre peligro —dijo—. Nadie va a hacerle daño. Ni a ti tampoco.

Bob se sentó en la cama y volvió a ponerse en pie. No tenía la menor idea de qué hacer. No iba a dormir esa noche; ni tan siquiera un diazepam, y tomaba muchos, conseguiría hacerlo dormir, lo sabía. No con su sobrino en apuros, y aquella pobre chica viendo la televisión en el piso de abajo, e incluso el Niño Pijo en el calabozo. Y Jimmy camino de no sabía qué isla. Regresó al salón y apagó la lámpara del escritorio.

—Deja que te haga una pregunta —dijo su hermana.

En la oscuridad, un autobús paró al otro lado de la calle. Dentro, una señora mayor de piel negra miraba por la ventanilla con expresión inexorable; en la parte de atrás, un hombre movía la cabeza, quizá mientras escuchaba música por unos auriculares. Parecían sumamente inocentes y lejanos...

—¿Te crees que esto es una película? —le preguntó su hermana—. ¿Que éste es un pueblo perdido y los granjeros van a plantarse delante del juzgado para pedir su cabeza en un palo?

—Pero ¿qué dices?

—Gracias a Dios que mamá ya no está. Volvería a morirse. Seguro. —Susan se había puesto a llorar.

—Esto pasará —dijo Bob.

—Por el amor de Dios, ¿cómo puedes decir eso? Está en todas las cadenas de noticias...

—No las veas —sugirió Bob.

—¿Crees que estoy loca? —preguntó ella.

—Un poco. Ahora mismo.

—Eso me viene muy bien. Gracias. ¿Te ha contado Jim que un niño se desmayó en la mezquita del susto que se dio con la cabeza de cerdo? Había empezado a descongelarse y estaba sanguinolenta. Sé lo que estás pensando. ¿Quién guarda una cabeza de cerdo en el congelador de su madre sin que ella se entere y luego hace algo así? No puedes negar que lo estás pensando, Bob. Y eso me vuelve loca. Como tú acabas de llamarme.

—Susan, tienes que...

—Los padres esperan determinadas cosas, ¿sabes? Bueno, tú no lo sabes. Accidentes de tráfico. Novias que no convienen. Malas notas, ese tipo de cosas. Pero ninguno espera tener nada que ver con una dichosa mezquita, ¡por el amor de Dios!

—Voy mañana, Susan. —Bob ya se lo había dicho la primera vez que la había llamado—. Iré con vosotros a la comisaría. Te ayudaré a contener la situación. No te preocupes.

—Oh, no me preocuparé —dijo ella—. Buenas noches.

¡Cómo se odiaban! Bob abrió la ventana, sacó un cigarrillo del paquete, se sirvió vino en un vaso de zumo y se sentó en la silla metálica plegable próxima a la ventana. En el edificio de enfrente, varios pisos tenían las luces encendidas. Había una función privada ahí arriba: la chica que podía verse paseándose por la habitación únicamente en bragas. Bob nunca le veía los pechos, sólo la espalda, por cómo estaba orientada la habitación; pero le entusiasmaba ver lo libre que parecía. Era como contemplar un campo de acianos en junio.

Dos ventanas más arriba vivía el matrimonio que pasaba mucho tiempo en su blanca cocina. En ese momento, el marido estaba sacando algo de un armario: parecía que el cocinero era él. A Bob no le gustaba cocinar. Le gustaba comer, pero, como Pam había señalado, le gustaban las cosas que comían los niños: platos sin color, como el puré de patatas o los macarrones con queso. A la gente de Nueva York le gustaba la comida. La comida era importante. La comida era como el arte. Ser cocinero en Nueva York era como ser una estrella de rock.

Bob se sirvió más vino y volvió a acomodarse junto a la ventana. «Bah», como decía últimamente la gente.

«Sé cocinero, sé pordiosero, divórciate tropecientas veces», a nadie le importaba en aquella ciudad. «Mátate fumando en la ventana. Asusta a tu mujer y ve a la cárcel.» Vivir allí era una maravilla. Susie nunca había tenido eso. Pobre Susie.

Bob se estaba emborrachando.

Oyó abrirse la puerta del piso de abajo, oyó pasos en la escalera. Miró por la ventana. Adriana estaba parada junto a una farola, sujetando una correa, con los hombros encorvados, tiritando, y el perrito también tiritaba.

—Pobrecillos —dijo Bob en voz baja. Nadie, pensó, en su ebria extraversión, nadie, en ninguna parte, tenía ni idea.

A seis manzanas de allí, Helen estaba acostada al lado de su marido, escuchando sus ronquidos. Por la ventana, en el negro cielo nocturno, veía los aviones que se disponían a aterrizar en La Guardia, cada tres segundos si se contaban (como hacían sus hijos cuando eran pequeños), como estrellas fugaces que nunca cesaban de llegar. Esa noche parecía que el vacío llenara la casa, y Helen pensó en la época en la que sus hijos dormían en sus habitaciones y ella se sentía segura por las noches, como si flotara. Pensó en Zachary en su pueblo de Maine, pero llevaba años sin verlo y sólo pudo imaginarse a un niño pálido y flaco, un niño que parecía huérfano. Y no quería pensar en él, ni en una cabeza de cerdo congelada, ni en su hosca cuñada, porque era consciente de que el suceso era un elemento irritante que ya había empezado a friccionar contra el delicado tejido de su familia, y en ese momento sentía la incipiente ansiedad que precedía al insomnio.

Empujó a Jim por el hombro.

—Estás roncando —dijo.

—Perdona. —Jim era capaz de decir aquello sin despertarse. Se dio la vuelta.

Desvelada, Helen esperó que las plantas no se le murieran mientras estaba de viaje. A Ana no se le daba bien la jardinería. Era un don natural, y se tenía o no se tenía. En una ocasión, años antes de emplear a Ana, la familia Burgess se había marchado de vacaciones y las lesbianas de la casa de al lado habían dejado morir las petunias azules que llenaban las jardineras de las ventanas de Helen. Ella había cuidado de aquellas plantas todos los días, había cortado las pegajosas flores muertas, las había regado y abonado; eran como bonitos géiseres que brotaban de las ventanas de la fachada y los transeúntes hacían comentarios sobre ellas al pasar. Helen explicó a sus vecinas cuánta atención exigía cualquier planta de flor en verano y ellas le dijeron que sí, que ya lo sabían. Pero, a su regreso, ¡las había encontrado marchitas! Se le habían saltado las lágrimas. Las vecinas se habían mudado poco después y Helen se alegró. Jamás fue capaz de ser verdaderamente amable con ellas después de que mataran sus petunias. Dos lesbianas, llamadas Linda y Laura. Linda, *la Gorda*, y Laura, *la de Linda*, así se referían a ellas en casa de los Burgess.

Los Burgess vivían en la última de una hilera de casas adosadas de piedra arenisca parda. A su izquierda había una alta casa de piedra caliza, la única de la manzana dividida en pisos. Las Linda-Laura habían vivido en la planta baja y, al marcharse, habían vendido el piso a una banquera, la Deborah que sí (abreviatura de «la Deborah que lo sabe todo», a diferencia de la otra Debra de la casa que no lo sabía todo), y su marido, William, que era tan tímido que se había presentado como «Billiam». Los hijos de los Burgess lo llamaban así de vez en cuando, pero Helen les pedía que fueran amables porque, hacía años, Billiam había combatido en la guerra de Vietnam. Además, su mujer, la Deborah que sí, era pesadísima, y Helen pensaba que vivir con ella debía de ser una tortura. Helen no podía salir al jardín trasero sin que la Deborah que sí también saliera al suyo y, al cabo de menos de dos minutos, empezara a decirle que los pensamientos que estaba arreglando no iban a durarle en esa parte del jardín, que las azucenas necesitarían más luz, que el lilo que había plantado se moriría (así fue) porque la tierra no tenía suficiente cal.

Por otra parte, la Debra que no era una mujer de carácter dulce, alta y nerviosa, psiquiatra y un poco excéntrica. Pero, por desgracia, su marido la engañaba. Fue Helen quien lo descubrió. Mientras estaba sola en casa, oyó, a través de las paredes, unos gemidos espantosos. Cuando miró por la ventana de la fachada, vio que el marido de Debra salía de la casa seguido de una mujer con el pelo rizado. Más adelante, los vio juntos en un bar de barrio. Y en una ocasión oyó a Debra preguntar a su marido: «¿Por qué te metes conmigo esta noche?». Así que la Debra que no lo sabe todo no lo sabía todo. En ese aspecto, a Helen no le gustaba vivir en Nueva York. Jim chillaba como un energúmeno durante la temporada de baloncesto. «¡Inútil de mierda!», gritaba al televisor, y a Helen le preocupaba que los vecinos creyeran que se lo decía a ella. Contempló la idea de comentárselo en tono jocoso, pero decidió que, en materia de veracidad, cuanto menos se dijera, mejor. Aunque tampoco habría dicho ninguna mentira.

Aun así.

Los pensamientos se le agolpaban en la mente. ¿Qué había olvidado meter en la maleta? No le gustaba imaginarse arreglándose una noche para cenar con los Anglin y descubriendo que no se había llevado los zapatos indicados: su conjunto arruinado sin más ni más. Mientras se arrebujaba en el edredón, Helen comprendió que la llamada telefónica de Susan seguía en la casa, oscura, informe y nociva. Se levantó.

Eso era lo que sucedía cuando no se podía dormir, y cuando se tenía en la mente la imagen de una cabeza de cerdo congelada. Entró en el cuarto de baño para coger un somnífero y lo encontró limpio y acogedor. De nuevo en la cama, se arrimó a su marido y, unos minutos después, se sintió mecida por el sueño e inmensamente feliz de no ser la Deborah que sí ni la Debra que no, de ser Helen Farber Burgess, de tener hijos, de estar feliz con su vida.

¡Pero qué mañana tan agobiante!

Como todos los sábados, Park Slope era un hervidero de gente (niños que iban al parque con balones de fútbol en bolsas de malla acompañados de sus padres, que se fijaban en los semáforos y les metían prisa; parejas jóvenes que llegaban a los cafés con el pelo aún mojado después de hacer el amor y darse una ducha; personas que tenían invitados a cenar y ya estaban cerca de Grand Army Plaza, la otra entrada del parque, para curiosear en el mercado de productos agrarios en busca de las mejores manzanas, panes y flores, cargadas con cestas y girasoles envueltos en papel) y, entre tanta actividad, estaban las típicas tensiones que surgían en cualquier otra parte del país, incluso en aquel barrio donde casi todo el mundo daba la impresión de estar justo donde quería: había una madre que, pese a las súplicas de su hija para que le regalara una muñeca Barbie en su cumpleaños, le decía que no, que las niñas estaban flacas y vomitaban por culpa de las muñecas Barbie. En la calle Ocho, había un padrastro que estaba empeñado en enseñar a su desobediente hijo a montar en bicicleta y agarraba la bici por el portaequipajes mientras el niño, lívido de miedo, se bamboleaba y lo miraba ávido de elogios (su esposa estaba tratándose un cáncer de mama con quimioterapia; no había escapatoria posible). En la calle Tres, un matrimonio discutía por su hijo adolescente, por si debían permitir que se quedara en su cuarto con el sol que hacía. Y además de aquellas contrariedades, los Burgess tenían sus propios problemas.

El coche que debía llevar a Helen y a Jim al aeropuerto no había aparecido. Sus maletas estaban en la acera y Helen recibió la orden de quedarse con ellas mientras Jim entraba y salía de casa con el servicio de coches al teléfono. La Deborah que sí salió a la calle y preguntó que dónde se iban con aquel sol tan precioso. Añadió que debía de ser maravilloso tener tantas vacaciones. Helen se vio obligada a decir: «Perdona, pero tengo que hacer una llamada», sacó el móvil del bolso y fingió que llamaba a su hijo, quien (en Arizona) aún estaría felizmente dormido. Pero la Deborah que sí esperaba a Billiam, y Helen tuvo que simular una conversación telefónica porque su vecina no dejaba de sonreírle. Billiam por fin apareció y los dos se alejaron por la acera cogidos de la mano, un gesto que a Helen le pareció exhibicionista.

Entretanto, Jim, mientras se paseaba por el recibidor, se fijó en que las dos llaves del coche aún estaban en el mueblecito junto a la puerta. ¡Bob no había cogido la llave la noche anterior! ¿Cómo iba a llevar el coche a Maine sin la maldita llave? Jim gritó la pregunta a Helen cuando salió a la calle, y ella le dijo, en voz baja, que, si volvía a gritarle así, se iría a vivir a Manhattan. Jim agitó la llave delante de su cara.

—¿Cómo se supone que va a ir? —susurró con vehemencia.

—Si tu hermano tuviera llaves de nuestra casa, esto no sería un problema.

Una limusina negra dobló la esquina despacio. Jim levantó el brazo y lo echó hacia atrás como si nadara de espaldas. Y, por fin, Helen subió al asiento trasero del coche negro, donde se arregló el pelo mientras Jim llamaba a Bob por el móvil.

—Coge el teléfono, Bob. —Al cabo de un momento, dijo—: ¿Qué te ha pasado? ¿Acabas de despertarte? Ya tendrías que haber salido. ¿Cómo que no has pegado ojo en toda la noche? —Jim se inclinó hacia delante y dijo al conductor—: Pare en la esquina de la calle Tres con la Novena Avenida. —Volvió a recostarse—. Pues adivina qué tengo en la mano. Prueba, tontaina. La llave del coche, exacto. Y oye... ¿Me oyes? Charlie Tibbetts. El abogado de Zach. Te verá el lunes por la mañana. Puedes quedarte hasta el lunes, no finjas que no. Al servicio de orientación jurídica le importa un rábano. Charlie pasa el fin de semana fuera, pero pensé en él anoche y hablamos. Debería ser la persona idónea. Es buen tío. Lo único que tienes que hacer este fin de semana es conseguir que esto no se desmadre, ¿lo entiendes? Anda, baja a la calle. Estamos yendo al aeropuerto.

Helen pulsó el botón que bajaba la ventanilla y sacó la cara para que le diera el aire.

Jim se recostó y le cogió la mano.

—Lo vamos a pasar estupendamente, cariño. Igual que los matrimonios pijos de los folletos. Será genial.

Bob estaba delante de su edificio, vestido con un pantalón de chándal, una camiseta y unos sucios calcetines de deporte.

—¡Hola, zángano! —gritó Jim. Le arrojó la llave por la ventanilla abierta y Bob la cogió con una mano.

—Divertíos. —Bob les dijo adiós una sola vez.

La facilidad con la que había cogido la llave al vuelo dejó a Helen impresionada.

—¡Buena suerte en Maine! —le gritó.

La limusina dobló la esquina, se perdió de vista, y Bob se volvió hacia su edificio. Cuando era pequeño, había corrido al bosque para no ver partir el coche que se había llevado a Jim a la universidad y ahora tenía el mismo impulso. Pero se quedó inmóvil, junto a unos cubos de basura metálicos, pisando cemento agrietado, cegado por los rayos del sol, manoseando las llaves.

Hacía años, cuando Bob llevaba poco tiempo viviendo en Nueva York, había visitado a una psicoterapeuta llamada Elaine. Era una mujer corpulenta y ágil, de la misma edad que Bob tenía ahora, lo cual, en esa época, naturalmente, eran muchos años para él. Envuelto por su benévola presencia, Bob había permanecido sentado en el sillón de piel mientras hurgaba en un agujero del brazo y lanzaba nerviosas miradas a la higuera del rincón (una planta que parecía falsa salvo por su patético modo de inclinarse hacia la débil luz plateada que entraba por la ventana y su capacidad para echar, a lo largo de seis años, una sola hoja nueva). Si Elaine hubiera estado en aquella acera en ese preciso momento, le habría dicho: «Bob, quédate en el presente». Porque Bob había sido vagamente consciente de qué le sucedía mientras veía cómo el coche de su hermano doblaba la esquina y «lo abandonaba», tenía una vaga noción, pero... (pobre Elaine, ya fallecida de una horrible enfermedad que no recordaba, y cuánto se había esforzado con él, qué bondadosa había sido) no le había servido de nada. El sol lo había hecho pedazos. Bob, que tenía cuatro años cuando su padre murió, sólo recordaba el sol en el capó del coche ese día, y que habían tapado a su padre con una manta; asimismo, siempre, el furioso susurro de Susan: «Es todo culpa tuya, imbécil».

Ahora, inmóvil en la acera del Brooklyn, Nueva York, Bob imaginó a su hermano arrojándole la llave del coche, la limusina perdiéndose de vista, pensó en la tarea que debía acometer y, en su fuero interno, gritó: «Jimmy, no te vayas».

Adriana salió a la calle.

2

Susan Olson vivía en una estrecha casa de tres plantas no lejos del centro del pueblo. Desde su divorcio, hacía siete años, tenía las habitaciones de arriba alquiladas a la señora Drinkwater, una anciana que últimamente entraba y salía con menos frecuencia y que nunca se quejaba de la música que sonaba en el cuarto de Zach ni se retrasaba en el pago del alquiler. La noche antes de que Zach fuera a entregarse, Susan tuvo que subir la escalera, llamar a la puerta de la anciana y explicarle lo ocurrido. La señora Drinkwater reaccionó con un temple sorprendente.

—Vaya, vaya —dijo, y se sentó en una silla junto al pequeño escritorio. Llevaba una bata rosa de rayón y las medias enrolladas a la altura de las rodillas; tenía el pelo gris retirado de la cara con horquillas, pero ya no le quedaba mucho. Ése era su aspecto si no se había arreglado para salir, lo cual hacía rara vez. Estaba flaca como un alfiler.

—Tiene que saberlo —dijo Susan, después de sentarse en la cama— porque, a partir de mañana, puede que algún periodista le pregunte cómo es Zach.

La anciana movió la cabeza despacio.

—Bueno, es callado. —Miró a Susan. Llevaba unas grandes gafas trifocales y era imposible mirarle directamente a los ojos porque rara vez fijaba la mirada—. Nunca ha sido maleducado conmigo —añadió.

—Yo no puedo decirle lo que tiene que decir.

—Me alegro de que venga tu hermano. ¿Es el famoso?

—No. El famoso se ha ido de vacaciones con su mujer.

Siguió un largo silencio.

—¿El padre de Zachary? —dijo la señora Drinkwater—. ¿Lo sabe?

—Le he escrito un correo electrónico.

—¿Sigue viviendo en... Suecia?

Susan asintió.

La señora Drinkwater miró el escritorio y, después, la pared.

—Me pregunto cómo es vivir en Suecia.

—Espero que duerma —dijo Susan—. Lamento esto.

—Y yo espero que duermas tú, querida. ¿Tienes pastillas?

—No tomo pastillas.

—Comprendo.

Susan se levantó, se pasó una mano por el pelo corto y miró alrededor como si tuviera algo que hacer pero no lo recordara.

—Buenas noches, querida —dijo la señora Drinkwater. Susan bajó un tramo de escaleras y llamó a la puerta de Zach. Estaba tumbado en la cama, con las orejas tapadas por unos auriculares enormes. Susan se señaló la oreja para indicarle que se los quitara. Zach tenía el ordenador portátil en la cama junto a él.

—¿Tienes miedo? —preguntó Susan.

Él asintió.

El cuarto estaba casi a oscuras. Sólo había una lucecita encendida encima de una estantería llena de revistas apiladas. Debajo había unos cuantos libros desperdigados. Las persianas estaban bajadas y las paredes, pintadas de negro desde hacía varios años (Susan las había encontrado así un día al volver de trabajar), no tenían ningún póster ni fotografía.

—¿Sabes algo de tu padre?

—No. —La voz de Zach era ronca y grave.

—Le he pedido que te escriba.

—No quiero que le pidas nada.

—Es tu padre.

—Él no debería escribirme porque tú se lo pidas.

Al cabo de un buen rato, Susan dijo:

—Intenta dormir un poco.

Al día siguiente a mediodía, Susan preparó a Zach una sopa de tomate de lata y un sándwich de jamón y queso. Él bajó la cabeza para acercarla al plato sopero y se comió la mitad del bocadillo con los dedos; luego, apartó el plato. Cuando alzó los ojos oscuros y la miró, ella lo vio, por un momento, como el niño que una vez fue, antes de que su dificultad para relacionarse quedara totalmente expuesta, antes de que su incapacidad para cualquier deporte lo marcara sin remedio, antes de que tuviera la nariz angulosa y las cejas oscuras unidas en el entrecejo, en la época en la que parecía un niño tímido particularmente obediente. Siempre había sido mal comedor.

—Ve a ducharte —dijo—. Y ponte ropa elegante.

—¿Qué es ropa elegante? —preguntó él.

—Camisa y corbata. Nada de vaqueros.

—¿Nada de vaqueros? —No lo había dicho con inso-
lencia, sino con preocupación.

—Vale. Vaqueros, pero sin rotos.

Susan descolgó el teléfono y llamó a la comisaría. El
jefe O'Hare estaba en el edificio. Tuvo que dar su nombre
tres veces antes de que le permitieran hablar con él. Había
anotado lo que iba a decir. Tenía la boca tan seca que los
labios se le pegaban y los movió más de lo normal para
poder articular las palabras.

—Iremos enseguida —concluyó, y despegó los ojos
de la hoja en la que había escrito—. Sólo estoy esperando
a Bob.

Imaginó la gran mano de Gerry asiendo el auricular,
su rostro inexpresivo. Había engordado mucho con los
años. A veces, no a menudo, entraba en la óptica del centro comercial del otro lado del río en la que ella trabajaba y esperaba mientras arreglaban las gafas de su mujer.
La saludaba con la cabeza. Gerry no estuvo ni agradable
ni desagradable, tal como ella esperaba.

—Sí. Susan. Tal como yo lo veo, tenemos un problema. —Por teléfono, tenía la voz cansina, profesional—.
Ahora que sabemos quién es el autor, estaría mal que no
mandáramos a alguien a buscarlo. Esto ha atraído mucha
publicidad.

—Gerry —dijo ella—. Dios mío. Por favor, no man-
des un coche patrulla. Por favor, no lo hagas.

—Mira lo que te digo. No hemos tenido esta conversación. Viejos amigos. Es lo que somos. Estoy seguro de
que te veré pronto. Antes de que termine el día. Eso es
todo.

—Gracias —susurró ella.

Bob circulaba cómodamente en el coche de su hermano, el movimiento constante por debajo de él. Al otro lado de la ventanilla, había indicadores de centros comerciales y lagos, pero, sobre todo, estaban los árboles de Connecticut, siempre acercándose, quedando atrás, perdiéndose de vista. El tráfico circulaba deprisa y con espíritu comunitario, como si todos los conductores fueran vecinos en aquella carrera a cámara rápida. La imagen de Adriana le ocupó el pensamiento. «Tengo miedo», le había dicho ella junto a la puerta de su edificio, con un chándal granate y el cabello con mechas rubias ondeándole al viento. Tenía una voz gutural que Bob no había oído nunca: era la primera vez que le dirigía la palabra. Sin maquillaje, parecía mucho más joven; tenía los pómulos muy blancos, los ojos, verdes e inyectados en sangre, grandes y perplejos. Pero Bob le vio las uñas mordidas y eso le partió el corazón. Pensó: «Prácticamente, podría haber sido mi hija». Desde hacía años, Bob vivía acompañado por la sombra de los hijos que no había tenido. Cuando era joven, podía materializarse en un niño de un patio escolar por delante del que pasaba, un niño rubio (como había sido él) que jugaba a la rayuela con vacilación. Más adelante, podía encarnarse en un adolescente (chico o chica, le sucedía con ambos sexos) que se reía con un amigo en la acera y, últimamente, la expresión de un estudiante en prácticas de su despacho podía manifestar un matiz inesperado que le inducía a pensar: «Éste podría haber sido mi hijo».

Había preguntado a Adriana si tenía algún pariente cerca.

A sus padres, en Bensonhurst, donde administraban bloques de apartamentos. Ella negó con la cabeza: no se llevaban bien. Pero tenía un trabajo en Manhattan como asistente jurídica. Aunque, cómo iba a trabajar cuando se sentía tan..., e hizo un movimiento circular junto a la oreja. Tenía los labios muy blancos. «Te irá bien trabajar —le dijo Bob—. Te sorprenderás.»

«¿No me sentiré así siempre?», preguntó ella.

«No, qué va.» (Pero él sabía la verdad: el final de un matrimonio era para volverse loco.) «Todo irá bien», le repitió muchas veces, mientras el perrito husmeaba el suelo tiritando de frío; ella se lo preguntó muchas veces. También le dijo que a lo mejor se quedaba sin trabajo; una mujer se reincorporaba después de una baja maternal y el bufete era muy pequeño. Bob le dio el nombre del bufete de Jim; era grande, contrataban gente a menudo, no tenía de qué preocuparse. Todo acababa resolviéndose en la vida, añadió. «¿Lo crees de verdad?», le preguntó ella, y él respondió que sí.

Cuando dejó atrás los rosados edificios de Hartford, tuvo que reducir la velocidad y concentrarse. El tráfico era más denso. Adelantó a un camión; un camión lo adelantó a él. Y, por fin, cuando entró en Massachusetts, sus pensamientos, como si hubieran estado esperando, se centraron en Pam. Pam, su queridísima exmujer, cuya inteligencia y curiosidad sólo eran comparables a su convicción de que carecía de ambas. Pam, a la que había conocido paseando por el campus de la Universidad de Maine hacía más de treinta años. Era de Massachusetts, hija única de unos padres maduros que, cuando Bob los conoció en la ceremonia de graduación, ya parecían agotados por su caótica hija (no obstante, la madre aún vivía, confinada a una cama, en una residencia geriátrica que no quedaba lejos de aquella autopista, sin saber ya quién era Pam, ni Bob, si él decidía visitarla, como antes hacía). Pam, rellenita cuando era joven, apasionada, desconcertada, siempre lista para reírse, siempre saltando de emoción en emoción. ¿Quién sabía qué afán la empujaba? La recordó una noche, acuclillándose para orinar entre dos coches aparcados en el West Village cuando ya vivían en Nueva York, borracha y riéndose. Con el puño alzado, diciendo: «¡Por el movimiento feminista! ¡Igualdad de derechos para mear!». Pam, que podía maldecir como un marinero. Su queridísima Pam.

Y, al ver la señal indicadora de Sturbridge, se puso a pensar en su abuela, que solía relatarles historias sobre la llegada a América de sus antepasados ingleses hacía seis generaciones. Bob, sentado en su trona: «Cuéntame lo de los indios». «Oh, les arrancaron la cabellera a varios, y ellos secuestraron a una niña, se la llevaron a Canadá, y su hermano, aunque tardó años, vestido con harapos, fue a rescatarla, la trajo de vuelta a su pueblo de la costa.» En esa época, decía su abuela, las mujeres hacían jabón con cenizas. Utilizaban raíz de margarita para los dolores de oído. Un día, les explicó cómo obligaban a los ladrones a atravesar el pueblo: si un hombre robaba un pescado tenía que recorrer todo el pueblo con el pescado, gritando: «¡He robado este pescado y lo siento!», mientras el pregonero lo seguía, tocando un tambor.

El interés de Bob por sus antepasados terminó con aquella historia. ¿Tener que atravesar el pueblo gritando «¡He robado este pescado y lo siento!»?

No. Fin.

Y el principio de New Hampshire, con su licorería justo al salir de la autopista de peaje y un otoñal manto de nubes extendido detrás. New Hampshire, con su arcaica asamblea legislativa de centenares de personas y aún con aquella matrícula: VIVIR LIBRE O MORIR. El tráfico iba lento; la gente salía de la autopista en la rotonda para dirigirse a las arboladas Montañas Blancas. Bob paró a tomar un café y llamar a su hermana.

—¿Dónde estás? —preguntó ella—. Voy a volverme loca. Me parece increíble que te retrases tanto, aunque tampoco me extraña.

—*Oy*. Susan. Estaré ahí enseguida.

El sol ya había iniciado su descenso. De nuevo al volante, Bob dejó atrás Portsmouth, encopetada desde hacía años, como tantas otras de aquellas ciudades costeras; la rehabilitación del casco urbano había comenzado a finales de los años setenta cuando recuperaron las calles adoquinadas, arreglaron las casas viejas, pusieron farolas antiguas y numerosas tiendas de velas. Pero Bob la recordaba cuando aún era Portsmouth, una destartalada ciudad portuaria; y una honda nostalgia lo embargó al recordar las modestas calles llenas de baches, los grandes almacenes derruidos hacía ya tiempo cuyos escaparates sólo parecían cambiar del verano al invierno, con maniquíes que saludaban eternamente con un bolso colgado de una muñeca rota, donde una mujer sin ojos posaba junto a un feliz hombre sin ojos que tenía una manguera junto a los pies. Sí, tenían sonrisas, aquellos maniquíes. Todo eso recordó Bob, porque Pam y él habían parado allí cuando viajaban a Boston en el autobús de línea. Pam, con una falda cruzada que le acentuaba la curva de la espalda.

Hacía un millón de años.

«Quédate en el presente», diría Elaine, de modo que ahora iba camino de ver a la desagradable Susan. La familia era la familia, y echaba de menos a Jimmy. Su primitiva inseguridad interna había resurgido.

Estaban sentados en un banco de cemento del vestíbulo de la comisaría de Shirley Falls. Gerry O'Hare había saludado a Bob con la cabeza como si lo hubiera visto el día anterior (aunque, de hecho, habían transcurrido años) y se había llevado a Zach a una sala de interrogatorios. Un agente llevó café a Bob y a Susan en vasos de papel; ellos le dieron las gracias y los cogieron con cuidado.

—¿Tiene amigos Zach? —preguntó Bob cuando estuvieron solos. Susurró la pregunta. Hacía más de cinco años que no estaba en Shirley Falls y ver a su sobrino, alto, delgado, lívido de miedo, le había sorprendido. Su hermana también lo había hecho. Estaba delgada, con el corto pelo ondulado ya casi cano; su falta de feminidad era extraordinaria. Tenía la cara corriente, mucho más avejentada de lo que él imaginaba, tanto que le parecía increíble que pudieran tener la misma edad. (¡Gemelos!)

—No sé —respondió Susan—. Es reponedor en Walmart. A veces, casi nunca, va a West Annett a ver a un compañero de trabajo. Pero a casa no viene nadie. —Y añadió—: Creía que te dejarían entrar con él.

—No tengo licencia para ejercer aquí, Susan. Ya lo hemos hablado. —Bob miró hacia atrás—. ¿Cuándo construyeron esto?

La antigua comisaría de Shirley Falls estaba dentro del ayuntamiento, que era un gran edificio situado al final del parque, y Bob la recordaba espaciosa; al entrar, había policías detrás de un mostrador. La comisaría nueva era muy distinta. Allí, el vestíbulo era pequeño, con dos oscuras ventanillas al fondo, y tuvieron que pulsar una especie de timbre sólo para conseguir que alguien se asomara a una. Bob se había sentido culpable por el mero hecho de estar ahí.

—Hace cinco años, quizá —respondió Susan con aire distraído—. No lo sé.

—¿Por qué necesitaban una comisaría nueva? Maine está perdiendo población, empobreciéndose día a día, y lo único que hace es construir escuelas y edificios municipales nuevos.

—Bob. Me traen sin cuidado, francamente, tus comentarios sobre Maine. Además, la población de este pueblo está aumentando... —Susan bajó la voz y susurró—: Por ellos.

Bob tomó un sorbo de café. Era malo, pero él no era exigente con el café ni con el vino, como ahora lo era tanta gente. «Di que pensabas que era una broma tonta y que el lunes tendrás un abogado. Puede que intenten sacarte más cosas, pero no digas nada.» Bob había aconsejado eso a Zachary. Éste, mucho más alto que la última vez que lo vio, flaco, asustadísimo, sólo le había mirado fijamente.

—¿Alguna idea de por qué lo hizo? —Bob trató de hacer la pregunta con delicadeza.

—No. —Al cabo de un momento, Susan añadió—: He pensado que a lo mejor se lo podías preguntar.

Eso alarmó a Bob. No sabía qué hacer con los críos. Algunos amigos suyos tenían unos hijos adorables, y quería mucho a los hijos de Jim, pero no tener hijos cambiaba a las personas. Le pareció que Susan no iba a entenderlo.

—¿Tiene Zach relación con su padre? —preguntó.

—Se escriben correos. A veces, Zach parece..., bueno, no feliz, pero sí menos infeliz, y creo que es por lo que Steve le ha escrito, sea lo que sea, porque Zach no me cuenta nada. Steve y yo no hemos hablado desde que se marchó. —Susan se ruborizó—. Otras veces, Zach se deprime mucho, y creo que también guarda relación con Steve, ¡pero no lo sé, ¿vale, Bob?! —Se pellizcó la nariz y sorbió por ella con fuerza.

—Oye, tranquilízate. —Bob miró alrededor en busca de una servilleta o un pañuelo de papel, pero no había nada—. Sabes qué diría Jimmy, ¿verdad? Diría: en el béisbol no se llora.

—¿De qué puñetas hablas, Bobby? —susurró Susan.

—De esa película que hicieron sobre béisbol femenino. Es una frase genial.

Susan se inclinó hacia delante para dejar el vaso del café en el suelo al lado del banco.

—Si estás jugando al béisbol. Ahí dentro van a detener a mi hijo.

Una puerta metálica se abrió y se cerró de golpe. Un policía bajo, joven, con la cara salpicada de oscuros lunares, salió al vestíbulo.

—Ya está. Se lo llevan a la cárcel. Pueden seguirle hasta allí. Lo ficharán, fijarán la fianza y se lo podrán llevar a casa.

—Gracias. —Los gemelos hablaron al mismo tiempo.

Estaba oscureciendo y el pueblo tenía un aspecto plomizo y sombrío. Detrás del coche patrulla, apenas veían la cabeza de Zachary en el asiento trasero. Se dirigían al puente para cruzar el río hasta la cárcel del condado.

—¿Dónde se han metidos todos? —preguntó Bob—. Es sábado por la tarde y el pueblo está muerto.

—Lleva muerto años. —Susan conducía con el cuerpo casi pegado al volante.

Fuera, Bob vio un hombre de piel oscura que andaba despacio por una callejuela, con las manos en los bolsillos del abrigo, que estaba desabrochado y parecía venirle grande. Bajo el abrigo, vestía una larga túnica blanca que le llegaba a los pies. En la cabeza, llevaba un gorro cuadrangular de tela.

—Mira —dijo Bob.

—¿Qué? —Susan lo miró con dureza.

—¿Es uno de ellos?

—¿Uno de ellos? Pareces retrasado, Bob. ¿Con los años que llevas viviendo en Nueva York y nunca has visto un negrito?

—Susan, relájate.

—Relajarme. No se me había ocurrido. Gracias. —Susan paró cerca del coche patrulla, que había entrado en un amplio aparcamiento detrás de la cárcel. Vieron fugazmente a Zach, esposado. Les pareció que, al bajar, se caía contra el coche. Después, el agente lo condujo hacia el edificio.

—Estamos justo detrás de ti, colega —gritó Bob al abrir la puerta del coche—. ¡Te cubrimos!

—Bob, basta —dijo Susan.

—Te cubrimos —repitió él.

Volvían a estar sentados en un vestíbulo pequeño. Sólo en una ocasión salió un hombre con un uniforme de color azul marino para informarlos de que estaban fichando a Zach, tomándole las huellas dactilares, y de que habían avisado al comisionado de fianzas. Quizá tardara un rato en aparecer, añadió. ¿Cuánto? No sabría decirles. De manera que los hermanos siguieron esperando. Había un cajero automático y una máquina expendedora. Y, una vez más, ventanillas oscuras.

—¿Nos están observando? —susurró Susan.

—Es probable.

Continuaron sentados, con el abrigo puesto, mirando al frente. Por fin, Bob susurró:

—¿Qué más hace Zach aparte de trabajar como reponedor?

—¿Te refieres a si se dedica a robar casas? ¿A si está enganchado al porno infantil? No, Bob. Es sólo... Zach.

Bob cambió de postura.

—¿Crees que tiene contacto con algún grupo de cabezas rapadas? ¿Algún grupo neonazi, algo de ese estilo?

Susan lo miró sorprendida y entrecerró los ojos.

—No. —En un tono más suave, añadió—: No creo que tenga verdadero contacto con nadie. Pero él no es así, Bob.

—Sólo me aseguro. Todo irá bien. A lo mejor tiene que prestar algún servicio a la comunidad. O asistir a clases de diversidad.

—¿Crees que sigue esposado? Eso ha sido espantoso.

—Lo sé —dijo Bob, y pensó en que tenía la sensación de que habían transcurrido años desde que había visto a la policía llevarse a su vecino pijo. Incluso la charla que había tenido con Adriana esa mañana no le parecía creíble, tan lejana estaba—. Zach ya no lleva esposas. Sólo son las reglas. Para traerlo aquí.

—Varios líderes religiosos quieren organizar una concentración.

—¿Una concentración? ¿Por esto? —Bob se frotó los muslos con las manos—. *Oy* —dijo.

—¿Podrías no decir *Oy*? —le susurró Susan, irritada—. ¿Por qué lo dices?

—Porque llevo veinte años trabajando en el servicio de orientación jurídica, Susan, y ahí trabajan muchos judíos. Ellos dicen *Oy* y ahora yo también digo *Oy*.

—Pues suena forzado. Tú no eres judío, Bob. Eres tan blanco como el que más.

—Lo sé —convino Bob.

Se quedaron callados. Por fin, Bob dijo:

—¿Cuándo es la concentración?

—No tengo ni idea.

Bob bajó la cabeza y cerró los ojos.

Al cabo de unos minutos, Susan preguntó:

—¿Estás rezando o te has muerto?

Bob abrió los ojos.

—¿Te acuerdas de la vez que llevamos a Zach y a los hijos de Jimmy a la aldea-museo de Sturbridge, cuando eran pequeños? ¿De aquellas guías tan engreídas vestidas de puritanas, con unos gorros absurdos que les cubrían la cabeza? Soy puritano, mal que me pese.

—Eres raro, mal que te pese —dijo Susan. Estaba nerviosa y alargó el cuello para mirar por la oscura ventanilla de la entrada—. ¿Por qué tardan tanto?

Y tardaron mucho. Los hermanos esperaron casi tres horas. Bob salió afuera una vez para fumarse un cigarrillo. Ya era de noche. Cuando por fin apareció el comisionado de fianzas, el cansancio lo envolvía como un holgado abrigo mojado. Susan pagó los doscientos dólares en billetes de veinte y Zach salió al vestíbulo, blanco como el papel.

Mientras se preparaban para marcharse, un hombre de uniforme dijo:

—Fuera hay un fotógrafo.

—¿Cómo es posible? —preguntó Susan, claramente alarmada.

—Cálmate. Vamos, chaval. —Bob condujo a Zach hacia la puerta—. A tu tío Jim le encantan los fotógrafos. Se pondrá celoso si le robas la fama mediática.

Y Zach, quizá porque el comentario le pareció gracioso, quizá porque las tensiones del día estaban a punto de concluir, sonrió a su tío cuando salieron. Fuera, los recibió un repentino destello de luz.

3

La primera suave ráfaga de aire tropical acarició a Helen en cuanto se abrió la puerta del avión. Mientras esperaba a que cargaran el equipaje en el coche, se sintió bañada por aquel aire. Pasaron por delante de casas con flores en las ventanas y verdes campos de golf. Delante de su hotel, había una fuente cuyos relajantes chorros de agua se elevaban hacia el cielo. En su habitación, la mesa tenía un frutero con limones.

—Jimmy —dijo—. Me siento como si acabara de casarme.

—Me alegro. —Pero Jim estaba distraído.

Helen cruzó los brazos y se tocó el hombro contrario con cada mano (su lenguaje por señas de tantos años), y su marido acudió a su lado.

Esa noche, tuvo pesadillas. Eran vívidas, aterradoras, y no logró librarse de ellas hasta que el sol se coló por la rendija de las largas cortinas. Jim se iba a jugar al golf.

—Sigue durmiendo —dijo, y la besó.

Cuando Helen volvió a despertarse, la felicidad había retornado, tan luminosa como el sol que se colaba entre las recias cortinas. Se quedó perezosamente en la cama, pasó una pierna por la fresca sábana, pensó en sus tres hijos, todos ya en la universidad. Les escribiría un correo: «Ángeles míos, papá está jugando al golf y la vieja de vuestra madre está a punto de poner sus lechosos tobillos al sol. Dorothy está mustia, como me temía. Papá dice que su hija mayor, Jessie (Emily, a ti nunca te cayó bien, ¿te acuerdas?), les está dando muchos problemas. Pero nadie lo comentó anoche durante la cena, así que fui educada y no presumí de mis preciosidades. Hablamos, en cambio, de vuestro sobrino Zach, ¡ya os iré contando! Os echo de menos a los tres».

Dorothy estaba leyendo junto a la piscina, con las largas piernas estiradas en una tumbona.

—Buenos días —dijo, y no la miró.

Helen movió una tumbona para orientarla hacia el sol.

—¿Has dormido bien, Dorothy? —Se sentó y sacó la crema y un libro de su cesta de paja—. Yo he tenido pesadillas.

Dorothy tardó un buen rato en despegar los ojos del periódico.

—Vaya, es una lástima.

Helen se extendió crema en las piernas y abrió el libro.

—Sólo para que lo sepas, no te sepa mal haber dejado el club de lectura.

—No me sabe mal. —Dorothy dejó el periódico y contempló la luminosa superficie azul de la piscina. Dijo, con aire meditabundo—: Muchas mujeres de Nueva York no son tontas hasta que se juntan. Aborrezco eso. —Miró a Helen—. Perdona.

—No te disculpes —arguyó ella—. Puedes decir lo que quieras.

Dorothy se mordió el labio y volvió a mirar el agua azul.

—Eres muy amable, Helen —dijo por fin—, pero sé, por experiencia, que la gente no quiere que una persona diga lo que quiera.

Helen esperó.

—Los psicoterapeutas no quieren —continuó Dorothy, sin dejar de mirar al frente—. Al nuestro le dije que el novio de Jessie me daba lástima y es la verdad: mi hija es tremendamente controladora. Y él me miró como si fuera la peor madre del mundo. Pensé: «Dios mío, si no se puede decir la verdad en el despacho de un psicólogo, ¿dónde se puede?». En Nueva York, la educación de los hijos es un deporte terriblemente competitivo. Muy violento y sangriento. —Dorothy tomó un largo sorbo de agua de su vaso de plástico y añadió—: ¿Qué te hacen leer este mes?

Helen pasó la mano por el libro.

—Trata de una mujer que antes limpiaba casas y ahora ha escrito un libro sobre todo lo que encontraba cuando fisgoneaba. —Helen se ruborizó bajo el sol. La autora había encontrado esposas, látigos, pinzas para pezones, y otras cosas que Helen no sabía que existían.

—No leas esas bobadas —dijo Dorothy—. A eso me refiero, a que unas mujeres digan a otras que lean libros insustanciales cuando hay todo un mundo por descubrir. Ten, lee este artículo. Guarda relación con la crisis de tu cuñada, de la que Jim estuvo hablando anoche. —Estiró el largo brazo para dar a Helen una sección del periódico y añadió—: Aunque ya sabemos que Jim hace suya cualquier crisis.

Helen rebuscó en la cesta de paja.

—Bueno, esto es lo que pasa. —La miró y alzó un dedo—. Jim se fue de Maine. —Alzó dos dedos—. Bob se fue de Maine. —Tres dedos—. El marido de Susan se fue de Maine y de su lado. —Volvió a mirar la cesta y encontró el protector labial—. Así que Jim se siente responsable. Jim tiene un fuerte sentido de la responsabilidad. —Helen se llevó la barra a los labios.

—O de culpa.

Helen reflexionó.

—No —dijo—. De la responsabilidad.

Dorothy volvió la página de su revista y no respondió. De manera que Helen, que habría querido charlar (la locuacidad le burbujeaba en las entrañas), se vio obligada a leer el artículo de periódico que le había sido adjudicado. El sol calentó más y el sudor le formó una línea en la zona del bigote por mucho que se lo enjugara con el dedo.

—Santo Dios, Dorothy —dijo al fin, porque el artículo era muy perturbador. Pero le pareció que, si lo dejaba a medias, Dorothy la consideraría una (tonta) mujer superficial que no se preocupaba por otro mundo que no fuera el suyo. Siguió leyendo.

El artículo trataba de los campos de refugiados de Kenia. ¿Quién vivía en esos campos? Somalíes. ¿Y quién lo sabía? Helen no. Bueno, ahora ya sí. Ahora sabía que algunos de los somalíes que residían en Shirley Falls, Maine, antes habían vivido durante años en pésimas condiciones, difícilmente creíbles. Helen, con los ojos entrecerrados, leyó que las mujeres, para recoger leña, tenían que alejarse del campo a zonas donde podían violarlas los bandidos; algunas de ellas habían sido violadas varias veces. Muchos de sus hijos morían de hambre en sus brazos. Los niños que vivían no iban a la escuela. Los hombres se pasaban el día mascando hojas, *quat*, para estar colocados, y sus esposas (podían tener hasta cuatro) tenían que intentar mantener con vida a la familia con la mísera cantidad de arroz y aceite de cocina que recibían de las autoridades cada seis semanas. Había fotografías, por supuesto. Mujeres africanas altas y delgadas con fardos de leña y enormes garrafas de agua en la cabeza, chozas de barro y lona rota, un niño enfermo con moscas cerca de la cara.

—Esto es espantoso —dijo. Dorothy asintió y siguió leyendo la revista.

Y era espantoso, y Helen sabía que debería sentirse fatal. Pero no entendía por qué aquella gente, que había caminado durante días para escapar de su violento país, tenía que ir a Kenia y acabar en aquel infierno. ¿Por qué nadie lo resolvía? Helen sí se hacía esa pregunta. Pero, sobre todo, no quería seguir leyendo y eso le inducía a sentirse mala persona. Estaba pasando unas vacaciones maravillosas (y caras) y no quería sentirse mala persona.

Fatuma camina durante tres horas para recoger leña. Siempre va con otras mujeres, pero saben que no están a salvo. A salvo es una expresión que aquí no se dice.

Y entonces, Helen, asediada por el calor, cegada por el sol que se reflejaba en la piscina azul, tuvo una inesperada sensación de vasta indiferencia. Aquella pérdida, pues era una pérdida que no le importaran ni el calor ni las buganvilias, que aquella mañana quedara meramente reducida a esperar a que Jim regresara del golf, aquella pérdida le bastó para sentir algo rayano en la angustia que enseguida volvió a dar paso a la indiferencia. Pero le había afectado; cambió de postura, cruzó las piernas por los tobillos, porque, en aquel momento rayano en la angustia, había tenido la dolorosa sensación de que perdía a sus hijos; por un instante, su mente la había transportado a una residencia geriátrica, donde recibía las solícitas visitas de sus hijos adultos mientras decía: «Todo pasa tan deprisa», en referencia, por supuesto, a la vida, y veía sus expresiones compasivas mientras esperaban a que pasara suficiente tiempo para poder marcharse, reclamados por las urgencias de sus vidas. «No querrán estar conmigo», pensó, y aquel momento de sentimiento tan real le bailó por la cabeza. Era la primera vez que la asaltaba ese pensamiento.

Observó una palmera mecida por el viento.

«Es un cuento chino», le habían dicho algunas mujeres del grupo de lectura cuando ella se preocupó por la inminente marcha de su hijo, el benjamín, para estudiar en Arizona. «El nido vacío es libertad —le aseguraron—. El nido vacío vigoriza a las mujeres. Son los hombres los que empiezan a desmoronarse. A partir de los cincuenta, los hombres lo pasan mal.»

Helen cerró los ojos para protegerse del sol y vio a sus hijos chapoteando en la piscina infantil de su casa de West Hartford, la piel tersa de sus menudas extremidades mojadas cuando entraban y salían a gatas; los vio cuando eran adolescentes, paseando con sus amigos por las calles de Park Slope; los sintió ovillados a su lado en el sofá las noches que la familia se reunía para ver sus programas favoritos.

Abrió los ojos.

—Dorothy.

Dorothy volvió la cara hacia ella y le apuntó con sus gafas negras.

—Echo de menos a mis hijos —confesó Helen.

Dorothy volvió a concentrarse en la revista y dijo:

—Lo siento, pero no tengo nada que decir.

4

La perra estaba esperando en la puerta, meneando el rabo con nerviosismo. Era una hembra de pastor alemán con el mentón blanco.

—Hola, chucho. —Bob le rascó la cabeza y entró en la casa. Estaba helada. Zachary, que no había abierto la boca en todo el trayecto desde la cárcel, subió a su cuarto de inmediato—. ¡Zach! —le gritó Bob—. Ven a hablar con tu tío.

—Déjalo en paz —dijo Susan, y subió detrás de su hijo. Al cabo de unos minutos, bajó llevando un jersey con renos en la pechera—. No quiere cenar. Lo han metido en una celda y está medio muerto de miedo.

—Deja que hable con él —insistió Bob. Añadió, en voz más baja—: Pensaba que querías que hablara con él.

—Después. Ahora déjalo tranquilo. No le gusta hablar. Lo ha pasado mal. —Susan abrió la puerta de la cocina y la perra entró con aire culpable. Después de poner pienso en un platillo metálico, Susan fue al salón y se sentó en el sofá. Bob la siguió. Ella sacó una bolsa de labores.

Ahí estaban.

Bob no tenía la menor idea de qué hacer. Jim sabría qué hacer. Jim tenía hijos, Bob no. Jim se hacía cargo, Bob no. Se sentó en el sofá con el abrigo puesto y miró alrededor. Había pelo de la perra a lo largo del rodapié.

—¿Tienes algo de beber, Susan?

—Latas de Moxie.

—¿Nada más?

—Nada más.

De modo que estaban en guerra, igual que siempre. Él estaba cautivo en su abrigo, helado de frío y sin nada que beber. Ella lo sabía, y no hacía nada para remediarlo. Susan no bebía nunca, igual que su madre. Probablemente, pensaba que Bob era alcohólico, y Bob pensaba que casi lo era, pero no del todo, y le parecía que había una gran diferencia entre una cosa y la otra.

Susan le preguntó si quería cenar. Añadió que creía que tenía pizza congelada. O una lata de alubias. Salchichas de Frankfurt.

—No. —Él no iba a comerse su pizza congelada ni sus alubias.

Quería decirle que así no era en absoluto como vivía la gente; que por eso llevaba cinco años sin ir al pueblo, porque no lo soportaba. Quería decirle que la gente regresaba a casa después de un día tenso, se tomaba una copa, cocinaba. Subía el termostato, charlaba, llamaba a sus amigos por teléfono. Los hijos de Jim se pasaban el día subiendo y bajando las escaleras, «mamá, ¿has visto el jersey verde?», «dile a Emily que me dé el secador», «papá, habías dicho que podría quedarme levantado hasta las once»; incluso Larry, el más callado, entre risas, «tío Bob, ¿te acuerdas del chiste del tipi que me contaste cuando era súperpequeño?». (En la aldea de Sturbridge, mientras metían las manos y los pies en los cepos: «¡Hazme una foto, hazme una foto!». Zachary, tan flaco que las dos piernas le cabían en uno de los agujeros para los tobillos, más callado que un muerto.)

—¿Irá a la cárcel, Bobby? —Susan dejó de tricotar y lo miró con una cara que, de pronto, le pareció joven.

—Ah, Susie. —Bob sacó las manos del abrigo y se inclinó hacia delante—. Lo dudo. Es un delito menor.

—Estaba muerto de miedo en esa celda. Nunca lo había visto tan asustado. Creo que se moriría si tuviera que ir a la cárcel.

—Jim dice que Charlie Tibbetts es estupendo. Todo irá bien, Susie.

La perra entró en el salón, de nuevo con aire culpable, como si mereciera una paliza por comerse su pienso. Se tumbó en el suelo y apoyó la cabeza en el pie de Susan. Bob no recordaba haber visto nunca un perro tan triste. Pensó en el perrillo ladrador que vivía debajo de él en Nueva York. Trató de pensar en su piso, sus amigos, su trabajo en Nueva York: nada de eso le parecía real. Observó a su hermana cuando se puso de nuevo a tricotar.

—¿Qué tal el trabajo? —preguntó. Susan era optometrista desde hacía años, y Bob se dio cuenta de que no tenía la menor de idea de si su trabajo le gustaba.

Susan tiró de la lana despacio.

—Todos nos hacemos mayores, siempre hay clientela. He atendido a unos cuantos somalíes —añadió—. No muchos, pero unos cuantos.

Al cabo de un momento, Bob preguntó:

—¿Cómo son?

Susan lo miró como si fuera una pregunta capciosa.

—Un poco reservados para mi gusto. No piden cita. Recelosos. No saben qué es un queratómetro. Una mujer actuó como si la estuviera embrujando.

—Yo tampoco sé qué es un queratómetro.

—No lo sabe nadie, Bob. Pero saben que no los estoy hechizando. —Susan comenzó a mover las agujas con más rapidez—. Pueden intentar negociar el precio, lo que me desconcertó la primera vez que pasó. Luego me enteré de que ellos hacen eso, trueques. No usan tarjeta de crédito. Están en contra del crédito. Perdona. Están en contra de los intereses. Así que pagan al contado. No sé de dónde sacan el dinero. —Negó con la cabeza—. Mira, cada vez llegaban más y casi no había suficiente dinero, bueno, no había suficiente dinero, así que el pueblo tuvo que pedir más al gobierno. Y la verdad es que Shirley Falls, cuando se piensa en lo poco preparado que estaba, se ha portado muy bien con ellos. Esto es una causa magnífica para todos los liberales del pueblo, y tú que eres liberal ya sabes que siempre necesitáis tener una causa. —Dejó de hacer punto. Su cara, cuando lo miró, tenía una fina pátina de desconcierto casi infantil y volvió a parecerle joven—. ¿Quieres saber una cosa?

Bob enarcó las cejas.

—Lo que quiero decir, lo que veo, y me desconcierta, son las personas del pueblo que disfrutan contándole a todo el mundo que ayudan a los somalíes. Como los Prescott. Tenían una zapatería en South Market, a lo mejor ha quebrado, no lo sé. Pero Carolyn Prescott y su nuera siempre se llevan a las mujeres somalíes de tiendas y les compran neveras, lavadoras y baterías de cocina. Y yo pienso: «¿Hay algo de malo en que no quiera comprarle una nevera a una somalí?». Tampoco tengo el dinero, pero aunque lo tuviera. —Susan se quedó con la mirada perdida y se puso otra vez a tricotar—. No me apetece llevarme a esas mujeres de compras y después decir a todo el mundo que lo he hecho. Me parece cínico, eso es todo. —Cruzó las piernas y comenzó a mover el pie. Continuó—: Tengo una amiga, Charlene Bergeron, que tuvo cáncer de mama, y la gente se ofreció a ayudarla con sus hijos, a llevarla a los tratamientos. Pero luego su marido se divorció de ella unos años después. Y nada de nada. Cero. Nadie movió un dedo para ayudarla. Y duele, Bob. Es lo que me pasó a mí cuando Steve se fue. Estaba muerta de miedo. No sabía si podría conservar la casa. Nadie se ofreció a comprarme una nevera. ¡Nadie me invitó a comer! Y yo me estaba muriendo, de verdad. Seguro que me sentía más sola que esas somalíes. Tienen hijos a punta pala.

—Susie, lo siento —dijo Bob.

—La gente es curiosa, eso es todo. —Susan se frotó la nariz con el dorso de la mano—. Algunos dicen que es lo mismo que cuando el pueblo se llenó de obreros franco-canadienses que hablaban francés. Pero no lo es, porque lo que nadie dice es que ellos no quieren estar aquí. Están esperando para volver a su país. No quieren formar parte del nuestro. Están de paso, por así decirlo, pero, entretanto, piensan que nuestro estilo de vida es un asco. Eso me ofende, la verdad. Y no se integran en absoluto.

—Bueno, Susie. Los francocanadienses se pasaron muchos años sin integrarse.

—No es lo mismo, Bob. —Susan dio un tirón a la lana—. Y ya no se llaman francocanadienses. Francoestadounidenses, por favor. A los somalís no les gusta que los comparen con ellos. Afirman que son completamente distintos. ¡Que no se les puede comparar!

—Son musulmanes.

—No me había dado cuenta —dijo ella.

Cuando Bob entró después de salir a fumar, Susan estaba sacando unas salchichas de Frankfurt del congelador.

—Están a favor de la ablación del clítoris. —Llenó una olla de agua.

—*Oy*, Susan.

—*Oy*, tú. Por Dios. ¿Quieres una de éstas?

Bob se sentó a la mesa de la cocina con el abrigo puesto.

—Aquí es ilegal —dijo—. Lo es desde hace años. Y se dice somalíes, no somalís.

Susan lo miró, con el tenedor casi pegado al pecho.

—Ves, Bob, por eso sois imbéciles los liberales. Perdona. Pero lo sois. Aquí hay niñas con unas hemorragias tremendas; la escuela las manda al hospital por las hemorragias que tienen. O la familia ahorra dinero y las manda a África para que se lo hagan allí.

—¿No crees que deberíamos preguntar a Zach si tiene hambre? —Bob se frotó la nuca.

—Voy a subirle esto.

—Y también es mejor no decir *negrito*, deberías saberlo. O *retrasado*. Deberías saber esas cosas.

—Por el amor de Dios, Bob. Me estaba riendo de ti. De cómo estirabas el cuello para verlo. —Susan miró en la olla puesta al fuego y, al cabo de un momento, dijo—: Echo de menos a Jim. No te lo tomes a mal.

—Yo también preferiría que estuviera aquí.

Susan se volvió. Tenía la cara enrojecida por el vapor del agua hirviendo.

—Una vez, justo después del juicio de Packer, estaba en el centro comercial y escuché a un matrimonio hablar de Jim, decir que se cambió de fiscal a abogado defensor sólo para poder llevar un caso famoso y ganar dinero. Me sentó fatal.

—La gente es imbécil, Susie. —Bob hizo un gesto con la mano—. Los abogados cambian continuamente. Y Jim ya defendía casos en el bufete de Hartford. Todo es defensa. Defender al pueblo o defender al acusado. El caso le cayó como llovido del cielo y lo bordó. Piense o no la gente Wally era culpable.

—Pero creo que la mayoría de la gente que se acuerda de Jim aún lo adora. Están encantados de verlo en la tele. Nunca presume, es lo que dice la gente. Y es verdad.

—Es verdad. No soporta salir en la tele. Lo hace porque el bufete se lo pide. Creo que, durante el juicio de Packer, le gustaba la publicidad, pero no sé si todavía es así. A Helen sigue gustándole. Siempre avisa a todo el mundo cuando Jim va a salir en la tele.

—Sí, Helen. Claro.

Los unió, su amor por Jim. Bob lo aprovechó para levantarse y decir que salía a comprar algo distinto de comer.

—¿Sigue abierto el sitio de los espaguetis? —preguntó.

—Sí.

Las calles estaban sumidas en la oscuridad. Bob siempre se sorprendía de cuán oscura era la noche fuera de Nueva York. Condujo hasta un pequeño colmado y compró dos botellas de vino, lo cual podía hacerse en un colmado de Maine. Eligió las que tenían el tapón de rosca. Mientras conducía, sin reconocer las calles como creía que haría, tuvo cuidado de no hacerlo en dirección al hogar de su infancia. Desde la muerte de su madre (hacía ya tiempo, había perdido la cuenta de los años), no había pasado por delante de la casa ni una sola vez. Se detuvo en una señal de stop, giró a la derecha y vio el viejo cementerio. A su izquierda, había casas de cuatro plantas hechas de madera. Estaba cerca del centro. Pasó por detrás del antiguo Peck's, los principales grandes almacenes del pueblo antes de que construyeran el centro comercial al otro lado del río. Cuando Bob era pequeño, le compraban la ropa del colegio en el departamento de ropa infantil masculina de Peck's. Guardaba recuerdos de la vergüenza y el ridículo que pasaba cuando el dependiente le cogía el dobladillo de los pantalones y le ponía la cinta métrica en la entrepierna; de su madre comprándole cuellos de cisne rojos y también azules, asintiendo. Ahora, el edificio estaba vacío y tenía los escaparates cerrados con tablas. Bob pasó por delante de la explanada donde antiguamente estaba la estación de autobuses y vio que había cafeterías, quioscos y panaderías. Y, de repente, apareció un hombre negro que pasó por debajo de una farola. Era alto y elegante, con una camisa holgada y quizá un chaleco encima, Bob no estaba seguro. Llevaba un pañuelo blanquinegro con borlas alrededor de los hombros.

—Mira qué bien —dijo, en voz baja—. Otro más. —Y, no obstante, Bob, que llevaba años viviendo en Nueva York, Bob, que se había dedicado brevemente a la defensa de delincuentes de colores y religiones diversos (hasta que las tensiones del juzgado le habían obligado a trabajar en apelaciones), Bob, que creía en la gloriosa Constitución y en el derecho de las personas, de todas las personas, a la vida, la libertad y la búsqueda de la felicidad, Bob Burgess, después de que el hombre alto con el pañuelo de borlas se internara en una callejuela de Shirley Falls, Bob pensó, muy fugazmente, pero lo pensó: «Siempre que no sean demasiados».

Siguió conduciendo y, por fin, vio el familiar Antonio's, el restaurante de espaguetis, detrás de la gasolinera. Entró en el aparcamiento. En la puerta acristalada de Antonio's había un cartel con letras de color naranja. Consultó el reloj del salpicadero. Las nueve de un sábado por la noche y Antonio's estaba cerrado. Abrió una botella de vino. ¿Cómo describir lo que sentía? El despliegue de un anhelo tan intenso que era casi erótico, la nostalgia, el mudo grito de asombro, como ante algo indeciblemente bello, el deseo de apoyar la cabeza en el regazo grande y blando de aquel pueblo, Shirley Falls.

Condujo hasta un pequeño colmado, compró un paquete de barritas de almeja congeladas y regresó a casa de Susan.

Abdikarim Ahmed bajó de la acera y caminó por la calzada para no pasar cerca de portales en los que podía haber alguien acechando en la oscuridad. Entró en la casa de su primo y vio que la bombilla de la puerta estaba, otra vez, fundida. «Tío», le gritaron unas voces, y él continuó por el pasillo hasta su habitación, que tenía las paredes cubiertas de tapices persas; Haweeya los había colgado cuando él había ido a vivir allí, hacía unos meses. Los colores de los tapices parecieron moverse cuando Abdikarim se apretó la frente con los dedos. Ya era grave que el hombre detenido hoy no fuera conocido en el barrio. (Se suponía que sería uno de los hombres que vivían cerca, uno de los que bebían cerveza por la mañana delante de sus casas, tenían los recios brazos tatuados y conducían ruidosos camiones con pegatinas en los parachoques en las que ponía: «Blancos al poder, ¡los demás, fuera!».) Sí, ya era grave que aquel Zachary Olson tuviera trabajo y viviera en una casa decente con su madre, que también tenía trabajo. Pero lo que continuaba asustándolo, lo que le removía el estómago y le oprimía la cabeza, era lo que había visto la noche del incidente: los dos policías, que llegaron poco después de que el imán los llamara, entraron en la mezquita con sus uniformes oscuros y sus cartucheras, miraron la cabeza de cerdo y se rieron. Luego, dijeron: «Muy bien, señores». Rellenaron formularios, hicieron preguntas. Se pusieron serios. Tomaron fotografías. No todos los vieron reírse. Pero Abdikarim, que estaba cerca, envuelto en sudor bajo la túnica de oración, sí lo hizo. Hoy, los ancianos le habían pedido que describiera lo que vio al rabino Goldman y él lo había representado; las sonrisas, las conversaciones por los radiotransmisores, el intercambio de miradas entre los dos policías, su risa callada. El rabino Goldman había negado con la cabeza, apenado.

Haweeya estaba en la puerta, restregándose la nariz.

—¿Tienes hambre? —preguntó, y Abdikarim respondió que había comido en casa de Ifo Noor—. ¿Hay más problemas? —añadió Haweeya en voz baja. Sus hijos la habían seguido por el pasillo y ella extendió los largos dedos sobre la cabeza de su hijo varón.

—No, todo sigue igual.

Haweeya asintió y los pendientes le oscilaron. Después, se llevó a los niños al salón. Los había tenido en casa casi todo el día, donde les había mandado memorizar otra vez su linaje, su bisabuelo, su tatarabuelo, etcétera, hasta muy atrás. Los estadounidenses parecían dar poca importancia a sus antepasados. Los somalíes podían remontarse a muchas generaciones y ella no quería que sus hijos olvidaran eso. Aun así, tenerlos en casa había sido duro. A nadie le gustaba pasar tanto tiempo sin ver el cielo. Pero, cuando Ornad había llegado de trabajar (era traductor en el hospital), había dicho que irían todos al parque. Ornad y Haweeya llevaban más tiempo viviendo en el país que el resto, no se asustaban con tanta rapidez. Habían sobrevivido en las peores partes de Atlanta, donde la gente se drogaba y entraba a robar en los pisos de sus vecinos; Shirley Falls era seguro y bonito comparado con eso. De manera que, esa tarde, cansada por el ayuno, y por el puro aire otoñal que (Haweeya no comprendía la razón) le provocaba alergia y escozor de ojos, había visto correr a sus hijos detrás de las hojas que caían. El cielo estaba casi azul.

Cuando hubo limpiado la cocina y fregado el suelo, hizo otra visita a Abdikarim. Apreciaba mucho a aquel hombre que, al llegar a Shirley Falls hacía un año, había descubierto que su mujer, Asha, a la que habían enviado antes, con sus hijos, ya no lo quería. Asha se había ido a vivir a Minneapolis con los niños. Aquello había sido una deshonra para Abdikarim, Haweeya lo comprendía, todos lo hacían. Él echaba la culpa a Estados Unidos, por haber enseñado a Asha a ser tan incauta e independiente, pero Haweeya opinaba que Asha, varios años más joven que él, había nacido para hacer lo que ella quería; algunas personas eran así. También había ahondado la tristeza de Abdikarim: Asha era la madre de su único hijo varón vivo. De los hijos que había tenido con otras mujeres, sólo le quedaban hijas. Había sufrido pérdidas, al igual que muchos otros.

Abdikarim estaba sentado en la cama, con los puños hundidos en el colchón. Haweeya se apoyó en la jamba de la puerta.

—Esta tarde ha llamado Margaret Estaver. Me ha dicho que no me preocupe.

—Lo sé, lo sé. —Abdikarim alzó una mano con impotencia—. Según ella, es *wiil waal*, un chico loco.

—Ayanna dice que el lunes no llevará a sus hijos a la escuela —susurró Haweeya, y estornudó—. Cuando Omad le ha dicho que ahí están seguros, ella le ha replicado: «¿Seguros en un sitio en el que les dan patadas y puñetazos cuando el profesor no mira?».

Abdikarim asintió. Esa noche, en casa de Ifo Noor, habían hablado de la escuela y de los profesores, que habían prometido estar más atentos después del incidente de la cabeza de cerdo.

—Todo el mundo hace promesas —dijo Abdikarim, y se levantó—. Que duermas bien —añadió—. Y cambia la bombilla.

—Mañana compraré una. Voy a Walmart. —Haweeya le sonrió con aire pícaro—. Espero que *wiil waal* no haya vuelto a trabajar ahí. —Los pendientes se le movieron cuando se alejó.

Abdikarim se restregó la frente. Esa noche, en casa de Ifo Noor, el rabino Goldman se había sentado con los ancianos y les había pedido que practicaran la verdadera paz del islam. Aquello era ofensivo. Por supuesto que lo harían. El rabino había dicho que mucha gente del pueblo respaldaba su derecho a estar en Shirley Falls y que, después del Ramadán, lo demostraría con una manifestación. Los ancianos no querían una manifestación. Reunir a la gente en grandes multitudes no era bueno. Pero el rabino Goldman, de gran corazón, había argüido que sería saludable para el pueblo. ¡Saludable para el pueblo! Cada palabra había sido como un varazo que les decía que aquél no era su barrio, su pueblo, su país.

Abdikarim, de pie junto a la cama, cerró los ojos, contrariado, porque ¿dónde estaban los rabinos Goldman de Estados Unidos cuando su hija mayor bajó del avión en Nashville con sus cuatro hijos y no había nadie para recibirlos y las escaleras mecánicas les dieron tanto miedo que sólo fueron capaces de mirarlas mientras la gente los apartaba a empujones, los señalaba y se reía? ¿Dónde estaban los rabinos Goldman de Estados Unidos cuando una vecina compró a Aamuun una aspiradora y Aamuun, que no sabía qué era, nunca la utilizó y la vecina dijo en el pueblo que los somalíes eran unos desagradecidos? ¿Dónde estaban los rabinos Goldman y las ministras Estaver de Estados Unidos cuando la pequeña Kalila creyó que el dispensador de kétchup del Burger King era para lavarse las manos? Y, cuando su madre vio cómo lo había puesto todo, le dio una bofetada y una mujer se acercó a ella para decirle: «En Estados Unidos no pegamos a nuestros hijos». ¿Dónde estaba el rabino entonces? El rabino no podía saber cómo se sentían.

Y, por supuesto, el rabino, que ya estaría en su segura casa con su preocupada esposa, no podía saber que, cuando Abdikarim se sentó pesadamente en la cama, más que miedo, sintió vergüenza al recordar que esa noche se había metido un trozo de *mufa* en la boca y había experimentado el placer animal y furtivo de su sabor. En los campos de refugiados, había tenido hambre a todas horas, era como una esposa, la compañía de aquella necesidad agotadora y constante. Y ahora que estaba en Shirley Falls, le causaba un dolor indecible darse cuenta de que aún tenía aquella ansia animal de comida; eso le envilecía. Comer, defecar, dormir eran necesidades naturales. Pero a él le habían arrebatado el lujo de su naturalidad hacía ya tiempo.

Toqueteó el tapiz que cubría su cama y murmuró:

—*Istakhfuru-Allah*, pido perdón. —Pues creía que su pueblo era el culpable de la violencia de su patria por no vivir la verdadera vida del islam. Al cerrar los ojos, musitó el último *Al-hamdulilah* del día—: Gracias, Alá. —Todo lo bueno emanaba de Alá. Lo malo, de los seres humanos que permitían que la semilla del mal germinara en su corazón. Pero por qué era así, por qué se extendía el mal como una enfermedad, era la pregunta que Abdikarim siempre acababa haciéndose. Y la respuesta siempre era que no lo sabía.

La primera noche, Bob durmió en el sofá con toda la ropa puesta, incluso el abrigo, tanto frío hacía. No logró dormirse hasta que el sol comenzó a colarse por las persianas y, cuando se despertó, oyó que Susan gritaba:

—Vas a ir a trabajar. ¡Eres tú el que ha hecho esta tontería, maldita sea! Así que ve a ganarte los doscientos condenados dólares que me ha costado sacarte. ¡Ya!

Bob oyó que Zach murmuraba, y un portazo, y unos minutos después, un coche que se alejaba.

Susan apareció en la puerta del salón y le arrojó un periódico que cayó al suelo junto al sofá.

—Te has lucido —dijo.

Bob miró el periódico. En primera plana había una gran fotografía de Zach saliendo de la cárcel, sonriente. El titular rezaba ¿DÓNDE ESTÁ LA GRACIA?

—*Oy* —dijo Bob, y se incorporó con esfuerzo.

—¡Me voy a trabajar! —le gritó Susan desde la cocina. Bob oyó que abría y cerraba armarios. Y, después, el portazo de la puerta trasera y el coche alejándose.

Se quedó sentado y paseó la mirada por el salón, sin apenas mover la cabeza. Las persianas bajadas tenían el color de los huevos duros. El papel pintado era de una tonalidad similar, con una serie de delgados pájaros azules que tenían las alas desplegadas y el pico largo. Había un aparador de madera con novelas abreviadas del *Reader's Digest* en el estante superior y, en el rincón, un sillón de orejas con los brazos tan desgastados que el tapizado estaba roto. Nada de lo que había en el salón parecía estar pensado para el confort, y Bob se sentía incómodo en él.

Un movimiento en la escalera le sobresaltó. Vio las zapatillas rosas de felpa y, después, a la flaca anciana, con las gafas dirigidas hacia él.

—¿Por qué llevas puesto el abrigo? —le preguntó.

—Estoy helado —respondió él.

La señora Drinkwater terminó de bajar las escaleras y se quedó agarrada al pasamano. Miró alrededor.

—En esta casa siempre hace mucho frío.

Bob vaciló antes de decir:

—Si usted también pasa frío, debería decírselo a Susan.

La anciana fue a sentarse en el sillón de orejas. Se subió las gafas con un huesudo nudillo.

—No me parece bien quejarme. Susan no tiene mucho dinero, ¿sabes? La óptica lleva años sin subirle el sueldo. Y el precio del petróleo. —La anciana giró la mano por encima de la cabeza—. Virgen santa.

Bob recogió el periódico del suelo y lo dejó a su lado en el sofá. La fotografía de Zach lo miró, sonriente, y él dio la vuelta al periódico.

—Ha salido en las noticias —observó la señora Drinkwater.

Bob asintió.

—Se han ido los dos a trabajar —dijo.

—Ya lo sé, querido. He bajado a coger el periódico. Susan me lo deja los domingos.

Bob se inclinó y le dio el periódico. Ella siguió sentada en el sillón con el periódico en el regazo.

—Y, dígame, ¿grita Susan mucho a Zach? —preguntó Bob.

La señora Drinkwater miró alrededor y Bob pensó que no iba a responder.

—Antes sí. Cuando vine a vivir aquí. —Cruzó las piernas y empezó a mover un tobillo de arriba abajo. Las zapatillas le venían enormes—. Claro que, en esa época, su marido acababa de largarse. —La señora Drinkwater negó con la cabeza despacio—. Que yo supiera, el chico nunca hacía nada malo. Es un chico solitario, ¿verdad?

—Siempre lo ha sido, creo. Zach siempre ha parecido, bueno, frágil, emocionalmente, o sólo inmaduro. O algo así.

—Pensamos que nuestros hijos serán como los que salen en los catálogos de ropa infantil. —La señora Drinkwater movió el pie con más brío—. Pero luego no lo son. Aunque reconozco que Zachary parece más solo que la mayoría. Además, llora.

—¿Llora?

—A veces lo oigo en su cuarto. Me siento como si fuera una chivata, pero tú eres su tío. Procuro no meterme en la vida de nadie.

—¿Lo oye Susan?

—No lo sé, querido.

La perra se acercó a Bob y apoyó el largo hocico en su regazo. Él le acarició el áspero pelo de la cabeza y dio unos golpecitos en el suelo para que se tumbara.

—¿Tiene algún amigo?

—Nunca he visto a ninguno en esta casa.

—Susan dice que tiró la cabeza de cerdo ahí dentro solo.

—Es posible. —La señora Drinkwater se subió las enormes gafas—. Pero a muchos otros les habría gustado hacerlo. Esa gente, los somalís, no todo el mundo los quiere aquí. A mí no me molestan. Pero con esa ropa. —Extendió la huesuda mano delante de la cara—. Sólo se les ven los ojos. —Miró alrededor—. Me pregunto si será verdad lo que dicen, que tienen pollos en los armarios. Virgen santa, parece bien raro.

Bob se levantó y rebuscó en el bolsillo del abrigo para encontrar el teléfono móvil.

—Voy a salir a fumar. Si me disculpa.

—Por supuesto, querido.

De pie bajo el arce real, cuyas hojas amarillas se arqueaban por encima de él, Bob encendió un cigarrillo y miró la pantalla del teléfono móvil con los ojos entrecerrados.

5

En la habitación del hotel, Jim, quemado por el sol y brillante de sudor, estaba enseñando a Helen por qué había ganado al golf.

—El secreto está en el movimiento de muñeca, mira. —Flexionó un poco las rodillas, dobló los codos y blandió un palo de golf imaginario—. ¿Lo ves, Hellie? ¿Has visto lo que acabo de hacer con la muñeca?

Ella le dijo que sí.

—Ha sido increíble. Hasta el capullo del médico que ha jugado con nosotros ha tenido que aceptarlo. Era de Texas. Un gilipollas bajito y repugnante. Ni tan siquiera sabía qué era el «té de Texas». Así que se lo he explicado. —Jim se encogió de hombros con aire triunfal—. Le he dicho: «Es lo que utilizáis para cargaros a los reos ahora que habéis dejado de freírlos como si fueran patatas fritas. Tiopental sódico, bromuro de pancuronio, cloruro de potasio». Él no ha dicho una palabra. Capullo. Sólo ha sonreído. —Jim se enjugó la frente con la mano y se dispuso a lanzar otra bola de golf imaginaria. Detrás de él, la puerta acristalada que daba al patio estaba entreabierta, y Helen pasó entre su marido y la mesa del frutero con limones—. ¿Has visto? ¡Qué arte! Le he dicho a ese imbécil —continuó Jim, y se enjugó la cara con la camiseta de golf—: «si estáis a favor de la pena de muerte, un claro signo de que la crueldad ha corrompido a la sociedad civilizada, ¿por qué no adiestráis al menos a vuestros verdugos trogloditas para que administren el té de Texas como Dios manda? En vez de acribillar a pinchazos a ese último desgraciado y dejarlo ahí tirado...». ¿Sabes cuál era su especialidad? Dermatólogo. Liftings faciales. Rozaduras en las nalgas. Voy a darme una ducha.

—Jim. Ha llamado Bob.

Jim se detuvo y se dio la vuelta.

—Zach ha vuelto al trabajo. Le fijaron la fianza en doscientos dólares. Y Susan también estaba en el trabajo. La instrucción de cargos no será hasta dentro de unas semanas y Bob ha dicho que Charlie Tibbetts podría dejarlo en una multa. Creo. Esa parte no la he entendido, lo siento. —Helen empezó a abrir el cajón de la cómoda para enseñar a Jim los regalitos que había comprado a sus hijos.

—Ahí lo hacen así —dijo Jim—. Hay un calendario para la instrucción de cargos. ¿Tiene que comparecer Zach?

—No lo sé. Creo que no.

—¿Cómo estaba Bob?

—Como siempre.

—¿Qué quieres decir con *como siempre*?

Al oír su tono de voz, Helen cerró el cajón y lo miró.

—¿Qué quieres decir con *qué quieres decir*? Me has preguntado cómo estaba. Como siempre. Estaba como siempre.

—Cariño, me estás sacando un poco de quicio. Estoy procurando saber qué pasa en ese pueblo de mala muerte y no me sirve de nada que digas que Bob estaba como siempre. ¿Qué quieres decir con eso? ¿Estaba optimista? ¿Estaba serio?

—Por favor, no me interrogues. Tú eras el que estaba fuera, divirtiéndote en el campo de golf. Yo he tenido que aguantar a la gruñona de Dorothy, que me ha obligado a leer un artículo sobre los campos de refugiados de Kenia. Y eso no es divertido, como jugar al golf. Y entonces ha sonado ¡mi móvil!, ya sabes, la Quinta de Beethoven que los chicos me han instalado para Bob, así que sabía que llamaba él, y he tenido que atenderlo como si fuera tu secretaria porque él ha preferido no molestarte.

Jim se sentó en la cama y se quedó mirando la alfombra. Helen reconoció aquella mirada. Llevaban muchos años casados. Jim rara vez se enfadaba con ella y se lo agradecía, porque siempre lo interpretaba como una muestra de respeto. Pero, cuando daba la impresión de que intentaba ser razonable porque ella se estaba comportando como una tonta, le costaba soportarlo.

Probó a ser graciosa.

—Muy bien, me retracto, señoría. No es relevante. —Su tono de voz no fue cómico—. Ni pertinente —añadió.

Jim siguió con los ojos clavados en la alfombra. Por fin, dijo:

—¿Te ha pedido que le llame o no?

—No me lo ha pedido.

Jim volvió la cara hacia ella.

—Es lo único que quería saber. —Se levantó y se dirigió al baño—. Voy a ducharme, y siento que hayas tenido que aguantar a la gruñona de Dorothy. Nunca me ha caído bien.

—¿Me tomas el pelo? —preguntó Helen—. Entonces, ¿por qué estamos aquí con ellos?

—Es la mujer del gerente del bufete, Helen. —La puerta del baño se cerró y, al cabo de un momento, Helen oyó el agua de la ducha.

A la hora de cenar, se sentaron fuera y vieron el sol ponerse en el agua. Helen llevaba una blusa blanca de lino, un pantalón negro de tres cuartos y unas manoletinas. Alan sonrió y dijo:

—Chicas, estáis muy guapas esta noche. ¿Qué planes tenéis para mañana? —Estaba sentado al lado de Dorothy y no dejaba de frotarle el brazo. Tenía la mano pecosa. Y también la cabeza, calva en su mayor parte.

—Mañana, mientras jugáis al golf, Dorothy y yo hemos pensado probar el desayuno de Lemon Drop —respondió Helen.

—Estupendo. —Alan asintió.

Helen se tocó el pendiente y pensó: «Ser mujer es un asco». Luego, pensó: «No es verdad». Tomó un sorbo de whisky sour.

—¿Quieres probar mi whisky sour? —preguntó a Jim.

Él negó con la cabeza. Miraba el mantel y parecía ausente.

—¿Hoy no bebes, Jim? —preguntó Dorothy.

—Jim no bebe casi nunca. Creía que lo sabías —dijo Helen.

—¿Te da miedo perder el control? —preguntó Dorothy, y Helen sintió una punzada de ira. Pero Dorothy dijo—: Mirad eso. —Y señaló. Cerca de ellos, un colibrí tenía el largo pico metido en una flor—. Es precioso. —Se inclinó hacia delante y se agarró a los brazos de la silla.

Helen notó que Jim le daba un apretón en la rodilla por debajo de la mesa y frunció ligeramente los labios para mandarle un beso. Después, los cuatro cenaron con calma, sin apenas hacer ruido con los cubiertos de plata, y Helen, después de otro whisky sour, incluso explicó que una noche había bailado encima de una mesa en una bolera después del juicio de Wally Packer. Había hecho un pleno tras otro: ¡increíble! Y después se había pasado con la cerveza y había acabado bailando encima de una mesa.

—Siento habérmelo perdido —dijo Dorothy.

Alan miró a Helen con una afabilidad ausente que pareció prolongarse demasiado. Le tocó ligeramente la mano.

—Tienes suerte, Jim —dijo.

—Ni que lo digas —respondió él.

6

Para Bob, el día había sido interminable, un inmenso vacío que sólo podría haber llenado la llamada de Jim. Otras personas habrían hecho alguna cosa. Bob era consciente de ello. Otras personas habrían ido al colmado y habrían recibido a Susan y a Zach con una cena caliente en la mesa. O habrían ido al mar para ver las olas. O a la montaña para hacer una excursión. Pero Bob, aparte de sus viajes al porche trasero para fumar, se había quedado sentado en el salón de su hermana hojeando novelas abreviadas del *Reader's Digest* y, después, había echado un vistazo a una revista femenina que ella tenía. Era la primera vez que leía una revista para mujeres y le entristeció el artículo sobre cómo reavivar el sexo conyugal después de años de matrimonio («sorprende a tu marido con lencería sexi») o cómo perder peso en el trabajo, qué ejercicios endurecían los muslos fofos.

Cuando Susan llegó a casa, dijo:

—No esperaba encontrarte aquí. Después de cómo la has fastidiado con el periódico de hoy.

—Bueno. He venido a ayudar. —Bob dejó la revista.

—Como he dicho, no esperaba verte aquí. —Susan dejó salir a la perra y se quitó el abrigo.

—Tengo que ver a Charlie Tibbetts mañana por la mañana. Ya lo sabes.

—Me ha llamado —le informó Susan—. No volverá hasta la tarde. Se retrasa.

—Bueno —dijo Bob—. Lo veré por la tarde.

Cuando Zachary entró en la casa, Bob se levantó.

—Vamos, Zachary. Habla con tu tío. Empieza contándome cómo te ha ido el día.

Zachary se quedó plantado en el salón, pálido y con cara de susto. Llevaba el pelo tan corto que sus orejas parecían extremadamente vulnerables, pero la angulosidad de sus facciones era adulta.

—Eh. Después, quizá. —Subió a su cuarto y, de nuevo, Susan le llevó la cena.

Esta vez, Bob se quedó en la cocina, bebiendo vino en una taza, comiendo pizza descongelada en el microondas. Pasó el resto de la tarde viendo la televisión con Susan, que se apropió del mando para cambiar de canal cada vez que daban las noticias. El teléfono no sonó en ningún momento. A las ocho en punto, Susan subió a acostarse. Bob salió a fumar al porche trasero, volvió a entrar y se terminó la segunda botella de vino. No tenía sueño. Tomó un somnífero y, al cabo de un rato, otro. Una vez más, durmió en el sofá con el abrigo puesto y, una vez más, durmió mal.

Cuando lo despertaron los portazos de los armarios de la cocina, ya se colaba mucha luz por debajo de las persianas. Sintió las náuseas que siempre tenía cuando tomaba somníferos y no dormía lo suficiente, y pensó, casi de forma simultánea, que su hermana, al enfadarse el día anterior, le había recordado mucho a su madre, la cual, cuando ellos eran pequeños, también tenía arrebatos de cólera (nunca dirigidos contra Bob, sino contra el perro, o contra un bote de mantequilla de cacahuete que se hacía añicos al caer al suelo o, sobre todo, casi siempre, contra Susan, por no andar derecha, no haber planchado bien una camisa, no haber limpiado su cuarto).

—Susan... —Tenía la lengua de trapo.

Su hermana acudió y se quedó en la puerta.

—Zach ya se ha ido a trabajar y yo me iré enseguida, en cuanto me duche.

Bob parodió un saludo militar, se levantó y buscó las llaves del coche.

Condujo con prudencia, como si llevara varias semanas enfermo sin salir de casa. Al otro lado del parabrisas, el mundo le pareció lejano. Paró en una gasolinera que tenía tienda. Al entrar, vio tal variedad de artículos (gafas de sol cubiertas de polvo, pilas, candados con llaves, caramelos) que lo invadió el desconcierto y casi tuvo miedo. Detrás del mostrador había una joven de piel oscura con los ojos grandes y oscuros. En su mente embotada, le pareció fuera de lugar, como si pudiera ser de la India, pero no exactamente. En una tienda de Shirley Falls, el tendero siempre era blanco y casi siempre gordo; eso era lo que su mente le decía que debía esperar. En cambio, aquella escena parecía una minúscula instantánea de Nueva York, donde el tendero podía ser cualquiera. Pero la forma en que la joven de ojos oscuros le miraba no era en absoluto cordial y se sintió como un intruso. Deambuló como un tonto por los pasillos, tan consciente de su recelo que tenía la sensación de haber robado algo, aunque Bob nunca había robado nada en toda su vida.

—Esto, ¿café? —preguntó, y ella le señaló la máquina.

Bob llenó un vaso de poliestireno, cogió un paquete de rosquillas y después vio, en el suelo, periódicos del día anterior y su sobrino sonriéndole. Refunfuñó para sus adentros. Al pasar por delante de la nevera, vio botellas de vino y se paró a coger una. La botella tintineó al chocar con las otras cuando la sacó y se la puso bajo el brazo. Esperaba poder marcharse después de ver a Charlie Tibbetts esa tarde, pero, sólo por si tenía que quedarse otra noche en casa de Susan, se sentía mejor sabiendo que tendría vino. Dejó la botella en el mostrador junto con el café y el paquete de rosquillas, y pidió tabaco. La joven cajera no le miró. Ni cuando dejó el tabaco en el mostrador ni cuando le dijo cuánto era. Sin decir nada, le acercó una bolsa de papel y Bob comprendió que debía meter los artículos él.

Se quedó sentado en el coche, con el sabor del café en la boca. Le cayó polvo blanco de las rosquillas en el abrigo y, al sacudírselo, le dejó regueros blancos. Cuando dio marcha atrás, con el vaso en el soporte junto a la palanca de cambios, oyó un ruido y tardó un angustioso momento en comprender que se trataba de un grito humano. Apagó el motor; el coche dio un brinco.

Le pareció que tardaba una eternidad en abrir la puerta y apearse.

Detrás del coche, había una mujer con un largo vestido rojo y un fino pañuelo que le cubría la cabeza y gran parte de la cara, gritándole en un idioma que no entendía. La mujer agitó los brazos y, después, golpeó el coche con la mano. Cuando Bob se acercó, ella volvió a bracear y Bob tuvo la sensación de que todo sucedía a cámara lenta y sin voz. Detrás de la mujer, vio a otra que llevaba un vestido similar de colores más oscuros. La vio mover la boca, gritarle, vio sus largos dientes amarillentos.

—¿Está bien? —gritaba él.

Las mujeres también gritaban. De golpe, Bob se sintió incapaz de respirar e intentó indicarlo por señas, agitando las manos delante del pecho. La cajera salió de la tienda y cogió a la mujer de la mano, le habló en un idioma que Bob no entendía, y sólo entonces Bob cayó en la cuenta de que debía de ser somalí. La chica lo miró y dijo:

—Quería atropellarla. ¡Aléjese de nosotros, hombre loco!

—No es verdad —protestó Bob—. ¿Le he dado? —Le faltaba el aliento—. El hospital está... —Se lo señaló.

Las mujeres hablaron entre ellas, sonidos rápidos y desconocidos.

—No va a ir al hospital —dijo la cajera—. Váyase.

—No puedo irme —objetó Bob, con impotencia—. Tengo ir a la policía para dar parte.

La cajera alzó la voz.

—¿Por qué la policía? ¿Son amigos suyos?

—Si le he dado...

—No le ha dado. Lo ha intentado. Váyase.

—Pero esto es un accidente. ¿Cómo se llama? —Bob subió al coche para coger algo con lo que escribir. Cuando bajó, las dos mujeres de los vestidos largos y los pañuelos en la cabeza corrían calle abajo.

La cajera había vuelto a entrar en la tienda.

—¡Váyase! —le gritó a través de la puerta acristalada.

—No la he visto. —Bob alzó los hombros y le enseñó las palmas.

La chica echó el cerrojo.

—¡Váyase! —gritó de nuevo.

Bob regresó a casa de Susan conduciendo muy despacio. Oyó el agua de la ducha. Cuando su hermana bajó, iba en albornoz y se estaba secando el pelo con una toalla. Bob, aún sin aliento, dijo, cuando Susan lo miró:

—Oye, tenemos que llamar a Jim.

7

Helen estaba sentada en el patio de la habitación del hotel con una taza de café en la mano. Desde allí, le llegaba el chapoteo del agua de la fuente; todos los patios que veía estaban cubiertos por enredaderas de madreselva. El desayuno en Lemon Drop se había cancelado. Alan había llamado para decir que Dorothy prefería pasar la mañana descansando en la habitación, que Helen no debía tomárselo a mal. Helen no se lo había tomado a mal. Había pedido que le subieran el desayuno a la habitación y se tomó la fruta, el yogur y el bollo con una alegría cuyo motivo era evidente. Jim sólo iba a jugar nueve hoyos, no tardaría mucho en volver. Entonces podrían estar juntos; Helen notó el dulce latido del deseo en sus entrañas.

—Muchísimas gracias —dijo al educado hombre que se puso al teléfono cuando llamó para avisar de que podían llevarse la bandeja del desayuno.

Cogió la cesta de paja, bajó al vestíbulo y entró en la tienda de regalos para comprar una revista del corazón como las que solía leer con sus hijas, acurrucadas las tres en el sofá, mirando los vestidos de las estrellas de cine. «Oh, ¡me gusta éste!», decía Emily, y lo señalaba. Y Margot suspiraba: «Pero, fíjate, este otro es preciosísimo». Helen también compró una revista para mujeres por uno de los titulares de la portada: «Los placeres del nido vacío».

—Muchísimas gracias —dijo a la dependienta, y enfiló el sendero que conducía a la playa entre árboles en flor y jardines de rocalla para tomar el sol en las piernas.

Había que mirarse a los ojos, aconsejaba el artículo; eso era importante en las relaciones largas. Escribir un correo sensual. Echarse piropos. El mal humor era contagioso. Helen cerró los ojos tras las gafas de sol y dejó que sus pensamientos la transportaran a la época del juicio de Wally Packer. Lo que Helen jamás había contado a nadie era que aquellos meses le habían enseñado qué debía de sentirse siendo la primera dama. Había que estar preparada para las cámaras en todo momento. Había que dar buena imagen, siempre. Helen lo había entendido. Y lo había hecho de perlas. No le molestaba que algunas personas de su círculo de West Hartford se hubieran distanciado de ella. Creía, con toda su alma, en la licitud de que Jim defendiera a Wally y en el derecho de Wally a tenerlo como abogado defensor. En todas las fotografías que le habían sacado (con Jim en un restaurante, en el aeropuerto, bajando de un taxi), había dado siempre en el clavo, con su abanico de trajes hechos a medida, vestidos de fiesta, pantalones informales. Lo que fácilmente podría haberse considerado un circo, se había tomado en serio gracias a la dignidad de Jim y Helen Burgess. Helen lo creyó entonces y lo creía ahora, al recordarlo.

¡Y la emoción! Flexionó los tobillos. Las largas conversaciones que tenía con Jim después de que sus hijos se acostaran para repasar lo que había sucedido ese día en los tribunales. Él le pedía su opinión. Ella se la daba. Eran compañeros, cómplices. La gente decía que un juicio como aquél debía de ser una dura prueba para un matrimonio y ellos tenían que esforzarse por contener la risa, por disimular: «Justo al revés; ¡es justo al revés!». Helen se desperezó, abrió los ojos. Ella era la mujer de su vida. ¿Cuántas veces se lo había susurrado Jim en los últimos treinta años? Recogió sus cosas y echó a andar hacia el hotel. Junto al campo de croquet, el agua fluía con suavidad por un montón de piedrecitas y caía a un arroyo que corría junto a él. Una pareja, ella vestida con una larga falda blanca y una blusa celeste, jugaba al croquet, y Helen oyó el golpecito cuando la bola echó a rodar por el césped. Junto con las flores tropicales colgantes, el cielo azul parecía susurrar a los huéspedes que paseaban: «Vamos, sed felices. Sed felices, sed felices». Helen pensó: «Gracias, lo seré».

Le oyó antes de entrar en la habitación.

—¡Estás como una puta cabra, Bob! —Su marido no dejaba de repetirlo—. ¡Estás como una puta cabra! ¡Eres un puto incompetente!

Helen abrió la puerta y dijo:

—Jim, basta.

De pie junto a la cama, él la miró rojo de ira; bajó la mano como si le hubiera pegado de haberla tenido más cerca.

—¡Estás como una puta cabra, Bob! ¡Eres un puto incompetente! —Tenía manchas oscuras de sudor en la camiseta azul de golf y gotas de sudor le corrían por la cara. Volvió a gritar al móvil.

Helen se sentó enfrente del frutero, que estaba lleno de limones. De repente, tenía la boca seca. Vio que su marido arrojaba el móvil a la cama, sin dejar de gritar.

—¡Está como una puta cabra! Dios mío, ¡Bob está como una puta cabra!

A Helen la asaltó un retazo de recuerdo: Bob explicándole que su vecino siempre gritaba la misma frase a su mujer: «Coño, me estás volviendo loco». ¿No era eso lo que decía? Antes de que se lo llevaran esposado. Y ella estaba casada con un hombre así.

La invadió una extraña calma. Pensó: «Tengo un frutero con limones justo delante y, no obstante, parece que la idea de que es un frutero con limones no pueda entrarme en la cabeza». Y su cabeza replicó: «¿Qué quieres que haga, Helen?». «Mantén la calma», ordenó a su cabeza.

Jim se estaba dando puñetazos en la palma de la mano. Se puso a andar en círculos mientras Helen permanecía sentada, sin moverse.

—Quiero que no vuelvas a gritar así nunca más —dijo—. Eso es lo que quiero. Y si lo haces, me iré de aquí y cogeré un avión a Nueva York.

Jim se sentó en la cama y se enjugó la cara con el borde de la camiseta. Con voz tensa y clara, le explicó que Bob casi había atropellado a una mujer somalí. Que, por culpa de Bob, la cara sonriente de Zach había salido publicada en primera plana. Que Bob ni tan siquiera había hablado con Zach. Que Bob no pensaba subirse a un coche nunca más, que iba a regresar a Nueva York en avión y dejar su coche en Maine. Y cuando él le había preguntado: «¿Cómo se supone que va a volver el coche?», la respuesta de Bob había sido: «No lo sé, pero yo no pienso conducirlo. No pienso ponerme al volante nunca más, y vuelvo esta noche. Ese Charlie Tibbetts va a tener que apañárselas sin mí».

—Bob está como una puta cabra —dijo Jim, en voz baja.

—Sí —corroboró Helen—, tuvo un trauma a los cuatro años. Estoy muy sorprendida, y muy defraudada, de que no veas por qué puede no querer conducir un coche en este momento. —Añadió—; Pero atropellar a una de esas mujeres somalís ha sido una verdadera metedura de pata.

—Somalíes.

—¿Qué?

—Somalíes. Es más correcto que decir somalís.

Helen se inclinó hacia delante.

—¿Me corriges, con lo importante que es esto?

—Oh, cariño. —Jim cerró los ojos un momento y volvió a abrirlos; a Helen le pareció un gesto despectivo—. Bob lo ha jodido todo, y, si tenemos que ir a echar una mano, es mejor que utilices el término más correcto.

—Yo no pienso ir.

—Quiero que vengas conmigo.

De pronto, Helen envidió tremendamente a la pareja que jugaba al croquet, la falda blanca levantada por el viento de la mujer. Se imaginó en aquella habitación hacía unas horas, esperando a Jim, esperando la forma en que la miraría...

Él no la miraba. Estaba de perfil, mirando por la ventana, y Helen vio que la luz le brillaba en el ojo azul. A Jim se le aflojaron las facciones.

—¿Sabes qué me dijo Bob cuando conseguí la absolución para Wally? —Se volvió un momento hacia ella antes de mirar otra vez por la ventana—. Dijo: «Jim, ha sido increíble. Has estado increíble. Pero le has arrebatado su destino».

El sol daba de lleno en la habitación. Helen miró el frutero con limones, las revistas de la mesa, ordenadas en abanico por la camarera. Miró a su marido, que se había sentado al borde de la cama y tenía el cuerpo inclinado hacia delante, y vio su sudorosa y arrugada camiseta de golf. Alzó el brazo para tocarlo y estuvo a punto de decir: «Cariño, intentemos relajarnos. Intentemos disfrutar mientras estamos aquí». Pero, cuando él la miró, tenía las facciones crispadas de un modo tan distinto que ella pensó que, si se cruzara con aquel hombre en la calle, quizá no sabría que era Jim. Bajó el brazo.

Jim se levantó.

—Me dijo eso, Helen. —Siguió mirándola, con expresión forzada, suplicante. Luego, cruzó los brazos y se tocó el hombro contrario con cada mano, su lenguaje por señas de tantos años, y Helen no pudo o no quiso (jamás lo sabría con seguridad) acudir a su lado.

8

Era la pura verdad. Bob era un inútil. Estaba sentado en el sofá de Susan sin moverse. «Siempre has sido un inútil», le había gritado su hermana antes de irse a trabajar. La pobre perra se acercó a él y le puso el largo hocico debajo de la rodilla.

—Tranquila —murmuró él, y la perra se tendió a sus pies.

Vio en su reloj que era media mañana. Se dirigió con cautela al porche trasero, donde se sentó a fumar en los escalones. Las piernas no dejaban de temblarle. Una ráfaga de aire arrancó varias hojas amarillas del arce real y las arrastró hacia el porche. Bob apagó el cigarrillo sobre las hojas en movimiento, las aplastó con el pie mientras la pierna seguía temblándole, y se encendió otro cigarrillo. Un coche se acercó, redujo la velocidad y aparcó junto a la casa.

El coche era pequeño y bastante viejo, con la suspensión baja. La mujer que lo conducía parecía alta y, cuando abrió la puerta, tuvo que ayudarse con los brazos para salir. Era de una edad parecida a la de Bob, con unas gafas que le resbalaban por la nariz. Tenía mechas rubias de varias tonalidades en el pelo, que llevaba despeinado y se retiraba de la cara con una horquilla, y vestía un abrigo largo de espiguilla. Bob sintió una cierta afinidad hacia ella, como a veces le ocurría con la gente de Maine.

—Hola —dijo la mujer. Se subió las gafas con el dedo mientras caminaba hacia él—. Soy Margaret Estaver. ¿Es usted el tío de Zachary? No, no se levante. —Para sorpresa de Bob, se sentó a su lado en el escalón.

Él apagó el cigarrillo y le ofreció la mano. Ella se la estrechó, aunque fue embarazoso, sentados tan cerca el uno del otro.

—¿Es amiga de Susan? —preguntó Bob.

—Ya me gustaría. Soy la ministra unitaria. Margaret Estaver —repitió.

—Susan está trabajando.

Margaret asintió, como si ya lo hubiera previsto.

—Bueno, tampoco creo que quisiera verme, pero he pensado..., he pensado venir igualmente. Debe de estar bastante disgustada.

—Sí. Lo está. —Bob fue a sacar otro cigarrillo—. Le importa... Lo siento...

Ella agitó la mano.

—Soy exfumadora.

Bob encendió el cigarrillo, subió las rodillas y apoyó los codos en ellas para que la ministra no viera que le temblaban las piernas. Echó el humo lejos de ella.

—Esta mañana lo he visto muy claro —dijo Margaret Estaver—. Debería ofrecer mi ayuda a Zachary y a su madre.

Bob la miró con los ojos entrecerrados. Su rostro rebosaba vida.

—Bueno, yo he complicado las cosas todavía más —confesó—. Una mujer somalí piensa que he intentado atropellarla.

—Me he enterado.

—¿Ah, sí? ¿Ya? —El miedo volvió a atenazar a Bob—. Ha sido sin querer —dijo—. De veras.

—Por supuesto.

—He llamado a la policía para dar parte. He hablado con un agente con el que fui al instituto, no Gerry O'Hare, con él también fui al instituto, sino Tom Levesque; estaba de servicio cuando he llamado a la comisaría. Ha dicho que no me preocupe.

De hecho, Tom Levesque había dicho que los somalíes estaban chiflados: «Tranquilo —había añadido—. Se cagan por nada. Tranquilo».

Margaret Estaver estiró las piernas y las cruzó por los tobillos. Llevaba unos zuecos sin talón, azul oscuro, y calcetines verde oscuro. Bob asimiló la imagen despacio mientras le oía decir:

—La mujer ha dicho que usted no le ha dado, que sólo lo ha intentado. No va a denunciarle, así que ya está. En la comunidad somalí hay mucha gente que no se fía de las autoridades, como se puede imaginar. Y, por supuesto, ahora mismo los ánimos están bastante caldeados.

A Bob seguían temblándole las piernas. Incluso la mano le temblaba cuando se llevó el cigarrillo a la boca.

La voz de Margaret continuó.

—Me han dicho que Susan lleva varios años criando sola a Zachary. Mi madre me crio sola y no es divertido, lo sé. —Y añadió—: Muchas mujeres somalíes también están criando a sus hijos sin un padre. Pero suelen tener bastantes hijos, y a menudo tienen hermanas o tías. Susan parece muy sola.

—Lo está.

Margaret asintió.

—Me ha dicho que habrá una concentración.

Margaret volvió a asentir.

—Dentro de unas semanas, después del Ramadán. Una manifestación a favor de la tolerancia. En el parque. Somos el estado con más blancos del país, supongo que probablemente ya lo sabe. —Margaret suspiró con discreción, subió las rodillas y se inclinó hacia delante para abrazárselas; el gesto fue juvenil y natural, y por alguna razón, sorprendió a Bob. Margaret volvió la cabeza y lo miró—. Como se puede imaginar, estamos un poco atrasadillos en el terreno de la diversidad. —Su voz tenía un ligero acento de Maine, un deje irónico que Bob reconoció.

—Bueno, Zachary no es un monstruo —dijo—, pero es un chico triste. De eso no cabe duda. ¿Tiene usted hijos?

—No.

«Es lesbiana. Mujeres ministras.» Era la voz de Jim la que había hablado.

—Yo tampoco. —Bob apagó el cigarrillo—. Aunque quería tenerlos.

—Yo también. Siempre. Pensaba que los tendría.

«Muy raro.» La voz sarcástica de Jim.

—No quiero que Susan piense que la manifestación es contra ella o contra Zachary —dijo Margaret, con más energía—. Me preocupa un poco cómo confunden algunos de los líderes religiosos de aquí el concepto de estar en *contra*. Contra la violencia, contra la intolerancia de las diferencias religiosas. Y tienen razón. Pero para condenar ya está la ley. Los líderes religiosos deberían ser inspiradores. Decir lo que piensan, por supuesto. Pero ser inspiradores. Vaya perogrullada, ¿no?

«Perogrullada.»

—A mí no me parece una perogrullada.

Margaret Estaver se levantó y a Bob se le ocurrió la palabra *superabundancia* al fijarse en su pelo despeinado y su gran abrigo. También se levantó. Ella era alta, pero él lo era más y le vio las raíces canosas del pelo teñido de rubio cuando bajó la cabeza para meter la mano en el bolsillo. Le dio una tarjeta.

—De verdad —dijo—. Llámeme a cualquier hora.

Bob se quedó mucho rato en el porche trasero. Luego entró y se sentó en el frío salón. Recordó a la señora Drinkwater diciendo que Zach lloraba. Recordó a Susan gritando. Y pensó que no debería marcharse. Pero la oscuridad lo invadió. «Eres un puto incompetente.»

Cuando el taxista con el que habló por teléfono le dijo cuánto le costaría el largo trayecto hasta el aeropuerto de Portland, Bob respondió que le daba lo mismo.

—En cuanto pueda —dijo—. La puerta de atrás. Estaré esperando ahí.

LIBRO SEGUNDO

1

Los colores de Central Park eran discretamente otoñales. La hierba estaba menos verde y los robles rojos ya
tenían las hojas rojizas; los tilos habían amarilleado y los
arces azucareros habían empezado a perder sus hojas anaranjadas, que caían aquí y allá, pero el cielo estaba muy
azul y hacía suficiente calor para que el bar restaurante
aún tuviera las ventanas abiertas y los toldos de rayas des-
plegados sobre el agua al atardecer. Pam Carlson, sentada
en la barra, contempló las pocas barquitas que seguían en
el lago y le pareció que todo avanzaba a cámara lenta, incluso los camareros que trabajaban sin prisa pero sin pausa, lavando copas, agitando Martinis, secándose las manos mojadas en el delantal negro.

Luego, de golpe, el local se llenó. Entraron hombres
de negocios que se quitaban las chaquetas, mujeres que se
apartaban el pelo de la cara, turistas que avanzaban con
expresión de ligero asombro; los hombres con mochilas
en la mano en cuyo bolsillo lateral de rejilla había una
botella de agua, como si hubieran pasado el día de excursión en la montaña; sus mujeres con un mapa, una cámara, consultándose unos a otros, sin aclarar nada.

—No, está sentado mi marido —dijo Pam cuando una pareja de alemanes comenzó a mover el taburete que había junto a ella. Dejó el bolso encima—. Lo siento —añadió. Llevar años en Nueva York le había enseñado muchas cosas. A aparcar en paralelo, por ejemplo, a devolver artículos que, en principio, no admitían devolución, a decir sin reparos «Hay cola» cuando alguien intentaba colarse en Correos... De hecho, vivir en Nueva York, pensó Pam mientras buscaba el móvil en el bolso para ver la hora, era un ejemplo ideal de lo que los grandes generales habían comprendido en el transcurso de la historia: que ganaba quien más importancia daba a ganar—. Un Jack Daniel's con hielo y limón —dijo al camarero, y dio unos golpecitos en la barra junto a su copa de vino intacta—. Para mi marido. Gracias.

Bob siempre llegaba tarde.

Su verdadero marido tardaría horas en llegar a casa y sus hijos estaban entrenando al fútbol. A ninguno le importaba que hubiera quedado con Bob. «Tío Bob», lo llamaban sus hijos.

Pam había ido al bar restaurante directamente desde el hospital en el que trabajaba como asesora dos días a la semana; le habría gustado ir a lavarse las manos en ese momento, pero, si se levantaba, los alemanes le quitarían el sitio. Su amiga Janice Goldberg, que había dejado los estudios de Medicina hacía años, decía que Pam tendría que lavarse las manos en cuanto salía de trabajar; los hospitales eran un caldo de cultivo para las bacterias, y Pam no podía estar más de acuerdo. Pese a la frecuencia con la que se lavaba las manos con jabón antiséptico (que secaba la piel), pensar que había tantos gérmenes al acecho le causaba mucha ansiedad. Janice decía que le causaban ansiedad demasiadas cosas, que debería intentar tranquilizarse, no sólo para estar más a gusto, sino porque también parecía demasiado ansiosa por relacionarse y eso no molaba. Pam respondió que era demasiado mayor para que le preocupara molar, pero la verdad era que le preocupaba, y ésa era una razón por la que siempre se alegraba de ver a Bobby, quien era tan poco molón que, en la mente de Pam, vivía en un mundo propio donde lo que molaba era no molar.

Una cabeza de cerdo. Jesús.

Pam cambió de postura y tomó un sorbo de vino.

—¿Me lo pone doble? —preguntó, después de mirar el vaso de whisky que le habían servido. Bob le había parecido taciturno por teléfono. El camarero se llevó el whisky, regresó y volvió a dejarlo en la barra—. Anótelo, sí —dijo Pam.

Hacía años, cuando estaba casada con Bob, Pam había trabajado como ayudante de investigación de un parasitólogo especializado en enfermedades tropicales. Había pasado los días encerrada en un laboratorio, observando las células de *Schistosoma* en un microscopio electrónico y, como sentía la misma adoración por los datos que un artista por el color, como se estremecía calladamente ante la precisión a la que aspiraba la ciencia, había disfrutado muchísimo trabajando en aquel laboratorio. Cuando oyó el incidente de Shirley Falls en televisión, cuando vio al imán alejándose de la mezquita emplazada en un local de una calle que parecía tremendamente desierta, la inundaron toda clase de sentimientos, en especial una nostalgia casi extracorpórea por un pueblo en el que había llegado a sentirse como en casa, pero también una preocupación por los somalíes. Se había puesto a investigar de inmediato: sí, en la orina de aquellos refugiados que provenían de las regiones meridionales de Somalia se habían encontrado huevos de *Schistosoma haematobium*, pero el problema más grave (como era de esperar) era la malaria, de manera que, antes de permitirles entrar en Estados Unidos, les administraban una única dosis de sulfadoxina-pirimetamina para prevenir la malaria y también albendazol para tratar los parásitos intestinales. No obstante, lo que más le había preocupado era averiguar que los bantúes somalíes (de piel más oscura y, según parecía, marginados en Somalia, adonde habían llegado desde Tanzania y Mozambique como esclavos hacía dos siglos) tenían un índice mucho mayor de esquistosomiasis y, según afirmaba la Organización Internacional para las Migraciones, también graves problemas mentales causados por traumas y depresión. Los bantúes somalíes, sostenía la organización, tenían ciertas supersticiones; podían quemar la piel de las partes afectadas por enfermedades o arrancar los dientes de leche a un niño con diarrea.

Parte de lo que Pam había sentido mientras leía aquello era lo que sentía ahora al recordarlo: «Estoy viviendo la vida que no es». No tenía sentido pensar eso. Era cierto que echaba de menos los olores de un laboratorio: acetona, parafina, alcohol, formaldehído. Echaba de menos el silbido de un quemador Bunsen, los portaobjetos y las pipetas, la concentración, honda y particular, de sus compañeros. Pero ahora era madre de gemelos (con la piel blanca, la dentadura perfecta, sin ninguna marca de quemaduras), y esa etapa de su vida ya pertenecía al pasado. Aun así, la diversidad de problemas, parasitarios y psicológicos, de aquella población de refugiados la impulsaba a echar de menos la vida que no estaba viviendo, una vida, fuera cual fuera, que no le parecería tan extrañamente equivocada.

En la actualidad, la vida era su casa adosada, sus hijos y su colegio privado, su esposo Ted, que dirigía la sucursal de Nueva Jersey de una gran compañía farmacéutica y, por tanto, cogía el tren en la dirección contraria a la mayoría para ir al trabajo, su empleo de media jornada en el hospital y una vida social que, al parecer, exigía interminables viajes a la tintorería. Pero Pam a menudo sentía que le faltaba algo. ¿Qué? No sabría decirlo, y eso la avergonzaba. Bebió más vino, se volvió y allí estaba su querido Bob, entrando en el bar como un gran san bernardo. Podría haber llevado un barril de whisky colgado del cuello, listo para escarbar en la hojarasca y desenterrar a alguien. ¡Oh, Bobby!

—Lo lógico sería —le confió, después de señalarle con la cabeza a los alemanes, que sólo entonces se alejaron— que, después de iniciar dos guerras mundiales, no fueran tan avasalladores.

—Es la mayor tontería que he oído nunca —dijo Bob, con afabilidad. Estaba mirando el whisky, haciéndolo girar despacio en el vaso—. Nosotros hemos iniciado muchas guerras y seguimos siendo avasalladores.

—Exacto. Así que volviste anoche. Cuéntame.

Con la cabeza agachada y próxima a la de Bob, escuchó con atención, se vio transportada al pueblo de Shirley Falls, adonde llevaba tantos años sin ir.

—Oh, Bobby —dijo con tristeza, más de una vez, mientras escuchaba.

Al final, se puso derecha.

—Por Dios. —Hizo una seña al camarero para que les sirviera otra ronda—. Vale. Primero: ¿puedo hacerte una pregunta tonta? ¿Por qué lo hizo?

—Justo. —Bob asintió—. No sé el motivo. Parece sorprendidísimo de las repercusiones. Francamente, no lo sé.

Pam se pasó el pelo por detrás de la oreja.

—De acuerdo. Segundo: necesita medicación. ¿Llora solo en su cuarto? Eso es patológico y hay que tratarlo.

Y tercero: que se joda Jim. —A su marido, Ted, no le gustaba que dijera tacos, y la palabra le pareció una pelota de tenis bien golpeada cuando abandonó sus labios—. Que se joda Jim. Que... se... joda. Yo diría que el juicio de Wally Packer le echó a perder, pero antes ya me parecía un capullo.

—Tienes razón. —No había nadie más a quien Bob permitiría hacer aquel comentario sobre Jim. Pero Pam tenía posición. Pam era de la familia, su amiga más antigua—. ¿Seguro que te ha visto el camarero?

—Sí, seguro. Relájate. Dime, ¿vas a volver para la manifestación?

—Aún no lo sé. Zach me preocupa. Susan dice que pasó un miedo exagerado en el calabozo, y ni siquiera sabe cómo es un calabozo. Creo que yo me moriría en un calabozo, y basta con mirar a Zach para ver que está peor preparado. —Bob echó la cabeza hacia atrás y tomó un trago de whisky.

Pam golpeteó la barra con el dedo.

—Un momento. ¿Podría ir a la cárcel por esto?

Bob le enseñó la palma de la mano.

—No lo sé. La abogada de derechos civiles de la Fiscalía del Distrito podría plantearnos problemas. Hoy he investigado un poco. Se llama Diane Dodge. Entró a trabajar hace un par de años después de hacerlo en todos los sitios apropiados, y es probable que tenga un exceso de celo. Si decide plantear el caso como una violación de los derechos civiles y declaran a Zach culpable, si él se salta alguna de las condiciones de la fianza, entonces podrían encerrarlo un año como máximo. Lo que estoy diciendo es que no es imposible. Y nadie sabe qué hará la Fiscalía del Estado. Es de locos.

—¿No conocerá Jim a la abogada de derechos civiles? Tiene que conocer a alguien de esa fiscalía.

—Bueno, conoce al fiscal general, Dick Hartley. Diane Dodge me parece demasiado joven para haber coincidido con él. Se lo preguntaré cuando vuelva.

—Pero a Jim le iba bien en esa fiscalía.

—Iba para fiscal general. —Bob agitó el vaso y los hielos repiquetearon—. Pero, en cuanto murió mamá, se largó de Maine.

—Me acuerdo. Fue raro. —Pam empujó su copa de vino por la barra y el camarero se la llenó.

—Pero Jim no puede intervenir ni intentar manejar a Dick Hartley —dijo Bob—. Eso no es posible.

Pam se puso a hurgar en el bolso.

—No. Aun así, si alguien puede influir, es Jim. Ni tan siquiera se darán cuenta de que los maneja.

Bob se terminó el whisky y acercó el vaso al camarero, que dejó otro delante de él.

—¿Cómo están los niños?

Pam lo miró, con la mirada dulcificada.

—Están estupendos, Bob. Supongo que dentro de un año o dos me odiarán y les saldrán granos. Pero, ahora mismo, están deliciosos y graciosísimos.

Bob supo que se refrenaba. Pam y él se habían desgastado intentando tener hijos, eludiendo ir al médico durante años (como si hubieran sabido que ése sería el fin de su matrimonio), acordando en vagas conversaciones que quedarse encinta debía ocurrir de forma natural y lo haría, hasta que Pam (cuya ansiedad aumentaba mes a mes) dijo, de golpe, que aquella forma de pensar era provinciana. «¡Hay una razón para que no pase! —gritó. Y añadió—: Y es probable que sea yo.» Bob, que no tenía la mentalidad científica de su mujer, estuvo secretamente de acuerdo con ella, sólo porque aquel aspecto de las mujeres le parecía más complejo que en los hombres y, en sus fantasías, imaginaba que Pam se sometía a una revisión técnica, que le desatascaban las trompas y le limpiaban todo lo demás, como si los ovarios pudieran ponerse a punto.

Pero era él.

De inmediato, Bob vio, aún veía, la demoledora lógica de aquello. Cuando era pequeño, había oído decir a su madre: «Si un matrimonio no puede concebir, Dios sabe lo que se hace. Fíjate en la loca de Annie Day, adoptada por personas con buenas intenciones —(con las cejas enarcadas)—, pero es obvio que no estaban hechas para ser padres». «¡Eso es absurdo! —Pam había gritado aquello muchas veces durante los meses que intentaron hacerse a la idea de que Bob no podía procrear—. Tu madre era inteligente, Bob, pero no tenía cultura, y eso sólo es pensamiento mágico, ¡es absurdo! Annie Day estaba loca desde el principio.»

Y hubo repercusiones. Graves.

Cuando Pam planteó la adopción («Tendremos a nuestra propia Annie Day»), Bob se abrumó. Cuando planteó la inseminación por donante, Bob se abrumó todavía más. Por fin, la dureza de la situación pareció aflojar sus lazos conyugales. Y cuando Bob conoció a Ted, dos años después de que Pam se marchara de casa (dos años durante los cuales a menudo le había llamado llorando para hablarle de *condenadas* citas con *condenados* hombres), comprendió que Pam, con su fortaleza mental y sus acuciantes angustias, hablaba en serio cuando le había dicho: «Sólo quiero volver a empezar».

Pam se estaba enroscando un mechón de pelo en el dedo.

—¿Qué ha sido de Sarah? ¿Aún la ves? ¿Habéis roto de forma definitiva? ¿O sólo os habéis dado un tiempo?

—Hemos roto. —Bob tomó un trago de whisky y miró alrededor—. Imagino que está bien. No sé nada de ella.

—Yo no le caía bien.

Bob se encogió ligeramente de hombros para indicarle que no debía preocuparse por eso. De hecho, Sarah, que al principio pensaba que era muy agradable y civilizado que Bob y Pam (y Ted y los niños) se mantuvieran todos en contacto (dado que su exmarido era una mala persona), había acabado teniendo unos celos tremendos de Pam. Aunque Bob y Pam se pasaran semanas sin hablar, Sarah decía: «Te llama siempre que quiere que la entiendan de verdad. Te rechazó, Bob, por una nueva vida. Pero sigue dependiendo de ti porque cree que la conoces muy bien».

—La conozco muy bien. Y ella me conoce a mí.

Sarah acabó poniéndole un ultimátum. No se casaría con él a menos que Pam desapareciera del mapa. Las peleas, las conversaciones, las eternas tensiones... Pero Bob, al final, no pudo hacerlo.

Helen dijo: «Bob, ¿estás loco? Si quieres a Sarah, deja de hablar con Pam. Jim, dile que hacerlo es una locura».

Para sorpresa de Bob, el comentario de Jim fue otro: «Pam es la familia de Bob, Helen».

Pam le dio un codazo.

—¿Qué os pasó? ¿Qué ocurrió?

—Insistente —respondió Bob, y miró a las personas apretujadas contra la barra—. Sarah se puso insistente. Terminó, eso es todo.

—Le hablé de ti a mi amiga Toni y le encantaría cenar contigo. —Pam dejó en la barra la tarjeta de visita que había sacado del bolso.

Bob entrecerró los ojos, sacó las gafas.

—¿En serio ha puntuado la «i» con una carita sonriente? No es posible. —Deslizó la tarjeta hacia Pam.

—Está bien. —Ella volvió a meter la tarjeta en el bolso.

—Tengo amigos que siempre me buscan pareja, no te preocupes.

—Las citas románticas son un horror —dijo Pam, y Bob se encogió de hombros y dijo que sí, que eran bastante horribles.

Cuando salieron del bar, el cielo estaba tan oscuro que parecía invierno. Pam tropezó una o dos veces cuando cruzaron el parque en dirección a la Quinta Avenida: se había tomado tres copas de vino. Bob se fijó en que llevaba unos zapatos de poco tacón con la puntera estrecha. Estaba más delgada que la última vez que se habían visto.

—En una cena a la que llegué antes de hora —decía, apoyada en su brazo mientras se sacaba algo del zapato—, la gente empezó a hablar de otra pareja que todavía no había llegado, a decir que tenían mal gusto. En arte, creo. No estoy segura. Me puse muy nerviosa, Bobby. La gente podía decir de mí que soy una pesada y tengo mal gusto.

Bob no pudo evitarlo, se le escapó la risa.

—Pam. ¿Qué más da?

Ella lo miró y, de pronto, se rio a carcajadas, una risa que Bob recordaba de otra época.

—Es verdad, joder. ¿Qué más da?

—A lo mejor dicen que Pam es muy lista y trabajó con un gran parasitólogo.

—Bobby, la gente ni siquiera sabe qué es un parasitólogo. Tendrías que oírlos. ¿Un qué? Ah, eso. Mi madre fue a la India y cogió un parásito que le duró dos años, eso dicen. Vaya mierda. —Se detuvo y lo miró—. ¿Te has dado cuenta de que los asiáticos no se paran si van a chocarse contigo, que parece que no sepan qué es el espacio personal? Cómo me cabrea eso.

Bob la cogió por el codo con suavidad.

—Coméntalo en tu próxima cena. Te paro un taxi.

—Cogeré el metro... Oh, vale. —Bob ya había hecho una seña a uno. Le abrió la puerta y la ayudó a subir—. Adiós, Bobby, me lo he pasado muy bien.

—Saluda a los niños de mi parte. —Bob se quedó en la calle y le dijo adiós con la mano mientras el taxi se alejaba veloz entre las parpadeantes luces de neón. Pam se volvió y le dijo adiós por la luna trasera, y Bob no dejó de mover la mano hasta que el taxi se perdió de vista.

Cuando había regresado de Maine, Bob había encontrado el piso de abajo con la puerta abierta y se había detenido a mirar el lugar donde Adriana y el Niño Pijo habían vivido mientras estaban casados. El casero había ido a reparar un grifo y le saludó con la cabeza, pero lo que Bob vio en ese momento, un espacio sin cortinas, sofás ni alfombras, sin ninguna de las cosas alrededor de las que las personas construyen su vida, le impresionó por su vacuidad. Las pelusas estaban barridas y amontonadas en el centro del salón y la luz vespertina que entraba por las ventanas era indiferente, cruda. Las paredes desnudas parecían decirle con hastío: «Lo sentimos. Pensabas que esto era un hogar. Pero sólo era esto, desde el principio».

Esa noche, cuando subió a su piso, Bob vio que la puerta del piso de abajo volvía a estar entreabierta, como si el vacío no fuera digno de esconderse ni protegerse. El casero no estaba dentro y Bob cerró la puerta sin hacer ruido antes de continuar hasta su piso. Su contestador automático parpadeaba. La voz de Susan dijo: «Llámame, ¡por favor!».

Bob se sirvió vino en un vaso de zumo y se acomodó en el sofá.

Gerry O'Hare había sorprendido a todos (sin duda a Susan, que se lo había tomado como una traición) celebrando una rueda de prensa esa mañana en la Cámara Municipal de Shirley Falls. Lo acompañaba un agente del FBI.

—Ese viejo gordinflón —le dijo Susan por teléfono—. Inflado como un pavo, encantado de lo importante que parece siendo el jefe de la policía.

No tenía ninguna intención de volver a hablar con Bob, eso lo dejó claro al principio de la llamada, pero no había sabido averiguar cómo llamar a Jim al móvil en el extranjero y no tenía el nombre del hotel...

Bob le proporcionó ambas cosas.

Ella siguió hablando.

—Quería apagar la tele, pero no he podido. Era como si estuviera paralizada. Y ahora saldrá en la prensa de mañana. Tú sabes que a Gerry le importan un rábano los somalís, pero ahí estaba, parloteando... «Esto es muy grave. Esto no se tolerará.» Espera que su reacción demuestre a la comunidad somalí que puede sentirse segura y protegida. Por favor. Luego, un periodista ha dicho que se habían producido incidentes contra los somalís, que les habían rajado ruedas y roto ventanas, y que cuál era su opinión sobre eso. Y Gerry se ha puesto pomposo y ha dicho que la policía no puede adoptar medidas si los somalís no hacen públicas sus quejas. Y eso indica que, en el fondo, no los soporta, que sólo actúa así porque esto se ha desmadrado, Jesús...

—Susan. Dile a Zach que autorice a Charlie Tibbetts para hablar conmigo. Le llamaré mañana. —La imaginó, disgustada en su fría casa. Se entristeció, pero también se sintió distanciado. No obstante, sabía que muy pronto dejaría de sentirse así: la oscuridad de Susan, Zachary y Shirley Falls impregnaría su piso del mismo modo que el vacío del piso de abajo aguardaba para recordarle que sus vecinos ya no existían, que nada es eterno, que no se puede contar con nada—.Todo irá bien —le dijo a su hermana antes de colgar.

Más tarde, sentado junto a la ventana, vio a la chica de enfrente paseándose en bragas por su acogedor piso. Cerca de ella, el matrimonio fregaba los platos en su blanca cocina. Pensó en todas las personas del mundo que se sentían salvadas por alguna ciudad. Él era una. Allí, aunque la oscuridad lograra colarse en su piso, siempre había luces encendidas en diversas ventanas, y cada luz era como una caricia en el hombro que le decía: «Pase lo que pase, Bob Burgess, nunca estarás solo».

2

Eran las risas. Las risas despreocupadas de los policías al ver la cabeza de cerdo en la alfombra. Abdikarim no podía dejar de oírlas, de verlas. Se despertaba en mitad de la noche y se imaginaba a los dos hombres de uniforme, sobre todo al más bajo, de ojos pequeños y expresión poco inteligente; le oía reírse antes de erguirse y preguntar, con severidad, mirando alrededor: «¿Quién habla inglés? Más vale que alguien hable inglés». Como si ellos hubieran hecho algo malo. Aquél era un pensamiento recurrente en las cavilaciones de Abdikarim: «¡Pero nosotros no hemos hecho nada malo!». Eso fue lo que murmuró en ese momento mientras se sentaba a una mesa de su café situado en la esquina de la calle Gratham. Que las mujeres le miraran a los ojos cuando se cruzaban con él, que los niños tiraran de la mano de sus padres y volvieran la cabecita para observarlo desde una distancia prudencial, que los hombres de recios brazos tatuados pasaran por delante del café en sus ruidosos camiones o que las adolescentes susurraran, se rieran tontamente y atravesaran la calle para insultarle, nada de eso le molestaba tanto como el recuerdo de las risas de los policías. A una manzana de allí, en la mezquita, que sólo era un cuarto oscuro, feo y manchado por la lluvia (pero suyo y sagrado), los habían tratado como meros escolares que se quejaban de un abusón.

Esa madrugada gris, Abdikarim había ido andando a su café después de los rezos matutinos. El miedo seguía presente en la mezquita; el olor de la espuma limpiadora tan utilizada en los últimos días parecía ser el olor mismo del miedo. El *adano* seguía trabajando en Walmart como si nada hubiera ocurrido: todos hablaban de ello en el barrio y dormir costaba más que nunca. La rueda de prensa del jefe de policía también era desconcertante. Un periodista había ido al café el día anterior. «¿Por qué no había ningún somalí en la rueda de prensa?»

Porque nadie los había informado.

Abdikarim limpió la barra, barrió el suelo. El sol amarillo asomó entre los edificios del otro lado de la calle. Con el ayuno, sólo Ahmed Hussein estaría allí para comer. Trabajaba cerca, en la papelera, y podía beber té y comer pequeñas cantidades de carne de cabra guisada porque era diabético. En la parte trasera del café, detrás de una cortina de cuentas, Abdikarim tenía una tiendecita donde vendía pañuelos, pendientes, especias, infusiones, frutos secos, higos y dátiles. A lo largo de todo el día, entrarían grupos de mujeres a comprar lo que necesitaran para la *Maghrib* de esa noche, y Abdikarim fue a pasar un trapo por los paquetes de arroz basmati. Los dispuso de otra forma para que el mostrador no se viera tan vacío y retornó al café, donde se sentó en una silla junto a la ventana. El móvil le vibró en el bolsillo.

—¿Otra vez? —preguntó, porque era su hermana, que llamaba de Somalia.

—Sí, otra vez —respondió ella—. ¿Por qué sigues ahí, Abdi? ¡Corres más peligro que aquí! Aquí nadie nos tira cabezas de cerdo.

—No puedo llevarme el negocio a cuestas —dijo él, con afecto.

—El hombre no está en la cárcel. Zachary Olson. ¡Lo han soltado! ¿Cómo sabes que ahora mismo no se dirige a tu café?

Las preguntas de su hermana lo alarmaron. Pero dijo, con dulzura:

—Las noticias vuelan. —Y añadió—: Lo pensaré.

Estuvo sentado junto a la ventana durante una hora, contemplando la calle. Dos bantúes pasaron por delante del café y no miraron dentro. Tenían la piel tan negra como el cielo nocturno en invierno. Abdikarim se levantó y se paseó por la tienda, tocó los pañuelos, los paquetes de sábanas, las toallas. La noche anterior los ancianos habían vuelto a reunirse y sus voces le resonaron en la cabeza cuando retornó al café.

«No está en la cárcel. ¿Dónde está? Ha vuelto a trabajar. En casa con su madre.»

«Y su padre.»

«No tiene padre.»

«Había un hombre con él cuando salió de la cárcel. Un hombre corpulento. El hombre que intentó atropellar a Ayanna, después de comprar una botella de vino por la mañana para el desayuno.»

«He oído a mujeres que hablaban en la biblioteca. Creen que no es para tanto. Decían: "Tirar una cabeza de cerdo es de mala educación, sí, pero nada más".»

«No les hagas caso. Ellas no han corrido por Mogadiscio con ametralladoras apuntándolas.»

«¡Mogadiscio! ¿Y Atlanta? Ahí nos mataban por un dólar.»

«La ministra Estaver ha dicho que Zachary no es así. Ha dicho que es un chico solitario...»

«Sabemos lo que ha dicho.»

Abdikarim empezó a tener dolor de cabeza. Fue a la puerta y miró la acera y los edificios de enfrente. No sabía si alguna vez podría acostumbrarse a vivir allí. Había pocos colores en todas partes, a excepción de los árboles del parque en otoño. Las calles eran grises y feas, y había muchas tiendas sin ocupar, con los grandes escaparates vacíos. Pensó en los colores del mercado al aire libre de Bakara, en el lustre de las sedas y las coloridas túnicas *guntiino*, en los olores a jengibre, ajo y comino.

Regresar a Mogadiscio era como una vara que se le hincaba en el corazón con cada latido. Era posible que la paz hubiera llegado; hacía unos meses, se habían abrigado muchas esperanzas. Se había constituido un gobierno de transición, inestable, pero en Somalilandia. En Mogadiscio estaba la Unión de Cortes Islámicas y era posible que ambos pudieran gobernar en paz. Pero corrían rumores, ¿y quién sabía qué creer? Rumores de que Estados Unidos animaba a Etiopía a invadir Somalia, a deshacerse de las Cortes Islámicas. No parecía cierto, pero podía serlo. Hacía sólo dos semanas llegaron noticias de que las tropas etíopes se habían apoderado de Burhakaba. Pero, después, otras noticias lo desmintieron: no, eran las tropas del gobierno, que se habían desplazado a la capital. Todo aquello, y todo lo que había sucedido antes, le pesaba en las entrañas. Era un peso que aumentaba mes a mes y le impedía tomar la decisión de si marcharse o quedarse. Veía cómo se apañaban en el pueblo algunos de los jóvenes; se reían, cocinaban, hablaban con entusiasmo. Su hija mayor había llegado medio muerta de hambre y sin saber inglés, y, cuando ahora le llamaba de Nashville, había entusiasmo en su voz. Abdikarim se sentía demasiado viejo para recobrar el manantial del entusiasmo.

Y se sentía demasiado viejo para aprender inglés. Sin eso, vivía en una permanente incomprensión. El mes anterior, en Correos, señaló una caja cuadrada de color blanco y la mujer de la camisa azul se puso a repetirle lo mismo y todo el mundo lo entendió menos él, hasta que, al final, un hombre se acercó, bajó los brazos cruzados hacia el suelo y dijo: «*Fini!*». De manera que Abdikarin entendió que Correos había terminado con él y debía marcharse. Y eso fue lo que hizo. Luego, se enteró de que a Correos se le habían acabado las cajas que había en el estante con el precio marcado. ¿Por qué las tenían a la vista si no eran para vender? Una vez más, la incomprensión. Abdikarim había entendido que aquello encerraba un peligro enteramente distinto a los peligros del campo de refugiados. Vivir en un mundo en el que, cada vez que se daba la vuelta, se topaba con incomprensión (ellos no lo comprendían, él no los comprendía) creaba una atmósfera de incertidumbre que parecía minarle por dentro; siempre se sentía inseguro de lo que quería, de lo que pensaba, incluso de lo que sentía.

El móvil le vibró y se asustó.

—¿Diga? Era Nahadin Ahmed, el hermano de Ayanna.

—¿Te has enterado? Un grupo neonazi de Montana sabe lo de la manifestación. Han escrito sobre ella en su sitio web.

—¿Qué dice el imán?

—Ha ido a la policía para pedir que desconvoquen la manifestación. No le han hecho caso. La policía está entusiasmada con la manifestación.

Abdikarim desenchufó la estufa, cerró el café, echó la llave y se apresuró por las calles de regreso a su piso. Cuando llegó, lo encontró vacío. Los niños no habían vuelto de la escuela, Haweeya estaba colaborando con un grupo de los servicios sociales y Ornad seguía en el hospital, trabajando de traductor. Abdikarim se quedó toda la mañana en su habitación, faltó a los rezos en la mezquita, mantuvo, como de costumbre, las persianas bajadas. Permaneció tumbado en la cama, con la oscuridad dentro y fuera de él.

Susan conducía al trabajo con las gafas de sol puestas aunque estuviera nublado. Justo después de que el periódico publicara la fotografía de Zachary, estaba parada en el semáforo del paso elevado por el que se accedía al centro comercial cuando una mujer que conocía de forma superficial desde hacía años paró a su lado y (Susan estaba segura) se puso a toquetear la radio hasta que el semáforo cambió, y todo para fingir que no la veía. Susan tuvo la sensación física de que se quedaba sin una gota de agua en el cuerpo. No fue muy diferente de lo que sintió cuando Steve llegó a casa y le dijo que se marchaba.

Ahora, parada en el cruce, mirando al frente con las gafas de sol puestas, pensando en el sueño que había tenido esa madrugada, en el que dormía en el patio trasero de la casa de Charlie Tibbetts, recordó de pronto que, en las semanas siguientes a que naciera Zachary, se había enamorado secreta y fugazmente de su ginecólogo. El médico vivía en el barrio de Oyster Point, en una casa grande, con cuatro hijos y una esposa que no trabajaba. No eran de Maine, Susan recordaba eso, y le habían parecido (cuando entraban en fila en un banco de la iglesia todas las misas de Navidad) tan exquisitos como una bandada de aves exóticas. Con Zachary sentado en su sillita, Susan solía pasar con el coche por delante de su casa muy despacio, tan hondo era su deseo del hombre que había traído a su hijo al mundo.

Susan no sintió vergüenza al recordarlo. Le parecía que había ocurrido hacía mucho tiempo (así era; el médico ya sería viejo) y que era la conducta de una persona distinta a ella. Quizá, si aún fuera joven, estaría pasando por delante de la casa de Charlie Tibbetts en ese momento, pero ya no le quedaban fuerzas. La espesa savia de la vida se le había secado. Y, no obstante, en su sueño, había dormido en el patio trasero de Charlie Tibbetts y su deseo de estar cerca de él le pareció lógico. El abogado estaba luchando por su hijo, lo cual significaba que luchaba por ella. Para Susan, se trataba de un sentimiento totalmente nuevo que sólo acrecentaba su respeto por Jim. Wally Packer, pensaba, prácticamente debía de haberse enamorado de su hermano. No sabía si ambos seguían en contacto después de tantos años.

—No —dijo Bob, cuando Susan le llamó desde el trabajo. No había clientes en la óptica.

—Pero ¿no crees que Jim lo echa de menos?

—Creo que no es así —respondió Bob. Susan sintió una punzada de humillación. No quería pensar que Zach y ella eran sólo trabajo.

—Jim no me ha llamado ni una sola vez —dijo.

—Ah, Susie, está entretenido jugando al golf. Tendrías que verlo en esos sitios. Una vez Pam y yo fuimos a Aruba con ellos. Jesús. La pobre Helen se pasa el día tomando el sol para que le salgan melanomas, y Jim se pasea con sus gafas de espejo, hecho un figurín. Me refiero a que está ocupado. Pero no te preocupes, Charlie Tibbetts es increíble. Hablé con él ayer. Va a solicitar que se decrete secreto de sumario en el caso de Zach y que se modifiquen las condiciones de la fianza...

—Lo sé. Me lo ha dicho. —Pero Susan tuvo un absurdo ataque de celos—. Antes de pasarte al tribunal de apelaciones, Bobby, cuando defendías casos, ¿te caían bien tus clientes?

—¿Que si me caían bien? Claro, algunos. Muchos eran gentuza. Y, por supuesto, todos eran culpables, pero...

—¿Qué quieres decir con que todos eran culpables?

—Bueno, eran culpables de algo, Susie. Muchos ya tenían antecedentes. No siempre es la primera acusación. La idea es hacer todo lo posible para que les reduzcan la pena. Ya sabes.

—¿Alguna vez has defendido a un violador?

Bob no respondió enseguida y Susan se dio cuenta de que probablemente le habían hecho esa pregunta muchas veces. Lo imaginó en un cóctel en Nueva York (no sabía cómo podía ser un cóctel en Nueva York, por lo que la imagen fue imprecisa y cambiante), imaginó que una mujer guapa y delgada le hacía esa misma pregunta a quemarropa.

—Sí —le dijo Bob por teléfono.

—¿Era culpable?

—No se lo pregunté. Pero lo condenaron y no lo sentí.

—¿No lo sentiste? —De forma inexplicable, Susan notó lágrimas en los ojos. Se sentía como se había sentido durante años en los días previos a la menstruación. Loca.

—Tuvo un juicio justo. —Bob le habló con paciencia y cansancio, como solía hablarle Steve.

Susan miró alrededor con sensación de pánico, de vacío. Zach era culpable. Podía tener un juicio justo y pasar un año en la cárcel. E iba a costar mucho dinero antes de que todo terminara. Y no le importaría a nadie, salvo a Bobby, quizá, un poco.

—Hay que tener mucho estómago para ser abogado defensor —estaba diciendo Bob—. Los que trabajamos en apelaciones somos..., bueno, digamos solamente que Jim tiene mucho estómago.

—Bobby, tengo que colgar.

Un grupo de mujeres somalíes había entrado en la óptica. Envueltas en largos mantos, con todo tapado salvo la cara, le parecieron, por un momento, una sola entidad, un vasto ataque extranjero que surgía ante ella, una difuminada composición de tocados rojos, azules y verdes, un alegre manchón naranja; no se les veían los brazos, ni tan siquiera las manos. Pero hubo un murmullo de voces diferentes, seguido de la separación de una de ellas, una mujer vieja, baja y coja, que se sentó en la silla del rincón, y aquello aclaró a Susan la que parecía ser la situación: la más joven, alta, con la cara radiante y una belleza que, para sorpresa de Susan, casi parecía americana, con los ojos oscuros y los pómulos salientes, le enseñaba unas gafas que tenían una patilla rota y le pedía, en mal inglés, que se las arreglara.

Junto a la chica alta había una mujer de piel más oscura, corpulenta y ancha bajo el vestido, con el rostro inmóvil, vigilante, inescrutable. Llevaba bolsas de plástico transparente que contenían productos de limpieza.

Susan cogió las gafas.

—¿Las habéis comprado aquí? —Dirigió la pregunta a la chica, cuya belleza le parecía agresiva. La joven se volvió hacia la mujer corpulenta; hablaron entre ellas con rapidez.

—¿Cómo? —preguntó la chica, cuyo tocado de color melocotón era vistoso, deslumbrante.

—¿Las habéis comprado aquí? —repitió Susan. Sabía que no era así; lo que tenía en la mano eran unas gafas de farmacia.

—Sí, sí —respondió la chica, y volvió a pedirle que las arreglara.

—Está bien —dijo ella. Las manos le temblaron cuando intentó enroscar el minúsculo tornillo—. Un momento —añadió, y se llevó las gafas a la trastienda, aunque, por norma, nunca debía dejar la óptica desatendida.

Cuando regresó, las mujeres no se habían movido; sólo la joven parecía poseer la energía de la juventud y estaba tocando las monturas del expositor colocado junto a la caja registradora. Susan dejó las gafas en el mostrador y las empujó. Un alboroto le indujo a mirar a la mujer ancha y le sorprendió ver el pie de un niño cuando la mujer echó el brazo hacia atrás para meterlo bajo el vestido. Luego, se agachó para dejar las bolsas y volver a cogerlas, y otro bulto se hizo visible al lado del primero: había estado allí de pie cargada con dos niños. Niños callados. Tan callados como su madre.

—¿Quieres probarte alguna? —preguntó Susan.

La chica alta continuó tocando las monturas sin sacarlas del expositor. Ninguna de las mujeres miraba a Susan. Estaban en la óptica, pero estaban lejos.

—Ya las tienes arregladas. —Susan tuvo la sensación de que hablaba demasiado alto—. No voy a cobrarte.

La joven metió la mano bajo el vestido y Susan, como si todo su miedo hubiera estado esperando ese momento, pensó, de golpe, que iba a apuntarle con una pistola. Era un bolsito.

—No —dijo, y negó con la cabeza—. Gratis.

—¿Bien? —preguntó la chica, y la miró un momento a la cara con sus grandes ojos.

—Bien. —Susan alzó ambas manos.

La chica metió las gafas arregladas en el bolsito.

—Bien. Bien. Gracias.

Volvió a haber alboroto cuando las mujeres hablaron en su idioma, duro y brusco a oídos de Susan. Los bebés se revolvieron bajo el vestido de su madre y la mujer vieja se levantó despacio. Cuando se dirigieron a la puerta, Susan se dio cuenta de que la mujer vieja no era vieja. Cómo lo sabía, no podría decirlo, pero el cansancio de su cara era tan hondo que parecía haberse llevado todo lo que insufla vida a un rostro; cuando se alejó despacio, sin mirar a Susan ni una sola vez, en su cara sólo quedaba una profunda apatía difícil de olvidar.

Desde la puerta de la óptica, Susan las vio alejarse a paso lento por el centro comercial. «No os riais de ellas», pensó, alarmada, porque vio que dos chicas adolescentes las miraban cuando pasaron por delante. Al mismo tiempo, un suspiro la estremeció al pensar en cuán tremendamente ajenas le resultaban aquellas mujeres envueltas en mantos. Ojalá no hubieran oído hablar nunca de Shirley Falls, deseó, y le asustó pensar que quizá no se irían jamás.

3

Una cosa estupenda de Nueva York, si se tenía dinero, era que, si a un neoyorquino no le apetecía cocinar, ir a buscar un tenedor o lavar un plato, no tenía que hacerlo. Y si vivía solo y no le apetecía estarlo, tampoco le hacía ninguna falta. Bob a menudo iba andando al bar restaurante de la calle Nueve, donde se sentaba en un taburete, bebía cerveza, se comía una hamburguesa con queso y hablaba con el barman o con un hombre pelirrojo que había perdido a su mujer en un accidente de bicicleta el año anterior. A veces, el hombre le hablaba con lágrimas en los ojos, o podían reírse juntos, y algunas noches le hacía un gesto con la mano y Bob sabía que quería estar solo. Entre los clientes habituales reinaba un respeto mutuo; la gente sólo explicaba lo que quería, y no era mucho. Las conversaciones giraban en torno a escándalos políticos, deportes o, a veces, de forma fugaz, temas profundamente personales: Bob conocía los detalles del extraño accidente de bicicleta de la esposa, pero no sabía cómo se llamaba el viudo pelirrojo. El hecho de que Bob llevara meses sin aparecer con Sarah no se mencionaba jamás. Aquel lugar era lo que pretendía ser: seguro.

Esa noche, la barra casi estaba llena, aunque el barman le señaló un taburete vacío y Bob se apretujó entre otros dos clientes. El hombre pelirrojo estaba sentado a varios taburetes de él y le saludó con la cabeza en el enorme espejo que tenían delante. En el gran televisor del rincón daban las noticias sin voz, y Bob, mientras esperaba a que le sirvieran la cerveza, miró la pantalla y se sobresaltó al ver la cara de Gerry O'Hare, ancha, inexpresiva, junto a la fotografía de Zachary sonriente. Las palabras que aparecieron al pie de la imagen pasaron demasiado deprisa para que pudiera leerlas todas, pero vio «espera... incidente aislado» y después «busca... grupo neonazi».

—El mundo está loco —dijo el hombre mayor sentado al lado de Bob, que también tenía la cara vuelta hacia el televisor—. El mundo entero se ha vuelto loco.

—¡Eh, tontaina! —gritó una voz. Al volverse, Bob vio a su hermano y a Helen. Acababan de entrar en el local y Helen se estaba sentando a una de las mesitas próximas a la ventana. Pese a la poca luz, Bob vio que estaban bronceados. Se levantó del taburete y fue a su encuentro.

—¿Habéis visto lo que acaba de salir en la tele? —Señaló el televisor—. ¿Qué tal estáis? ¿Cuándo habéis vuelto? ¿Lo habéis pasado bien?

—Lo hemos pasado estupendamente, Bobby. —Helen abrió la carta—. ¿Qué me recomiendas?

—Todo.

—¿Se puede pedir pescado?

—Sí, desde luego.

—Mejor me tomo una hamburguesa. —Helen cerró la carta, tuvo un escalofrío y se frotó las manos—. Estoy helada desde que he vuelto.

Bob sacó una silla y se sentó.

—No voy a quedarme, no os preocupéis.

—Bien —dijo Jim—. Intento invitar a mi mujer a cenar.

Bob pensó que parecían fuera de lugar, tan bronceados en temporada baja.

—Zach acaba de salir en la tele —dijo.

—Sí, mierda. —Jim se encogió de hombros—. Pero ese Charlie Tibbetts es magnífico, Bob. ¿Sabes qué ha hecho? —Jim abrió la carta, la miró un momento y la cerró—. Charlie atacó justo después de esa condenada rueda de prensa que dio O'Hare y pidió que dictaran secreto de sumario en el caso y modificaran las condiciones de la fianza. Primero, alegó que a su cliente lo están procesando de una forma injusta y agresiva, que es la primera vez que se da una rueda de prensa por un delito menor, pero su mejor argumento, porque las condiciones de la fianza dicen que Zach no puede acercarse a ningún somalí, el mejor argumento que Charlie dio al juez, ¿cuál era, Helen? Charlie dijo: «El comisionado de fianzas ha hecho la ingenua y desafortunada suposición de que todos los somalíes son, visten y actúan igual». Fabuloso. ¿Cómo piensas devolvernos el coche?

—Jim, ¿por qué no dejas que tu hermano disfrute de su noche y nosotros de la nuestra y resolvéis esto en otro momento? —Helen se volvió hacia el camarero—. El Pinot Noir, por favor.

—¿Cómo está Zach? —preguntó Bob—. Susan me ha llamado unas cuantas veces, pero nunca me dice nada concreto.

—Quién sabe cómo está Zach. No tiene que comparecer en la instrucción de cargos, que no será hasta el 3 de noviembre. Charlie ha alegado que no es culpable, ha llevado el caso al Tribunal Superior y ha solicitado un juicio con jurado. Es bueno.

—Lo sé. He hablado con él. —Bob guardó silencio antes de añadir—: Zachary llora a solas en su cuarto.

—Dios mío —dijo Helen.

—¿Cómo lo sabes? —Jim miró a su hermano.

—Me lo dijo la señora que vive arriba. La inquilina de Susan. Dice que le ha oído llorar en su cuarto.

Jim mudó la expresión; los ojos se le empequeñecieron.

—Podría estar equivocada —añadió Bob—. Parece un poco chiflada.

—Claro que podría estar equivocada —sentenció Helen—. Jim, ¿qué vas a cenar?

—Iré a buscar el coche —dijo Bob—. Iré en avión y lo traeré. ¿Cuándo te hace falta?

—En cuanto puedas traerlo, que es ya. Es estupendo que el servicio de orientación jurídica tenga un sindicato tan fuerte. Cinco semanas de vacaciones, y eso que ahí no hay nadie que trabaje duro.

—Eso no es verdad, Jim. Hay gente muy buena trabajando ahí. —Bob habló en voz baja.

—El barman te está haciendo señas. Ve a tomarte tu cerveza. —La voz de Jim era desdeñosa.

Bob regresó a la barra y supo que esa noche ya no iba a disfrutar. Era un tontaina, incluso Helen estaba enfadada con él. Había ido a Maine y no había hecho nada aparte de reaccionar como un imbécil, dejarse llevar por el pánico y marcharse sin el coche. Pensó en la magnánima y corpulenta Elaine, sentada en su despacho junto a la higuera, explicándole con suma paciencia la réplica de la reacción a acontecimientos traumáticos, sus tendencias masoquistas porque creía que debía ser castigado por un acto infantil inocente. En el espejo, vio que el hombre pelirrojo lo observaba y, cuando lo miró, él le saludó con la cabeza. Lo que Bob captó en aquella breve mirada fue el reconocimiento tácito de otra persona culpable: el hombre pelirrojo había comprado la bicicleta a su esposa, había sugerido el paseo esa mañana. Bob le devolvió el saludo y se bebió la cerveza.

Pam estaba sentada en su salón de belleza preferido del Upper East Side, con la vista clavada en la cabeza de una coreana inclinada sobre sus pies, preocupada, como siempre, por si los instrumentos no estaban bien esterilizados porque, una vez que los hongos atacaban las uñas, era casi imposible librarse de ellos. Además, Mia, la chica que siempre la atendía, no estaba; la que ahora le restregaba los dedos de los pies con delicadeza no hablaba inglés. Se habían comunicado por gestos y Pam, señalándole la caja metálica, le había preguntado, demasiado alto: «¿Limpios? ¿Sí?», antes de poder relajarse y enfrascarse en sus pensamientos, que, desde hacía varios días, giraban en torno a su antigua vida con la familia Burgess.

Al principio, Susan no le había caído simpática. Pero eso se debía a que eran jóvenes (unas crías, no mayores que los hijos de sus amigos, quienes acababan de irse a la universidad) y a ella le había ofendido el perpetuo desdén de Susan hacia Bob. Era una época de su vida en la que quería que todos se cayeran bien. (Sobre todo, ella quería caerles bien a todos.) Asimismo, era una época en la que los estudiantes del campus de Orono de la Universidad de Maine se saludaban al cruzarse por los senderos que serpenteaban entre los edificios y bajo los árboles, aunque no se conocieran. No obstante, muchos estudiantes conocían a Bob, por su simpatía y porque algunos habían conocido a Jim, que entonces ya no estaba, pero había sido el presidente del comité de estudiantes y era uno de los pocos alumnos graduados que habían logrado entrar en la Facultad de Derecho de Harvard (y no digamos conseguir una beca para estudiar allí), lo cual acrecentaba la fama de Bob. Los hermanos Burgess estaban tan presentes en el campus como los robles y arces bajo los que los estudiantes paseaban con sus libros. (También quedaban algunos olmos; pero estaban enfermos, con las hojas de las copas marchitas.) Pam jamás se había sentido tan segura como se sentía con Bob y su relajada naturalidad, y eso despertó y alimentó su entusiasmo por la vida universitaria, por la vida a secas. Aquella euforia se veía insultada cada vez que Susan fingía que no los veía, siempre que los evitaba entrando por otra puerta si coincidían en el sindicato de estudiantes. Susan, delgada por aquel entonces, y guapa, les volvía la cara. O en la biblioteca Fogler, era capaz de cruzarse con Bob y ni tan siquiera verlo. «Hola, Suse», decía Bob. Nada. ¡Nada! Pam se horrorizaba. Bob no parecía molestarse: «Ella siempre ha sido así».

Pero, después de pasar fines de semana y vacaciones en casa de los Burgess en Shirley Falls, donde su futura suegra, Barbara, la recibía de una forma que ella entendía que era cordial (y consistía, sobre todo, en hacer chistes sarcásticos a costa de los demás y lanzarle pétreas miradas de complicidad), Pam empezó a compadecerse de Susan. Eso fue una sorpresa para ella, su descubrimiento, quizá, de que las personas son como prismas que descomponen la luz blanca. Tuvo la sensación de que sólo había visto una cara de Susan y se le había escapado por completo la fuerte luz blanca de la desaprobación materna que brillaba detrás de ella. Era Susan a quien iban dirigidas casi todas las supuestas bromas de su madre; era Susan la que ponía la mesa en silencio mientras Barbara decía a Bob, quien, a diferencia de Susan, había sido uno de los alumnos más brillantes de su curso: «Pues claro, Bobby. Siempre he sabido que eras inteligente». Era Susan la que llevaba el pelo largo con la raya en medio «como una estúpida hippie»; era Susan, con la cintura esbelta y las caderas rectas, a quien Barbara decía que algún día, como todas las mujeres, echaría culo.

Aunque la madre de Pam jamás la había tratado con desprecio, no parecía estar segura de sus responsabilidades maternas y las desempeñaba a distancia, como si Pam, pese a ser una chica que pasaba horas en la biblioteca leyendo y mirando anuncios de revistas que insinuaban que había más mundo que aquél, le exigiera demasiado. El padre de Pam, callado y retraído, parecía incluso menos capacitado para ayudar a su hija a atravesar los obstáculos de su desarrollo. Escapar de aquel entorno tan árido fue lo que empujó a Pam a pasar casi todas sus vacaciones en el hogar de los Burgess, aquella casita amarilla encaramada a una colina que no quedaba lejos del centro del pueblo. Era más pequeña que la casa en la que ella se había criado, aunque no mucho. Pero las alfombras estaban raídas, los platos, rajados, y faltaban baldosas en el baño; aquellas cosas la habían inquietado. Una vez más, le pareció que hacía un descubrimiento: su novio y su familia eran pobres. El padre de Pam tenía una papelería y su madre impartía clases de piano. Pero su casa del oeste de Massachusetts siempre parecía limpia, espaciosa y segura en mitad del campo; Pam ni tan siquiera se había fijado en ello. Cuando vio el hogar de los Burgess, con el descolorido suelo de linóleo levantado en las esquinas, los marcos de las ventanas tan viejos y alabeados que en invierno rellenaban los huecos con periódicos, el único baño con un cerco herrumbroso en el váter y una cortina de la ducha tan descolorida que no estaba segura de si había sido rosa o roja, Pam pensó en la familia de su ciudad natal que era la única familia verdaderamente *pobre* que conocía (tenían el patio lleno de coches oxidados, los niños iban sucios a la escuela) y se quedó desconcertada: ¿Quién era el hombre del que se había enamorado? ¿Era como aquellas personas? En el campus de Orono no le había parecido distinto al resto: llevaba los mismos vaqueros azules todos los días (pero, en esa época, muchos chicos llevaban los mismos vaqueros todos los días); su habitación estaba desordenada y su mitad tenía pocas cosas (pero muchas de las habitaciones de los chicos estaban desordenadas y tenían pocas cosas). Salvo que Bob estaba más *presente* que los otros chicos, más relajado; Pam no sabía que él y su desagradable hermana provenían de un sitio como aquél.

Aquella reacción no duró mucho. Dondequiera que fuera, Bob lo llenaba todo con su presencia. Y, en consecuencia, la casa se convirtió, enseguida, en un hogar confortable. Por la noche, Pam oía su voz relajada susurrando a su madre, porque a menudo se quedaban hasta muy avanzada la noche, madre e hijo, conversando. Les oía decir muchas veces la palabra *Jim*, como si su presencia siguiera en la casa igual que había permanecido en el campus de Orono.

«Jim esto, Jim lo otro», era lo que Pam tenía intención de decirle cuando por fin lo conoció. Estaba sentado a la mesa de la cocina un viernes de noviembre cuando fuera ya era de noche, y le pareció demasiado grande para la casa, arrellanado en la silla, cruzado de brazos. Pam sólo dijo: «Hola». Él se levantó, le estrechó la mano y, con la otra, dio un empujón a Bob en el pecho. «Zángano, ¿cómo estás?», le preguntó. Y Bob respondió: «¡Letrado de Harvard, estás en casa!».

Lo primero que Pam sintió fue alivio de no sentirse atraída por el hermano mayor de su novio, porque comprendió que muchas chicas debían de encontrarlo atractivo. Su guapura era demasiado convencional para su gusto, con el pelo moreno y la mandíbula cincelada, pero, además, era duro. Pam percibía su dureza y le daba miedo. Nadie más parecía verla. Cuando Jim tomaba el pelo a Bob (con la misma mordacidad que Barbara a Susan), Bob se reía y encajaba el golpe.

—Cuando éramos pequeños —dijo Jim a Pam aquella primera noche—, este tío —señaló a Bob con la cabeza— me sacaba de quicio. De quicio. Aún me sacas de quicio, puñetas.

Bob se encogió felizmente de hombros.

—¿Y qué hacía Bob para sacarte de quicio?

—Siempre quería comer lo mismo que yo, fuera lo que fuera. «Sopa de tomate», decía, cuando mamá le preguntaba qué quería para comer. Entonces veía que yo tomaba sopa de verdura y decía: «No, quiero eso». Siempre quería llevar la misma ropa que yo. Ir adonde yo iba.

—Vaya. Qué horror. —Pam lo dijo con sarcasmo, pero su comentario fue una mera piedrecita arrojada contra un grueso parabrisas; Jim era impermeable.

Los años que Jim estudió Derecho regresaba a menudo para visitar a Barbara. Pam veía que los tres hijos eran fieles a su madre. Susan y Bob trabajaban en el comedor universitario, pero cambiaban el turno y hacían dedo para ir a Shirley Falls. Eso conmovía a Pam y le creaba un sentimiento de culpa por las largas ausencias de su propio hogar, pero era a casa de los Burgess donde iba siempre que Bob, y también Susan, decidían que debían estar ahí. Susan todavía no había conocido a Steve y Jim no había conocido a Helen, por lo que Pam, al pensarlo, sentía que, en esa época, no sólo estaba enamorada de Bob, sino que, además, era casi como su hermana; porque ésos fueron los años en los que ellos se convirtieron en su familia. La irritabilidad de Susan se suavizó. A menudo jugaban todos a las palabras cruzadas en la mesa de la cocina, o sólo charlaban, apretujados en el salón. A veces iban los cuatro a la bolera y, a la vuelta, explicaban a Barbara que Bob casi había ganado a Jim. «Pero no me ha ganado —decía Jim—. Nunca lo ha hecho y nunca lo hará.» Un gélido sábado, Pam y Susan se plancharon el pelo en la galería cerrada de la casa extendiéndolo sobre la tabla de planchar, y Barbara las reprendió porque podrían haber incendiado la casa. Aunque los Burgess no parecían tener nociones ni intereses culinarios (comían carne picada cubierta de una capa de queso naranja sin derretir, o un guiso de atún hecho con sopa de lata, o pollo al horno sin especias, ni tan siquiera sal), Pam descubrió que les encantaba la repostería y les preparaba pan de plátano y galletas decoradas. A veces, Susan se metía en la cocinita con ella para ayudarla; prepararan lo que prepararan, se devoraba con avidez, y eso también conmovía a Pam, como si aquellos chicos llevaran toda la vida privados de dulzura. Barbara no era tierna, pero Pam percibía en ella una decencia fundamental que sus tres hijos, pese a todas sus diferencias, parecían haber heredado.

Jim hablaba de sus clases de Derecho mientras Bobby se inclinaba sobre la mesa y hacía preguntas. Jim se interesó por el derecho penal desde el principio, y Bob y él hablaban sobre el régimen probatorio, las excepciones para admitir los testimonios indirectos como prueba, el procedimiento para procesar un caso, la función del castigo en la sociedad. Pam ya había establecido su propio interés por la ciencia y concebía la sociedad como un único gran organismo que se mantenía vivo gracias a la colaboración de sus millones, miles de millones, de células. La delincuencia era una mutación que le interesaba y se sumaba tímidamente a aquellas discusiones. Jim jamás la trataba con condescendencia, como podía hacer con Bob o Susan; aquella deferencia de Jim hacia ella siempre la sorprendía, al igual que su extraña mezcla de arrogancia y sinceridad. Años después, durante el juicio de Wally Packer, cuando Pam leyó una entrevista sobre Jim en la que un compañero suyo de Harvard afirmaba que Jim Burgess «siempre ponía distancia, nunca se dejaba conocer», comprendió lo que no había terminado de captar en esa época: que Jim debía de sentirse un advenedizo en Harvard y regresaba a Shirley Falls porque algo le empujaba a hacerlo, no sólo su madre, con quien era atento y cariñoso, sino quizá la familiaridad del acento, de los platos desportillados y las puertas demasiado alabeadas para cerrarse. Jim no mencionó a ninguna novia durante los años que estudió Derecho. Un día, como su expediente académico era brillante y sus aptitudes, excepcionales, habló de conseguir trabajo en la Fiscalía de Manhattan. Adquiriría experiencia como fiscal y regresaría a Maine.

—¡Ay! —exclamó Pam. La coreana, que le estaba dando un masaje en la pantorrilla, la miró con aire de disculpa y le dijo una palabra que no entendió—. Lo siento —continuó Pam, e hizo un gesto con la mano—. Pero demasiado fuerte. —La recorrió un estremecimiento de nostalgia y tuvo que volver a cerrar los ojos frente a la pálida cortina de lo que sólo podía ser aburrimiento que avanzaba hacia ella. ¿Shirley Falls sólo le había parecido un lugar milagroso porque era joven y era la primera vez que estaba enamorada? ¿Ya no volvería a tener deseos ni emociones tan fuertes como entonces? La edad y la experiencia, ¿sólo amortecían los sentimientos?

Porque Shirley Falls era donde Pam había sentido por vez primera la emoción de ser adulta. Si la vida universitaria la había puesto en contacto con el mundo de muchas personas, ideas y datos (y los datos le encantaban), Shirley Falls poseía la magia de una gran ciudad extranjera y, en sus visitas, Pam se había visto feliz y vertiginosamente catapultada a la vida adulta. Le sucedía, por ejemplo, cuando iba sola (mientras Bob ayudaba a limpiar los desagües de su madre) a una panadería familiar de Annett Avenue que tenía cortinas de volantes y olía a canela, donde se sentaba a tomar el café que las rollizas panaderas le servían con maravillosa indiferencia mientras veía pasar a hombres trajeados camino de los tribunales o de una oficina, y a mujeres bien vestidas con aire de tener algo importante que hacer. Pam podría haber estado en uno de los anuncios de las revistas de la biblioteca de su adolescencia; una joven sonriente tomando café, en el meollo de la vida.

A veces, cuando Bob estaba estudiando o jugando al baloncesto con Jim en el aparcamiento del viejo instituto, Pam ascendía a la colina que había a las afueras del pueblo y contemplaba los chapiteles de la catedral, el río bordeado de fábricas hechas de ladrillo, el puente tendido sobre sus espumosas aguas y, a veces, cuando volvía a bajar, entraba a curiosear en las tiendas de la calle Gratham. Peck's estaba cerrado, pero había otros dos grandes almacenes y Pam experimentaba una callada emoción cuando se paseaba por ellos y tocaba los vestidos, separaba las perchas en las barras. Se ponía perfume en los mostradores de cosmética y, cuando Barbara comentaba «Hueles a gabacha», ella decía: «¡Oh, Barbara, acabo de darme una vuelta por los grandes almacenes!».

«Se nota.»

La alianza con Barbara era fácil. Pam sabía que tenía la ventaja, imposible para Susan, de no llevar su sangre, y eso le permitía ir a sitios a los que Susan no iba, como el Blue Goose, donde un vaso de cerveza costaba treinta centavos y la gramola estaba tan alta que las mesas vibraban en los compases graves cuando Wally Packer y su banda cantaban *Líbrame de esta carga, la carga de mi amor,* donde Pam se meneaba sentada al lado de Bob, con la mano en su rodilla.

Para celebrar el final de los exámenes, o un cumpleaños, o que Pam y Bob habían quedado entre los mejores de su clase, iban todos a Antonio's, el restaurante próximo a Annet Avenue que servía enormes platos de espaguetis y donde el dueño, que respondía al nombre de Pequeñín y era obeso, tomaba nota del menú. Cuando murió después de someterse a una cirugía de derivación gástrica, Pam lo sintió mucho, todos lo hicieron.

Durante el verano, Barbara permitía que Pam viviera en su casa. Ella trabajaba de camarera mientras Bob lo hacía en la papelera y Susan en la administración del hospital. Pam y Susan ocupaban la habitación que Jim y Bob habían compartido de pequeños; Bob se quedaba con el cuarto de Susan, y Jim dormía en el sofá siempre que iba de visita. «Es agradable tener la casa llena», decía Barbara y, para Pam, que no tenía hermanos, aquellas semanas, fines de semana y veranos en casa de los Burgess se convirtieron en algo que más adelante comprendió que había tenido una hondísima importancia y también, quizá, había menoscabado su matrimonio con Bob en los años venideros. Porque ella nunca pudo dejar de sentir que él era su hermano. Había aceptado su pasado (su terrible secreto, que nadie mencionaba nunca) y se había beneficiado del hecho de que Bob fuera el preferido de su madre: al ser la chica que él había decidido querer, también Barbara la quería. Pam se preguntaba si Barbara, para protegerse de la furia que habría sentido hacia Bob después del accidente que la dejó viuda, había optado por quererlo más. En cualquier caso, Bob, su pasado y su presente se convirtieron en el pasado y el presente de Pam y ella quiso todo lo que lo envolvía, incluso a su hermana, que seguía pareciendo incapaz de soportarlo, pero era bastante cordial con ella.

Los Burgess, sobre todo los hijos varones, tenían sus rituales anuales en el pueblo, y Pam iba con ellos al desfile del día del Moxie junto con la variopinta multitud de personas que se vestían de color naranja en honor del refresco que se identificaba con Maine (la iglesia de San José lo anunciaba en su valla publicitaria: JESÚS ES NUESTRO SALVADOR, MOXIE ES NUESTRO SABOR), una bebida tan amarga que ni Pam ni ninguno de los Burgess la soportaba, aparte de Barbara; aplaudían a las pequeñas carrozas que desfilaban, al coche donde iba montada la chica del pueblo coronada Miss Moxie, chicas, todas ellas, que a menudo eran noticia años después por haber tenido un mal final, maltratadas por un marido, humilladas por un drogadicto o detenidas por algún delito menor. Pero el día que recorrían las calles de Shirley Falls y saludaban con su cinta ondeando al viento, los hermanos Burgess las aplaudían e incluso Jim se tomaba los aplausos en serio. Susan se encogía de hombros, porque su madre le había prohibido hacía tiempo competir por semejante título.

En julio se celebraba el festival francoestadounidense, el favorito de Bob y, por tanto, también de Pam: cuatro noches de conciertos en el parque en las que todo el mundo bailaba y las señoras se contoneaban con sus maridos desgastados por la fábrica al son de la atronadora música de la banda C'est si Bon. Barbara nunca los acompañaba; tenía poca relación con los francocanadienses que trabajaban en las fábricas donde su marido había sido capataz y ningún interés por la música, el baile o la juerga. Pero los hermanos Burgess sí iban. Jim se sentía atraído por las conversaciones sobre huelgas laborales y organización sindical, y las noches del festival charlaba con mucha gente; Pam aún podía imaginárselo, escuchando con la cabeza ladeada, saludando con una palmada en el hombro, dando muestras ya del político que más adelante dijo que quería ser.

Pam se había equivocado con el color del esmalte de uñas. Se dio cuenta al mirarse los pies. Era otoño; ¿por qué había escogido una tonalidad anaranjada? La coreana la miró, con el diminuto cepillo sujeto a pocos centímetros de un dedo del pie.

—Está bien —dijo Pam—. Gracias.

Barbara Burgess llevaba quince años muerta, advirtió Pam, mientras veía cómo sus uñas adquirían un color («gabacho») espantoso. No había vivido para ver a Jim famoso, para ver a Bob divorciado y sin hijos, para ver a Susan divorciada y a su hijo tan desquiciado. O para ver a Pam pintándose las uñas de los pies de color naranja en una ciudad que ella sólo visitó una vez, cuando Jim trabajaba para la Fiscalía de Manhattan. ¡Cómo odió Barbara Nueva York! Pam movió los labios mientras lo recordaba; Bobby y ella ya estaban viviendo allí y la pobre Barbara apenas fue capaz de salir de su piso. Pam la entretuvo riéndose de Helen, que se había casado recientemente con Jim y se desvivía por complacer a su suegra, ofreciéndose a llevarla al Museo Metropolitano, a una función matinal de Broadway o a un café especial del Village.

—¿Qué ha visto en ella? —le susurró Barbara, acostada en la cama con la vista clavada en el ventilador del techo.

—Normalidad. —Pam estaba acostada a su lado, mirando también el ventilador.

—¿Es normal?

—Para Connecticut sí, creo.

—¿Llevar esos mocasines blancos es normal en Connecticut?

—Los mocasines son de color beige.

Al año siguiente, Jim se instaló en Maine con Helen, y Barbara tuvo que acostumbrarse a ella; el matrimonio vivía en Portland, a una hora de Shirley Falls, de modo que no fue tan malo. Jim, que era ayudante del fiscal del distrito y estaba a cargo de la división penal, enseguida adquirió fama de ser duro y decente y siempre manejó bien a la prensa. Con la familia, fue franco acerca de sus intenciones de dedicarse a la política. Se presentaría como candidato a fiscal del distrito y, después, a gobernador. Todos le creyeron capaz de hacerlo.

Tres años después, Barbara cayó enferma. La enfermedad la volvió más compasiva y dijo a Susan: «Siempre has sido buena hija. Todos habéis sido buenos hijos». Susan se pasó semanas llorando en silencio. Jim entraba y salía de la habitación de hospital sin despegar los ojos del suelo. Bob estaba aturdido y su cara a menudo tenía la expresión de un niño muy pequeño. Al recordarlo, Pam tuvo que sonarse la nariz. Lo más extraño fue que, un mes después de que Barbara falleciera, Jim, Helen y su hija casi recién nacida se mudaron a una lujosa casa de West Hartford. Jim dijo a Bob que no quería volver Maine nunca jamás.

—Oh, gracias —dijo Pam. La coreana le estaba ofreciendo un pañuelo con expresión expectante—. Muchas gracias. —La mujer asintió con rapidez y le puso algodones entre los dedos de los pies.

Las calles bordeadas de árboles de Park Slope tenían suficientes hojas amontonadas en las aceras para que los niños las recogieran y esperaran a que el viento se las arrancara de los brazos mientras sus pacientes madres los vigilaban. Pero Helen Burgess descubrió, para su sorpresa, que le irritaba la gente que se detenía o caminaba tan despacio que le obligaba a aflojar el paso. Se descubrió suspirando cuando había mucha cola en el banco, diciendo a la persona que tenía delante: «Pero ¿por qué no ponen más gente en las ventanillas?». En la caja rápida del supermercado, contaba el número de artículos del cliente que la precedía y tenía que hacer un gran esfuerzo para no decir: «Lleva catorce artículos y en el letrero pone diez». A Helen no le gustaba comportarse de aquel modo, ése no era su concepto de sí misma y, al pensar en cuál podía ser el motivo, se dio cuenta de una cosa: un día después de que hubieran regresado de San Cristóbal, estaba sola, deshaciendo el equipaje, cuando, de repente, tiró una manoletina negra contra la pared. «¡Malditos seáis!», exclamó. Cogió una blusa blanca de lino y estuvo a punto de romperla en dos. Después se sentó en la cama y se echó a llorar porque no quería ser una persona que tiraba zapatos contra la pared o insultaba a la gente aunque no estuviera presente. La ira le parecía inapropiada y había enseñado a sus hijos a no ser rencorosos y a no irse nunca a la cama sin haber resuelto sus desavenencias. El hecho de que Jim a menudo estuviera enfadado no solía afectarle, en parte porque su ira rara vez iba dirigida a ella y porque era su deber calmarlo, y eso lo hacía bien. Pero verlo enfadado en la habitación del hotel la había perturbado. Era Susan a la que había insultado mientras deshacía el equipaje, comprendió, y al chiflado de su hijo, Zach. Y también a Bobby. Le habían arrebatado sus vacaciones. Le habían arrebatado unos días de intimidad con su marido. El momento de encontrarlo tan poco atractivo no se había desvanecido como debería haber hecho y eso la desconcertaba y, a la vez, alimentaba su preocupación, su convencimiento, de que él tampoco la encontraba atractiva. Ambos aspectos la angustiaban. Se sentía vieja. E irritable. Lo cual era injusto, porque ella no era así. Helen, en el fondo, sabía que un matrimonio feliz tenía una vida sexual feliz (era como tener un secreto especial, sólo entre los dos) y, aunque jamás habría hablado de nada semejante, lo que había leído sobre las pinzas para pezones y otros artilugios que la autora del libro había encontrado mientras limpiaba se había sumado a sus preocupaciones. Jim y ella jamás habían necesitado nada que no fuera el uno al otro. Eso era lo que ella pensaba. Pero ¿cómo sabía qué hacían los demás? Años atrás, en West Hartford, un hombre cuyas hijas iban a la misma guardería que las suyas la miraba a veces con cruda severidad. Helen no hablaba nunca con él, pero tenía la sensación de que él veía en su interior lo que ella sólo intuía: una ciénaga de sexualidad animal. La ciénaga estaba lejos y, dada su forma de ser, ella jamás se había acercado. Ahora, de vez en cuando, pensaba en que ya era demasiado tarde para ponerse a indagar. Y todo aquello era una tontería, porque ella no cambiaría su vida por ninguna otra. Pero le preocupaba, mucho, que Jim se hubiera retraído tanto en San Cristóbal, que hubiera pasado horas en el golf o en el gimnasio. Y ahora ella volvía a estar en casa, sentada al borde del nido vacío que no parecía preocuparle a nadie más.

Lo sorprendente de aquel sentimiento era que no desaparecía. Conforme pasaban los días y Helen enviaba los regalos a sus hijos (una camiseta y una gorra para su hijo de Arizona con la advertencia de que hiciera el favor de ponerse la gorra porque no estaba acostumbrado a tanto sol; un jersey para su hija de Chicago; unos pendientes para Emily, que estaba en Wisconsin), conforme pagaba los recibos que se habían acumulado y sacaba la ropa de invierno, su enfado con los Burgess resurgía. «Me habéis quitado algo —pensaba—. Algo importante.»

—Vaya estupidez —dijo a Jim una noche. Él acababa de explicarle que a lo mejor le pedían que hablara en la concentración de Maine a favor de la tolerancia—. ¿De qué diablos serviría?

—¿Cómo que de qué serviría? La pregunta es si yo quiero hablar, pero, si lo hiciera, obviamente se supone que serviría. —Jim se tomó el pomelo sin ponerse la servilleta en el regazo y Helen se dio cuenta de que se había molestado.

—Gracias, Ana —dijo cuando la asistenta dejó las chuletas de cordero en la mesa—. Ya lo tenemos todo. ¿Puedes bajar la luz al salir? —Ana, menuda y con la expresión dulce, asintió una vez, graduó la luz y salió. Helen añadió—: Es la primera noticia que tengo de este disparate. ¿De quién ha sido la idea? ¿Por qué no me has dicho nada?

—Me he enterado hoy. No sé de quién ha sido la idea. Ha surgido, sin más ni más.

—Las ideas no surgen sin más ni más.

—Sí que lo hacen. Charlie dice que mi nombre se menciona a menudo en Shirley Falls, en un buen sentido, y los organizadores de la concentración han pensado que puede ayudar a que gente se sienta cómoda si voy y, sin mencionar a Zachary, por supuesto, digo lo orgulloso que estoy de Shirley Falls.

—Tú no soportas Shirley Falls.

—Eres tú la que no soporta Shirley Falls —dijo Jim, en tono amable. Cuando Helen no respondió, añadió—: Mi sobrino tiene problemas.

—Se los ha buscado él.

Jim cogió una chuleta con las manos como si fuera una mazorca de maíz: la miró mientras se la comía. Helen dejó de mirarlo y vio su reflejo en el cristal de la ventana; en aquella época del año ya era de noche a la hora de cenar.

—Lo siento —continuó Helen—, pero es así. Bob y tú actuáis como si hubiera una conspiración del gobierno contra él, y lo que no comprendo es por qué no queréis que responda por lo que ha hecho.

Jim dejó la chuleta y dijo:

—Es mi sobrino.

—¿Significa eso que vas a ir?

—Hablémoslo en otro momento.

—Hablémoslo ahora.

—Mira, Helen. —Jim se limpió la boca con la servilleta—. La Fiscalía del Distrito se está planteando acusar a Zach de haber violado los derechos civiles.

—Ya lo sé, Jim. ¿Crees que estoy sorda? ¿Crees que no te escucho? ¿Crees que no escucho a Bob? Últimamente parece que no se hable de otra cosa. Todas las noches suena el teléfono: ¡Socorro!, se han negado a modificar las condiciones de la fianza. ¡Socorro!, se han negado a decretar secreto de sumario en el caso. Es mero trámite, no te preocupes, sí, Zach tendrá que comparecer, cómprale una chaqueta sport, blablablá.

—Hellie. —Jim puso la mano sobre la suya un momento—. Estoy de acuerdo contigo, cariño, de veras. Zach debería responder por lo que ha hecho. Pero también es un chaval de diecinueve años que, según parece, tiene pocos amigos o ninguno y llora por las noches. Y tiene una madre que es puro nervio. Así que si puedo ayudar de alguna forma a que esto se apacigüe y se olvide...

—Dorothy dice que tienes remordimientos de conciencia.

—Dorothy. —Jim cogió su segunda chuleta y se la comió de forma ruidosa. Helen, que hacía ya tiempo que había reconocido aquello como una señal de poca educación (y no lo soportaba), también había observado que Jim era más proclive a hacer ruido mientras comía cuando estaba tenso—. Dorothy —repitió Jim— es una mujer muy delgada, muy rica y muy infeliz.

—Lo es —reconoció Helen. Y añadió—: ¿No crees que hay una gran diferencia entre sentirse culpable y sentirse responsable?

—Sí.

—Lo has dicho por decir. No te interesa si hay diferencia.

—Lo que me interesa es verte feliz —dijo Jim—. Creo que la idiota de mi hermana y el memo de mi hermano han conseguido fastidiarnos las vacaciones. Ojalá no hubiera pasado. Pero la razón, si al final me lo piden, por la que iría, si es que voy, es porque, según tiene entendido Charlie, la que quiere seguir adelante con esto es una ayudante del fiscal, Diane no sé qué, que está al frente de la división de derechos civiles. Pero el imbécil de Dick Hartley tendría que respaldarla, al ser su jefe, y, por supuesto, él también hablará en la concentración. Ir me dará la oportunidad de charlar con él, de recordar viejos tiempos... ¿Quién sabe?, si reinan la paz y la tranquilidad, puede que el lunes Dick llame a la princesa Diana a su despacho y le diga: «Déjalo estar». Y, si eso pasa, hay más posibilidades de que el fiscal del Estado diga: «Sí, joder. Que esto se quede en un mero delito menor. Adiós».

—¿Por qué no vamos al cine este fin de semana? —preguntó Helen.

—Vale —respondió Jim.

Y aquélla pareció ser la primera de las muchas veces en las que Helen no soportaría el sonido de su voz, su velada antipatía, y se esforzaría por volver a ser quien ella creía que era. Y cada vez, como esa noche, esperaría que sólo fuera un incidente aislado, no relacionado con nada más.

4

El día previo a la primera vista de Zach, en la que Charlie volvería a solicitar que se modificaran las condiciones de la fianza y se dictara secreto de sumario en el caso, Susan estaba sentada en el coche en un extremo del gran aparcamiento del centro comercial. Era su hora de comer y tenía el bocadillo de atún que se había preparado por la mañana en el regazo, envuelto en una bolsa de plástico. Su móvil estaba en el asiento contiguo y lo miró de soslayo muchas veces antes de cogerlo y marcar un número.

—¿De qué se trata? —preguntó una voz de mujer que no reconoció.

Susan bajó la ventanilla una pizca.

—¿Podría ponerme con él, por favor? Lo conozco de toda la vida.

—Tengo que buscar su ficha, señora Olson. ¿Cuándo se visitó por última vez?

—Por Dios —dijo Susan—. No quiero pedir hora.

—¿Es una urgencia? —preguntó la recepcionista.

—Necesito algo para dormir —respondió Susan. Entrecerró los ojos y se apretó la frente con el puño, porque, para ella, era como si hubiera anunciado a toda la comunidad que la madre de Zachary Olson pedía somníferos. Quizá estaba enganchada, diría la gente. No era extraño que no supiera dónde se metía su hijo.

—Puede hablarlo con el doctor cuando lo vea. ¿Cómo le va el jueves próximo por la mañana?

Susan llamó a Bob al despacho y él dijo:

—Ah, Susie, vaya lata. Llama a otro médico, di que estás con muchísimo dolor de garganta y fiebre, y te verá de inmediato. Di que tienes mucha fiebre. Se supone que los adultos no deben tener mucha fiebre. Luego, cuando veas al médico, dile por qué has ido.

—¿Miento?

—Sé práctica, es lo que yo te sugiero.

Antes de que terminara el día, Susan tenía un frasco de tranquilizantes y otro de somníferos. Los había comprado a dos pueblos del suyo para que nadie de la farmacia supiera que tomaba esa clase de medicamentos. Pero, cuando fue hora de tomarse uno, se imaginó sumiéndose en un sueño tan negro como la muerte y volvió a llamar a Bob.

Él la escuchó.

—Tómatelos ahora, mientras estamos al teléfono —sugirió—. Te hablaré hasta que te entre sueño. ¿Dónde está Zach?

—En su cuarto. Ya nos hemos dado las buenas noches.

—Vale. Mañana irá bien. Zach no tiene que decir nada aparte de lo que Charlie le pida que diga. Seguro que en cinco minutos ya habéis salido. Ahora relájate y yo te hablaré hasta que te duermas. He hablado con Jim y ¿sabes qué? Irá conmigo a la concentración a favor de la tolerancia. Va a hablar. Se subirá al púlpito y los pondrá firmes a todos. Es broma, claro. No habrá ningún púlpito. Dios, ¿te lo imaginas? Hablará después de Dick Hartley, con el que todos se dormirán de aburrimiento, podrías comprarte un frasco de eso, Susie, y Jim dirá: «Dickie, eres increíble». Le dorará la píldora e intentará no hacerle sombra, que es algo que, por supuesto, no puede evitar. Jim hablará mejor que el gobernador. ¿Sabías que irá el gobernador? Jim hablará mejor que nadie. Nos aseguraremos de que Zach no corre peligro y, después, volveremos a Nueva York en el coche de Jim. ¿Te has tomado la pastilla? Bébete medio vaso de agua, para que te baje hasta el estómago. Sí, al menos medio vaso.

»Resulta —continuó Bob— que la comunidad está harta de tanta publicidad; oye, rima y todo, comunidad, publicidad. Según Jim, según Charlie, se están formando bandos. Entre la policía, el ayuntamiento y el clero. De todas formas, tú no debes preocuparte, Suse. Eso es lo importante. Como dijiste, esto es una buena causa para los liberales, lo cual está bien, sobre todo en Maine. Los tiene entretenidos, hace que se sientan útiles y poderosos. ¿Cómo va, Susie? ¿Te ha entrado sueño?

—No.

—Vale. No te preocupes. ¿Te canto algo?

—No. ¿Estás borracho?

—No que yo sepa. ¿Te cuento algo?

Y Susan se quedó dormida mientras Bob le hablaba de la vez que, en cuarto, el director del colegio prohibió a Jim seguir ayudando a los niños a cruzar la calle por tirar una bola de nieve y sus compañeros se declararon en huelga. El director tuvo que readmitirlo: ésa fue la primera vez que Jim comprendió el poder de los sindicatos...

5

Helen, mientras rastrillaba las hojas de su jardín trasero unos días después, dijo:

—Se comporta como si los somníferos fueran heroína. Es de locos.

—Es de puritanos. —Bob cambió de postura en el banco de hierro forjado.

—Es de locos. —Helen dejó de rastrillar y arrojó el rastrillo sobre el montón de hojarasca.

Bob lanzó una mirada a Jim, que estaba de pie junto a la puerta trasera, con los brazos cruzados. Al lado de Jim estaba la enorme barbacoa, cubierta ahora por su funda de lona negra. La barbacoa, que se había estrenado ese verano y que a Bob le parecía tan grande como un bote de remos, también quedaba resguardada bajo la terraza de madera, cuya escalera al jardín estaba sembrada de hojas. Había unas podaderas apoyadas en el primer peldaño. Donde estaba sentado Bob, el camino de ladrillo y la zona circular que rodeaba el bebedero de pájaros tenían el aspecto arreglado de una persona recién salida de la peluquería, pero en el resto del jardín aún había hojas del ciruelo en el suelo, aparte del montón de hojarasca donde estaba tirado el rastrillo, con los dientes apuntando hacia arriba. Bob oyó voces infantiles en otro jardín y los botes de una pelota. Era sábado por la tarde.

—Puede parecer de locos —dijo por fin—. Pero lo hemos heredado de nuestros antepasados puritanos. Que estaban un poco locos, si se piensa. Demasiado locos para quedarse en Inglaterra. Los puritanos son muy pudorosos —añadió—. Tienes que entenderlo.

—Pues mis antepasados, no —afirmó Helen, y miró el montón de hojarasca—. Soy alemana en una cuarta parte, inglesa, no puritana, en dos cuartas partes, y austriaca en otra cuarta parte.

Bob asintió.

—Mozart, Beethoven, eso es bueno, Helen. Pero los puritanos no aprobaban la música ni el teatro porque *estimulan los sentidos*. ¿Te acuerdas, Jimmy? Tía Alma siempre nos decía ese tipo de cosas. Nana también. Nuestra historia les encantaba. A mí no me encanta. Digamos que no me interesa nada en absoluto.

—¿Cuándo piensas irte a tu colegio mayor? —Jim puso la mano en el picaporte de la puerta trasera.

—Jim, basta —dijo Helen.

—En cuanto me termine el whisky que tu mujer ha tenido la amabilidad de servirme. —Bob vació el vaso de un solo trago. El whisky le escoció en la garganta, en el pecho—. Creo que estábamos celebrando que Zach ha sobrevivido a la primera vista y que Charlie ha conseguido que mejoren las condiciones de la fianza y decreten secreto de sumario en el caso.

—¿Cantaste a Susan para que se durmiera? —Jim volvió a cruzarse de brazos—. Vosotros os odiáis.

—Le hablé hasta que se durmió. Y ya lo sé. Por eso fue todavía más agradable. Es muy agradable cuando a los

malos les pasan cosas buenas. O a los buenos. A todos.
—Bob se levantó y se echó el abrigo sobre los hombros.

—Gracias por la visita —dijo Jim sin alterar la voz—.
Pásate por el bufete la semana próxima y planearemos
nuestra estrategia para la concentración. No hacen más que
aplazarla, pero parece que será pronto. Además, atontado,
me hace falta el coche.

—Me he disculpado mil veces —arguyó Bob—. Y he
recopilado información para que te luzcas en el discurso.

—Yo no iré —dijo Helen—. Jim quiere que vaya, pero
no iré.

Bob la miró. Se estaba quitando los guantes de jardinería. Los arrojó sobre el montón de hojarasca y se echó
hacia atrás el pelo, en el que tenía una hoja enganchada.
Llevaba la chaqueta acolchada sin abrochar y, cuando se
puso en jarras, se le abrió.

—No es una situación que ella considere que requiera
su presencia —arguyó Jim.

—Exacto —dijo Helen, y pasó por delante de ellos para
entrar en casa—. He decidido dejarles esto a los hermanos Burgess.

6

El jefe de policía, Gerry O'Hare, también estaba a punto de tomarse un somnífero. Abrió el frasco que tenía junto a la cama, se metió uno en la boca y tragó. No tenía insomnio porque estuviera preocupado, sino porque se sentía pletórico de energía. Esa tarde había tenido una reunión en el ayuntamiento con el alcalde, la abogada de la Fiscalía del Distrito, los concejales, los líderes religiosos y el imán, al que se había asegurado de invitar, ya que los somalíes estaban cabreados por no haber sido invitados a la rueda de prensa justo después del incidente. Gerry estaba informando de aquello a su mujer, que ya se había acostado. Él había dicho a todos los reunidos que conocía su oficio, y que ese oficio consistía en proteger a la comunidad. Había dicho, robando algo de protagonismo, sospechaba (asintió con vehemencia), a algunos de los dichosos liberales presentes, como Rick Huddleston y Diane Dodge, que, según los estudios, la violencia racial disminuía si la comunidad reaccionaba contra ella. Los incidentes que se ignoraban sólo alentaban a los ciudadanos decididos a cometer delitos raciales. Sus hombres, añadió, tenían fotografías de Zachary Olson para pillarlo si aparecía a menos de tres kilómetros de la mezquita de la calle Gratham.

La reunión había durado casi tres horas y el ambiente se había caldeado bastante. Rick Huddleston (que sólo dirigía el Departamento de Difamación Racial porque lo había creado él con su dinero) había tenido que hablar, por supuesto, de todos los incidentes que no se denunciaban; «No estoy interesado en los incidentes que no se denuncian. Yo me he referido a los incidentes que se ignoran», le había interrumpido Gerry, y Rick, imparable, imperturbable, había pasado a hablar de los destrozos ocasionados en los escaparates de tiendas somalíes, de los neumáticos que rajaban en sus barrios, de las calumnias raciales gritadas a mujeres en un aparcamiento, de las burlas y ataques físicos en las escuelas; «No voy a fingir, como quizá harán algunos de ustedes —había dicho Gerry—, que no hay divisiones reales dentro de la propia comunidad somalí. Sabemos que algunas de esas calumnias han sido instigadas por los somalíes étnicos contra los somalíes bantúes, o contra los que son de otro clan». Y, entonces, Rick Huddleston había estallado. Rick Huddleston, ese cursi de Yale que, explicó Gerry a su mujer, perseguía los delitos discriminatorios con tanto ahínco porque, a pesar de la guapísima señora Huddleston y sus tres remilgadas hijitas, probablemente era un marica no declarado. Rick había estallado y había acusado a Gerry de no haber proporcionado suficiente protección a la comunidad somalí. Por eso, había dicho Rick (ruborizado, mientras dejaba el vaso en la mesa con tanta fuerza que el agua había rebosado), había recibido tanta atención en la prensa aquel incidente, a escala local, nacional e incluso (como si Gerry fuera un imbécil que no leyera los periódicos ni viera la televisión) internacional.

Un concejal había puesto los ojos en blanco. Diane Dodge, sosa como siempre, había asentido a lo que Rick acababa de decir. Y, entonces, Rick no había podido contenerse: había sacado el pañuelo y había limpiado el agua para que la mesa conservara su lustre, aunque (Gerry guiñó el ojo a su mujer) aquella mesa era tan vieja como el ataúd de su abuelo y, además, era de madera contrachapada. Dan Bergeron, uno de los concejales, había dejado caer que la culpa de tanta publicidad la tenía el Consejo para Asuntos Islámicos con sede en Washington, que aprovechaba la menor ocasión para tener sus quince minutos de fama.

Durante toda la reunión, el imán había permanecido sentado en actitud pasiva.

—¿No te da miedo que estalle la violencia durante la manifestación? ¿Qué pasa con el grupo neonazi de Montana? —le preguntó su mujer desde la cama, donde se estaba untando una crema de olor acre en los juanetes de un pie.

—Eso es un rumor. Nadie va a venir de tan lejos para ponerse a dar gritos. Si quisieran hacer eso, habrían ido a Minneapolis, donde hay cuarenta mil somalíes. —Gerry se estaba desabrochando la camisa, que apestaba a sudor. Fue al baño y la metió en la cesta de la ropa sucia.

—¿Es verdad que vienen los hermanos Burgess? —le gritó su mujer.

En el dormitorio, mientras se ponía el pijama, Gerry dijo:

—Sí. Jim hablará. Irá bien, creo, siempre que no se lo crea demasiado.

—Bueno, será curioso de ver. —Su mujer suspiró, cogió su libro y se recostó en las almohadas.

7

El bufete de Jim estaba en un edificio del centro de Manhattan. El protocolo de seguridad requería que Bob dejara el permiso de conducir en el mostrador del vestíbulo, donde esperó pacientemente mientras le expedían una identificación provisional. Llevó su tiempo, porque, para que Bob pudiera continuar, había que avisar al bufete de Jim y esperar autorización. Bob entregó la identificación a un hombre de uniforme apostado junto a una hilera de torniquetes, quien lo pasó por delante de un lector, y las luces intermitentes rojas se volvieron verdes. En la planta catorce, dos grandes hojas correderas de una pared de cristal se separaron cuando un hombre joven, sin sonreír, pulsó un botón desde dentro. Una mujer joven apareció para acompañar a Bob al despacho de Jim.

—Se te quitan un poco las ganas de pasar a verte —dijo Bob a su hermano, cuando la joven se retiró y lo dejó delante de dos fotografías de Helen y sus hijos.

—Ésa es la idea, memo. —Jim apartó el documento que estaba leyendo y se quitó las gafas—. ¿Qué tal el dentista? Babeas un poco, ¿no?

—He pedido que me pusieran más novocaína. Creo que es porque de pequeños no podían ponérnosla. —Bob se sentó al borde de la silla junto a la mesa de Jim, con la mochila abultándole en la espalda—. La fresa me estaba dando unos escalofríos tremendos y he pensado: «Oye, soy adulto». Y he pedido más.

—Increíble. —Jim se arregló la corbata y estiró el cuello.

—Ha sido increíble. Si fueras yo.

—Y no lo soy, alabado sea Dios. Bien, faltan dos semanas, vamos a planearlo. Estoy ocupado.

—Susan quiere saber si te quedas en su casa.

Jim abrió el cajón de la mesa.

—Yo no duermo en sofás. Sobre todo, no duermo en sofás llenos de pelo de perro en una casa donde el termostato está puesto a seis grados y hay una vieja chiflada viviendo arriba que se pasa el día en camisón. Pero tú diviértete. Susan y tú estáis muy unidos últimamente. Estoy seguro de que tiene montones de alcohol en casa. Estarás comodísimo. —Jim cerró el cajón y cogió el documento que antes leía. Volvió a ponerse las gafas.

Mientras miraba el despacho, Bob dijo:

—Sé que sabes que el sarcasmo es el arma de los débiles.

Jim no despegó los ojos del papel. Al cabo de un momento, los clavó en su hermano.

—Bobby Burgess. —Hizo un amago de sonrisa—. El rey de lo profundo.

Bob se quitó la mochila del hombro.

—¿Estás peor que de costumbre o siempre has sido así de capullo? En serio. —Se levantó y fue a sentarse en el sofá que ocupaba toda la pared del despacho de Jim—. Estás peor. ¿Lo ha notado Helen? Yo creo que sí.

Jim dejó el bolígrafo en la mesa. Se agarró a los brazos de la silla, se recostó y miró por la ventana. La expresión se le dulcificó.

—Helen —dijo. Suspiró y se echó hacia delante, apoyó los codos en la mesa—. Helen opina que es una locura ir. Implicarme en esto. Pero lo he pensado mucho y creo que tiene sentido. —Miró a Bob, de pronto serio, y añadió—: En Maine todavía me conocen bastante. Aún me aprecian bastante. No he tenido nada que ver con Maine desde hace tiempo. Así que ahora vuelvo. Vuelvo para decir: «Escuchen, señores, tenemos un estado cuya población está envejeciendo y empobreciéndose, y la industria se está yendo, ya se ha ido, casi toda». Diré que lo nuevo es lo que da vida a la sociedad, que Shirley Falls ha abierto los brazos a lo nuevo, que hay que seguir así.

»La verdad es, Bob, que necesitan a esos inmigrantes. Maine se ha ido quedando sin gente joven: tú y yo somos un ejemplo ideal. Y la verdad, también, es que es una pena. Incluso antes de que Zach se metiera en este lío, leía el periódico de Shirley Falls en línea todos los días: Maine se muere. Sobrevive a base de ayudas. Es espantoso. Los jóvenes se marchan a estudiar y ya no vuelven. ¿Y por qué iban a hacerlo? Ahí no hay nada para ellos. Ni tampoco lo hay para los que se quedan. ¿Quién va a cuidar de toda la gente mayor blanca que hay? ¿Quién va a abrir nuevos negocios?

Bob se recostó en el sofá. Muy abajo, en la calle, oyó una sirena de bomberos y bocinazos apagados.

—No sabía que aún le tuvieras cariño a Maine —dijo.

—No soporto Maine.

La sirena se oyó más y acabó desvaneciéndose. Bob paseó la mirada por el despacho: un helecho cuyas afelpadas frondas estaban dispuestas como el agua de una fuentecita, el óleo con cortas pinceladas azules y verdes. Volvió a mirar a Jim.

—¿Lees el periódico de Shirley Falls todos los días? ¿Desde cuándo?

—Desde hace tiempo. Las esquelas me parecen conmovedoras.

—Jesús, hablas en serio.

—Del todo. Y, para responder a tu pregunta, me alojaré en el hotel nuevo del río. Si no te quedas con Susan, reserva habitación para ti. No voy a compartir el espacio con un insomne.

Bob miró la azotea de un edificio cercano cuyos árboles aún tenían las hojas doradas, aunque algunas ramas ya se habían quedado peladas.

—Tendríamos que traer a Zach a Nueva York —dijo—. No creo que haya visto nunca árboles creciendo en las azoteas.

—Haz lo que quieras con el chaval. Pensaba que ni siquiera habías podido tener una conversación con él.

—Espera a verlo —arguyó Bob—. Parece, no sé, que no esté en este mundo.

—No sabes las ganas que tengo —dijo Jim—. Y estoy siendo sarcástico.

Bob asintió y entrelazó pacientemente las manos en el regazo.

Jim se recostó en la silla y dijo:

—La comunidad somalí más numerosa de este país está en Minneapolis. Por lo visto, los baños del centro de formación profesional están hechos un asco porque los musulmanes se lavan los pies antes de rezar. Así que van a instalar lavapiés. Por supuesto, hay rubitos que están como cabras, pero lo cierto es que, en conjunto, la gente de Minnesota es genial. Imagino que por eso hay tantos somalíes ahí. Me resulta bastante interesante.

—Lo es —convino Bob—. He hablado con Margaret Estaver por teléfono unas cuantas veces. A ella también le interesa.

—¿Has hablado con ella? —Jim parecía sorprendido.

—Me cae bien. No sé por qué, pero me reconforta. Pues, oye, parece...

—¿Quieres dejar de decir *pues, oye*? Te... —Jim se inclinó hacia delante y movió la mano—. No sé, te rebaja. Te hace parecer un paleto.

Bob notó que le ardían las mejillas. Tardó mucho rato en hablar.

—En fin —dijo en voz baja, mirándose las manos—, parece que, en Maine, el problema más grave es que la mayoría de los somalíes apenas hablan inglés. Los pocos que lo hablan bien acaban teniendo que hacer de enlace entre el pueblo y su comunidad, y no suelen ser los más ancianos, que son los que toman las decisiones en su cultura. Además, hay una gran diferencia entre los de etnia somalí, que dan muchísima importancia al clan del que son, y los bantúes, que justo han empezado a aparecer en Shirley Falls y que en Somalia eran despreciados por los demás. Así que vivir ahí no es Jauja.

—Tienes que oírte —dijo Jim.

—Y estoy de acuerdo contigo —prosiguió Bob—. Maine los necesita. Pero estos inmigrantes (migrantes secundarios, pues Shirley Falls no es su primer destino en Estados Unidos, de modo que ya no reciben ayudas del gobierno federal) no quieren trabajos que incluyan la manutención porque no toman alcohol, cerdo ni nada que lleve gelatina. Ni tabaco, probablemente. La mujer que me vendió cigarrillos y una botella de vino cerca de la casa de Susan era somalí, me di cuenta después, aunque no llevaba pañuelo, y me pasó la bolsa para que los metiera yo, como si le hubieran pedido que tocara un zurullo. No pueden acceder a la mayoría de los trabajos hasta que aprenden un poco de inglés. Muchos son analfabetos. Oye, fíjate: ni tan siquiera tenían una lengua escrita propia hasta 1972, ¿te lo puedes creer? Y, si han pasado años en los campos de refugiados, como han hecho, es difícil, si no imposible, que hayan recibido una educación.

—¿Vas a callarte? —dijo Jim—. Me estás matando. Con tanto dato suelto. Y no es que hubiera trabajo en Shirley Falls. En general, los emigrantes van adonde hay trabajo.

—Creo que han ido a vivir al pueblo para estar seguros. Te lo estoy contando para tu discurso. Son espantosas, las cosas que han pasado. Te mate o no, deberías saberlo, si vas a hablar. Cosas espantosas en Somalia y, después, la espera en los campos. Así que tenlo presente.

—¿Qué más?

—Acabas de decirme que me calle.

—Bueno, pues ahora te pido que no te calles. —Jim miró un momento el techo, como si estuviera a punto de perder los estribos—. Pero espero que tu información sea precisa. Ya no hago discursos y no me apetece nada una pifiada. No sé si lo sabes, pero yo nunca la pifio.

Bob asintió.

—Entonces, deberías saber que muchos habitantes de Shirley Falls creen que los somalíes reciben vales para lavar el coche gratis: no es verdad. Que están viviendo a cargo de la asistencia social: tiene parte de verdad. Y que, para los somalíes, mirar a los ojos es de mala educación, así que la gente, y nuestra hermana es un ejemplo ideal, cree que son arrogantes o poco fiables. Utilizan el trueque y a la gente no le gusta. La gente del pueblo quiere que parezcan agradecidos, y ellos no lo parecen especialmente. Por supuesto, ha habido incidentes en las escuelas. Las clases de gimnasia son un problema. Las niñas no quieren desnudarse y, además, se supone que no deben llevar pantalón corto. Lo están resolviendo, ¿sabes? Hay comités para todo.

Jim levantó las manos.

—Hazme un favor y escríbemelo. Mándamelo por correo electrónico. Pensaré en algo *curativo* que decir. Ahora vete. Tengo trabajo.

—¿Qué clase de trabajo? —Bob miró alrededor antes de levantarse—. Dijiste que te estabas hartando de este trabajo. ¿Cuándo fue? ¿El año pasado? No me acuerdo. —Se echó la mochila al hombro—. Pero dijiste que llevabas cuatro años sin ver una sala de justicia por dentro. Todos estos casos importantes se resuelven con acuerdos. Eso no puede ser bueno para ti, Jimmy.

Jim miró con atención el papel que tenía en las manos.

—¿Qué narices te hace pensar que sabes un pijo de algo?

Bob, que estaba camino de la puerta, se volvió.

—Sólo digo lo que tú me dijiste en algún momento. Creo que tienes talento para ser abogado defensor. Creo que deberías estar utilizándolo. Pero qué sabré yo...

—Nada. —Jim dejó el bolígrafo en la mesa—. Tú no sabes nada de cómo se vive en una casa para adultos, en vez de en un colegio mayor. Tú no sabes nada de lo que cuesta la enseñanza privada, desde la guardería hasta la universidad, ¡como mínimo! Tú no sabes nada de asistentas ni de jardineros, de cómo conservar a una esposa... Nada de nada, cretino. Oye, tengo trabajo. Anda, vete.

Bob vaciló y alzó una mano.

—Me voy —dijo—. Mira cómo me voy.

8

En Shirley Falls, los días se habían acortado y el sol ya no daba nunca de lleno. Cuando un manto de nubes se cernía sobre el pueblo, parecía que el crepúsculo comenzara justo después de comer y, cuando caía la noche, la oscuridad era completa. La mayoría de sus habitantes llevaban toda la vida allí y estaban habituados a la oscuridad en esa época del año, pero eso no significaba que les gustara. Hablaban de ello cuando se encontraban en los colmados o en la entrada de Correos, y a menudo añadían una frase con su opinión de las vacaciones que se avecinaban; a algunos les gustaban las vacaciones, a muchos no. El precio del carburante era caro, y las vacaciones costaban dinero.

Respecto a los somalíes, unos pocos lugareños ni tan siquiera los nombraban: había que soportarlos como se soportaban los malos inviernos, el precio de la gasolina o a un hijo que se descarriaba. Otros no eran tan comedidos. Una mujer escribió una carta a los lectores que el periódico publicó: «Por fin he comprendido qué es lo que no me gusta de tener aquí a los somalíes. Hablan otra lengua y no me gusta cómo suena. Me encanta el acento de

Maine. La gente siempre nos imagina hablando con ese acento. Eso se perderá. Me asusta muchísimo cómo cambia eso a Maine». (Jim se lo envió a Bob por correo electrónico con un comentario: «Bruja racista blanca se aferra a su lengua materna».) Otros lugareños comentaban entre ellos lo bonito que era ver los coloridos vestidos de las somalíes en el pueblo gris y triste en que se había convertido Shirley Falls: «El otro día había una niña en la biblioteca que llevaba un burka. Estaba monísima. En serio».

Pero entre las autoridades reinaba un sentimiento mucho más sublime: un sentimiento de pánico. Llevaban varios años esforzándose por hacer frente a la situación, por atender a las mujeres somalíes que se presentaban en el ayuntamiento casi a diario, sin saber hablar inglés, sin saber rellenar los impresos para solicitar una vivienda o recibir asistencia pública, sin tan siquiera saber la fecha de nacimiento de sus hijos («nació en la estación del sol», decía un traductor difícil de conseguir; en consecuencia, las fechas de nacimiento de todos aquellos niños se registraban como primero de enero de un año calculado). Se habían organizado clases de inglés para adultos que al principio tuvieron muy pocos alumnos, donde las mujeres permanecían apáticamente sentadas mientras sus hijos jugaban en la sala contigua; los asistentes sociales se habían esforzado por aprender palabras en somalí (*subah wanaagsan*: «Buenos días», o *iska waren*: «¿Qué tal está?»). Todos se habían esmerado en saber quiénes eran aquellas personas y qué necesitaban, y ahora, después de tantos esfuerzos, parecía que el río se hubiera desbordado y lo estuviera inundando todo conforme la noticia del incidente de la cabeza de cerdo se divulgaba por el estado, el país, partes del mundo. De repente, Shirley Falls se describía como un foco de intolerancia, miedo, mezquindad. Y eso no era cierto.

Los líderes religiosos (Margaret Estaver y el rabino Goldman, tres sacerdotes católicos y un ministro congregacionalista), que sólo habían ayudado en parte, comprendieron que aquello era una verdadera crisis. Se movilizaron. Se esforzaron. Los concejales, el gestor municipal, el alcalde y, por supuesto, el jefe de la policía, Gerry O'Hare, todos los cuales habían estado colaborando de diversas maneras, también comprendieron que, de repente, tenían una situación grave entre manos. Hubo reuniones a todas horas para planear la concentración «Unidos por la Tolerancia». Surgieron tensiones, muchas. El alcalde prometió que, dentro dos semanas, un sábado de principios de noviembre, los amantes de la paz llenarían el parque Roosevelt.

Y entonces sucedió lo que todos temían. Un grupo neonazi llamado Iglesia Mundial del Pueblo solicitó permiso para reunirse el mismo día. Susan se enteró por Charlie Tibbetts y susurró al teléfono: «Dios mío, lo matarán». Nadie iba a matar a Zachary, dijo Charlie (con hastío), sobre todo la Iglesia Mundial del Pueblo, que pensaba que Zach era un héroe. «¡Eso es peor! —gritó Susan. Y añadió—: ¿Por qué tiene que darles permiso, por qué no puede negarse?»

Porque aquello era Estados Unidos. Las personas tenían derecho a reunirse, y a Shirley Falls le convenía darles permiso porque así podría controlarlos mejor. Tenían autorización para reunirse en el centro cívico, que estaba en las afueras del pueblo y bastante alejado del parque. Charlie explicó a Susan que aquello ya no tenía mucho que ver con Zach. Su hijo había sido acusado de un delito menor y punto. Todo lo demás se calmaría.

No se calmó. Día tras día, los periódicos publicaban artículos de los indignados liberales de Maine y también de los conservadores, quienes sugerían con comedimiento que los somalíes debían, como cualquier otra persona que tenía la suerte de vivir en aquel país, trabajar, formarse y pagar sus impuestos. Y acto seguido se publicaba una carta que sostenía que todos los somalíes con trabajo pagaban sus impuestos y que Estados Unidos se fundamentaba en la libertad de practicar la religión que se quisiera, etcétera. Y el hecho de que la concentración fuera a competir con el grupo neonazi enardecía los ánimos todavía más; había presiones a muchos niveles.

Un equipo de comisiones de derechos civiles se desplazó a las escuelas. Se explicó el propósito de la concentración. Se explicó la Constitución de Estados Unidos. Se intentó explicar la historia de las desventuras de los somalíes. Se solicitó la colaboración de todas las iglesias que había. Las dos iglesias pentecostales no respondieron, pero el resto sí; el clima de resentimiento aumentó. Nadie decía a la gente de Maine cómo debía vivir ni qué debía pensar; era inadmisible concebir Shirley Falls como un nido de intolerantes. Colegios superiores y universidades se implicaron, organizaciones cívicas, grupos de la tercera edad, personas de todo tipo parecían defender la postura de que los somalíes podían vivir allí sin problemas, como habían hecho otros grupos antes de ellos: los franceses de Canadá, y antes los irlandeses.

Lo que se escribía en internet era muy distinto. Gerry O'Hare se puso a sudar delante del ordenador mientras consultaba diversas páginas web. Jamás en la vida había conocido a nadie que dijera que el Holocausto era una etapa hermosa de la historia, que habría que instalar hornos en Shirley Falls y meter a los somalíes en ellos. Cuando leía aquellas cosas, le parecía que, después de todo, no sabía nada del mundo. Era demasiado joven para haber ido a Vietnam, aunque, por supuesto, conocía a hombres que habían ido y veía los resultados; algunos de ellos vivían junto al río cerca de los somalíes y eran incapaces de conservar un empleo, tan desquiciados estaban. Pero eso no significaba que Gerry O'Hare no hubiera visto desgracias: niños que habían pasado la noche encerrados en la caseta del perro o tenían cicatrices en las manitas porque sus padres se las habían quemado con un fogón encendido, mujeres cuyos maridos les habían arrancado el pelo en un arrebato de cólera, un vagabundo homosexual al que habían arrojado al río hacía unos años después de prenderle fuego. Había sido duro presenciar aquellas cosas. Pero lo que leía en internet era nuevo: los fríos alegatos de superioridad expresados con honda convicción de que cualquiera que no fuera blanco debería, como había escrito una persona, «ser exterminado con la misma facilidad que las ratas». Gerry no hacía partícipe a su mujer de lo que leía. «Cobardes —decía para sus adentros—. Podéis ser anónimos, ése es el problema de internet.» Todas las noches, tomaba un somnífero. Era consciente: todo aquello estaba sucediendo bajo su mando. Debía proteger al pueblo y, para ello, debía prever lo imprevisible. Convocó a la policía del estado, requirió los servicios de otras jefaturas de policía, sacó los escudos y las porras del plástico, sus agentes recibieron instrucción para el control de masas.

Y, una mañana, Zachary Olson entró en casa por la puerta trasera y se puso a sollozar.

—Mamá —dijo a Susan, que se estaba preparando para ir a trabajar—. ¡Me han despedido! Nada más entrar, me han dicho que estoy despedido. Ya no tengo trabajo. —Se encorvó y abrazó a su madre como si acabaran de condenarlo a muerte.

Cuando Susan llamó a Jim, éste le dijo:

—No tienen que decirle la razón. Ningún empresario que se precie dice nunca la razón. Bob y yo iremos pronto.

9

Con noviembre llegó el viento, fuerte y racheado, y en Nueva York hizo fresco, pero no frío. Helen estaba dedicada a su jardín trasero, donde plantó tulipanes y bulbos de azafrán. Su irritación con el mundo se había transformado en un cojín de blanda melancolía que la acompañaba a todas partes. Por las tardes barría la hojarasca de las escaleras y hablaba con los vecinos que pasaban por la calle. Estaba el homosexual, correcto y amable; el médico asiático, alto y elegante; la antipática funcionaria que llevaba el pelo demasiado rubio; la pareja que vivía a unas cuantas casas de la suya y esperaba su primer hijo, y por supuesto, la Deborah que sí y la Debra que no. Helen dedicaba tiempo a conversar con cada una de aquellas personas. Eso la centraba porque aquél era el momento del día en el que sus hijos solían llegar a casa después de clase (el sonido de la llave de Larry en la puerta enrejada).

Al cabo de poco menos de un año, el elegante médico asiático sufriría un infarto fulminante, el homosexual perdería a su madre o a su padre, la pareja encinta tendría el bebé y se mudaría a un barrio más asequible, pero todo aquello no había sucedido todavía. Los cambios que iban a acontecer en la vida de la propia Helen todavía no habían ocurrido (aunque ella creía que sí, dado que Larry, al dejarla para ir a la universidad, había provocado el mayor cambio de su vida desde el nacimiento de sus hijos), de modo que Helen barría las escaleras, charlaba, entraba, decía a Ana que podía marcharse antes y, después, la casa era toda suya hasta que Jim regresaba. Se acordaría de aquellas tardes del mismo modo que recordaba los ratos que se quedaba sola en salón en Nochebuena cuando sus hijos eran pequeños, mirando el árbol lleno de lucecitas y regalos, tan emocionada y en paz que se le saltaban las lágrimas. Pero aquellas Navidades se habían acabado; sus hijos habían dejado de ser pequeños. Puede que Emily ni tan siquiera fuera a casa ese año y cenara con la familia de su novio. No, era increíble pensar que aquellas Navidades se habían acabado.

Pero allí estaba su hogar, con Jim. Se paseaba por él cuando Ana se marchaba, admiraba los originales apliques de luz antiguos del salón, el brillo de los acabados de caoba cuando el sol vespertino bañaba la salita de arriba, el dormitorio con su terraza y sus puertas acristaladas. La dulcamara que ahora trepaba por la barandilla tenía bayas naranjas que asomaban entre su retorcida y agrietada envoltura, y los tallos que se habían quedado sin hojas eran de un bonito color marrón. Más adelante, Helen recordaría que algunas noches, al entrar en casa ese otoño, Jim se había mostrado más efusivo con ella que de costumbre, que, en ocasiones, la abrazaba de forma inesperada y le decía: «Qué buena eres, Hellie. Te quiero». Aquello le hacía más soportable el dolor que le causaba su hogar vacío. Le devolvía su dignidad. Pero, a veces, reconocía en Jim una necesidad que no creía haber percibido antes.

«Hellie, no me dejarás nunca, ¿verdad?» O: «Me querrás pase lo que pase, ¿verdad?».

«Tonto», respondía ella. Pero se retraía de forma instintiva cuando él actuaba de ese modo y, en su fuero interno, esa reacción la horrorizaba. Una esposa amorosa era amorosa; ella siempre lo había sido. Jim hablaba con frecuencia del juicio de Wally Packer, volvía a relatarle sus mejores momentos como si ella no hubiera estado presente. «Machaqué al fiscal yo solo. Lo aplasté. No lo vio venir.» Era distinto a las veces que lo recordaban los dos juntos para divertirse. Pero ¿cómo podía estar segura? El vacío de su gran casa, conforme los días se acortaban, la desorientaba.

—Necesito trabajar —dijo una mañana durante el desayuno.

—Buena idea. —A Jim no pareció sorprenderle el comentario y eso la ofendió un poco.

—Bueno, no es tan fácil —arguyó.

—¿Por qué?

—Porque hace un siglo, cuando fui, brevemente, es cierto, una buena contable, no estaba todo informatizado. Ahora estaría perdida en ese mundo.

—Podrías volver a estudiar —sugirió Jim.

Helen se bebió el café y dejó la taza en la mesa de la cocina. Miró alrededor.

—Demos un paseo por el parque antes de que te vayas a trabajar. Nunca lo hacemos.

Al caminar, Helen se animó; cogió a Jim de la mano. Con la otra mano, saludó a vecinos que habían salido temprano para que sus perros corretearan. Todos le devolvieron el saludo, algunos incluso de palabra. «Tienes el don de la simpatía —le había dicho Jim a lo largo de los años—. La gente siempre se alegra de verte.» Y Helen pensó en las amigas que solían reunirse todos los miércoles por la tarde en la cocina de Victoria Cummings para tomarse una copa de vino. «Oh, Helen, has venido», exclamaban, y algunas aplaudían al verla. «¡Eh, chicas, ha venido Helen!» La Batería de Cocina, lo llamaban, dos horas de risas y chismorreos, pero la pobre Victoria tenía tantos problemas en su matrimonio que llevaba todo el otoño sin convocarlas. En cuanto regresara a casa, Helen llamaría a todas sus amigas para decirles que la Batería de Cocina podía reunirse en su casa. Le sorprendió que no se le hubiera ocurrido antes; todo volvía a estar bien, bañado por la luz de sus amigas (también invitaría a aquella señora mayor tan divertida de la clase de gimnasia: «Te tumbas en la esterilla —dijo a Helen el primer día— y después rezas para poder levantarte»). En la cima de la colina, vio la ancha franja de hierba parda y los troncos más oscuros de los árboles, la vítrea superficie del estanque junto al que pasaron. Vistos desde arriba, los edificios que bordeaban el parque parecían distintos, majestuosos y viejos.

—Es como si estuviéramos en Europa, da esa sensación —dijo—. Vayamos a Europa esta primavera. Solos.

Jim asintió con aire distraído.

—¿Estás preocupado por el fin de semana? —preguntó Helen, retomando su papel de esposa.

—No. Irá bien.

Cuando regresaron a casa (Helen acababa de saludar a la mujer demasiado rubia que había pasado con su maletín), el teléfono estaba sonando. Oyó que Jim hablaba sin alterar la voz. Cuando colgó, se puso a chillar:

—¡Mierda, mierda, mierda! —Helen se quedó en el salón y esperó—. Ese imbécil se queda sin trabajo y a Susan le sorprende. Lo raro sería que no lo hubieran despedido. Probablemente, algún periodista ha ido a meter la nariz y Walmart se ha hartado. No tengo ningunas ganas de ir, Jesús.

—Aún puedes decir que no —apuntó Helen.

—Pero no puedo. Quedaría como un desalmado si no voy.

—¿Y qué? Ya no vives ahí, Jimmy.

Él no respondió.

Helen pasó por su lado camino de la escalera.

—Bueno, haz lo que creas mejor. —Pero volvió a atenazarla la angustia de que le estaban arrebatando algo. Desde arriba, gritó—: Sólo dime que me quieres.

—Te quiero —dijo Jim.

—Otra vez, con sentimiento. —Se asomó a la barandilla.

Jim estaba sentado en el primer peldaño con la cabeza entre las manos.

—Te quiero —repitió.

10

Los hermanos Burgess circulaban por la autopista de peaje cuando el sol comenzó a ponerse. Lo hizo despacio y el cielo se mantuvo azul mientras, a ambos lados de la interminable calzada, los árboles se oscurecían. Cuando se escondió, tiñó el cielo de verde lavanda y amarillo, y pareció que el horizonte se había abierto para mostrar fugazmente el lejano paraíso celestial. Las finas nubes adquirieron una tonalidad rosa que no perdieron hasta que, por fin, se cernió una oscuridad casi completa. Los hermanos habían hablado poco después de salir del aeropuerto en el coche de alquiler, con Jim al volante, y no habían abierto la boca durante el tiempo que el sol había tardado en ponerse. Bob no cabía en sí de felicidad. No se esperaba aquel sentimiento y eso lo intensificaba. Miró los negros bosques de coníferas que se veían al otro lado de la ventanilla, las rocas de granito diseminadas. El paisaje que había olvidado y ahora recordaba. El mundo era un viejo amigo y la oscuridad lo abrazaba. Cuando su hermano habló, Bob oyó las palabras. Aun así, dijo, en tono ligero:

—¿Qué has dicho?

—He dicho que esto es increíblemente deprimente.

Bob esperó antes de decir:

—¿Te refieres al follón de Zachary?

—Bueno, eso también —respondió Jim—. Claro. Pero me refería a esto..., a este sitio. A la desolación.

Bob miró un rato más por la ventanilla. Por fin, dijo:

—Te animarás cuando lleguemos a casa de Susan. Te parecerá muy acogedora.

Jim lo miró.

—Es una broma, ¿verdad?

—Siempre se me olvida —respondió Bob—. Tú eres el único de la familia que puede ser sarcástico. La casa de Susan te parecerá deprimente. Querrás colgarte de una viga antes de que termine la cena. En mi opinión. —La brusquedad con que se había venido abajo su felicidad casi le dio vértigo; le afectó físicamente. En la oscuridad, cerró los ojos y, cuando volvió a abrirlos, Jim conducía con una sola mano y tenía la mirada clavada en la negra autopista.

Zachary fue el que abrió la puerta. Dijo, con su voz grave:

—Tío Bob, has vuelto. —Echó los brazos hacia delante, pero volvió a bajarlos. Bob lo abrazó y notó su delgadez y, también, el sorprendente calor que desprendía su cuerpo.

—Me alegro mucho de verte, Zachary Olson. Permíteme que te presente al ilustre tío Jim.

Zachary no se acercó a Jim. Clavó en él sus ojos oscuros y dijo, en voz baja:

—He metido la pata hasta el fondo.

—¿Y quién no la mete? Dime alguien que no haya metido la pata alguna vez —arguyó Jim—. Me alegro de verte. —Le dio una palmada en la espalda.

—Tú —respondió Zachary, con sinceridad.

—Cierto —dijo Jim—. Muy cierto. Susan, ¿puedes subir la calefacción? Sólo durante una hora.

—¿Eso es lo primero que me dices? —preguntó Susan, pero su tono era casi jocoso y ella y Jim se dieron un frío abrazo echando los hombros hacia delante. Con Bob, se saludaron con la cabeza.

Después, se sentaron los cuatro en la cocina a comer macarrones con queso. Bob se pasó toda la cena diciéndole a Susan que estaban deliciosos y sirviéndose más. Sentía unas enormes ganas de beber e imaginó la botella de vino que llevaba en la bolsa de viaje que se había quedado en el coche.

—Zach, esta noche dormirás con nosotros en el hotel —dijo—. Mañana te quedarás ahí mientras estamos en la manifestación.

Zach miró a su madre y ella asintió.

—Nunca he dormido en un hotel —observó.

—Sí has dormido —dijo Susan—. Sólo que no te acuerdas.

—Tenemos habitaciones comunicadas —continuó Bob—. Tú te quedarás conmigo y podrás ver la tele toda la noche si quieres. Tu tío Jim necesita dormir sus horas.

—Están ricos, Susan. —Jim apartó el plato—. Riquísimos. —Eran educados, aquellos tres hermanos, que no comían juntos desde que su madre había muerto. Pero todos notaban el peso de la espera.

—Parece que mañana hará bueno. Tenía la esperanza de que lloviera a cántaros —dijo Susan.

—Y yo —añadió Jim.

—¿Cuándo he estado en un hotel? —preguntó Zachary.

—En la aldea de Sturbridge. Fuimos cuando eras pequeño, con tus primos. —Susan tomó un sorbo de agua—. Fue divertido. Tú disfrutaste.

—Vámonos —dijo Bob, que quería llegar al hotel antes de que el bar cerrara. Ahora le apetecía whisky, no vino—. Ve a coger el abrigo, chaval. Y un cepillo de dientes, quizá.

En la puerta, el miedo atenazó el rostro de Zach y su madre se puso repentinamente de puntillas y lo besó en la mejilla.

—Está con nosotros, Suse —dijo Jim—. No le pasará nada. Te llamaremos en cuanto estemos en la habitación.

Se registraron en el hotel del río, donde les pareció que el recepcionista no sabía quiénes eran o que le daba lo mismo. Las habitaciones tenían dos camas grandes de matrimonio y las paredes estaban decoradas con grabados de las viejas fábricas hechas de ladrillo que jalonaban el río. Jim dejó en el suelo la bolsa de viaje que llevaba colgada del hombro, cogió el mando a distancia y encendió el televisor.

—Bueno, Zachary, vamos a buscar alguna porquería. —Colgó el abrigo en el armario y se tumbó en la cama.

Zachary se sentó al borde de la otra cama, con las manos metidas en los bolsillos del abrigo.

—Mi padre tiene novia —dijo al cabo de un momento—. Es sueca.

Bob lanzó una mirada a su hermano.

—¿Ah, sí? —preguntó Jim. Estaba echado con un brazo debajo de la cabeza. En la pared que tenía detrás había un grabado de la fábrica en la que su padre había trabajado de capataz. No despegó los ojos del televisor y siguió cambiando de canal.

—¿La conoces? —preguntó Bob, y se arrellanó en la silla próxima al teléfono. Iba a llamar a recepción para preguntar si podían subirle un par de whiskis; le consternaba que no hubiera whisky en el minibar.

—¿Cómo voy a conocerla? —La voz de Zach era grave y sincera—. Está en Suecia.

—Ah —dijo Bob. Descolgó el teléfono.

—No creo que debas hacerlo —dijo Jim, sin despegar los ojos del televisor.

—¿El qué?

—Pedir que te suban bebida, que es lo que sé que estás a punto de hacer. Es mejor que no llamemos la atención.

Bob se pasó una mano por la cara.

—¿Sabe tu madre que tu padre tiene novia? —preguntó.

Zach se encogió de hombros.

—No lo sé. Yo no se lo voy a decir.

—No —convino Bob—. Para qué.

—¿En qué trabaja la novia? —preguntó Jim, que sostenía el mando como si fuera la palanca de cambios de un coche.

—Es enfermera.

Jim cambió de canal.

—Es una profesión bonita, enfermera —opinó—. Quítate el abrigo, chaval. Vamos a pasar la noche aquí.

Zach se sacó el abrigo y lo arrojó al suelo entre la pared y la cama.

—Ha estado ahí —dijo.

—Cuélgalo —le ordenó Jim, y señaló el armario con el mando a distancia—. ¿Ha estado dónde?

—En Somalia.

—No me jodas —dijo Bob—. ¿En serio?

—No me lo estoy inventando. —Zach colgó el abrigo y volvió a sentarse en la cama. Se miró las manos.

—¿Cuándo estuvo en Somalia? —Jim se apoyó en el codo para mirar a Zach.

—Hace tiempo. Cuando se morían de hambre.

—Siguen muriéndose de hambre. ¿Qué hacía?

Zach se encogió de hombros.

—No lo sé. Trabajaba en un hospital cuando los paki..., los portugueses, ¿cuál es, el país que empieza por P?

—Pakistán.

—Sí. Pues estaba ahí cuando los pakistaníes fueron para ayudar a vigilar los alimentos y todo lo demás, y los salamis mataron a un montón de soldados.

Jim se incorporó.

—Por Dios, tú justamente no deberías decir salamis. ¿No puedes meterte eso en la cabeza? Que Dios nos ayude.

—Basta, Jim —dijo Bob. Zach se había puesto colorado y se miraba las manos mientras se las retorcía en el regazo—. Zach, oye. La verdad es que nadie sabe si tu tío Jim es un capullo o no, pero a menudo actúa como tal, con todo el mundo, no sólo contigo. ¿Quieres bajar conmigo mientras consigo algo de beber?

—¿Estás loco? —preguntó Jim—. Ya lo hemos hablado. Zach no se mueve de esta habitación. Y tú debes de haberte traído algo de beber, así que sácalo y bébetelo.

—¿Trabajaba para una organización benéfica? —preguntó Bob—, ¿la novia de tu padre? —Fue a sentarse en la cama al lado de Zach y le pasó el brazo por los hombros—. Debe de ser buena persona. Tu madre también es buena persona.

Zach se inclinó ligeramente hacia Bob y él esperó un rato antes de retirar el brazo.

—Tuvo que volver, a Suecia —dijo Zach—. Todas las enfermeras con las que trabajaba lo hicieron, porque, cuando llevaron a los soldados al hospital, les habían cortado los huevos y les habían sacado los ojos. Y unas salam..., somal..., somalíes habían cogido un cuchillo enorme y habían descuartizado a un tío. La novia de papá se cagó de miedo. Todas sus amigas enfermeras se cagaron de miedo. Por eso volvieron.

—¿Tu padre te contó eso? —Jim miró a Bob.

Zach asintió.

—Entonces, ¿hablas con él?

—Me escribe correos —añadió Zach—. Es prácticamente como hablar.

—Sí. —Bob se levantó y agitó el dinero suelto que llevaba en los bolsillos—. ¿Cuándo te contó eso?

Zach se encogió de hombros.

—Hace un tiempo. Cuando esa gente empezó a instalarse aquí. Me escribió un correo y me dijo estaban un poco locos.

—Espera, Zach. —Jim apagó el televisor. Se levantó y se colocó delante de él—. ¿Tu padre te escribió un correo y te dijo que tuvieras cuidado con los somalíes que venían a vivir aquí? ¿Que estaban un poco locos?

Zach no despegó los ojos del regazo.

—No exactamente que tuviera cuidado...

—Explícate.

Zach lanzó una mirada a Jim; Bob vio que tenía las mejillas muy rojas.

—No exactamente que tuviera cuidado con ellos. Sólo... —Zach miró el suelo y se encogió de hombros— que podían estar un poco locos.

—¿Con cuánta frecuencia te escribes con tu padre? —Jim se cruzó de brazos.

—No sé.

—Te he preguntado que con cuánta frecuencia te escribes con tu padre.

—Basta, Jim —dijo Bob, en voz baja—. No está en el estrado, por Dios.

—A veces me escribe montones de correos —respondió Zach—, y otras parece que se ha olvidado de mí.

Jim se alejó y empezó a pasearse por la habitación. Por fin, dijo:

—Entonces, deduzco que pensaste que a lo mejor impresionabas a tu padre si tirabas una cabeza de cerdo dentro de su mezquita.

—No sé qué pensé —respondió Zach. Se pasó una mano por los ojos—. No le impresioné —añadió.

—Bueno —dijo Jim—. Me alegra oírlo, porque estaba a punto de decir que tu padre es un capullo.

—No es un capullo —objetó Bob—. Es el padre de Zach. Basta, por Dios, Jim.

—Oye, Zachary —dijo Jim—, nadie va a cortarte las pelotas. Esta gente ha venido aquí para huir de eso. No son los malos. —Se apoyó en el cabecero y volvió a encender el televisor—. Aquí no corres peligro, ¿vale?

Bob hurgó en su bolsa de viaje y sacó la botella de vino.

—Es verdad, Zach.

—¿Vais a contárselo a mamá? —dijo Zach—. ¿Lo que me escribió papá?

—¿Te refieres a contarle por qué has hecho esto? —preguntó Jim, con aire cansado—. ¿Qué haría tu madre?

—Me chillaría.

—No sé —dijo Jim por fin—. Es tu madre. Debería saber a qué atenerse.

—Pero no le digáis nada de la novia. Eso no se lo contéis, ¿vale?

—No, chaval —respondió Bob—. No hace ninguna falta que sepa eso.

—De momento, vamos a dejarlo —declaró Jim—. Mañana es un día importante. —Miró a Bob, que estaba abriendo el vino—. ¿Tu padre bebe? —preguntó a Zachary.

—No lo sé. Antes no.

—Bueno, esperemos que no hayas heredado los genes del zángano de tu tío. —Jim siguió cambiando de canal.

—¿Lo ves, Zachary? Justo lo que decía. Tu tío famoso, ¿es o no es un capullo? Sólo su peluquero lo sabe con seguridad. —Bob guiñó el ojo a Zach mientras se servía vino en un vaso del hotel.

—Un momento. —Zach miró de uno a otro varias veces.

—¿Te tiñes el pelo? —preguntó a Jim. Jim lo miró.

—No. Se refiere al eslogan de un anuncio de champú que tú eres demasiado joven para recordar.

—Buf —dijo Zach—. Porque me parece patético que los hombres se tiñan. —Se tumbó en la cama y puso los brazos debajo de la cabeza, como los tenía Jim.

Por la mañana, Bob bajó y regresó con cereales y café. Jim estaba hojeando unos papeles que Margaret Estaver había enviado a Bob sobre la Alianza Unidos por la Tolerancia.

—Oye esto: sólo el veintinueve por ciento de los estadounidenses cree que el Estado es responsable de que haya pobreza.

—Lo sé —dijo Bob—. Increíble, ¿no?

—Y el treinta y dos por ciento cree que el éxito en la vida está determinado por fuerzas que escapan a su control. En Alemania lo cree el sesenta y ocho por ciento. —Jim apartó la hoja.

Al cabo de un momento, Zach dijo, en voz baja:

—No lo entiendo. ¿Es bueno o malo?

—Es norteamericano —dijo Jim—. Cómete los cereales.

—Entonces, es bueno —dedujo Zach.

—Recuerda. Coge sólo las llamadas que te hagan al móvil, y sólo si reconoces el número. —Jim se levantó—. Ponte el abrigo, zángano.

El sol de noviembre, que nunca daba de pleno, vertía sus rayos oblicuos sobre el pueblo y bañaba las calles y el césped aún verde, caía sobre arrugadas calabazas olvidadas en los porches después de Halloween, se reflejaba en los troncos de los árboles y en sus ramas peladas, atravesaba el aire límpido y arrancaba destellos a las motas de mica de las viejas aceras. Aparcaron a varias manzanas. Cuando doblaron la esquina, Bob se sorprendió de ver la calle atestada de personas que se dirigían al parque.

—¿De dónde sale tanta gente? —preguntó a su hermano.

Jim no dijo nada; tenía la cara tensa. Pero las caras que los rodeaban no estaban tensas. Llamaba la atención la apacible seriedad de las personas a las que se habían unido. Unas cuantas portaban carteles con el logo de la concentración: muñecos de palitos cogidos de la mano. «No podéis entrar con eso en el parque», dijo alguien, y la respuesta fue alegre: «Ya lo sabemos». Al doblar otra esquina, el parque se extendió ante ellos. No estaba a rebosar, pero sí lleno de gente, casi toda congregada cerca del quiosco de música. En las calles circundantes había furgonetas de la televisión y más personas que llevaban carteles con el logo. Los largos lados del parque tenían vallas de cinta naranja atada a postes provisionales y había policías apostados cada pocos metros. Vestidos de azul, movían los ojos continuamente, sin dejar de vigilar, pero parecían cómodos y relajados. En la calle Pine estaba la entrada, donde habían montado una especie de centro de seguridad con mesas y detectores de metales. Los hermanos Burgess separaron los brazos y los dejaron pasar.

Había personas vestidas con vaqueros y chalecos de plumón, y gente mayor con el pelo cano y las posaderas anchas que se movía con lentitud. Casi todos los somalíes estaban reunidos cerca del parque infantil. Bob vio que los hombres vestían ropa occidental y que algunos llevaban camisas parecidas a batas debajo del abrigo. Pero las mujeres somalíes, muchas con las mejillas carnosas, algunas con la cara delgada, llevaban vestidos hasta los pies y algunos de los pañuelos con los que se cubrían la cabeza le hicieron pensar en las monjas que solían pasear por aquel mismo parque cuando era pequeño. Salvo que no había ningún parecido, porque muchos de aquellos pañuelos eran vaporosos y coloridos, como si una nueva especie de follaje se hubiera abierto camino hasta aquel parque, naranja, morado, amarillo.

—La mente siempre quiere encontrar algo a lo que agarrarse, ¿no? —le dijo a Jim—. Algo familiar. Para poder decir: «como eso». Pero esto no tiene nada de familiar. No es como es festival franco-estadounidense ni el día del Moxie...

—Cállate —susurró Jim.

En el quiosco de música había una mujer hablando por un micrófono. Cuando terminó, la gente aplaudió con educación. El ambiente parecía a la vez festivo y contenido. Bob dio un paso atrás y Jim se dirigió al quiosco. Iba a hablar sin notas, como hacía siempre. La mujer que bajó del quiosco era Margaret Estaver; se perdió entre un grupo de personas y Bob inspeccionó la multitud. Hasta ese día, jamás había reparado en cuánto se parecían los blancos. «Son todos iguales.» Con la piel blanca y la expresión cándida, y sorprendentemente sosos comparados con los somalíes, que ya habían empezado a mezclarse con los lugareños, y entre los cuales destacaban los largos vestidos de las mujeres. Algunos somalíes habían llevado a sus hijos, y los niños iban vestidos como estadounidenses, con pantalones, camisetas largas y chaquetas que les venían grandes. Bob volvió a pensar en cuán extraño se le hacía ver a tanta gente reunida allí, pero sin la música, los bailes ni los puestos de comida que recordaba de su juventud. Y sin Pam. Pam, juvenil y de carnes exuberantes, con su risa juvenil y exuberante. Pam, ahora flaca en Nueva York, educando a sus hijos como neoyorquinos. ¡Pam!

—Bob Burgess. —Era Margaret Estaver, que había aparecido detrás de él—. Oh, no te preocupes —dijo cuando él se disculpó por haberse perdido sus comentarios—. Todo va sobre ruedas. Mejor de lo que esperábamos. —Irradiaba una luz que Bob no había percibido el día que se sentó a su lado en las escaleras del porche trasero de Susan—. Sólo han aparecido trece personas en el centro cívico para manifestarse en contra. ¡Trece! —Tras las gafas, tenía los ojos de color azul grisáceo—. Calculan que aquí hay unas cuatro mil. ¿Notas el buen ambiente que hay?

Bob dijo que lo notaba.

Margaret saludaba a todas las personas que se acercaban y les estrechaba la mano. «Como una versión amable de Jim», pensó Bob, en la época en la que Jim se planteaba ser político en Maine. Cuando alguien llamó a Margaret, ella asintió y dijo:

—Ya voy. —Se despidió de Bob con la mano y se llevó el puño a la mejilla para indicarle, con gestos: «Llámame». Bob se volvió hacia el quiosco de música.

Jim aún no había subido. Estaba junto a la escalera con un hombre corpulento de aspecto desaliñado que Bob reconoció como el fiscal general del distrito, Dick Hartley. Jim tenía los brazos cruzados y la mirada baja, y asentía con la cabeza inclinada hacia Dick mientras él hablaba. «A la gente hay que dejarla hablar —solía decir Jim—. La mayoría de las personas, si no las paran, se ponen la soga al cuello ellas solitas.» Jim miró a Dick, le sonrió, le dio una palmada en el hombro y volvió a adoptar la postura de escucharle con la mirada baja. Ambos hombres parecieron reírse entre dientes en varias ocasiones. Al cabo de unas cuantas palmadas más en el hombro, presentaron a Dick Hartley y él subió al quiosco sin gracia, como si siempre hubiera sido delgado pero ahora que era cincuentón hubiera ganado mucho peso de golpe y no supiera qué hacer con los kilos de más. Leyó el discurso y estuvo apartándose el flequillo de los ojos constantemente, con lo cual dio la impresión, verdadera o falsa, de que estaba incómodo.

Sin darse cuenta, Bob, que tenía intención de escuchar, se distrajo. El rostro de Margaret le ocupó el pensamiento y después, extrañamente, lo hizo Adriana, su cara de agotamiento y angustia al día siguiente de denunciar a su marido. Pero lo cierto era que, ahora que estaba en aquel parque de su infancia, no le parecía posible creer que su vida en Nueva York fuera real, que el matrimonio de la cocina blanca del edificio de enfrente existiera de verdad, o la adolescente que se paseaba por su piso con tanta libertad, que él mismo pasara tantas noches allí mirando por la ventana de su piso. Aquella imagen de sí mismo le pareció triste, pero sabía que, cuando estaba en Brooklyn y se sentaba a mirar por la ventana, no le parecía triste, que era su vida. No obstante, lo que ahora se le antojaba más real era aquel parque, aquellas personas pálidas de aspecto familiar que no tenían pretensiones ni prisas; Margaret Estaver, sus modales... Y, por un instante, se preguntó qué debían de sentir los somalíes, si vivían de forma constante con la sensación de desconcierto que él tenía ahora al preguntarse qué vida era la real.

—Jimmy Burgess —oyó susurrar a una mujer bajita con el pelo cano y un chaleco de lana. Estaba al lado de un hombre que debía de ser su marido, también bajo, barrigudo, con un chaleco de lana similar—. Me alegro de que haya venido —continuó, y acercó la cabeza a la de su marido sin dejar de mirar el quiosco—. Supongo que cree que es su obligación —añadió, como si aquella idea se le acabara de ocurrir en ese momento, y Bob se alejó de ellos.

Le entraron ganas de fumar cuando vio que Jim subía al quiosco y saludaba con la cabeza a Dick Hartley, que estaba a punto de presentarlo. Jim, incluso de lejos, parecía increíblemente natural. Bob inclinó el cuerpo hacia atrás, con las manos en los bolsillos. ¿Qué era lo que tenía Jim? ¿Esa parte suya tan intangible e irresistible?

Era que no mostraba ningún miedo, comprendió Bob. Jamás. Y la gente odiaba el miedo. La gente odiaba el miedo más que ninguna otra cosa. En aquello pensaba Bob cuando su hermano empezó a hablar. «Buenos días. —Silencio—. Hoy estoy aquí porque éste es el pueblo en el que me crie. Estoy aquí porque me preocupo por mi familia, por mi país. —Silencio. En voz baja—: Porque me preocupo por mi comunidad.» Allí, pensó Bob, en el parque Roosevelt, que llevaba el nombre del presidente que había asegurado al país que de lo único que había que tener miedo era del propio miedo, Jimmy imponía con su presencia porque parecía que el miedo jamás había llamado a su puerta ni lo haría nunca. «Cuando jugaba de pequeño en este parque, como hay niños jugando en este momento, a veces subía a esa colina de ahí para ver las vías del tren y la pequeña estación, a la que, hace un siglo, llegaron centenares de personas para trabajar, vivir y practicar su religión en paz. El pueblo creció y prosperó con la ayuda de todos los que vinieron, de todos los que se quedaron a vivir.»

No se podía fingir. Se notaba en la forma de mirar, en el modo de entrar en una habitación, de subir las escaleras de un quiosco de música. «Sabemos que quedarnos mirando con indiferencia mientras nuestros congéneres, hombres, mujeres y niños, sufren males y humillaciones es acrecentar esos males y humillaciones. Somos conscientes de la vulnerabilidad de las personas que acaban de llegar a nuestra comunidad y no vamos a quedarnos de brazos cruzados mientras les hacen daño.» Bob, consciente de que todas las personas del parque (y ya no cabía ni un alfiler) estaban escuchando a su hermano, no moviéndose, paseando ni susurrándose, Bob, al ver que toda aquella gente parecía atrapada por una suerte de gran pañuelo que Jim extendía a su alrededor, no sabía que lo que en ese momento tenía eran celos. Sólo era consciente de que se sentía mal, cuando antes se había sentido esperanzado por el entusiasmo de Margaret Estaver, se había alegrado por lo que ella hacía y sentía; sin embargo, ahora había vuelto a invadirlo el hondo hastío de siempre, su asco de sí mismo, grandullón, zángano, incontinente, lo contrario de Jim.

Pero, pese a ello, el corazón se le inundó de amor. ¡Aquél era su hermano mayor! Parecía un gran atleta, alguien que había nacido con el don de la elegancia, que no tocaba el suelo al andar, y ¿quién sabía por qué? «Hoy hemos venido al parque, miles de nosotros, hoy hemos venido a este parque para decir que creemos lo que es cierto: que Estados Unidos es un país de leyes y no de hombres, y que protegeremos a los que acudan a nosotros para que los protejamos.»

Bob echó de menos a su madre. Su madre, con el recio jersey rojo que solía llevar. La imaginó sentada en su cama cuando él era pequeño, contándole un cuento para que se durmiera. Le había comprado una lamparita de noche, lo cual parecía una extravagancia en esa época, una bombilla enchufada directamente a la toma de corriente por encima del rodapié. «Marica» dijo Jimmy, y Bob pronto comunicó a su madre que ya no la necesitaba. «Entonces, dejaré la puerta abierta —sugirió ella. "Marica"—. Por si uno se cae de la cama o me necesita.» Era Bob el que se caía de la cama o se despertaba gritando con una pesadilla. Jimmy le insultaba cuando su madre no estaba presente y, aunque Bob sabía defenderse, en el fondo, aceptaba su desprecio. Allí, en el parque Roosevelt, mientras escuchaba el elocuente discurso de su hermano, aún lo aceptaba. Sabía qué había hecho. La bondadosa Elaine, en el despacho de la tenaz higuera, le había sugerido un día con mucha delicadeza que dejar a tres niños solos dentro de un coche al principio de una cuesta no era buena idea y Bob había negado con la cabeza: «No, no, no». ¡Más insoportable que el propio accidente era responsabilizar de él a su padre! Él era pequeño. Eso lo entendía. No hubo premeditación. Ni imprudencia temeraria. La propia ley no haría responsable a un niño.

Pero Bob sí.

«Lo siento», había dicho a su madre en el hospital. Se lo había repetido muchas veces. Ella negó con la cabeza.

«Todos habéis sido muy buenos hijos», dijo.

Bob escudriñó la multitud. Había policías apostados alrededor del parque; pese a su actitud vigilante, parecían estar escuchando a Jim. En el parque infantil, había niños somalíes bailando, dando vueltas con los brazos en alto. El sol lo bañaba todo y, más allá del parque, se alzaba la catedral con sus cuatro chapiteles. Más lejos corría el río, que, desde allí, parecía una sinuosa cinta que centelleaba entre ambas orillas.

Los aplausos que recibió su hermano fueron prolongados, ininterrumpidos, un sonido continuado que se propagó por todo el parque, menguó un instante y volvió a incrementarse, un sonido tan dulce como potente. La gente siguió aplaudiendo cuando Jim bajó del quiosco, saludó a diversas personas con la mano y con la cabeza, volvió a estrechar la mano a Dick Hartley, se la estrechó al gobernador, que era el siguiente en hablar. Pero Jim no tenía ganas de quedarse. Bob lo percibió desde lejos, lo captó en su forma de responder con educación pero sin detenerse. «Siempre en la rampa de salida», había dicho Susan en una ocasión, refiriéndose a Jim.

Bob fue a su encuentro.

Mientras se apresuraban por la calle, un hombre joven que llevaba una gorra de béisbol se acercó a ellos y les sonrió:

—Hola —dijo Jim. Le saludó con la cabeza, pero no se detuvo.

El hombre joven caminó a su mismo paso.

—Son parásitos —dijo—. Han venido para exterminarnos, y puede que hoy no lo hayan visto, pero nosotros no les vamos a dejar.

Jim siguió andando. El hombre insistió.

—Los judíos van a irse, y estos negratas también, ya lo verán. Son parásitos que se alimentan del mundo.

—Piérdete, capullo. —Jim no aflojó el paso.

Aquel tipo no era más que un crío. Debía de tener veintidós años como máximo, pensó Bob mientras él los miraba con expectación, como si lo que acababa de decir fuera a complacer a los hermanos Burgess. Como si no hubiera oído que Jim le había llamado capullo.

—Parásitos —dijo Bob. Lo inundó una ira súbita y profunda. Se paró—. Ni siquiera sabes qué es un parásito. Mi mujer estudiaba los parásitos, así que te estudiaba a ti. ¿Has pasado de octavo?

—Cálmate —dijo Jim, sin detenerse—. Vámonos.

—Somos el verdadero pueblo de Dios. No nos detendremos. Aunque ustedes crean que sí, no vamos a parar.

—Sois un puñado de coccidios que le han infestado el intestino a Dios —dijo Bob—, eso es lo que sois. Asexuales —añadió, con la cabeza vuelta hacia atrás, mientras seguía a Jim—. Vuestro sitio está en el estómago de una cabra.

—¿Qué te pasa? —exclamó Jim—. Cállate.

El chico corrió para alcanzarlos. Se dirigió a Bob.

—Usted sólo es un gordo estúpido, pero él —señaló a Jim con la cabeza— es peligroso. Trabaja para el diablo.

Jim se paró con tanta brusquedad que el chico chocó contra él, y Jim lo agarró por el brazo.

—¿Acabas de llamar gordo a mi hermano, puto gamberro?

El miedo se reflejó en la expresión perpleja del chico. Intentó soltarse y Jim lo agarró con más fuerza. Tenía los labios blancos, los ojos pequeños. Era increíble la fuerza de su cólera. Incluso Bob, que estaba habituado a su hermano, se sorprendió. Jim acercó la cara a la del chico y habló en voz baja.

—¿Has llamado gordo a mi hermano? —El chico volvió la cabeza y Jim lo agarró con más fuerza todavía—.

Los capullos de tus amiguitos no están aquí para protegerte. Te lo vuelvo a preguntar: ¿has llamado gordo a mi hermano?

—Sí.

—Pídele perdón.

El chico tenía lágrimas en los ojos.

—Me está rompiendo el brazo. Lo digo en serio.

—Jimmy —musitó Bob.

—He dicho que le pidas perdón. Te romperé el cuello tan rápido que ni te darás cuenta. Sin dolor. Tienes suerte, basura. Morirás de forma indolora.

—Perdón.

Jim lo soltó al instante y los hermanos Burgess se dirigieron al coche, se montaron y se marcharon. Por la ventanilla, Bob vio que el chico regresaba al parque restregándose el brazo.

—No te preocupes —dijo Jim—. Sólo son unos pocos. Ya está. Pero deja de llamar parásito a la gente, por Dios.

Oyeron ovaciones en el parque. Lo que quiera que hubiera dicho el gobernador desde el quiosco de música había gustado, el día casi había terminado, Jim había cumplido con su deber.

—Bonito discurso —dijo Bob mientras cruzaban el río por el puente.

Sin dejar de lanzar miradas al espejo retrovisor, Jim metió la mano en el bolsillo y abrió el móvil.

—¿Hellie? Ya está. Sí, ha ido bien. Te cuento más detalles cuando lleguemos al hotel. Igualmente, cariño. —Cerró el teléfono y volvió a metérselo en el bolsillo. Se dirigió a Bob—. ¿Has visto la gorra con el número 88 de ese gusano? Significa Heil Hitler. O HH. La letra hache es la octava del alfabeto.

—¿Cómo sabes todo eso? —preguntó Bob.

—Cómo no lo sabes tú —respondió Jim.

La noche llegó con la sensación de que el día en el que cuatro mil personas habían marchado pacíficamente hasta el parque para apoyar el derecho de una población de piel oscura a formar parte de Shirley Falls pasaría a la posteridad. Los escudos de plástico se guardaron. Reinaba una solidaridad solemne y afectuosa, pero sin apenas autocomplacencia, porque las gentes del norte de Nueva Inglaterra no son así. No obstante, había sido un acto importante y noble, y eso no se podía negar. Abdikarim, que sólo había asistido porque uno de los hijos de Haweeya había ido corriendo a decirle que sus padres insistían en que fuera al parque, se había quedado desconcertado por lo que había visto: montones de personas sonriéndole. Para él, mirar a la cara y sonreír era mostrar una intimidad con la que no se sentía cómodo. Pero llevaba allí el tiempo suficiente para saber que los estadounidenses eran así, como niños grandes, y los niños grandes del parque habían sido muy cordiales con él. Mucho después de marcharse, siguió imaginándose a la gente sonriéndole.

Esa noche, los hombres se reunieron en su café. En general, no estaban seguros de qué significaba la concentración. Creían que era importante, y los había sorprendido, porque ¿cómo podían haber imaginado que ese día tanta gente corriente se pondría en peligro por ellos? El tiempo diría qué significaba.

—Pero ha sido increíble —interrumpió Abdikarim.

Ifo Noor se encogió de hombros y repitió que sólo el tiempo diría. Luego, los hombres hablaron de su tierra natal (eso era de lo que siempre querían hablar) y de los rumores de que Estados Unidos apoyaba a los caudillos militares de Somalia que querían derrocar a las Cortes Islámicas. Carreteras cortadas por gánsteres, altercados que se iniciaban con la quema de neumáticos. Abdikarim escuchó con el corazón cada vez más encogido. Que las personas del parque tuvieran caras agradables ese día era un hecho completamente distinto a la pena que le corroía las entrañas todos los días: quería regresar a su país. Pero allí la gente había perdido el juicio y él no podía volver. Un congresista de Washington se había referido públicamente a Somalia como a un *Estado fallido*. En el café de Abdikarim, los hombres mencionaron el hecho con amargura. Para Abdikarim, eran demasiados sentimientos para caber en un solo corazón. La humillación de las palabras del congresista, la ira hacia los que disparaban, saqueaban y sembraban el caos en su país, las personas que le habían sonreído ese día en el parque. Y, no obstante, Estados Unidos era un país de mentiras, de líderes que mentían. La Alianza para la Restauración de la Paz era una farsa, dijeron los hombres.

Abdikarim se quedó a barrer el café cuando los hombres por fin se marcharon. El móvil le vibró y el placer le relajó el rostro cuando oyó la alegre voz de su hija, que llamaba de Nashville. «Es bueno, muy bueno», dijo, pues había visto la concentración del parque Roosevelt en la televisión. Le explicó que sus hijos jugaban al fútbol, que su inglés ya era casi perfecto, y el corazón de Abdikarim pareció un motor que se aceleraba y se calaba. Un inglés perfecto significaba que podían perder por completo sus raíces, pero también los hacía más fuertes.

—¿No se meten en líos? —preguntó, y su hija respondió que no. El mayor ya estaba en el instituto y sacaba muy buenas notas. Los profesores estaban sorprendidos.

—Te enviaré una fotocopia del boletín de notas —añadió—. Y mañana te mandaré fotos por el móvil. Son muy guapos, mis hijos, estarás orgulloso.

Abdikarim se quedó mucho rato sentado después de aquella conversación. Por fin, regresó a casa andando en la oscuridad y, cuando se acostó, vio a las personas del parque, enfundadas en abrigos y chalecos de plumón, mirándole a los ojos con expresión cándida. Cuando se despertó en plena noche, estaba confundido. Algo le atormentaba, un sentimiento familiar y antiguo. Cuando volvió a despertarse, comprendió que había soñado con su hijo mayor, Baashi, el cual había sido un niño serio. En su corta vida, Abdikarim sólo había tenido que pegarle unas pocas veces para enseñarle respeto. En el sueño, Baashi miraba a su padre con ojos de desconcierto.

Bob y Jim habían soportado una cena más en casa de Susan. Su hermana había calentado una lasaña congelada en el microondas mientras Zachary comía salchichas pinchadas en un tenedor como si fueran polos y la perra dormía sin moverse en su cama llena de pelos. Jim había negado una vez con la cabeza para indicarle a Bob que, de momento, no dirían nada a Susan de lo que habían averiguado sobre Zach y su padre. Fue al salón para atender una llamada de Charlie Tibbetts y, cuando regresó a la cocina y volvió a sentarse, dijo:

—Bueno. Dicen que a la gente le he gustado, que le ha sentado bien verme, todo eso. —Cogió el tenedor, movió la comida en el plato—. Todo el mundo está contento. Todos los blancos están contentos cuando se sienten libres de culpa. —Señaló a Zach con la cabeza—. Tu metedura de pata volverá a ser justo lo que es, un delito menor de clase E. Y cuando Charlie lleve el caso a juicio habrán pasado meses; puede conseguir aplazamientos de todo tipo y eso es bueno. La gente no querrá remover nada. Éstos son tiempos felices, y querrán que todo siga igual.

Susan exhaló.

—Ojalá.

—Creo que esa gilipollas de la Fiscalía del Distrito, Diane Lane, dejará de insistir para que esto se juzgue como una violación de los derechos civiles. Y, aunque insista, Dick Hartley tiene que apoyarla y no lo hará. Hoy lo he visto. Es un patán y la gente se ha alegrado de verme, así que no va a marear la perdiz. Ya sé que suena presuntuoso.

—Un poco —dijo Bob, mientras se servía vino en una taza de café.

—No quiero ir a la cárcel —dijo Zach, casi en un susurro.

—No irás. —Jim apartó su plato—. Ve a coger el abrigo si esta noche te quedas con nosotros. Bob y yo tenemos un viaje largo mañana.

En la habitación del hotel, Jim preguntó a Zachary:

—¿Qué te pasó en el calabozo mientras esperabas a que fijaran la fianza?

Zachary, que a Bob le había parecido más normal conforme transcurría el fin de semana, miró a Jim con expresión de ligero asombro.

—Lo que pasó es que, bueno, esperé.

—Cuéntame —dijo Jim.

—No era mucho más grande que un armario, el calabozo, blanco y todo de metal. Hasta el banco en el que estaba sentado era de metal, y había unos guardias cerca que me miraban todo el rato. Les pregunté una vez: «¿Dónde está mi madre?». Y ellos dijeron: «Fuera, esperando».

Después de eso, ya no me hablaron. Es decir, yo no lo intenté.

—Pero ¿tuviste miedo?

Zach asintió. Volvía a parecer asustado.

—¿Te hicieron algo? ¿Te amenazaron?

Zach se encogió de hombros.

—Sólo estaba asustado. Muy asustado. Asustadísimo. Ni tan siquiera sabía que aquí había un sitio así.

—Se llama cárcel. Las hay en todas partes. ¿Había alguien más contigo?

—Oí a un hombre que no paraba de soltar tacos. Estaba como loco. Pero no lo vi. Y los guardias le gritaban: «Cállate, coño».

—¿Le hicieron daño?

—No lo sé. No lo veía.

—¿Te hicieron daño a ti?

—No.

—¿Estás seguro? —La voz de Jim tenía el feroz timbre protector que Bob había oído cuando se habían marchado de la concentración y el gamberro le había llamado gordo estúpido. Vio la sorpresa en la cara de Zach, el leve gesto instintivo de anhelo mientras lo asimilaba: aquel hombre mataría por él. Jim, advirtió Bob, era el padre que todos querrían tener.

Se levantó y echó a andar por la habitación en un amplio círculo. Lo que sentía le parecía insoportable, y no sabía qué era. Al cabo de un rato, se detuvo y dijo a Zach:

—Tu tío Jim cuidará de ti. Se le da bien.

Zach miró a sus tíos uno a uno.

—Pero tú también cuidas de mí, tío Bob —dijo por fin.

—Ah, Zach, eres un *mensch*. De verdad que sí. —Bob alargó la mano y le acarició la cabeza—. Lo único que hice fue venir y conseguir que tu madre se enfadara conmigo.

—Mamá se enfada mucho, no te lo tomes a mal. Además, cuando me sacaron del calabozo y te vi con mamá, me puse más contento que nunca en mi vida. ¿Qué es *mensch*?

—Una buena persona.

—Te pusiste tan contento de ver a Bob que tu cara sonriente salió en todos los periódicos —dijo Jim.

—Por Dios, Jim. Eso ya pasó.

—¿Podemos ver la tele? —preguntó Zach.

Jim le lanzó el mando a distancia.

—Vas a tener que encontrar trabajo. Así que quiero que pienses en cuál será. Y después vas a hacer cursos, hincar los codos, sacar buenas notas y matricularte en el centro de formación profesional de Maine. Vas a esforzarte. Es lo que hay que hacer. Si formas parte de la sociedad, tienes que contribuir.

Zach bajó los ojos y Bob dijo:

—Tienes tiempo para encontrar trabajo, para encauzarte. De momento, ponte cómodo. Estás en un hotel, así que finge que estás de vacaciones. Finge que fuera hay una playa y no ese río apestoso.

—El río ya no huele mal, retrasado. —Jim estaba colgando el abrigo—. Lo han limpiado. ¿No te has dado cuenta? Ya no estamos en los setenta. Jesús.

—Si estuvieras tan al día —respondió Bob—, sabrías que la palabra *retrasado* ya no se dice. Susan también la usó la primera vez que vine. Tío. Me siento como si fuera el único de los tres que ha terminado primaria, que vive en el siglo XXI.

—Voy a vomitar —dijo Jim.

Zach se quedó dormido en la otra habitación mientras veía la televisión, y Jim y Bob, que estaban sentados cada uno en una cama, oyeron sus suaves ronquidos por la puerta abierta.

—Dejemos que Susan disfrute del alivio de que esto haya terminado. Ya le contaremos más adelante qué tramaba su hijo. Se lo he explicado a Charlie Tibbetts y de todas formas da igual. Su defensa se basa en que Zach no cometió un delito —dijo Jim—. La ley dice que tendría que saber que el sitio era una mezquita y que el cerdo era ofensivo para los musulmanes.

—No sé si va a colar. Si Zach no sabía que era ofensivo para los musulmanes, ¿por qué no tiró una cabeza de pollo?

—Por eso no eres su abogado defensor. Ni el de nadie. —Jim se levantó, dejó las llaves y el móvil en la cómoda—. Porque, cuando fue a visitar a un amigo que tiene un matadero, ahí sólo había cabezas de cerdo. No había cabezas de nada más. ¿Vas a dejarle esto a Charlie? Jesús, Bob. Me agotas. No me extraña que te cagaras en los pantalones cada vez que tenías un juicio. Claro que te pasaste al tribunal de apelaciones. Para que te lo dieran todo masticado.

Bob se recostó en el cabecero de la cama y buscó la botella de vino.

—¿Cuál es tu problema? —preguntó en voz baja—. Hoy has estado magnífico. —Quedaba muy poco vino y lo vertió en un vaso.

—Mi problema eres tú. Tú eres mi problema. ¿Por qué no dejas que Charlie Tibbetts se preocupe por esto? —respondió Jim—. Lo llamé yo, ¿sabes? No tú. Así que no te metas.

—Nadie ha dicho que no sea buen abogado. Sólo intentaba entender la estrategia de la defensa. —Por un momento, el silencio que se instauró en la habitación pareció tan presente y vibrante que Bob no se atrevió a romperlo alzando el vaso.

—No quiero volver aquí nunca más —dijo Jim por fin. Se sentó otra vez en la cama y miró la alfombra.

—Pues no vuelvas. —Bob bebió y, al cabo de un momento, añadió—: ¿Sabes?, hace una hora me has parecido el mejor hombre del mundo. Pero qué difícil eres, tío. Vi a Pam hace poco y me comentó que no sabía si el juicio de Packer te había vuelto así de capullo o si siempre lo habías sido.

Jim alzó la vista.

—¿Pam te comentó eso? —Esbozó una sonrisa—. Pamela. Vaya con los ricos. —De pronto, sonrió abiertamente a Bob, con los codos apoyados en las rodillas y las manos colgando—. Es curioso cómo son las personas en el fondo, ¿no? Nunca me habría imaginado que Pam fuera la clase de persona que siempre anda detrás de lo que no tiene. Pero, si lo piensas, ha sido así desde el principio. Dicen que las personas siempre dan pistas de quiénes son. Y supongo que ella lo hizo. Como no le gustaba su infancia, adoptó la nuestra. Luego, fue a Nueva York y vio que la gente tenía hijos, así que mejor los tenía ella también y, ya puestos, mejor conseguía dinero, porque en Nueva York también hay mucho.

Bob negó con la cabeza despacio.

—No sé de qué hablas. Pam siempre quiso tener hijos. Nosotros siempre quisimos tener hijos. Creía que te caía bien.

—Me cae bien. Antes, me parecía curioso que le gustara tanto mirar parásitos por el microscopio, pero un día comprendí que ella también era un poco parásito. No en un mal sentido.

—¿No en un mal sentido?

Jim movió una mano con desdén.

—Bueno, piénsalo. Sí, no en un mal sentido. Pero empezó prácticamente a vivir con nosotros cuando todavía erais unos críos. Necesitó un hogar y se nutrió del nuestro. Necesitó un buen marido y se nutrió de ti. Luego, necesitó un papá para tener hijos con él, y ahora está en Park Avenue nutriéndose de eso. Sólo digo que siempre obtiene lo que necesita. No todo el mundo lo hace.

—Jim, por Dios. Pero ¿qué dices? Tú también te casaste con una mujer rica.

Jim ignoró el comentario.

—Imagino que no te hablaría de su breve encuentro conmigo después de que lo dejarais.

—Basta ya, Jim.

Jim se encogió de hombros.

—Sé muchas cosas de Pam que seguro que tú no sabes.

—He dicho que basta.

—Estaba borracha. Bebe demasiado. Los dos bebéis demasiado. Pero no pasó nada, no te preocupes. Me encontré con ella por casualidad en el centro, después del trabajo, hace años. Fuimos a tomar una copa al Harvard Club. Pensé: «Lleva un montón de años en la familia, se lo debo». Y, después de unas cuantas copas, durante las que me confesó una serie de cosas que habría hecho mejor en callarse, me dijo que siempre me había encontrado muy atractivo. Se me insinuó, más o menos, y eso no me pareció muy elegante.

—Oh, ¡cállate! —Bob intentó levantarse, pero volcó la silla sin querer y cayó al suelo de espaldas con toda su humanidad. El ruido que hizo le pareció muy fuerte y el vino se le derramó en el cuello. Y fue esa sensación la que percibió con extraña claridad: líquido corriéndole por el cuello mientras alzaba una pierna en el aire. Se encendió una luz.

Oyeron la voz de Zach en la puerta.

—Eh, ¿qué pasa?

—Nada, chaval. —A Bob le palpitaba el corazón.

—Armando jaleo, como cuando éramos pequeños.
—Jim tendió la mano a Bob y le ayudó a levantarse—. Haciendo el bobo con mi hermano, nada más. No hay nada como un hermano.

—He oído un grito —dijo Zach.

—Estabas soñando —respondió Jim. Le pasó el brazo por los hombros y lo condujo a la otra habitación—. En los hoteles pasa. La gente tiene pesadillas.

A la mañana siguiente, Jim estaba hablador en el coche cuando salieron de Shirley Falls.

—¿Ves eso? —preguntó. Estaban a punto de entrar en la autopista. Bob miró donde le señalaba y vio un edificio prefabricado y un amplio aparcamiento con autobuses amarillos—. Las iglesias católicas se están quedando vacías, desde hace ya años, y estas iglesias pentecostales se han puesto de moda. Van por ahí en esos autobuses recogiendo a toda la gente mayor que no puede desplazarse a la iglesia. Está claro que fervor tienen.

Bob no respondió. Estaba intentado determinar hasta qué punto estaba borracho la noche anterior. No se había sentido borracho, pero eso no significaba que no lo estuviera. A lo mejor había malinterpretado a su hermano. Asimismo, no podía dejar de pensar en Susan esa mañana, diciéndoles adiós desde el porche mientras se alejaban en el coche, pero Zach había bajado la cabeza y había vuelto a entrar, y Bob tampoco podía dejar de pensar en él.

—Debes de preguntarte cómo lo sé —continuó Jim después de incorporarse a la autopista—. Te enteras de todo tipo de cosas leyendo la versión en línea del periódico de Shirley Falls. Vale, sigue mudo —añadió—. Al final, se lo he explicado a Susan esta mañana, cuando estaba fuera con la perra. Le he dicho que Zach podría haberlo hecho para impresionar a su padre. No he mencionado a la novia. Sólo que Steve había escrito cosas ligeramente negativas sobre los somalíes en sus correos. ¿Y sabes qué ha dicho? Ha dicho: «Ah».

—¿Eso ha dicho? —Bob miró por la ventanilla. Al cabo de un rato, dijo—: Estoy preocupado por Zach. Susan me ha contado que ese día, en el calabozo, se ensució. Probablemente, por eso no bajó a cenar esa tarde. Se sintió humilladísimo. Ayer ni siquiera te lo contó cuando le preguntaste qué había pasado.

—¿Cuándo te lo ha contado Susan? A mí no me lo ha contado.

—Esta mañana, en la cocina. Cuando estabas hablando por teléfono y Zach se había llevado el desayuno arriba.

—He hecho todo lo posible —dijo por último Jim—. Todo lo que tiene que ver con esta familia me deprime profundamente. Lo único que quiero es volver a Nueva York.

—Volverás a Nueva York. Tal como dijiste de Pam, algunas personas obtienen lo que necesitan.

—Fui un capullo. Déjalo estar.

—No puedo dejarlo estar. Jimmy, ¿de veras se te insinuó?

Jim exhaló con los dientes apretados.

—Jesús, ¿quién sabe? Pam está un poco loca.

—¿Quién sabe? Lo sabes tú. Lo dijiste tú.

—Acabo de decirte que... fui un capullo. —Se calló—. Exageré, ¿vale?

Después de aquello, viajaron en silencio. Circularon bajo un cielo gris de noviembre. Los árboles sin hojas se alzaban desnudos y flacos a su paso. Los pinos también parecían flacos, pesarosos, cansados. Adelantaron camiones, adelantaron coches abollados cuyos pasajeros fumaban con avidez. Dejaron atrás campos de color pardo grisáceo. Atravesaron pasos a nivel que llevaban escrito el nombre de las carreteras por debajo de las que discurrían: Anglewood Road, Three Rod Road, Saco Pass. Cruzaron el puente para entrar en New Hampshire y continuaron hacia Massachusetts. Jim no habló hasta que el tráfico se detuvo fuera de Worcester.

—¿Qué es esta mierda? ¿Qué diablos pasa?

—Eso —respondió Bob, y señaló con la cabeza una ambulancia que se acercaba por el carril contrario.

Había otra ambulancia, y dos coches patrulla, y Jim no dijo nada. Ninguno de los dos hermanos volvió la cabeza cuando por fin pasaron por delante del accidente. Era su pacto, desde siempre. Sus esposas lo habían aprendido en silencio, y los hijos de Jim también. Era por respeto, explicó Bob a Elaine en su despacho, y ella asintió con complicidad.

Cuando casi habían cruzado Worcester, Jim dijo:

—Anoche fui un gilipollas.

—Sí. —Bob miró en el retrovisor y vio cómo se alejaban las grandes fábricas hechas de ladrillo.

—Me confunde ir al pueblo. A ti no te confunde tanto, porque fuiste el preferido de mamá. No me quejo, sólo es la verdad.

Bob reflexionó sobre ello.

—No es que tú no le agradaras.

—Sí, le agradaba.

—Te quería.

—Sí, me quería.

—Jimmy, tú eras como una especie de héroe. Todo se te daba bien. No le diste ni un solo problema. Claro que te quería. Susie... no le agradaba tanto. La quería, pero no le agradaba.

—Lo sé. —Jim suspiró hondo—. Pobre Susie. A mí tampoco me agradaba. —Miró por el retrovisor lateral, cambió de carril para adelantar un coche—. Sigue sin agradarme.

Bob pensó en la fría casa de su hermana, en la asustadiza perra, en la cara corriente de Susan.

—*Oy* —se lamentó.

—Sé que tienes ganas de fumar —dijo Jim—. Si puedes aguantar hasta que paremos a comer, lo preferiría. Helen lo olerá durante meses. Pero, si no puedes, baja la ventanilla.

—Puedo aguantar. —Aquella inesperada muestra de amabilidad soltó la lengua a Bob—. La primera vez que vine, Susan se enfadó conmigo por decir *Oy*. Me dijo que no era judío. No me molesté en decirle que los judíos saben mucho de dolor. Saben mucho de todo. Y tienen unas palabras magníficas para expresarlo. *Tsuris*, dificultades. Tenemos *tsuris*, Jimmy. Al menos yo.

—Susie era guapa —dijo Jim—. ¿Te acuerdas? Jesús, si eres mujer y te quedas en Maine, corres verdadero peligro. Helen dice que es por los productos. Las cremas. Dice que las mujeres de Maine creen que utilizar cremas es cuidarse demasiado, así que, cuando llegan a los cuarenta, tienen cara de hombre. Es una teoría plausible, supongo.

—Mamá nunca permitió que Susan se sintiera guapa. Oye, yo no soy padre, pero tú sí. ¿Qué razón puede tener una madre para que no le agrade su propia hija? ¿Para no decirle, al menos, «qué guapa estás» de vez en cuando?

Jim hizo un gesto con la mano.

—Tiene que ver con que Susie fuera niña. Mamá la jodía porque era niña.

—Helen quiere a vuestras hijas.

—Por supuesto. Es Helen. Y en nuestra generación es distinto. ¿No te has dado cuenta? No, supongo que no. Pero, en nuestra generación, somos como *amigos* de nuestros hijos. No sé si es enfermizo o no, quién sabe. Pero es como si hubiéramos decidido: «Nosotros no vamos a hacerles eso a nuestros hijos, nosotros nos haremos amigos suyos». Helen es genial, de veras. Pero mamá y Susan..., en esa época pasaba eso. En la próxima salida, pararemos a comer.

Cuando llegaron a Connecticut, tuvieron la sensación de que estaban en un barrio residencial de Nueva York. Shirley Falls había quedado muy atrás.

—¿Llamamos a Zach? —preguntó Bob, y sacó el móvil.

—Vale. —Jim se encogió de hombros.

Bob volvió a meterse el móvil en el bolsillo. Hacer la llamada requería un esfuerzo del que no se sentía capaz. Preguntó a Jim si quería que condujera él y su hermano negó con la cabeza y dijo que no, que iba bien. Bob ya sabía que haría eso. Jim jamás le dejaba ponerse al volante. Cuando se sacó el permiso y Bob era pequeño, siempre le obligaba a sentarse detrás. Bob no compartió aquel pensamiento con su hermano. Todo lo relacionado con Shirley Falls le parecía lejano, inalcanzable, y era mejor dejarlo así.

Ya había anochecido cuando se incorporaron a la autovía Roosevelt. Las luces de Nueva York se extendieron junto a ellos, los puentes refulgieron majestuosamente sobre el East River y el gigantesco cartel azul y rojo de la Pepsi parpadeó desde Long Island City. Cuando redujeron la velocidad para subir la rampa del puente de Brooklyn, Bob vio la cúpula dorada del Palacio de Justicia Federal y el Edificio Municipal con sus altos arcos, así como los grandes bloques de pisos construidos justo al lado de la autovía, con luz en casi todas las ventanas, y sintió nostalgia por todo aquello, como si ya no le perteneciera y fuera un lugar en el que hubiera vivido hacía una eternidad. Pasado el puente, en Atlantic Avenue, le pareció que se adentraban en un país que era a la vez familiar y desconocido, y la simultaneidad de aquellas impresiones lo perturbó; en ese momento era un niño, cansado y quejumbroso, y deseó poder irse a casa con Jim.

—Muy bien, tontaina —dijo su hermano cuando paró delante del edificio de Bob. Le dijo adiós con la mano sin levantarla del volante y Bob cogió su bolsa del maletero y bajó. Delante de su edificio, cerca del contenedor de reciclaje, había cajas de mudanza cortadas en grandes cuadrados. Al subir, vio una rendija de luz bajo la puerta de lo que recientemente había sido el piso vacío de sus antiguos vecinos. Esa noche oyó las voces cantarinas de una pareja joven, oyó el llanto de un bebé.

LIBRO TERCERO

1

Durante la mayor parte de los diecinueve años que tenía Zachary, Susan había hecho lo que hacen los padres cuando su hijo resulta ser muy distinto de cómo imaginaban: fingir, y seguir fingiendo, con ilusoria esperanza, que todo se arreglaría. Zach mejoraría con la edad. Haría amigos y empezaría a disfrutar de la vida. Se haría mayor. Dejaría de ser tan infantil... Aquellas y otras alternativas se le pasaban por la cabeza en las noches de insomnio. Pero también le bullían dudas en la cabeza: Zachary no tenía amigos, era callado, vacilaba en todo lo que hacía, su rendimiento escolar apenas era suficiente. Las pruebas indicaban que su cociente intelectual era superior a la media, que no tenía ningún trastorno de aprendizaje aparente, pero, pese a ello, las piezas que lo componían no terminaban de encajar. Y, en ocasiones, la sensación de fracaso de Susan se agudizaba con la insoportable certeza de que la culpa era suya.

¿De quién más podía ser?

En la universidad, Susan se había interesado por las clases de desarrollo infantil. En especial, por las teorías del apego. Apegarse a la madre parecía revestir más importancia que apegarse al padre, aunque, por supuesto, eso también era importante. Pero la madre era el espejo en el que se reflejaba un hijo, y Susan esperaba tener una niña. (Querría tener tres niñas y luego un niño, que sería como Jim.) Su madre había preferido a los chicos; Susan lo tenía más claro que el agua. Ella querría a sus hijas de forma incondicional. Se pasaría el día charlando con ellas; les daría el permiso para maquillarse del que ella había carecido; las dejaría hablar con chicos por teléfono, invitar a amigas a dormir y llevar ropa comprada en tiendas.

Tuvo un aborto.

«No tendrías que haber dicho nada», opinó su madre. Pero se le empezaba a notar y ya estaba en el segundo trimestre: era imposible no decir nada. «Una niña», reveló el médico, porque ella se lo preguntó. La primera noche, Steve la abrazó. «Espero que el próximo sea niño», dijo.

No eran juguetes en el estante de una tienda, donde uno se rompía al caer y el siguiente llegaba a casa de una pieza. No, ¡había perdido a una hija! Y, por primera vez, Susan conoció la desgarradora soledad de la tristeza. Era como si la hubieran llevado a un gran club privado que ni tan siquiera sabía que existía. Las mujeres que abortaban. La sociedad no las apreciaba mucho. No las apreciaba nada. Y la mayoría de las mujeres del club se cruzaban unas con otras sin dirigirse la palabra. Fuera del club, la gente decía: «Tendrás otro».

La enfermera que le entregó a Zachary debió de suponer que lloraba de alegría, pero Susan lloró por su aspecto: flaco, mojado, con manchas en la piel y los ojos cerrados. No era su niñita. Le aterrorizó pensar que quizá no lo perdonaría nunca por eso. Cuando probó a darle de mamar, Zachary no manifestó ningún interés. Al tercer día, una enfermera le puso un paño frío en la mejilla para intentar despabilarlo, pero él sólo abrió los ojos y pareció asustado antes de arrugar la triste carita.

—Por favor —le suplicó Susan a la enfermera—, no vuelva a hacerlo.

Los pechos llenos de leche se le endurecieron, se le infectaron debido a la congestión. Tuvo que ducharse con agua que casi le escaldaba y exprimirse la leche. Su hijito flaco y arrugado siguió indiferente, perdió peso.

—¿Por qué no mama? —se lamentaba Susan, y nadie parecía tener una respuesta. Prepararon un biberón con leche artificial y Zachary se lo tomó.

—Tiene un aspecto raro —dijo Steve.

Zachary apenas lloraba y, cuando Susan iba a verlo por la noche, a menudo le sorprendía verlo con los ojos abiertos.

«¿En qué piensas?», le susurraba, y le acariciaba la cabeza. A las seis semanas, Zachary la miró y le dirigió la sonrisa de una persona paciente y buena que está aburrida.

—¿Crees que es normal? —le preguntó a su madre un día sin pensar.

—No. —Barbara tenía a Zach cogido de la manita. A los trece meses, acababa de aprender a andar e iba y venía del sofá a la mesa baja—. No sé qué le pasa —dijo mientras lo observaba. Y añadió—: Pero es adorable.

Y lo era: poco activo, callado, siempre pegado a las faldas de su madre. Aunque Susan no había olvidado a la niña que había perdido (jamás lo haría), el amor que había sentido por ella pareció fusionarse con el amor que sentía por Zach. Cuando lo llevó al parvulario, Zach se puso súbitamente a llorar y ya no paró.

—No puedo dejarlo ahí —arguyó Susan—. Él nunca llora. Algo pasa con ese sitio.

—Vas a convertirlo en un miedica —objetó Steve—. Va a tener que acostumbrarse.

Al cabo de un mes, el parvulario les pidió que se llevaran a Zach: sus lloros alteraban a sus compañeros. Susan encontró otro centro al otro lado del río y allí Zach no lloró. Pero no jugó con nadie. Susan se quedó en la puerta y vio cómo el profesor lo cogía de la mano y lo conducía hasta otro niño, vio cómo aquel otro niño le daba un fuerte empujón y él, al ser tan flaco, caía al suelo como si fuera una pluma.

Cuando empezó primero, los niños se burlaban despiadadamente de él. En tercero, le pegaban. Cuando fue al instituto, su padre se marchó. Antes de eso, hubo acaloradas discusiones que Zach debió de oír.

«No monta en bicicleta. Ni siquiera sabe nadar. ¡Es un flojo y es por tu culpa!» Steve, rojo de ira, no admitía discusión. Susan creyó a su marido y pensó que, si Zach hubiera tenido otro carácter, su padre se habría quedado. De modo que eso también era culpa suya. Aquellos fallos la aislaban. Sólo Zach estaba presente en su cuarentena, madre e hijo unidos por un sentimiento tácito de desconcierto y culpabilidad. A veces, ella le gritaba (con más frecuencia de la que quería) y, después, siempre la corroían la tristeza y el arrepentimiento.

—Bien —dijo él cuando ella le preguntó qué tal le había ido con sus tíos en el hotel—... Sí, una pasada —respondió a la pregunta de si le habían tratado bien—... Hemos charlado, y hemos visto la tele —explicó cuando ella se interesó por lo que habían hecho—... De cosas —dijo, y se encogió de hombros de forma agradable, cuando le preguntó de qué habían hablado. Pero tras la marcha de sus hermanos, notó que Zach se ponía triste.

—Vamos a llamar a tus tíos, a ver si han llegado bien a Nueva York —sugirió, y Zach no respondió.

Llamó a Jim, que parecía cansado. No le pidió que le pusiera con Zach.

Llamó a Bob, que parecía cansado y le pidió que le pusiera con Zach. Susan fue al salón para que su hijo tuviera intimidad.

—Bien —le oyó decir—. Sí. —Un largo silencio—. No sé. Vale. Igualmente.

Susan no pudo contenerse.

—¿Qué ha dicho?

—Que me mantenga ocupado.

—Tiene razón.

Susan no quería mencionarle en ese momento que Jim le había explicado que podía haber utilizado la cabeza de cerdo para impresionar a su padre. Su vulnerabilidad le impedía estar enfadada con él y, aunque estaba furiosa con Steve (como casi siempre), tampoco iba a mencionarle eso. Le dijo que haría llamadas para averiguar dónde podía colaborar como voluntario. Tío Bob tenía razón: debía mantenerse ocupado.

Lo intentó: la biblioteca. (No, dijo Charlie Tibbetts, había demasiados somalíes a todas horas.) Repartir comidas a personas mayores. (Ya tenían suficientes voluntarios.) Trabajar en un banco de alimentos. (No, allí también iban somalíes.) Así que todas las noches, cuando regresaba a casa, preguntaba a Zach qué había hecho ese día y la respuesta era que no había hecho nada. Le dijo que tendría que ir a clases de cocina para preparar la cena todas las noches.

—¿En serio?

Su cara de miedo la indujo a decir:

—No. Cielo santo. Es broma.

—Tío Jim dijo que tendría que hacer cursos. No se refería a clases de cocina.

—¿Dijo que estudiaras? —Susan consiguió un catálogo del centro de formación profesional—. A ti te gustan los ordenadores. Échale un vistazo.

Pero Charlie Tibbetts arguyó que en esas clases solía haber somalíes, que había que esperar un semestre hasta que el caso se resolviera. Después, Zach podría retomar su vida. Y, de ese modo, la vida de Zach y Susan se redujo a esperar.

El día de Acción de Gracias, Susan preparó pavo asado y la señora Drinkwater comió con ellos. La anciana tenía dos hijas que vivían en California; Susan no las había visto nunca. Una semana antes de Navidad, compró un pequeño abeto en la gasolinera. Zach la ayudó a colocarlo en el salón y la señora Drinkwater bajó con el ángel para decorar la punta. Susan había permitido aquello todos los años desde que la anciana vivía en su casa, aunque no le gustara el ángel, que había pertenecido a la madre de la señora Drinkwater y tenía lágrimas azules bordadas en la raída cara rellena de guata.

—Eres muy amable, querida —dijo la señora Drinkwater—. Por ponerlo en tu árbol. A mi marido no le gustaba, así que no lo poníamos nunca. —Estaba sentada en el sillón de orejas, con una chaqueta de hombre encima del camisón rosa de rayón, y llevaba las zapatillas de felpa, con las medias enrolladas a la altura de las rodillas—. Esta Nochebuena querría ir a la misa del gallo que se celebra en San Pablo. Pero me da miedo ir sola a esa parte del pueblo tan tarde, una señora mayor sola.

Susan, que no le había prestado atención, tuvo que esforzarse para lograr recordar alguna de las palabras que había dicho.

—¿Quiere ir a la misa del gallo? ¿En la catedral?

—Así es, querida.

—Nunca he ido a la catedral —declaró Susan.

—¿Nunca? ¡Caramba!

—No soy católica —dijo Susan—. Antes iba al templo congregacionalista del otro lado del río. Es donde me casé. Pero hace mucho que no voy. —Quería decir que no iba desde que su marido se marchó, y la señora Drinkwater asintió.

—Yo también me casé ahí —afirmó—. Es una iglesia entrañable.

Susan vaciló.

—Entonces, ¿por qué quiere ir a San Pablo? Si me permite la pregunta.

La señora Drinkwater miró el árbol y se subió las gafas con el puño huesudo.

—Es la iglesia de mi infancia, querida. Iba todas las semanas con mis hermanos. Me confirmé ahí. —Miró a Susan, que no pudo encontrarle los ojos detrás de los gruesos cristales—. Yo me llamaba Jeannette Paradis. Y me convertí en Jean Drinkwater porque me enamoré de Carl. Su madre no quería saber nada de mí hasta que me desvinculara por completo de la Iglesia católica. Y yo lo hice. No me importó. Amaba a Carl. Mis padres no asistieron a la boda. Fui sola al altar. Entonces no se hacía. ¿Quién te llevó al altar, querida?

—Mi hermano. Jim.

La señora Drinkwater asintió.

—En todos estos años, no me he acordado de San Pablo ni una sola vez. Pero ahora me ha dado por pensar en ella. Dicen que es lo que pasa cuando nos hacemos viejos. Pensamos en cosas de nuestra juventud.

Susan estaba descolgando un adorno rojo de una rama baja del árbol para colocarlo más arriba.

—La llevaré a la misa del gallo si quiere ir.

Pero, en Nochebuena, la señora Drinkwater ya estaba profundamente dormida a las diez. La Navidad transcurrió despacio y los días hasta Año Nuevo se hicieron eternos. Y luego llegó enero. Los días, cortos y fríos, se templaron brevemente a finales de mes. El sol centelleó en la nieve derretida y los troncos mojados de los árboles resplandecieron. E incluso cuando la superficie del mundo volvió a helarse, se notó que los días empezaban a alargarse. Charlie Tibbetts llamó para decir que todo iba bien, que, gracias a los aplazamientos concedidos por la Fiscalía del Distrito, cuando el caso fuera a juicio, ya no sería del interés de nadie. No le sorprendería si, al final, todo se resolvía con un acuerdo, una promesa por parte de Zachary de que iba a portarse bien, algo tan simple como eso. La Fiscalía del Distrito llevaba semanas en silencio, la Fiscalía del Estado no había hecho ningún movimiento. «Está ganado —dijo Charlie—. Sólo hay que esperar a que el tiempo pase.»

—¿Te preocupa el juicio? —preguntó Susan a Zachary esa noche mientras veían la televisión.

Él asintió.

—Pues quédate tranquilo.

Pero, al cabo de dos semanas, la Fiscalía de Maine interpuso una demanda de derechos civiles contra Zachary Olson.

2

El salón de la casa de Jim y Helen se quedaba sin luz natural antes que el resto de las habitaciones porque se encontraba en la planta baja y los alféizares de las ventanas estaban a la misma altura que la calle. Entre las ventanas y la acera se extendía el jardincito delantero, con bojes y un delicado arce japonés cuyas delgadas ramas arañaban los cristales. En invierno, Helen se aseguraba de cerrar temprano los postigos del salón. Eran de caoba y muy viejos, y se guardaban plegados en sus correspondientes huecos de la pared. Aquél era un ritual con el que disfrutaba desde hacía años, como si arropara la casa para la noche. Pero esa tarde la tarea no le estaba resultando nada placentera. Una preocupación de poca importancia le rondaba por la cabeza: esa noche iban a la ópera con Dorothy y Alan, pero llevaban todas las vacaciones sin verlos. Hasta ese momento, no le había importado; sus hijos habían llenado la casa en Acción de Gracias y en Navidad (al final, Emily no la había celebrado con la familia de su novio), de modo que aquellas semanas habían estado llenas de preparativos y, después, de gente. Botas en el suelo, y bufandas, migas de pan, amigos del instituto, ropa lavada por doblar, manicuras con sus hijas y películas por la noche con la familia acurrucada en aquel mismo salón. ¡Felicidad! Pero debajo de ella latía un mudo temor: jamás volverían a vivir todos juntos. Luego, sus hijos se habían marchado y un silencio aterrador se había apoderado de la casa. Las habitaciones se habían quedado frías tras su partida.

Después de cerrar el último postigo, Helen bajó la vista y vio que el diamante grande de su anillo de compromiso no estaba. Al principio se resistió a creerlo y miró varias veces el engaste de platino vacío. Con las mejillas ardiéndole, buscó en los alféizares, abrió los postigos y volvió a cerrarlos, miró en el suelo, sacó todo lo que llevaba en los bolsillos. Llamó a Jim. Estaba reunido. Llamó a Bob, que estaba trabajando en casa porque necesitaba concentrarse en un complejo escrito de fundamentación que debía presentar al día siguiente. Aun así, se prestó a ir.

—Vaya —dijo con los ojos entrecerrados, después de cogerle la mano—. Da cosa. Es como mirarte en un espejo y ver que te falta una paletilla.

—Oh, Bobby. Qué buena persona eres. —Porque así era.

Bob estaba sacando los cojines del sofá cuando Jim llegó a casa tan furioso que tanto él como Helen tuvieron que interrumpir la búsqueda.

—¡Me cago en Dick Hartley y en Diane Dodge! Putos mequetrefes, puto estado. ¡Odio ese puto estado! —Así fue como Bob y Helen se enteraron de la demanda por violación de los derechos civiles que se había interpuesto ese día.

—Hasta Charlie se ha sorprendido. —La voz de Susan rayaba la histeria en el altavoz del teléfono que Jim tenía en el estudio contiguo al dormitorio—. No sé por qué hacen esto ahora. Han pasado meses. ¿Por qué han esperado tanto?

—Porque son unos incompetentes —dijo Jim, casi gritando. Se sentó en su silla reclinable y se agarró a los brazos mientras Bob y Helen tomaban asiento cerca de él—. Porque Dick Hartley es un capullo y ha tardado todo este tiempo en dejar que su condenada ayudante Lady Di se salga con la suya.

—Pero no entiendo por qué lo hacen ahora. —A Susan le tembló la voz.

—¡Para quedar bien! Ésa es la razón. —Jim se inclinó hacia delante con tanta brusquedad que la silla crujió—. Porque Diane Dodge probablemente quiere ser fiscal general algún día, o presentarse para gobernadora, o para congresista, y más vale que en su curriculillo liberal conste que ha luchado por una causa noble. —Cerró un momento los ojos—. Gilipollas —añadió.

—Jim, basta. No hables así —dijo Helen. Se inclinó hacia delante y tapó el anillo de compromiso con la otra mano en actitud protectora—. ¿Susan? ¿Susan? Charlie Tibbetts se ocupará de esto. —Se recostó, pero volvió a inclinarse hacia delante para añadir—: Soy Helen.

Tenía la cara colorada y sudorosa. Bob no estaba seguro de haberla visto alguna vez así; hasta parecía que los nervios le hubieran aplastado el cabello cuando se lo apartó de los ojos.

—No vais a retrasaros, tenéis tiempo de sobra —le dijo, porque sabía que le preocupaba llegar tarde a su cita en la ópera con los Anglin; le había hablado de ello mientras movían cojines, buscando el diamante que se había desprendido del anillo.

Helen respondió en voz baja.

—Pero ahora que Susan nos ha dado esta noticia tan espantosa, Jim se pasará toda la noche enfadado y... Oh, me pone enferma ver esto. —Giró el anillo de compromiso en el dedo.

—Callaos. —Jim les hizo señas con una mano—. Susan, dime qué pasa con la Fiscalía del Estado.

Con voz temblorosa, Susan dijo que la Fiscalía del Estado le había insinuado a Charlie que la investigación seguía abierta, y Charlie se había enterado de que la comunidad somalí los estaba presionando, sobre todo ahora que el estado de Maine había interpuesto la demanda. O algo por el estilo; francamente, no se aclaraba. El juicio era dentro de una semana a partir del martes. Charlie había dicho que Zach debía llevar traje, pero Zach no tenía ningún traje, no sabía qué hacer.

—Susan, escúchame. —Jim habló despacio—. Vas a llevarte a tu hijo a Sears y vas a comprarle un traje. Vas a comportarte como la mujer adulta que eres y vas a ocuparte de esto. —Jim desconectó el altavoz y cogió el auricular—. Vale, vale. Perdona. Cuelga, Susan. Voy a hacer unas llamadas. —Estiró el brazo con brusquedad y consultó el reloj—. Puede que todavía estén en su despacho.

—Jim, ¿qué haces? —Helen se levantó.

—Cariño. No te preocupes por ese anillo. Lo llevaremos al joyero. —La miró—. Y nos queda mucho tiempo para ir a la ópera.

—Pero era un diamante auténtico. —Helen tenía lágrimas en los ojos.

Jim marcó un número en el teléfono de su mesa y, al cabo de un momento, dijo:

—Jim Burgess. Agradecería mucho que se pusiera al teléfono. —A continuación—: Hola, Diane. Jim Burgess. Creo que no nos han presentado. ¿Cómo estás? Me he enterado de que habéis tenido nieve... Es cierto... No llamo por la nieve... Sí. Llamo justo por eso.

—No puedo aguantar esto —murmuró Helen—. Voy a meterme en la ducha.

—Lo entiendo —dijo Jim—... Por supuesto que lo entiendo. Pero también entiendo que esto sólo ha sido una diablura cometida por un crío. Y es inadmisible... —Enseñó el dedo corazón al teléfono—. Sí, he dicho inadmisible... Sí, soy consciente de que un niño se desmayó en la mezquita. Y Zachary también es consciente de eso, y es espantoso... Ya sé que lo representa el señor Tibbetts. Yo pago al señor Tibbetts. No te llamo como abogado de Zachary, te llamo como su tío... Escúchame, Diane. Esto es un delito menor. Que yo sepa, compete al derecho penal y debe juzgarse en un tribunal de lo penal. El estatuto de derechos civiles no es para esto y... —Miró a Bob y articuló la palabra *mamona* con los labios—. ¿Quiere dedicarse a la política, señorita Dodge? Esto me huele mucho a politiqueo... No, claro que no te estoy intimidando, eso está muy claro... ¿Cuestionando tu integridad? Sólo intento tener una conversación. Si esa cabeza de cerdo la hubiera tirado un crío somalí, ¿harías esto?... Pues a eso me refiero. Si Zachary fuera un transexual, tampoco lo harías. Te estás ensañando con él porque es un patético crío blanco. Y tú lo sabes. ¿Después de tres meses? ¿Intentas torturarlo?... Vale, vale.

Jim colgó y se puso a golpetear frenéticamente la mesa con un lápiz. Luego, lo cogió con ambas manos y lo partió en dos.

—Alguien va a tener que ir a Shirley Falls. —Giró la silla para ponerse de cara a Bob—. Y no voy a ser yo. —Oyeron la ducha al final del pasillo—. ¿Qué haces aquí, otra vez?

—Helen me ha llamado para que la ayudara a buscar el diamante.

Jim recorrió el estudio con los ojos, repasó los estantes, las fotografías de sus hijos con distintas edades. Luego negó con la cabeza despacio y volvió a mirar a Bob.

—Es un anillo —susurró.

—Bueno, es su anillo y está disgustada.

Jim se levantó.

—Le lamí el culo a Dick Hartley —dijo—. Él ha aprobado esto. Van a por mi sobrino, y la única razón por la que fui a Shirley Falls fue para asegurarme de que no ocurriera este condenado acto de fascismo liberal.

—Fuiste para apoyar a Zach y hacer todo lo posible, y no ha dado resultado. Eso es todo.

Jim volvió a sentarse. Se inclinó hacia delante y apoyó los codos en las rodillas.

—Si pudiera describir —dijo, en voz baja—, si pudiera expresar con palabras, si encontrara la forma de transmitir lo mucho que odio Maine.

—Me queda claro. No te preocupes. Ya iré yo a la vista. Me deben muchos días de vacaciones. Tú lleva a tu mujer a la ópera y cómprale otro anillo. —Bob se frotó la nuca. Dos terceras partes de la familia no habían escapado, eso fue lo que pensó. Él y Susan, lo cual incluía a su hijo, estaban condenados desde el día que murió su padre. Lo habían intentado, y su madre lo había intentado por ellos. Pero sólo Jim lo había conseguido.

Cuando pasó por su lado, Jim lo cogió por la muñeca. Bob se detuvo ante aquel gesto inesperado.

—¿Qué pasa? —preguntó.

Jim estaba mirando hacia la ventana.

—Nada —dijo. Lo soltó despacio.

Al final del pasillo, el ruido de la ducha cesó. La puerta del baño se abrió y oyeron la voz de Helen.

—¿Jimmy? ¿Vas a estar de malhumor toda la noche? Porque es *Romeo y Julieta* y no quiero verla sentada entre un marido gruñón y una Dorothy gruñona. —Bob se dio cuenta de que intentaba ser graciosa.

—Cariño —respondió Jim—, seré bueno. —Y le susurró a Bob—: ¿*Romeo y Julieta*? Jesús. Vaya tortura.

Bob se encogió de hombros despacio.

—Teniendo en cuenta lo que nuestro presidente hace actualmente en las cárceles que tenemos en el extranjero, no estoy seguro de que ir a la Ópera Metropolitana con tu mujer pueda llamarse tortura. Pero todo es relativo. Lo sé. —Se arrepintió del comentario y se preparó para la reacción de Jim.

Pero su hermano se levantó y dijo:

—Tienes razón. Toda la razón. Maldito país. Maldito estado. Hasta luego. Gracias por ayudarla a buscar el anillo.

Mientras volvía a su piso andando desde la casa de su hermano, sorteando perros que husmeaban el suelo, cuyos dueños tiraban desganadamente de la correa, Bob se abstrajo cada vez más, perdido en sus recuerdos de la época en la que ejerció de abogado criminalista. Solía imaginarse sembrando el germen de la duda entre el jurado, abonando el terreno para cuestionar la lógica que esclarecía los hechos. Y ahora el germen de la duda latía en sus entrañas; un germen que había ido creciendo desde que Jim lo sembró en Shirley Falls, hasta tal punto que, incluso ahora que conocía el nuevo peligro que amenazaba a Zachary, sólo podía pensar en su exmujer mientras adelantaba a los transeúntes. En el viaje de regreso a Nueva York, la indiferencia de Jim no le había tranquilizado, pero no le había pedido explicaciones. Le parecía absurdo decir que Pam era un parásito. Decir que tenía carencias y siempre obtenía lo que necesitaba no se lo parecía. Pero si Pam se había insinuado a Jim y «le había confesado cosas que habría hecho mejor en callarse»..., ¿qué diablos significaba eso?

Esquivó un perro, el dueño tiró del animal. Era aterrador, cómo le había destrozado el fin de su matrimonio. El silencio, donde antes estaba la voz de Pam, su charla, su risa, sus opiniones perspicaces, sus lágrimas repentinas, la ausencia de todo aquello, el silencio de que no corriera agua en la ducha, de que los cajones de la cómoda no se abrieran ni se cerraran, incluso el silencio de su propia voz, ya que no hablaba cuando regresaba a casa, no le explicaba su día a nadie, el silencio casi lo había matado. Pero el final propiamente dicho permanecía confuso y, siempre que algún detalle se filtraba, Bob se apartaba mentalmente de él. Mal asunto, el fin de un matrimonio. Era malo en todos los casos. (Pobre Adriana del piso de abajo, dondequiera que estuviera.)

Pensó en que Sarah, hacía sólo un año, había dicho: «Nadie pone fin a un matrimonio largo si no hay otra persona. Te engañaba, Bob», y en que él había respondido, con calma, que no era verdad. (Y, si era verdad, ¿qué importaba ya?) Pero lo que Jim había insinuado sobre la conducta de Pam lo había perturbado. Ese año no había ido a su fiesta de Navidad con el pretexto de que estaba ocupado y había pasado esa noche en el bar restaurante de la calle Nueve. Antes, siempre llevaba regalos a los hijos de Pam. Pensaba que aún debería hacerlo, pero no lo hacía. También pensaba que estaba haciendo el payaso y evocó la imagen de su psicoterapeuta Elaine, siempre tan encantadora: «¿Qué es lo que más te molesta, Bob?». «Que ella no sea quien yo creía.» «¿Y quién crees que es?»

No lo sabía.

Dobló la esquina y entró en el bar restaurante de la calle Nueve, donde algunos de los clientes habituales ya estaban sentados en sus taburetes. El hombre pelirrojo le saludó con la cabeza, justo cuando le sonó el móvil.

—Susie —dijo—. Espera. —Pidió un whisky sin hielo. Luego, volvió a hablar al teléfono—. Sé que es duro. Lo sé. Estaré ahí para la vista... Sí, que Charlie ensaye con él, así es como se hace... No, eso no será mentir. Todo irá bien. —Escuchó, cerró los ojos. Repitió—: Lo sé, Susie. Todo irá bien.

El hecho de que Helen pensara que Dorothy era crítica y pesada no alivió el malestar que sintió cuando, camino del Lincoln Center, cayó en la cuenta de que Dorothy apenas había llamado por teléfono después del viaje a San Cristóbal. Eso sólo podía deberse, concluyó, a que los Anglin se habían cansado de ellos. Jim le dijo que no era así, que los Anglin lo estaban pasando muy mal con su hija y ambos hacían psicoterapia, que a Alan le parecía cara e ineficaz, y que Dorothy lloraba en todas las sesiones.

Helen intentó tenerlo presente cuando saludó a Dorothy y se arrellanó en su butaca del palco al que estaban abonados desde hacía años. Abajo, comenzaron a oírse los agradables sonidos disonantes de la afinación de los instrumentos de cuerda mientras seguía entrando gente. El teatro era lujoso, pero con discreción. La enorme araña de cristal que pronto se izaría, el suntuoso telón cuya aterciopelada orla se arrugaba al tocar el escenario, los altísimos paneles de madera para amortiguar y filtrar el ruido, todo aquello era familiar para Helen, y siempre lo disfrutaba. Pero esa noche se le pasó por la cabeza que estaba encerrada en un ataúd de terciopelo. Las óperas duraban demasiado, y ellos nunca se irían antes de terminar porque la propia Helen jamás lo había permitido: quienes se marchaban antes de terminar parecían meros aficionados.

Miró a Dorothy, que no daba la impresión de pasarse las sesiones de psicoterapia deshecha en lágrimas. Tenía los ojos blancos y perfectamente maquillados, y llevaba el pelo moreno recogido, como de costumbre, en un moño en la nuca. Ladeó un poco la cabeza cuando Helen dijo:

—Hoy he perdido un diamante de mi anillo de compromiso, casi me da algo.

En el intermedio, Dorothy le preguntó si Larry estaba a gusto en la Universidad de Arizona, y Helen respondió que estaba encantado, que tenía una novia que se llamaba Ariel y parecía agradable, aunque, pese a no conocerla todavía, no estaba segura de que fuera la chica ideal para él.

La mirada fija Dorothy (sin una sonrisa, sin un asentimiento) mientras Helen se lo explicaba pareció decirle: «Que se case con un canguro, ¿a quién le importa? A mí no», y aquello, cuando la música se reanudó, la ofendió, porque los amigos siempre fingían entre ellos, en eso se fundamentaba la sociedad. Pero Dorothy volvió la cabeza hacia el escenario y no se movió. Helen cruzó las piernas y notó que las medias negras se le habían torcido en los muslos, sin duda por la rapidez con que había tenido que subírselas en el baño cuando había sonado la campanilla. ¿Qué habían conseguido las feministas, pensó, si las mujeres aún tenían que esperar dos veces más en la cola de los aseos de señoras?

¡Romeo y Julieta iban a tardar una eternidad en morirse! Romeo era un hombre rechoncho con leotardos celestes; era impensable que aquella Julieta pechugona de al menos treinta y cinco años que cantaba con tanto sentimiento pudiera encontrarlo atractivo. «Por el amor de Dios —pensó Helen, y volvió a moverse en la butaca—. Clávate ese puñal falso en el pecho y muérete.»

En la siguiente pausa, Jim dijo a Alan:

—Es buena. Genial, de hecho.

—¿Julieta? —preguntó Helen—. ¿Te parece genial? Pues a mí no.

—La nueva asistente jurídica.

—Oh —dijo Helen, con aire distraído—. Sí, me lo habías comentado.

Alan se inclinó hacia delante.

—Helen, estás igual de guapa que siempre. Te he echado de menos. Llevamos una temporada espantosa, puede que Jim te lo haya contado.

—Lo siento mucho —dijo Helen—. Yo también te he echado de menos.

Cuando Alan le cogió la mano y le dio un apretón, a Helen le sorprendió sentir un agradecimiento tan hondo que, por un instante, incluso fue sensual.

3

La vista se celebraba en el nuevo edificio anexo del Tribunal Superior de Justicia. Bob estaba acostumbrado a deslucidas salas de justicia que aún conservaban su esplendor y le pareció que las lustrosas paredes revestidas de madera de aquella sala tenían un aire prefabricado, como si hubieran pedido a los asistentes que se reunieran en un garaje particular reformado. Por la ventana se veían las grises nubes cernidas sobre el río y, cuando la gente empezó a entrar, una joven poco agraciada con gafas rectangulares dejó varias carpetas en la mesa de la acusación sin hacer ruido, se acercó a la ventana y miró afuera. Llevaba una chaqueta verde, un vestido beige y unos zapatos planos de charol del mismo color y, por un momento, Bob, que sabía por las fotografías de los periódicos que era Diane Dodge, la ayudante del fiscal general, se quedó conmovido con su comedido y vacilante intento de vestirse con estilo. Nadie se vestiría así en Nueva York, ni en invierno ni probablemente nunca, pero ella no vivía en Nueva York. La joven se apartó de la ventana, con los labios apretados, y regresó a su mesa.

Esa mañana, Susan se había puesto un vestido azul marino, pero no se quitó el abrigo. Habían permitido el paso a dos periodistas y dos fotógrafos; estaban sentados en primera fila, provistos de cámaras y enfundados en voluminosos abrigos. Zach, con el traje que Susan le había comprado en Sears, el pelo recién cortado casi al rape, la cara blanca como el papel, se levantó, al igual que todos, para que entrara el juez de hombros redondos que ocupó su asiento y que, con voz serena y autoritaria, leyó que Zachary Olson había sido acusado de violar el derecho a la libertad de culto reconocido en la Primera Enmienda...

Y así comenzó.

Diane Dodge se puso en pie y entrelazó las manos en la espalda. Su voz, cuando llamó al estrado a los agentes de policía que acudieron a la escena esa noche, era sorprendentemente aniñada. Mientras se paseaba de un lado a otro, recordaba a una alumna de instituto con el papel protagonista en una obra de teatro, elogiada tan a menudo que, pese a su físico menudo, su ego parecía impregnado de una confianza invulnerable. Los policías respondieron de forma desganada: no les había impresionado.

Abdikarim fue el siguiente en subir al estrado. Llevaba pantalones militares, una camisa con el cuello azul y zapatillas de deporte, y Bob pensó que, más que africano, parecía mediterráneo. Pero estaba claro que era extranjero; cuando habló, lo hizo con un acento marcado y extraño, en un inglés tan deficiente que fue necesario un traductor. Abdikarim Ahmed explicó que la cabeza de cerdo cruzó la entrada de repente, que un niño se desmayó, que la alfombra tuvo que limpiarse siete veces como exigía la ley islámica, que no había dinero para cambiarla. Habló sin afectación, con recelo y desaliento. Pero miró a Zach, y miró a Bob, y miró a Charlie. Tenía los ojos grandes y oscuros, y los dientes desiguales y manchados.

Mohamed Hussein declaró lo mismo, en mejor inglés. Habló con más energía y dijo que había corrido a la puerta de la mezquita pero no había visto a nadie.

—¿Y se asustó, señor Hussein? —Diane Dodge se cogió el cuello con una mano.

—Sí, mucho.

—¿Creyó que le amenazaban?

—Sí, desde luego. Aún no nos sentimos seguros. Ha sido muy doloroso. No se lo imagina.

El juez denegó la protesta de Charlie y permitió que el señor Hussein hablara de los campos de Dadaab, de los *shifta*, los bandidos que se amparaban en la noche para robar, violar y a veces matar. Habían pasado mucho miedo al ver la cabeza de cerdo en su mezquita, tanto como habían pasado en Kenia, tanto como habían pasado en Somalia, donde realizar cualquier tarea rutinaria era exponerse a un ataque sorpresa y a morir.

Bob quería taparse la cara con las manos. Quería decir: «Eso es espantoso, pero miren a ese chico. No sabe qué es un campo de refugiados. Se burlaron sin piedad de él cuando era pequeño, le pegaron en un patio escolar de Shirley Falls. Ahí no había bandidos. Pero, para él, los abusones eran como bandidos. ¿Es que no ven que no es más que un pobre crío triste?».

Pero los hombres somalíes también estaban tristes. Sobre todo el primero. Después de prestar declaración, se había sentado y se había quedado cabizbajo, sin mirar alrededor, y Bob vio el cansancio en el perfil de su rostro. Margaret Estaver le había dicho que muchos de aquellos hombres querían trabajar pero estaban demasiado traumatizados para hacerlo, que vivían en la misma zona del pueblo que los drogadictos y los camellos, que habían sufrido, allí en Shirley Falls, amenazas, ataques y robos, que habían asustado a las mujeres con perros. Le había dicho eso y, también, que ojalá pudiera hacer algo por Susan y Zach. Bob volvió la cabeza y la vio, de pie al fondo de la sala. Se saludaron con un gesto de la cabeza casi imperceptible, como hacen las personas que se conocen desde hace mucho tiempo.

Zachary subió al estrado.

Diane Dodge escribió sin parar mientras Charlie guiaba a Zach en su declaración: había ido al matadero de West Annett con la esperanza de hacerse amigo del hijo del dueño, que trabajaba con él en Walmart, no, ahora no eran muy amigos, no, pero el chico le había dicho que podía pasarse a verlo. No, no había oído hablar del reglamento para las vacas locas, no tenía ni idea de que todos los animales con columna vertebral debían sacrificarse de una forma especial y que las cabezas se apartaban para utilizarse como cebo para coyotes u osos; no sabía qué animales se sacrificaban en el matadero al que fue. Cogió la cabeza de cerdo porque estaba ahí; la verdad es que no sabía por qué, no, no la compró, su amigo le dejó cogerla, pero él se la llevó a casa y la metió en congelador, pensó que a lo mejor podía servirle para Halloween o algo así, y luego la llevó a la mezquita para gastar una broma tonta, no sabía que era una mezquita, sólo que entraban y salían somalíes, y se le resbaló de las manos y le supo fatal.

Zach parecía arrepentido y joven. Inspiraba lástima mientras explicaba a Charlie todo lo que habían ensayado.

—He terminado —dijo Charlie, y se sentó.

Diane Dodge se puso en pie. Tenía la frente perlada de sudor y se subió las gafas en la nariz. Con su voz aguda, comenzó a hablar.

—Así que, un buen día, señor Olson, usted simplemente decidió salir a buscar una cabeza de cerdo. Fue a un matadero donde había una cabeza de cerdo y decidió cogerla. Y ahora está sentado en esta sala bajo juramento y nos dice que no sabe por qué lo hizo.

Zachary parecía aterrorizado. Se lamía continuamente los labios y repetía:

—La cabeza estaba ahí.

El juez le preguntó si quería un vaso de agua.

—Oh. Ah. No, señor.

¿Estaba seguro?

—Um. De acuerdo, señor. Su señoría, señor. Gracias.

Le dieron un vaso de agua y, después de llevárselo a los labios, pareció no saber dónde dejarlo, aunque había sitio en el estrado. Bob miró a Susan con el rabillo el ojo. Ella no despegaba los ojos de su hijo.

—Usted fue al matadero de un amigo suyo, que ya no es amigo suyo, con la intención de llevarse una cabeza de cerdo.

—No, señor, señora. No, señora. —A Zach le tembló la mano y el agua del vaso se derramó. Aquello pareció asustarlo y, de inmediato, se miró los pantalones. Charlie Tibbetts se levantó, le cogió el vaso de la mano, lo dejó a su derecha en el estrado y volvió a sentarse. El juez asintió de forma casi imperceptible para indicar que podían continuar.

—No se llevó la cabeza de una oveja, un cordero, una vaca o una cabra, ¿verdad? Se llevó la cabeza de un cerdo. ¿Es correcto?

—Ahí no había más cabezas, por la enfermedad de las vacas locas, no se puede...

—Responda sí o no. Cogió la cabeza de un cerdo, ¿es correcto?

—Sí.

—Y no sabe por qué. ¿Es eso lo que debemos creer?

—Sí, señora.

—En serio. Tenemos que creer eso.

Charlie se puso en pie.

—Está acosando al acusado.

Despacio, Diane Dodge dio una vuelta completa y dijo:

—Guardó la cabeza en el congelador de su madre.

—Sí, en el congelador del sótano.

—¿Sabía su madre que la cabeza de cerdo estaba ahí?

Charlie se levantó:

—Protesto, invita a la especulación...

Así pues, Zachary no tuvo que responder que su madre no utilizaba aquel congelador desde hacía años, desde que su marido la dejó para buscar sus raíces en Suecia, la dejó sin nadie para quien cocinar aparte de su flaco hijo. Ya no le hacía falta un congelador en el sótano, no como cuando estaba recién casada con su joven marido de New Sweeden, Maine, el cual, actualmente, ni siquiera parecía capaz de llamar a su hijo por teléfono, sólo era capaz de escribirle un correo electrónico de vez en cuando... Bob abrió las manos en el regazo, extendió los dedos, los tensó. La fría Susan se había casado con un hombre frío que provenía de un paisaje tan inhóspito como el suyo. Y allí estaba el tierno Zach, con las ojeras lavadas, diciendo:

—Se me estaba descongelando en la mano y por eso se me resbaló. No quería hacerles daño.

—Así pues, ¿afirma, espera que yo crea, espera que este tribunal crea, que usted no tenía ni idea de que la cabeza de cerdo iba a acabar dentro de la mezquita? ¿Que una tarde iba andando por la calle Gratham y «ah, por cierto, se me ocurrió llevarme una cabeza de cerdo congelada»?

Charlie se puso en pie.

—Su señoría, está...

El juez asintió y alzó una mano.

—¿Es eso lo que afirma? —preguntó Diane Lodge a Zach.

Zach pareció confundido.

—Lo siento. ¿Puede repetir la pregunta?

—¿Usted no creía, aunque no sabía que aquél era un lugar de reunión de los somalíes, que era una mezquita, su templo, usted no creía que la cabeza de cerdo iba a acabar dentro de la mezquita y causar daño?

—Ojalá no hubiera pasado por delante de esa puerta. No quería hacer daño a nadie. No, señora.

—Y espera que me crea eso. Espera que este juez se crea eso. Espera que Abdikarim Ahmed y Mohammed Hussein se crean eso. —Diane Dodge movió la mano para señalar a los que estaban al fondo de la sala. La chaqueta verde se le abrió un instante y se le vio la parte del vestido beige que le cubría el poco pecho que tenía.

Charlie se puso en pie.

—Su señoría...

—Letrada, por favor, reformule la pregunta.

—¿Espera que nos lo creamos?

Zach pareció desconcertado y miró a Charlie, que asintió de forma casi imperceptible.

—Responda a la pregunta, señor Olson.

—No quería hacer daño a nadie.

—¿Y sabía, por supuesto que lo sabía, que eso fue durante el Ramadán, la fiesta más sagrada de la fe islámica?

Charlie se puso en pie.

—Protesto, está acosando al acusado...

—Reformule la pregunta.

—¿Sabía usted que, cuando la cabeza de cerdo «se le resbaló de las manos y rodó dentro de la mezquita», era la fiesta sagrada del Ramadán? —Diane Dodge se subió las gafas y volvió a entrelazar las manos a la espalda.

—No, señora. Ni siquiera sabía qué era el Ramadán.

—¿Y su ignorancia incluía el hecho de que el cerdo es impuro para los musulmanes?

—Perdone. No entiendo la pregunta.

El interrogatorio continuó, hasta que ella hubo terminado con él y Charlie pudo volver a hacerle preguntas. Las formuló en voz baja, como había hecho antes.

—Zachary, ¿sabías qué era el Ramadán cuando ocurrió este incidente?

—Entonces no, señor.

—¿Cuándo te enteraste de qué era el Ramadán?

—Después, cuando lo leí en el periódico. Antes no lo sabía.

—¿Y cómo te sentiste cuando lo supiste?

—Protesto: la pregunta no guarda relación con los hechos.

—La respuesta guarda muchísima relación con los hechos. Si a mi cliente se le acusa de...

—Puede responder a la pregunta, señor Olson.

—¿Cómo te sentiste cuando supiste qué era el Ramadán? —volvió a preguntar Charlie.

—Muy mal. No quería hacer daño a nadie.

—Pase a otra cosa, letrado —le dijo el juez a Charlie—. Esto ya se ha tratado.

—¿No conocías el reglamento para la enfermedad de las vacas locas que especifica preparativos especiales para sacrificar a los animales con columna vertebral?

—No sabía nada de eso. No sabía que, en los cerdos, la columna vertebral no continúa hasta la cabeza.

—¡Protesto! —Diane Dodge casi gritó la palabra, y el juez asintió.

—¿Y qué pensaste que podrías hacer con la cabeza de cerdo cuando la cogiste?

—Pensé que podría ser divertida para Halloween. En un porche o algo por el estilo.

—¡Su señoría! ¡Esto es volver sobre lo mismo! Como si repetirlo pudiera aumentar su aparente veracidad. —Diane Dodge tenía tal expresión de burla y desdén que, de haber sido el juez, Bob la habría acusado de desacato. Porque aquello era un clara falta de respeto.

Pero el juez estuvo de acuerdo con ella y, por fin, Zach pudo abandonar el estrado. Tenía las mejillas muy rojas cuando se sentó a la mesa al lado de Charlie.

Se suspendió la sesión mientras el juez decidía el fallo. Una vez más, Bob miró a Margaret Estaver y, una vez más, se saludaron con la cabeza. Bob fue con Zachary, Susan y Charlie Tibbetts a una salita próxima. Ninguno dijo nada hasta que Susan preguntó a Zach si necesitaba alguna cosa y él miró el suelo y negó con la cabeza. Regresaron a la sala cuando un funcionario dio unos golpecitos en la puerta.

El juez pidió a Zachary Olson que se pusiera en pie. Zach se levantó, con las mejillas como tomates y gotas de sudor corriéndole por la cara. El juez dijo que era culpable del cargo de violación de los derechos civiles, que había cometido una amenaza violenta que violaba el derecho a la libertad de culto reconocido en la Primera Enmienda y que, si no se atenía al mandamiento judicial que le prohibía estar a menos de tres kilómetros de la mezquita, salvo para ver a su abogado, y tener cualquier tipo de contacto con la comunidad somalí, le esperaba una multa de cinco mil dólares y hasta un año de cárcel. En ese momento, el juez se quitó las gafas, y miró a Zach con desinterés (y, por tanto, casi con crueldad) y añadió:

—Señor Olson, ahora mismo, en este estado, tenemos doscientos mandamientos judiciales como éste. Seis personas han violado el suyo. Y están, todas, en prisión. —Le señaló con el dedo, con la cabeza echada hacia delante—. Así que la próxima que lo vea en esta sala, joven, será mejor que se traiga el cepillo de dientes. Es lo único que va a necesitar. Se levanta la sesión.

Zach se volvió para buscar a su madre. La alarma de sus ojos estremeció a Bob, que la recordaría siempre.

Y también lo haría Abdikarim.

En el vestíbulo, Margaret Estaver se hizo a un lado y esperó. Bob tocó a Zach en el hombro.

—Te veo en casa —dijo.

Subieron al coche y recorrieron las calles de Shirley Falls en silencio. Por fin, Bob habló.

—La decisión ya estaba tomada antes de que el primer testigo prestara declaración. Sabes que es cierto. Esa Diane Dodge sólo se ha ensañado con él.

—Sí —convino Margaret. Circulaban por la carretera del río, con las fábricas abandonadas a su derecha. Los aparcamientos vacíos se extendían bajo el pálido cielo gris.

—Estaba disfrutando —dijo Bob—. Le estaba encantando. —Cuando Margaret no respondió, la miró de soslayo y ella se volvió hacia él con cara de preocupación—. Se ve que Zach es un chico muy triste —añadió Bob. Movió los pies y trató de no pisar dos latas de refresco vacías, una bolsa de papel arrugada. Ella se había disculpado antes por el desorden del coche.

—Su tristeza es desgarradora. —Margaret giró el volante y pasó por delante del centro de formación profesional—. No sé si Charlie te lo ha contado. Lo de Jim.

—¿Jim? ¿Mi hermano? ¿Qué pasa con él?

—Parece que la fastidió. Sé que vino con intención de ayudar. Pero habló tan bien que dejó a Dick Hartley en mal lugar y, aún peor..., después no se quedó.

—Jim nunca se queda.

—Ya. —Margaret Estaver encogió un hombro—. En Maine, nos quedamos. —Llevaba el pelo mal recogido y varios mechones le caían en la cara. Dijo—: El gobernador hablaba después de él, si te acuerdas, y se interpretó como una falta de respeto, sólo te cuento lo que he oído, que Jim se marchara justo cuando iba a hablar. —Margaret redujo la velocidad para detenerse ante una señal de stop—. Y, por supuesto —añadió, en voz más baja—, el gobernador no habló tan bien.

—Nadie habla mejor que Jim. Es su fuerte.

—Ya me di cuenta. Sólo digo que en Augusta se enfadaron. Conozco a una persona de esa fiscalía y, por lo visto, Dick Hartley se pasó semanas dándole vueltas y, luego, dio carta blanca a Diane en cuanto les pareció que podían demostrar que Zach tenía prejuicios. El propio Jim llamó a Diane, ¿verdad? Por supuesto, sólo consiguió que se enfadara todavía más. Creo que eso es parte de lo que has oído hoy.

Bob miraba las casitas frente a las que pasaban. Aún había guirnaldas navideñas colgadas de muchas puertas.

—¿Ha publicado el periódico de Shirley Falls algún artículo sobre eso? Jim lo lee en línea.

—No, todo ha sido a nivel interno, creo. Y la realidad es..., bueno, tú has visto declarar a esos hombres, Mohamed y Abdikarim. Para ellos, ha sido muy doloroso pasar por esto. Ya sé que lo sabes. Pero la decisión de hoy puede poner en marcha a la Fiscalía del Estado. Hay gente de la comunidad somalí que sigue presionando para que tome cartas en el asunto.

—Jesús. —Bob emitió un débil gruñido. Luego, añadió, en voz baja—: Perdona.

—¿Por qué?

—Por decir Jesús.

—Dios mío. Hablas en serio. —Margaret lo miró y puso los ojos en blanco. Volvió a girar el volante y tomó rumbo al centro—. Gerry O'Hare no quería que la Fiscalía del Distrito siguiera adelante con esto. No quería lo que ha pasado hoy. Supongo que es un antiguo conocido de Susan. Su opinión ha sido: «Ya basta». Pero... —Margaret volvió a encogerse ligeramente de hombros— hay personas como Rick Huddleston, del Departamento de Difamación Racial, que no tienen ninguna intención de dejarlo estar. Y, para serte franca, si no se tratara de Zachary, yo tampoco querría dejarlo estar.

—Pero es Zachary. —Bob no podía despojarse de la sensación de que la conocía desde hacía tiempo.

—Sí, lo es. —Al cabo de un momento, Margaret añadió con un suspiro—: *Oy.*

—¿Has dicho *Oy*?

—Sí. Uno de mis maridos era judío. Se me pegaron algunas expresiones suyas. Era muy expresivo.

Pasaron por delante del instituto, cuyos campos de juego estaban cubiertos de nieve. En un cartel, ponía: ARRIBA LOS HORNETS. ABAJO LOS DRAGONS.

—¿Has tenido muchos maridos? —preguntó Bob.

—Dos. Al primero, el judío, lo conocí en la Universidad de Boston. Aún somos amigos, es bastante majo. Luego, volví a Maine y me casé con un hombre aquí, pero duró poco. Dos divorcios con cincuenta años. Imagino que eso perjudica mi credibilidad.

—¿Eso crees? Yo no lo creo. Si eres una estrella de cine, dos sólo son el principio.

—No soy una estrella de cine. —Margaret paró delante de la casa de Susan. Su sonrisa era límpida, pícara y un poco triste—. Me alegro de verte, Bob Burgess. Llámame si puedo ayudarte en algo.

Para su sorpresa, Bob encontró a Susan y a Zach sentados a la mesa de la cocina, como si hubieran estado esperándolo.

—Esperábamos que tuvieras algo de beber —dijo Susan. Con su vestido azul marino, parecía adulta, responsable.

—En la bolsa de viaje. ¿Habéis mirado? He comprado whisky y vino de camino del aeropuerto.

—Me lo figuraba —dijo su hermana—. Pero en esta casa no tocamos lo que no es nuestro. Me gustaría tomar un poco de vino. Zachary ha dicho que también le apetece.

Bob sirvió el vino en vasos.

—Seguro que no te apetece un whisky, ¿Zach? Has tenido un día bastante duro.

—Creo que el whisky podría sentarme mal —respondió él—. Una vez, vomité por culpa del whisky.

—¿Cuándo? —preguntó Susan—. ¿Cuándo diablos pasó eso?

—En octavo —respondió Zach—. Papá y tú me dejasteis ir una noche a una fiesta en casa de los Taf. Todos bebimos un montón. En el bosque. Yo pensaba que el whisky era parecido a la cerveza y me lo bebí de golpe. Y después eché la papilla.

—Vaya, cielo —dijo Susan. Estiró el brazo y le frotó la mano.

Zachary miró su vaso.

—Cada vez que un fotógrafo me sacaba una foto, era como si me disparara. Una bala, quiero decir. Clic. No lo soportaba. Por eso he derramado el agua. —Miró a Bob—. ¿He metido mucho la pata?

—No has metido nada la pata —respondió Bob—. Esa mujer es una imbécil. Se acabó. No te preocupes. Ya está hecho.

El sol estaba a punto de ponerse y sus pálidos rayos entraron por la ventana de la cocina, donde bañaron brevemente la mesa y después el suelo. Era agradable estar allí sentado con su hermana y su sobrino, tomando vino.

—Dime, tío Bob, ¿te has enamorado de esa ministra o qué?

—¿Enamorado?

—Sí. Porque lo parece un poco. —Zach se encogió de hombros—. No sé si los viejos se enamoran o no.

—Sí que se enamoran. ¿Estoy yo enamorado de Margaret Estaver? No.

—Mientes. —De repente, Zachary le sonrió—. Da igual. —Bebió más vino—. Sólo quería irme a casa. Mientras estaba ahí, lo único que pensaba era: «Quiero irme a casa».

—Ya estás en casa, hijo —dijo Susan.

4

Había sábados por la noche como aquél en los que Pam, junto con su sociable marido, salía de un ascensor al vestíbulo de un piso con globos de luz amarilla y sombras fabulosas en todas las habitaciones, besaba en la mejilla a personas que apenas conocía y cogía una copa de champán de la bandeja que le ofrecían. Luego, pasaba a un salón donde había cuadros iluminados en paredes pintadas de color rojo oscuro o verde oliva y una larga mesa servida con copas y vasos de cristal. Allí, al mirar por la ventana, veía una avenida que se extendía triunfal hasta el mismo horizonte, repleta de luces traseras que se fundían en la lejanía y, al volverse, veía mujeres con largos collares de plata y oro, vestidos negros y maravillosos zapatos hechos a medida. En sábados por la noche como aquél, Pam pensaba, como ahora hacía: «Esto es lo que quería».

No obstante, era incapaz de precisar a qué se refería. Se trataba, simplemente, de una verdad que la envolvía como un arrullo y le quitaba de la cabeza la irritante sensación de que estaba viviendo la vida que no era. La serenidad que la invadía era tan completa que casi le parecía trascendente, aquel momento de seguridad que se desplegaba ante ella. Sin duda, nada de su pasado (los largos paseos en bicicleta por los caminos vecinales de su infancia, las horas pasadas en la acogedora biblioteca local, el colegio mayor de Orono con sus chirriantes suelos de madera, la minúscula casa de los Burgess, ni tan siquiera la emoción de sentirse adulta en Shirley Falls o el piso de Greenwich Village donde había vivido con Bob, aunque aquel piso le encantaba, el ruido de las calles a todas horas, los clubes de monólogos y de jazz a los que iban), nada le había dado ningún indicio de que querría lo que ahora tenía, aquella particular clase de belleza que las elegantes personas con las que hablaba encontraban, increíblemente, tan normal. El anfitrión estaba diciendo que su mujer y él habían comprado el frutero en Vietnam, hacía ocho años.

—¿Os gustó? —preguntó Pam—. ¿Os gustó Vietnam?

—Oh, sí —respondió la mujer. Se acercó a Pam y miró a las personas que la rodeaban para incluirlas en la conversación—. Nos gustó. Una barbaridad. Y debo confesar que yo no quería ir.

—¿No era, ya sabes, siniestro? —Lo había preguntado una mujer con la que Pam había coincidido varias veces. Era la esposa de un locutor famoso, y Pam ya se había fijado en que su acento sureño se volvía más marcado conforme bebía. Su ropa (como ocurría esa noche: llevaba una blusa blanca de cuello alto) no seguía la moda y parecía ser un reflejo de los modales sureños finos y estirados que le habían inculcado en la infancia. Pam sentía una cierta ternura hacia ella, por su terquedad para aferrarse a su pasado conservador.

—Oh, no. Es precioso. Es un país precioso —respondió la anfitriona—. Parece mentira, bueno, no lo es. Es sólo que parece mentira que ocurriera lo que ocurrió.

Cuando Pam entró en el comedor y la acompañaron a su sitio, lejos de su marido porque las normas exigían relacionarse (la saludó con los dedos desde el otro lado de la larga mesa), recordó de repente que era Jim Burgess quien le había dicho hacía años, cuando Bobby y ella decidieron mudarse a Nueva York: «Nueva York te matará, Pam». Ella jamás se lo había perdonado. Jim no había sabido ver su afán, su adaptabilidad, su deseo, perpetuo, de cambio. Por supuesto, Nueva York era muy distinta en esa época y, por supuesto, Bob y ella no tenían mucho dinero. Pero la determinación de Pam casi siempre era más fuerte que sus decepciones, e incluso cuando su primer piso (tan pequeño que fregaban los platos en la bañera) perdió su encanto inicial y viajar en metro se volvió tan aterrador, Pam siguió utilizándolo y se tomó con calma los chirridos de los trenes al parar en las estaciones.

El hombre sentado a su lado dijo que se llamaba Dick.

—Dick —repitió Pam, y de inmediato le pareció que había estado demasiado seca—. Encantada —añadió.

Dick asintió una vez, con exagerada cortesía, y le preguntó cómo estaba. De hecho, Pam estaba achispada. Como no comía igual que antes, como estaba haciéndose mayor, lo cual influía en el metabolismo, ya no podía beber tanto como antes. Comprendió, por sus ganas de explicarle eso a Dick, que estaba achispada, o ya borracha, de manera que se limitó a sonreírle. Él le preguntó, cortésmente y ya sin el camuflaje de la exageración, si trabajaba fuera de casa y ella le habló de su empleo de media jornada; le dijo que había trabajado en un laboratorio y que quizá no pareciera una científica (la gente se lo decía, que no parecía una científica, significara lo que significara eso, y ella pensaba que, si no parecía una científica, era porque no lo era), pero había sido la ayudante de un científico, un patólogo...

Dick era psiquiatra. Enarcó las cejas de forma agradable y se puso la servilleta en el regazo.

—Anda, claro —dijo Pam—. No te cortes. Analízame todo lo que quieras. No me importa nada.

Volvió a saludar a su marido, que estaba sentado hacia el final de la larga mesa al lado de la mujer sureña como se llamara de la blusa de cuello alto, mientras Dick le explicaba que no analizaba a las personas propiamente dichas, sino sus deseos. Era consultor para empresas de marketing.

—¿En serio? —preguntó Pam.

Otra noche, aquello habría bastado para que reincidiera en aquel temible pensamiento: «Estoy viviendo la vida que no es». Otra noche, Pam podría haber preguntado a aquel Dick si había prestado el juramento hipocrático, podría haberle preguntado a bocajarro si estaba utilizando sus conocimientos médicos para contribuir a que la gente *consumiera*, pero la velada era agradable y Pam decidió que podía dejar pasar ciertas cosas, como si sus células sólo pudieran indignarse un número limitado de veces y aquélla no fuera una; de hecho, le traía sin cuidado a qué se dedicaba Dick y, cuando él se volvió para hablar con la persona que tenía a su otro lado, Pam miró a los comensales e imaginó la vida sexual (o su ausencia) de algunos de ellos. Creyó captar la mirada furtiva que un hombre con papada lanzó a una mujer de cintura ancha, quien lo miró a los ojos con complicidad, y le pareció emocionante que, fuera cual fuera su aspecto físico, las personas aún tuvieran el deseo de desvestirse y abrazarse (la atracción biológica que debía de haber cesado hacía ya tiempo, dado que aquellas mujeres ya no eran fértiles)... Sí, Pam, todavía con la escurridiza ensalada a medio comer, ya había bebido demasiado.

—Un momento, ¿qué? —dijo mientras dejaba el tenedor, porque, cerca de su parte de la mesa, se acababa de comentar que habían tirado una cabeza de cerdo dentro de una mezquita en un pueblo de Maine.

La persona, un hombre que Pam no conocía, se lo repitió.

—Sí, me he enterado —dijo ella. Cogió el tenedor; no iba a revelar su relación con Zachary. Pero notó calor en la nuca, como si corriera peligro.

—Un acto bastante violento —dijo el hombre—. Lo han juzgado como una violación de los derechos civiles; ha salido en el periódico.

—Yo fui de acampada a Maine —dijo Dick, y su voz le pareció demasiado próxima, como si le hubiera hablado al oído.

—¿Lo han juzgado como una violación de los derechos civiles? —preguntó Pam—. ¿Lo han declarado culpable?

—Sí.

—¿Qué significa eso? —preguntó—. ¿Irá a la cárcel? —Recordó que Bob le había dicho que Zach lloraba solo en su cuarto. De pronto, se preocupó. Bob no había ido a su fiesta de Navidad—. ¿En qué mes estamos? —añadió.

La anfitriona que había viajado a Vietnam se rio.

—A mí también me pasa, Pamela. A veces, no sé ni en qué año vivo. Estamos en febrero.

—Sólo irá a la cárcel si viola las sanciones —respondió el hombre—. Básicamente, las sanciones se reducen a no acercarse a la mezquita y no molestar a la comunidad somalí. Me ha parecido que Maine ha querido darnos un mensaje.

—Maine es un sitio curioso —reflexionó otra persona—. Nunca sabes por dónde va a salir.

—Oíd —dijo la mujer de cintura ancha que había lanzado una mirada cómplice al hombre con papada. Se limpió la boca a conciencia con la cumplida servilleta blanca y todos tuvieron que esperar educadamente a que terminara. Continuó—: Estoy de acuerdo en que el chico actuó de una forma violenta. Pero el país tiene miedo. —Apoyó los puños en la mesa sin hacer ruido y miró a derecha e izquierda—. Justo esta mañana, mientras paseaba por el lado del río cerca de la residencia oficial del alcalde, he visto helicópteros y barcos patrulla dando vueltas por la zona y he pensado: «Dios mío, supongo que podríamos sufrir otro ataque en cualquier momento».

—Sólo es cuestión de tiempo —convino alguien.

—Exacto. Lo mejor que podemos hacer es quitárnoslo de la cabeza y seguir con nuestra vida. —El hombre sentado al lado de la sureña como se llamara dijo aquello en tono de indignación.

—Siempre me ha fascinado cómo reacciona la gente a una crisis —dijo Dick.

Pero Pam había sido arrancada del inane esplendor de la velada; la siniestra presencia de Zachary (oh, Zachary, tan flaco y con aquellos ojos tan oscuros, ¡qué niño tan triste y dulce había sido!), su presencia había entrado en el comedor y, por supuesto, nadie la percibía salvo ella: ¡era su tía! Y estaba allí sentada, negándole. Sabía que su marido no diría nada; miró en su dirección y lo vio charlando con su vecino. Estaba sola entre aquella gente y la familia Burgess se desplegó ante ella. «Oh», estuvo a punto de exclamar cuando recordó la vez que fue a ver a Zach recién nacido, el bebé con el aspecto más raro que había visto nunca. Y la pobre Susan, hecha una pena (Zach no mamaba o algo por el estilo). Al cabo de un tiempo, Bobby y ella habían espaciado las visitas; era demasiado deprimente, dijo Pam, e incluso Bobby estaba de acuerdo. Helen estaba totalmente de acuerdo. Pam vio que se llevaban su plato de ensalada y lo sustituían por un *risotto* con setas.

—Gracias —dijo, porque siempre daba las gracias a los sirvientes. Hacía años, cuando había pasado a formar parte de aquella vida después de casarse con su actual marido, llegó a una cena como aquélla y estrechó la mano al hombre que le abrió la puerta. «Soy Pam Carlson», dijo, y él pareció ligeramente molesto con ella y le pidió el abrigo. Era el mayordomo, la informó su amiga Janice. Pam se lo contó a Bobby. Por supuesto, él estuvo maravilloso, con su forma de encoger de hombros para salir del paso.

—Estoy leyendo un libro increíble de una autora somalí —oyó decir a alguien.

—Pues me gustaría leerlo —comentó.

Oír su propia voz la ayudó a ahuyentar la presencia de Zachary. Pero ya era tarde (tapó la copa con la mano para que no le sirvieran más vino): echaba de menos su antigua vida, los veinte años que había pasado con la familia Burgess. ¡Nadie podía vivir una vida durante tanto tiempo y esperar que se esfumara! (Ella lo había esperado.) No era únicamente Zach; era Bob, su cara franca y afable, sus ojos azules, las hondas arrugas que se le formaban en las comisuras cuando sonreía. Hasta el día de su muerte, Bob sería su hogar ¡y qué horror no haberlo sabido entonces! No se volvió para mirar a su marido: daría lo mismo si lo miraba; de hecho, en momentos como aquél, en los que una honda indiferencia la alejaba de todo, no le resultaba más familiar que el resto de las personas de aquel comedor, porque apenas eran reales y apenas significaban nada para ella. Lo único que existía era el fuerte imán de la presencia de Zachary y Bob, y de Jim y Helen, de todos ellos. Los hermanos Burgess, ¡la familia Burgess! Recordó a Zachary de pequeño en la aldea de Sturbridge, a sus primos gritándole que hiciera esto o aquello, a la pobre criatura de pelo oscuro con aspecto de no saber cómo divertirse. Ese día, Pam se había preguntado si no sería autista, aunque parecía que ya le habían hecho pruebas para todo. Ese día, Pam ya sabía que dejaría a Bob, pero todavía no se lo había dicho y él la cogió de la mano cuando llevaron a los niños al bar: cómo se le partía el corazón al recordarlo. Volvió la cabeza. Al final de la mesa, el hombre que había despreciado la amenaza terrorista dijo:

—No voy a votar a una mujer como presidenta. El país no está preparado para eso, yo no estoy preparado para eso.

Y la mujer sureña como se llamara, roja como un tomate, espetó, para sorpresa de todos:

—Pues vete a la mierda, ¡vete a la mierda! —Dejó el tenedor en el plato con brusquedad y un silencio sepulcral se cernió en el comedor.

En el taxi, Pam dijo:

—Qué divertido, ¿no? —Llamaría a su amiga Janice en cuanto se levantara—. ¿Crees que su marido ha pasado vergüenza? Qué más da, ¡ha sido genial! —Aplaudió y añadió—: ¿Por qué no habrá venido Bob este año a nuestra fiesta de Navidad? —Pero eso ya no la entristecía. La pesadumbre que se había apoderado de ella en la mesa, su añoranza de los tres hermanos Burgess, la sensación de que la familiaridad de su antigua vida era insustituible, todo aquello había pasado como pasa un retortijón y el alivio de no sentir ningún dolor era glorioso. Pam miró por la ventanilla y cogió la mano a su marido.

El centro de Manhattan estaba muy concurrido a la hora de comer y los transeúntes inundaban las aceras y atravesaban las calles por pasos peatonales invadidos por el tráfico, algunos de camino a un restaurante, quizá para hacer negocios. Aquel día el apremio era mayor porque, esa misma mañana, el banco más grande del mundo había anunciado la primera pérdida relacionada con hipotecas superior a diez mil millones de dólares y la gente no sabía qué significaba. Había opiniones, por supuesto, y blogueros que sostenían que a finales de año habría personas viviendo en el coche.

A Dorothy Anglin no le preocupaba vivir en el coche. Tenía tanto dinero que, si perdía las dos terceras partes, podría seguir viviendo igual que hacía ahora y, sentada en aquel moderno café de la calle Cincuenta y Siete cerca de la Sexta Avenida, con una amiga que había conocido en un acto benéfico para financiar un programa que fomentaba las artes plásticas en las escuelas públicas, pensaba en su hija, como hacía últimamente, y no en el programa sobre el que hablaban ni la situación económica a la que podía enfrentarse el país. Mientras asentía para dar la impresión de que escuchaba, miró alrededor y vio a Jim Burgess sentado a una mesa con su nueva asistente jurídica. No mencionó aquel hecho a su amiga, pero los observó con atención. Reconocía a la joven; había hablado con ella un día que se había pasado por el bufete. Le había parecido una chica tímida, con el pelo largo y la cintura esbelta. Jim y ella estaban sentados a una mesa del fondo y le pareció que ninguno de los dos había reparado en su presencia. Vio que la chica se tapaba la cara con una servilleta grande de tela, como si tuviera que esconder una sonrisa. Junto a su mesa, había una cubitera con una botella de vino.

Jim se inclinó hacia delante y volvió a recostarse. Cruzó los brazos y ladeó la cabeza como si aguardara una respuesta. Ella volvió a taparse la boca con la servilleta. Podrían haber sido pavos reales con el plumaje desplegado. O perros olfateándose el trasero. («Helen —pensó Dorothy—. Helen, Helen, Helen. Pobre tonta.» Pero no lo pensó con verdadero sentimiento. Sólo fueron palabras que se le pasaron por la cabeza.) Se levantaron para marcharse y Jim tocó ligeramente a la chica en la espalda cuando la acompañó a la salida. Dorothy se tapó la cara con la carta y, cuando la dejó en la mesa, los vio en la acera, riéndose y andando con tranquilidad: no, no la habían visto.

Clásico: él tenía edad para ser su padre.

Eso pensó Dorothy mientras fingía que escuchaba a su amiga. La hija de aquella amiga también se había descarriado en el instituto, pero en Amherst le iba bien, y se suponía que eso debía de animar a Dorothy en lo que atañía a su propia hija. Pero ella no se quitaba de la cabeza lo que acababa de ver. Podía, supuso, llamar a Helen y dejarle caer: «Ah, he visto a Jim con la asistente jurídica. Qué bien que hayan congeniado, ¿no?». No iba a hacer eso.

—No te preocupes —dijo Alan mientras él y Dorothy se preparaban para meterse en la cama—. Están trabajando juntos en un caso, muy bien, por cierto. No creo que Adriana ande bien de dinero. Se lleva la comida al bufete en una fiambrera casi todos los días. Estoy seguro de que Jim se lo estaba agradeciendo invitándola a un buen restaurante.

—Estaban bebiéndose una botella de vino en el café más caro de la calle Cincuenta y Siete. Jim no bebe ni en vacaciones. —Dorothy añadió—: Espero que no la haya cargado a la cuenta del bufete.

Alan recogió sus calcetines sucios del suelo. Camino de la cesta de la ropa, dijo:

—Jim lleva una mala temporada, desde que su sobrino se metió en líos. Eso le afecta mucho. Se lo noto.

—¿En qué se lo notas?

—Cariño, hace muchos años que lo conozco. Cuando está relajado o peleón, habla. Abre la boca y le salen palabras. Pero, cuando está preocupado, se calla. Y lleva bastantes meses callado.

—Pues hoy no estaba nada callado —apostilló Dorothy.

5

Abdikarim intentó no quedarse dormido porque la noche le traía sueños que lo mantenían pegado a la cama como si le hubieran caído piedras encima. Ahora, el sueño era el mismo todas las noches: su hijo Baashi lo miraba con desconcierto mientras el camión se acercaba primero despacio y luego deprisa, chirriando, a la puerta de su tienda de Mogadiscio. En la parte trasera del camión viajaban niños, algunos incluso menores que su hijo. Abdikarim veía los rápidos movimientos de sus piernas y brazos infantiles cuando saltaban del camión, las pesadas armas de fuego que llevaban en bandolera o sujetaban en las manos. Veía (pero no oía, en el sueño) cómo destrozaban el mostrador y las estanterías, el espantoso caos que se desataba, la ola infernal que los azotaba. El mal los había alcanzado, ¿por qué había creído él que no lo haría?

Abdikarim había tenido muchas noches, quince años de noches, para pensar en aquello y siempre llegaba a la misma conclusión. Tendría que haberse ido antes de Mogadiscio. Tendría que haber unificado los dos mundos de su mente. Siad Barre había huido de la ciudad y, cuando la resistencia se dividió en dos, también pareció hacerlo la mente de Abdikarim. Cuando la mente habita dos mundos, está ciega. Un mundo había dicho: «Abdikarim, hay violencia en esta ciudad, manda lejos a tu mujer y a tus hijas», y eso era lo había hecho. El otro había dicho: «Me quedaré a proteger la tienda, con mi hijo».

Su hijo, alto, con los ojos oscuros, mirando a su padre, aterrorizado, y detrás de él la calle, y las paredes inclinándose, humo y polvo, y el niño cayendo al suelo, como si le hubieran tirado de los brazos en una dirección y de las piernas en la otra... Matar condenaba al fuego eterno, pero eso no había disuadido a los depravados niños soldado que habían irrumpido en la tienda (mesas y estanterías destrozadas), que habían blandido sus grandes armas fabricadas en Estados Unidos. Por la razón que fuera, sin razón alguna, uno se había quedado rezagado y, con la culata del arma, había golpeado repetidamente a Baashi mientras Abdikarim se arrastraba hacia él. En el sueño, no lo alcanzaba jamás.

Haweeya corría a su habitación cuando oía los gritos, le susurraba, le preparaba una taza de té.

«No pasa nada, tío», le decía, porque Abdikarim siempre le pedía disculpas las noches que sus gritos la despertaban.

—Ese chico —le dijo una noche—. Zachary Olson. Me desgarra el corazón.

Haweeya asintió.

—Pero será castigado. El fiscal del Estado se está preparando para castigarlo. La ministra Estaver lo sabe.

Abdikarim negó con la cabeza en su habitación a oscuras, con el cuello empapado de sudor.

—No, me desgarra el corazón. Tú no lo has visto. No es como lo sacan en el periódico. Es un... —bajó la voz— niño asustado.

—Ahora vivimos en un país que tiene leyes —dijo Haweeya, en tono tranquilizador—. Está asustado porque ha violado la ley.

Abdikarim siguió negando con la cabeza.

—No está bien —susurró— que alguien, con leyes o sin ellas, continúe sembrando el terror.

—Por eso será castigado —repitió ella con paciencia.

Abdikarim cogió el té, tomó unos sorbos y le dijo que volviera a acostarse. Él ya no se durmió. Yació envuelto en sudor y el anhelo de su corazón fue el mismo de siempre: regresar al lugar donde su hijo había caído. El peor momento de su vida, y su anhelo más hondo era retornar a ese momento, tocar el pelo mojado, sostener aquellos brazos. Jamás había querido tanto a nadie y, pese al horror, o quizá por él, abrazar a su hijo desmadejado había sido tan puro como el aire que respiraba. En esos momentos, le parecía que tenderse en el último lugar donde su hijo había yacido, apoyar la cara en el polvo o en los cascotes que hubieran podido acumularse con el paso de los años, era lo único que deseaba. «Baashi, mi hijo.»

Tumbado en la oscuridad, reflexionó sobre el DVD que había sacado de la biblioteca a su llegada a Shirley Falls: *Momentos de la historia de Estados Unidos*, pero el único momento que Abdikarim había mirado, de forma reiterada durante semanas, era el asesinato del presidente, por cómo se encaramaba la esposa del traje rosa al maletero del coche para intentar recuperar el pedazo de su marido que había visto salir volando. Abdikarim no creía lo que decían de aquella viuda famosa: que sólo le importaban el dinero y la ropa. Estaba grabado, y él lo había visto. Ella había sentido en su vida lo mismo que él en la suya. Aunque había muerto (a la edad que Abdikarim tenía ahora), la consideraba su amiga secreta. Esa mañana, en vez de ir a su negocio de la calle Gratham directamente desde la mezquita después de los rezos, Abdikarim se dirigió al templo unitario por la calle Pine para hablar con Margaret Estaver.

Transcurrió un mes. Febrero estaba tocando a su fin y, aunque aún quedaba nieve en Shirley Falls, el sol calentaba más y algunos días la nieve se ablandaba durante unas horas, se fundía y centelleaba bajo la luz amarilla que caldeaba las paredes de los edificios y llenaba de arroyuelos los márgenes del aparcamiento del centro comercial. Ahora, cuando Susan salía de trabajar y caminaba por su vasta superficie asfaltada, el día a menudo tenía la luminosidad de la primavera. Una de aquellas tardes, el móvil le sonó mientras subía al coche. Susan no estaba tan habituada al móvil como otras personas: aún se sobresaltaba cuando le sonaba y siempre tenía la sensación de que hablaba por algo tan endeble como una galletita salada. Lo sacó del bolso con rapidez y oyó decir a la voz de Charlie Tibbetts que, a finales de esa semana, la Fiscalía del Estado iba a acusar a Zachary de un delito xenófobo. Habían tardado porque la intención no estaba clara, pero ahora creían tener argumentos. Le había informado una fuente interna. Su voz parecía cansada.

—Lucharemos —dijo—. Pero pinta mal.

Susan condujo tan despacio al salir del aparcamiento que un coche tocó la bocina detrás de ella. Pasó junto al pinar, paró en el cruce con las gafas de sol puestas, dejó atrás el hospital, la iglesia y las viejas casas de madera y paró en la entrada de casa.

Zach estaba en la cocina.

—No sé cocinar —dijo—. Pero sé utilizar el microondas. He comprado lasaña congelada para ti y macarrones con queso para mí. Y podemos tomar compota de manzana. Eso es casi como cocinar. —Había puesto la mesa y parecía satisfecho de aquel logro.

—Zachary. —Susan fue a colgar el abrigo y, en la puerta del armario, las lágrimas le corrieron por las mejillas; se las enjugó con el guante.

Sólo le dijo que Charlie Tibbetts había llamado cuando vio que se lo había comido todo. Luego, lo observó mientras él la miraba. Miraba las paredes, el fregadero, volvía a mirarla a ella. La perra comenzó a gimotear.

—Mamá —dijo. Casi fue un susurro.

—Todo va a salir bien —afirmó Susan.

Zach la miró con la boca entreabierta y negó lentamente con la cabeza.

—Cariño, estoy segura de que van a venir tus tíos. Tendrás mucho apoyo. Oye, la última vez lo conseguiste.

Zachary seguía negando con la cabeza.

—Mamá —dijo—. He investigado esto en internet. Tú no lo sabes. —Susan se notó la boca seca—. Esto es mucho peor. —Se levantó.

—¿Qué es, cariño? —Susan habló con calma—. ¿Qué es lo que no sé?

—Cómo castiga la Fiscalía del Estado los delitos xenófobos. Mamá.

—Explícamelo. —Por debajo de la mesa, Susan dio un fuerte empujón a la perra; tenía ganas de gritarle a aquel quejumbroso animal que le metía el hocico entre los muslos—. Siéntate, cariño, y explícamelo.

Zach siguió de pie.

—Hace diez años, un tipo, no recuerdo dónde, quemó una cruz en el césped de un hombre negro y se pasó ocho años en la cárcel. —Zach tenía los ojos inyectados en sangre y humedecidos.

—Zachary. Tú no has quemado una cruz en el césped de un hombre negro. —Susan habló queda, sin alterarse.

—Y otro hombre gritó a una mujer negra y la amenazó y lo encerraron seis meses. Mamá. No..., no puedo. —Encogió los flacos hombros. Despacio, se sentó.

—Eso no va a pasar, Zachary.

—Pero ¿cómo puedes decir eso?

—Porque tú no has hecho esas cosas.

—Mamá, tú viste al juez. Dijo que la próxima vez me llevara el cepillo de dientes.

—Todos dicen eso. Se lo dicen a un chico con una multa por exceso de velocidad. Lo dicen para asustar a los jóvenes. Es una tontería. Una inmensa tontería.

Zachary cruzó los largos brazos sobre la mesa y bajó la cabeza.

—Jim ayudará a Charlie con esto —dijo Susan—. ¿Qué, cariño? —añadió, porque su hijo había mascullado algo.

Zachary alzó la cabeza y la miró con cara de pena.

—Mamá, ¿no te has dado cuenta? Jim no puede hacer nada. Y creo que tiró a Bob de la silla, o algo así, la última noche del hotel.

—¿Tiró a Bob de la silla?

—No importa. —Zach se puso más derecho—. No importa. Mamá, no te preocupes por mí.

—Cariño...

—No, en serio. —Zach se encogió ligeramente de hombros, como si el miedo se le hubiera pasado sin más—. No importa. De veras.

Susan se levantó para dejar salir a la perra. De pie junto a la puerta abierta, con la mano en el picaporte, percibió en el aire la ligera humedad de la primavera aún lejana pero ya más próxima y, por un instante, la asaltó la idea absurda de que, si dejaba la puerta abierta, continuarían siendo libres. Si la cerraba, se quedarían confinados para siempre. Cerró la puerta con firmeza y regresó a la cocina.

—Voy a lavar los platos. Ve a ver un rato la tele.

—¿Qué?

Susan repitió lo que había dicho y su hijo, después de asentir, dijo en voz baja:

—Vale.

Trascurrieron horas antes de que Susan cayera en la cuenta de que no había dejado entrar a la perra. Pero el animal estaba ahí, en el porche trasero, y tenía el pelo frío cuando se tendió a sus pies.

6

—Helen —había dicho Jim esa mañana, sentado al borde de la cama—. Qué buena eres. —Se había puesto los calcetines. Al pasar junto a ella camino del vestidor, le había acariciado la cabeza—. Eres una buena persona. Te quiero —añadió.

Helen casi había dicho: «Oh, Jimmy, no vayas hoy a trabajar», cuando se volvió para verlo dirigirse al vestidor, pero no lo hizo, porque se había despertado con la sensación de que era una niña angustiada y, si hablaba como si lo fuera, se sentiría todavía peor. De modo que se había levantado de la cama, se había puesto la bata y había dicho:

—Vayamos al teatro este fin de semana. A uno pequeño, experimental, quizá.

—¡Claro, Hellie! —le había gritado Jim desde el vestidor; Helen oyó las perchas deslizándose por la barra—. Busca algo e iremos.

Aún en bata, Helen se sentó al ordenador en la habitación contigua a la cocina y miró todas las obras de teatro de Nueva York. Se le habían pasado las ganas de ver teatro experimental y eligió una función de Broadway sobre una familia sureña que era, como rezaba el anuncio, alegremente disfuncional. Luego, se vistió y se acordó de una tía anciana de su infancia que un día le dijo: «He perdido el apetito, Helen». Unos meses después, la pobre mujer había muerto. Se le humedecieron los ojos al recordarlo. Descolgó el teléfono y pidió hora a su médico para una revisión. No pensaba que hubiera perdido el apetito del todo, pero sí se notaba algo desganada. El médico podría verla el lunes; habían anulado una visita. Aquello hizo que se sintiera eficiente y, cuando colgó, recordó qué amable había estado Jim esa mañana y eso la animó, como si le hubieran hecho un regalo y se le hubiera olvidado. Pasaría el día en Manhattan. Descolgó el teléfono y llamó a dos amigas de la Batería de Cocina. Una tenía que ponerse un implante dental, la otra almorzaba con su suegra, pero sus reacciones, «Oh, Helen, ¡ojalá estuviera libre!», le procuraron una sensación de optimismo.

En la calle, delante de Bloomingdale's, oyó que una mujer rolliza decía al teléfono móvil: «He comprado unos cojines para el salón que son del color exacto», y una alegría nostálgica la inundó de calor, como si se hubiera tropezado con los primeros brotes de azafrán de la temporada. Aquella mujer rolliza, cargada con voluminosas bolsas que le rebotaban en los recios muslos, estaba felizmente en su vida. Era el lujo de la normalidad y recordaba a Helen lo que se había perdido sin saberlo, pero estaba ahí: sus amigas de la Batería de Cocina que querían estar con ella, su amante esposo, sus hijos sanos. No, no lo había perdido todo.

Mientras estaba sentada en la cafetería de la séptima planta de Bloomingdale's, tomándose un yogur helado acompañado de salsa de frambuesa, le sonó el móvil.

—No te lo vas a creer —dijo Jim—. Zachary ha desaparecido. No está.

—Jimmy, no puede haberse esfumado. —Con el delgado teléfono al oído, Helen trató de limpiarse la boca con una servilleta: tenía salsa de frambuesa en el labio.

—Claro que puede, y lo ha hecho. —Jim no parecía enfadado. Parecía desconsolado. Helen no estaba habituada a que su marido pareciera desconsolado—. Me voy al pueblo esta noche.

—¿No puedo ir contigo? —Helen ya había hecho un gesto a la camarera para pedirle la cuenta.

—Si quieres. Pero esto es muy serio. Zach ha dejado una nota. Dice: «Mamá, lo siento».

—¿Ha dejado una nota?

Helen encontró taxi y, mientras circulaban por la autovía Roosevelt y el puente de Brooklyn, no dejó de pensar en la nota que Zachary había dejado. En Susan (no podía imaginarse a Susan) andando de un lado para otro, ¿llamando a la policía? ¿Qué hacía una persona en esas circunstancias? Es decir, una persona llamada Jim. (En verdad, mientras el taxi daba brincos y bandazos por Atlantic Avenue, Helen también sentía una pizca de algo que era intenso y emocionante. Ya estaba contando la historia a sus hijos: «Fue espantoso, vuestro padre estaba preocupadísimo, no sabíamos nada, yo volví rápidamente a casa y cogimos un avión».)

7

Charlie le había dicho que no lo hiciera y Jim le había dado el mismo consejo, pero, mientras esperaba a que llegaran sus hermanos, Susan descolgó el teléfono y llamó a Gerry O'Hare. Casi era hora de cenar y estaba lista para colgar si respondía su mujer, pero lo hizo Gerry. Y Susan le dijo, sin más preámbulos, que Zachary había desaparecido.

—Dime cuánto tiempo lleva desaparecido.

Susan no lo sabía. Su hijo estaba en casa cuando ella había salido a las ocho de la mañana; al menos, el coche. Pero, cuando había regresado a la una, porque había poco trabajo en la óptica y el jefe le había dado más tiempo para comer, había entrado en la cocina y había encontrado una nota en la mesa que decía: «Lo siento, mamá». Y su coche no estaba.

—¿Falta algo? ¿Falta ropa?

—Una cuantas piezas de ropa, creo, y su bolsa de viaje, y su móvil. Su ordenador no está, ni su cartera. Tiene un portátil. Si te suicidas, no te llevas el portátil, ¿verdad? ¿Habéis tenido alguien que haya hecho eso?

Gerry le preguntó si había algún indicio de que hubieran forzado la puerta y ella respondió que no. Añadió que su inquilina, Jean Drinkwater, estaba arriba y no había oído nada.

—¿Cerráis con llave durante el día?

—Sí.

—Puedo mandar a alguien a echar un vistazo, pero...

—Oh, no hace falta. Sólo quiero saber... Estoy esperando a mis hermanos, llegarán pronto... Sólo quiero saber si alguien que se lleva el ordenador piensa hacerse daño.

—No hay forma de saberlo, Susan. ¿Estaba deprimido?

—Asustado. —Susan vaciló. Suponía que Gerry debía de saber que la Fiscalía del Estado iba a actuar a finales de semana, pero sólo quería que alguien le dijera que su hijo estaba vivo. Y nadie podía decirle eso.

—Tenemos a un varón adulto que, por lo que sabemos, se ha ido de casa con su coche y unas cuantas cosas —dijo Gerry—. No hay nada indicativo de delito. En los casos de las personas desaparecidas, ni tan siquiera tomamos la denuncia hasta pasadas veinticuatro horas.

Susan estaba al corriente de aquello por Charlie y Jim.

—Siento molestarte —dijo.

—No me molestas, Susan. Sólo haces lo que haría cualquier madre. ¿Tus hermanos estarán pronto ahí? ¿No pasarás la noche sola?

—Acaban de llegar. Gracias, Gerry.

Gerry se quedó mucho rato en el salón, hasta que su mujer le avisó de que la cena estaba en la mesa. En todos sus años de policía, jamás había comprendido (¿cómo podía?) por qué algunas cosas les sucedían a algunas personas y no a otras. A sus hijos les había ido bien. Uno era policía montado del estado; el otro, profesor de instituto. ¿Y quién podía decir por qué habían tenido esa suerte su mujer y él? La suerte se les podía acabar mañana. Él había visto cómo se les acababa a muchas personas con una llamada telefónica, una visita a domicilio. Cualquier jefe de policía sabía con qué rapidez podía acabarse la suerte. Entró en el comedor y separó la silla para que su mujer se sentara.

—¿Qué hacías? —preguntó ella, en tono juguetón. Le sorprendió abrazándosele al cuello y, por un momento, tararearon su canción favorita, un tema de Wally Packer de la época en la que empezaron a salir: «Tengo la curiosa sensación de que vas a ser mía...».

Los hermanos Burgess estaban sentados a la mesa de la cocina, repasando los hechos. Helen también estaba y se sentía fuera de lugar. La perra no hacía más que ponerle el hocico en el regazo y, cuando creyó que nadie la miraba, la apartó de un empujón. La perra gimoteó y Susan chasqueó los dedos y le ordenó:

—Al suelo. —Las manos le temblaban y Bob le aconsejó que tomara un tranquilizante. Ella dijo que ya había tomado uno y añadió—: Lo único que quiero es saber que está vivo.

—Miremos a fondo —propuso Jim—. Vamos.

Los hermanos subieron al cuarto de Zachary con Susan. Helen se quedó donde estaba con el abrigo puesto: la casa estaba fría. Los oyó caminando por encima de ella, oyó el murmullo de sus voces. Estuvieron mucho rato arriba, abriendo armarios, abriendo y cerrando cajones. En el mármol de la cocina había una revista titulada *Comidas sencillas para gente sencilla*, y Helen acabó hojeándola. Todas las recetas estaban redactadas con jovialidad: «Añade mantequilla y azúcar moreno a las zanahorias y tus hijos nunca sabrán que lo que comen es saludable». Suspiró y volvió a dejarla en el mármol. Las cortinas de la ventana del fregadero eran de color naranja tostado con volantitos en la parte de abajo y un solo volante ininte- rrumpido en la parte de arriba. Llevaba mucho tiempo sin ver unas cortinas como aquéllas. Se sentó con las ma- nos en el regazo y notó la falta de su anillo de compromi- so, que estaba en la joyería. Sólo llevaba la sencilla alianza en el dedo y se sentía extraña. Recordó que no había anu- lado la visita del lunes al médico y se preguntó si debería cambiarse el reloj de muñeca para acordarse de llamar en cuanto se levantara, pero no hizo nada, y luego bajaron Susan y sus hermanos.

—Creo que se ha escapado —dijo Jim. Helen no res- pondió. No sabía qué decir. Se decidió que Bob se queda- ría a pasar la noche en casa de Susan, que Helen y Jim irían al hotel.

—¿Se lo has dicho a Steve? —le preguntó Helen a Su- san, y ella la miró como si no hubiera reparado en su pre- sencia hasta ese momento.

—Claro —respondió.

—¿Qué ha dicho?

—Ha estado agradable. Se ha preocupado mucho —res- pondió Jim.

—Eso está bien. ¿Tenía alguna sugerencia? —Helen se puso los guantes.

—No es que pueda hacer nada desde ahí. —Una vez más, Jim respondió por su hermana—. Hay correos suyos impresos arriba, en los que dice a Zach que estudie, que encuentre un interés, una afición, cosas así. ¿Todo listo?

—Susie, como me quedo, ¿puedo subir la calefacción? —preguntó Bob, y Susan respondió que sí.

Cuando cruzaban el río camino del hotel, Helen pre- guntó:

—¿Dónde puede haber ido?

—No lo sabemos, ¿no?

—Pero ¿cuál es el plan, Jimmy?

—Esperar.

Helen pensó en cuán siniestro parecía el río a ambos lados del coche, en cuán negra era allí la noche.

—Pobre Susan. —Lo dijo con sentimiento. Pero le pareció que las palabras sonaban falsas, y Jim no respondió.

A la tarde siguiente había una boda en el hotel. Hacía sol y el cielo estaba azul. La nieve brillaba, y también brillaba el río, como si hubieran arrojado puñados de diamantes al aire. En la amplia terraza del hotel próxima al río, los novios y sus invitados hacían cola para las fotografías, riéndose como si no hiciera frío. Helen los veía, pero no los oía, porque estaba en un balcón muy alto y el ruido del río ahogaba sus voces. La novia llevaba una mullida chaqueta blanca sobre el vestido blanco. Helen se fijó en que no era joven. Debían de ser unas segundas nupcias. En ese caso, era ridículo que la novia llevara el vestido tradicional, pero, hoy en día, la gente hacía lo que quería y, además, aquello era Maine. El marido era mofletudo y parecía feliz. Helen sintió una levísima punzada de celos. Se volvió para entrar en la habitación.

—Me voy a casa de Susan. ¿Vienes? —Jim estaba sentado en la cama, rascándose los pies. Acababa de ducharse después de hacer ejercicio en el gimnasio del hotel y estaba rascándose frenéticamente los pies descalzos. Helen tenía la sensación de que había estado rascándose los pies desde que habían llegado.

—Si creyera que iba de servir de algo, iría, claro —respondió Helen, que había aguantado toda la mañana en casa de su cuñada—. Pero no veo que mi presencia cambie mucho las cosas.

—Como quieras —dijo Jim. Había escamas de piel blanca en la moqueta.

—Jimmy, basta. Te estás destrozando los pies. Mira cómo lo has puesto todo.

—Me pican.

Helen se sentó en la silla próxima al escritorio.

—¿Cuánto más vamos a quedarnos?

Jim dejó de rascarse los pies y la miró.

—No lo sé. Lo que haga falta para ver qué pasa. ¡No lo sé! ¿Dónde están mis calcetines?

—En el otro lado de la cama. —Helen no quería tocarlos.

Jim los recogió y se los puso de forma metódica.

—En este momento no podemos dejarla sola. Tenemos que ayudarla a pasar esto, sea lo que sea. O acabe como acabe.

—Tendría que haberle pedido a Steve que viniera. Él tendría que haberse ofrecido. —Helen se levantó y se asomó al balcón—. Hay gente casándose ahí abajo. En pleno invierno. Al aire libre.

—¿Por qué iba Susan a pedir a Steve que viniera? Hace siete años que no se ven, hace siete años que él no ve a su hijo. ¿Por qué iba a Susan a aguantarlo ahora?

—Porque sí. Tienen un hijo juntos. —Helen se volvió hacia su marido.

—Hellie, me estás sacando un poco de quicio. No quiero pelearme contigo. ¿Por qué quieres que nos peleemos? Mi hermana está pasando casi por lo peor que le puede pasar a una madre: no saber dónde está su hijo, no saber ni tan siquiera si está vivo.

—No es culpa tuya —dijo Helen—. Ni tampoco mía.

Jim se levantó y se puso los mocasines. Se palpó los bolsillos para ver si llevaba las llaves del coche.

—Si no quieres estar aquí, Helen, vete a casa. Coge un avión esta noche. A Susan le dará igual. Ni tan siquiera se dará cuenta. —Se subió la cremallera del abrigo—. Hablo en serio. Puedes irte.

—No voy a marcharme y dejarte aquí.

Helen pasó la tarde bien abrigada, paseando por el camino del río. El sol aún brillaba en la nieve y también en el agua. Se detuvo cuando vio lo que le parecía un monumento a los caídos. Nunca había reparado en él, pero hacía tantos años que no iba a Shirley Falls que ya había perdido la cuenta. Había grandes planchas de granito, derechas, dispuestas en un gran círculo. Al acercarse, le consternó ver que una honraba a una mujer joven que había muerto recientemente en Iraq. Alice Rioux. Veinticuatro años. La edad de Emily.

—Pobrecilla —susurró. La tristeza se extendió alrededor de ella bajo el sol. Dio media vuelta y regresó al hotel.

La camarera que aguardaba junto a su habitación con el carro de las toallas la sobresaltó: iba tapada de la cabeza a los pies y sólo se le veía la cara, de piel oscura, con las mejillas redondas y los ojos oscuros y brillantes, lo cual significaba que debía de ser somalí, porque a Helen no se le ocurría que pudiera haber otros musulmanes negros en Shirley Falls, Maine.

—¡Hola! —dijo, alegremente.

—Hola. —La chica (o quizá era una mujer madura, ¿cómo iba a saberlo Helen?, su rostro era impenetrable para ella) dio un tímido paso atrás y, cuando Helen entró en la habitación, vio que ya estaba hecha. Tenía que acordarse de dejar una buena propina.

Bob apareció alrededor de las cinco, probablemente, pensó Helen, para tomar un trago y descansar un rato de la desesperación de su hermana.

—Pasa, pasa —dijo—. ¿Cómo está tu hermana?

—Igual. —Bob sacó un botellín de whisky del minibar.

—Te acompaño —dijo Helen—. No dejéis que Susan venga al hotel. La camarera de habitaciones es somali, creo. Somalí, perdón. —Con la mano, le indicó que iba tapada de la cabeza a los pies.

Bob miró un poco sorprendido.

—No creo que Susan esté enfadada con ellos.

—¿Ah, no?

—Está enfadada con el fiscal del distrito, con la ayudante del fiscal general, con la Fiscalía del Estado, con la prensa..., ya sabes, con todos. Oye, ¿te importa que ponga las noticias?

—Claro que no. —Pero le importaba. Le cohibía estar allí sentada con el vaso del hotel lleno de whisky y le alarmó saber que el mercado había bajado ciento dieciséis puntos el día anterior, pero no se atrevió a hacer ningún comentario porque sería faltar al respeto a los Burgess por la crisis de Zach. También le entristeció enterarse de que una explosión había matado a ocho soldados y a nueve civiles estadounidenses en Iraq, porque ahora relacionaba aquello con el monumento que había visto en el río. ¡Había tanta gente muriendo por doquier! ¿Qué se podía hacer? ¡Nada! Estaba separada de todo lo que conocía (sus hijos, los quería de nuevo pequeños, húmedos después del baño)—. Creo que mañana volveré a Nueva York —dijo.

Bob asintió y siguió viendo la televisión.

Una fina capa de nubes cernida sobre el río había tapado el sol, y la moqueta gris de la habitación del hotel parecía una versión más oscura del pálido cielo. Al otro lado de la ventana, la barandilla del balconcito era una fina raya sólida todavía más oscura. Jim parecía agotado. Esa mañana había llevado a Helen al aeropuerto de Portland y, a su regreso, Susan ya había tomado la decisión de denunciar la desaparición de Zachary a la policía.

—La Fiscalía del Estado todavía no ha ordenado su detención —arguyó Susan, y era cierto—. Y las condiciones de la fianza y el fallo del juez sólo exigen que no se acerque a la comunidad somalí.

—Aun así —dijo Bob, con paciencia— no creo que sea conveniente que se enteren de su desaparición.

—¡Pero ha desaparecido! —gritó Susan, de modo que la acompañaron a la comisaría para poner la denuncia.

Por supuesto, les pidieron la descripción del coche de Zach (su número de matrícula apareció en la pantalla de un ordenador), y saber que la policía estaría atenta a ver el vehículo acrecentó el miedo de Bob y también su esperanza. Imaginó a Zach en la minúscula habitación de algún motel, con la bolsa de viaje en el suelo, tumbado en la cama y escuchando música en el ordenador. Esperando.

Jim y Bob llevaron a Susan a casa. Jim paró el motor y se quedó al volante.

—Suse, aguanta un poco. Bob y yo tenemos que hacer unas llamadas de trabajo desde el hotel. Volvemos enseguida, a tiempo para cenar.

—La señora Drinkwater va a preparar la cena. Pero yo no puedo comer —explicó Susan al apearse.

—Pues no comas. Volvemos enseguida.

—Se ha llevado su ropa, Susie —dijo Bob—. Todo irá bien. —Susan asintió y los hermanos la observaron mientras subía las escaleras del porche.

En la habitación del hotel, Bob tiró el abrigo al suelo junto a la cama. Jim, que no se había quitado el suyo, metió la mano en un bolsillo y tiró un móvil a la cama. Miró a Bob y señaló el aparato con un gesto de la cabeza.

—¿Qué? —preguntó Bob.

—Es el de Zach.

Bob cogió el teléfono y lo miró.

—Susan ha dicho que el móvil y el ordenador no estaban.

—El ordenador no está. He encontrado el móvil en su cuarto, en un cajón al lado de la cama. Debajo de algunos calcetines. No se lo he dicho a Susan.

Bob notó un hormigueo en los brazos. Se sentó en la cama despacio.

—Puede que sea un móvil antiguo —dijo, por fin.

—No lo es. Las llamadas que tiene son recientes, de la semana pasada. Casi todas a la óptica de Susan. La última me la hizo a mí la mañana que desapareció.

—¿A ti? ¿Al bufete?

Jim asintió.

—Y antes, llamó a Información. Probablemente, para preguntar por el número del bufete. Aunque podría haberlo buscado en Google, no sé por qué no lo hizo. En fin, no recibí la llamada y él no dejó recado a la recepcionista. La he llamado esta mañana mientras volvía de Portland y se acuerda de que llamó alguien preguntando por mí pero no quiso darle el nombre y colgó cuando le preguntó qué quería. —Jim se frotó la cara con ambas manos—. Le he gritado. Y ha sido una estupidez. —Se acercó a la ventana, con las manos en los bolsillos. Maldijo entre dientes.

—¿Crees que el ordenador sí se lo ha llevado? —preguntó Bob.

—Eso parece. Y la bolsa de viaje, supongo. Susan la habría encontrado; yo no. —Se volvió—. ¿Tienes alcohol, zángano? Ahora mismo me vendría muy bien un trago.

—En casa de Susan. Pero está el minibar.

Jim abrió la puerta revestida de madera del minibar, sacó dos botellines de vodka, vertió el contenido en un vaso y se lo bebió como si fuera agua.

—Dios santo —dijo Bob.

Jim hizo una mueca y espiró ruidosamente.

—Sí. —Volvió a abrir el minibar y sacó una lata de cerveza. Cuando le quitó la lengüeta, salió una voluta de espuma.

—Jimmy, frena. Tendrías que comer algo si vas a hacer eso.

—Vale —dijo Jim en tono agradable, y se sentó en la silla sin quitarse el abrigo. Ofreció la lata a Bob y él negó con la cabeza—. Vamos. —Sonrió con aire cansado—. ¿Cuándo has dicho que no a beber?

—Siempre que las cosas se ponen muy mal —respondió Bob—. Cuando Pam se fue, no toqué el alcohol en un año. —Jim no respondió y Bob lo observó mientras bebía de la lata, sin parar—. Quédate aquí —le dijo—. Bajaré a buscar algo de comer.

—No voy a moverme. —Jim volvió a sonreír y se terminó la cerveza.

Susan estaba sentada en el sofá viendo la televisión. Tenía puesto el canal Nature y montones de pingüinos caminaban patosamente por el hielo. La señora Drinkwater ocupaba el sillón de orejas.

—Que preciosidades, ¿no? —dijo. Se toqueteó distraídamente el delantal que llevaba puesto.

Al cabo de un rato, Susan dijo:

—Gracias.

—No he hecho nada, querida.

—Está sentada conmigo —arguyó Susan—. Y ha cocinado —añadió.

Uno de los pingüinos se tiró al agua resbalando por el hielo. De la cocina, les llegó el olor del pollo que la señora Drinkwater había metido en el horno antes.

—Todo me parece irreal —dijo Susan—. Como si estuviera soñando.

—Lo sé, querida. Me alegro de que tus hermanos estén aquí. ¿Se ha ido tu cuñada?

Susan asintió. Trascurrieron muchos minutos.

—No me cae bien —reconoció Susan. Trascurrieron más minutos—. ¿Se lleva usted bien con sus hijas? —Hizo la pregunta sin despegar los ojos del televisor. Cuando no obtuvo respuesta, miró a la señora Drinkwater—. Perdone. No es asunto mío.

—Oh, no te preocupes. —La anciana cogió un pañuelo de papel hecho una bola y se lo llevó a los ojos por debajo de las enormes gafas—. Tuve problemas con ellas, a decir verdad. Sobre todo con la mayor.

Susan volvió a mirar el televisor. Las cabezas de los pingüinos subían y bajaban dentro del agua.

—Si no le importa hablar, a mí me ayuda —dijo.

—Claro, querida. Annie fumaba esos cigarros de marihuana. Se armó el gran follón por eso, yo me puse de parte de Carl. Annie salía con un chico que fue llamado a filas. En la época de Vietnam, al principio, acuérdate. El chico se fue a Canadá para no ir a la guerra y Annie se marchó con él. Cuando rompieron, no quiso volver. No quería vivir en un país tan corrupto como el nuestro, eso es lo que dijo. —La señora Drinkwater se quedó callada. Miró el pañuelo que tenía en la mano, trató de extenderlo en su regazo y volvió a arrugarlo.

Susan dijo al televisor:

—Se ha llevado ropa. Nadie se lleva ropa si no se la va a poner. —Y añadió, de forma inexpresiva—: ¿Fueron a verla?

—Ella no quería que fuéramos a verla. —La señora Drinkwater negó con la cabeza.

Los pingüinos estaban saliendo del agua. Se impulsaban con las aletas y se erguían sobre sus pies planos. Tenían los ojos brillantes y el cuerpo reluciente de agua.

—Annie tenía un concepto romántico de Canadá —continuó la señora Drinkwater—. Le daba igual que su bisabuelo hubiera venido de ahí, que hubiera tenido que dejar su granja porque se arruinó. Los acreedores eran el mismo diablo, ¿sabes? Annie creía que lo sabía todo sobre la corrupción. Yo le decía: «¡Ja!». —El pie de la señora Drinkwater, enfundado en la zapatilla de felpa, subía y bajaba.

—Creía que había dicho que vive en California —objetó Susan—. Creo que lo dijo una vez.

—Ahora sí.

Susan se levantó.

—Voy a echarme un rato hasta que vuelvan mis hermanos. Pero gracias. Ha sido muy amable.

—He sido una cotorra tonta. —La señora Drinkwater movió una mano delante de la cara, azorada—. Te avisaré cuando lleguen.

Se quedó en el sillón, tirándose del delantal, haciendo trizas el pañuelo.

En la televisión, los pingüinos dieron paso a la selva lluviosa. La señora Drinkwater miró la pantalla mientras la cabeza le daba vueltas y más vueltas. Pensó en lo llena que estaba la casa de su niñez con tantos hermanos. Pensó en sus tíos, que siempre hablaban de regresar a Quebec pero jamás lo hicieron. Pensó en Carl y en la vida que habían construido juntos. En sus hijas no le gustaba pensar. No podía haber predicho (nadie puede nunca predecir nada) que crecerían en una época de protestas, drogas y una guerra de la que parecían sentirse responsables. Imaginó un diente de león azotado por el viento, los pedazos blancos, casi ingrávidos, de su familia diseminados tan lejos. La clave de la satisfacción residía en no preguntar nunca por qué; lo había aprendido hacía ya tiempo.

La verde selva lluviosa resplandecía. La señora Drinkwater movió el pie y miró la pantalla.

Bob regresó a la habitación con dos sándwiches.

—¿Jimmy? —preguntó. No había nadie. En el baño, la luz del espejo estaba encendida—. ¿Jimmy? —Arrojó la bolsa de los sándwiches a la cama junto al móvil de Zach.

Su hermano estaba en el balcón, apoyado en la pared, como si fuera a desmayarse.

—Vaya, hombre —dijo Bob—. Estás borracho.

—La verdad es que no. —Jim hablaba en voz baja y el ruido del río era atronador.

—Jim, entra. —Una ráfaga de aire los azotó.

Jim alzó un brazo y lo movió para abarcar el río y el pueblo que se extendía más allá, donde había campanarios asomando entre las azoteas y los árboles.

—Nada de lo que ha pasado tenía que ser así. —Bajó el brazo—. Yo iba a defender a las personas de este estado.

—Jim, por Dios. No te pongas autocomplaciente.

Su hermano volvió la cara hacia él. Parecía muy joven, cansado y desconcertado.

—Bobby, oye. De un momento a otro va a llamarnos un policía para decirnos que un granjero ha encontrado a Zach colgado de la viga de un granero o de un árbol. No sé si se ha llevado el ordenador. ¿La bolsa de viaje? Gran cosa. —Jim se golpeteó el pecho con el dedo pulgar—. Y, de alguna forma, en cierto modo, supongo que lo he matado yo. —Se enjugó la cara con la manga—. Hice sombra a Dick Hartley, le levanté la voz a Diane Dodge. Lo he empeorado todo con mi bravuconería.

—Jim, eso es absurdo. No sabemos si está muerto..., y lo que haya pasado, sea lo que sea, no es culpa tuya. Por el amor de Dios.

—Me llamó a mi presuntuoso bufete, Bob, donde ni siquiera le pusieron conmigo, tan en serio se toman. —Jim se volvió hacia el río y negó con la cabeza, despacio—. Una vez me consideraron el mejor abogado defensor del país. ¿Te lo puedes creer?

—Jim, basta.

Jim parecía perplejo.

—Yo tenía que quedarme aquí y cuidar de todos.

—¿Sí? ¿Quién lo dice? Anda, entra y come algo.

Jim rechazó la pregunta con un gesto de la mano, miró el río, se apoyó en la barandilla.

—Pero, en cambio, hui y me hice famoso. Todo el mundo quería oír mi opinión, un programa de entrevistas por aquí, un discurso por allá. Me ofrecieron montonazos de dinero, y yo me alegré, porque así no dependía del dinero de Helen. Pero la verdad era que sólo quería defender a personas que nadie defendía. —Se quedó junto a la barandilla, mirando el río. Añadió—: Y se ha ido todo a la mierda. —Volvió la cabeza y a Bob le sorprendió ver que tenía los ojos húmedos—. ¿Delitos de guante blanco? —preguntó Jim—. ¿Defender a personas que habían amasado millones con sus fondos de alto riesgo? ¡Es una mierda, Bob! Y ahora vuelvo de trabajar y la casa está vacía, y los hijos... Dios, los hijos lo eran todo, y sus amigos. Y ahora la casa está silenciosa y yo estoy asustado, Bobby. Pienso mucho en la muerte. Incluso antes de este viaje. Pienso en la muerte y tengo la sensación de que el que va a morirse soy yo y..., ah, Bobby, tío, todo se ha descontrolado un poco.

Bob lo agarró por los hombros.

—Jimmy. Me estás asustando. Y estás bebido. Ahora, lo importante son Susan y Zach. Todo irá bien.

Jim se separó de él, volvió a apoyarse en la pared, cerró los ojos.

—Siempre le dices eso a la gente. Pero nada va a ir bien. —Jim abrió los ojos, miró a Bob, volvió a cerrarlos—. Eres un pobre infeliz, joder.

—Basta ya. —De repente, Bob se notaba enfadado.

Jim volvió a abrir los ojos. Parecían incoloros, dos meras ranuras de pálido color azul.

—Bobby. —Casi susurró. Comenzaron a rodarle lágrimas por las mejillas—. Soy un fraude. —Se pasó las manos por la cara cuando una ventolera azotó el hotel. Abajo, los arbustos se agitaron y se doblaron.

—Vamos dentro —dijo Bob, con ternura. Lo cogió por el brazo, pero él se soltó. Bob se apartó y añadió—: Oye, no sabías que te había llamado.

—Bob, su muerte es culpa mía.

Volvió a levantarse viento y las mangas del abrigo de Bob restallaron como las velas de un barco. Se cruzó de brazos y apoyó la puntera del zapato en el barandal inferior del balcón.

—¿Cómo lo has matado? ¿Hablando en una concentración a favor de la paz? ¿Dejándote la piel en defenderlo?

—No me refiero a Zach.

Cuando Bob se miró el pie, le pareció ancho.

—Entonces, ¿de quién hablas?

—Nuestro padre.

Jim lo dijo en tono familiar y también dio la impresión de que quería que los dos rezaran el padrenuestro, aunque hubiera invertido las palabras. «Padre nuestro que estás en los Cielos.» Bob tardó un momento en asimilar las palabras. Se encaró con su hermano.

—No es cierto. Yo era el que estaba sentado cerca de la palanca de cambios, todos sabemos eso.

—Pero no fue así. —Ahora, la cara de Jim, mojada y arrugada, parecía muy vieja—. Tú ibas detrás. Y también Susie. Tenías cuatro años, Bob, no te acuerdas de nada. Yo tenía ocho. Casi nueve. De esa edad se recuerdan algunas cosas. —Jim siguió apoyado en la pared, mirando al frente—. Los asientos eran azules. Tú y yo nos peleamos por sentarnos delante y, antes de alejarse, él dijo: «Muy bien, esta vez Jimmy delante y los gemelos detrás». Y yo me cambié de sitio para ponerme al volante. Aunque él nos había dicho un millón de veces que no podíamos sentarnos nunca al volante. Fingí que conducía. Pisé el embrague. —Jim negó con la cabeza de forma casi imperceptible—. Y el coche bajó por la cuesta.

—Estás borracho —dijo Bob.

—Te puse en el asiento del conductor antes de que mamá saliera de casa. Mucho antes de que llegara la policía. Me subí atrás. Ocho años. Casi nueve, y ya era así de retorcido. ¿No es increíble, Bob? Soy como esa película, *La mala semilla.*

—¿Por qué te inventas esto, Jim? —preguntó Bob.

—No me lo invento. —Jim negó con la cabeza despacio—. Y no estoy borracho. Yo no me emborracho. Da igual cuánto beba.

—No te creo.

Cuando Jim lo miró, había compasión en sus ojos cansados.

—Claro que no. Pero, Bobby Burgess, no fuiste tú.

Bob miró abajo mientras el río fluía con estruendo. Las piedras de la orilla le parecieron grandes y desnudas. Pero todo era irreal, todo estaba distorsionado, acallado. Incluso el ruidoso río parecía acallado, como si Bob estuviera buceando y el agua amortiguara el sonido.

—Pero ¿por qué me lo cuentas ahora? —Bob siguió mirando el río, y el patio vacío del hotel.

—Porque no podía soportarlo.

—Después de cincuenta años, ¿no puedes soportarlo? Jimmy, esto no tiene sentido. No te creo. No te ofendas, pero estás perdiendo los papeles, y hemos venido para ayudar a Susan. Como si esto no fuera ya lo bastante mal. Jesús, Jimmy, vamos. —Los hermanos estaban uno frente al otro y el viento los envolvía, inmenso y frío. Jim había dejado de llorar. Parecía gris, enfermo y viejo. Bob añadió—: Así que no hablas en serio, ¿verdad? Sólo querías gastarme la broma más retorcida que se te ha ocurrido.

—Hablo en serio —dijo Jim en voz baja. Se dejó caer hasta quedarse sentado en el suelo de cemento, con la espalda apoyada en la pared. Tenía las rodillas dobladas y las manos colgando por delante de ellas—. ¿Sabes cómo es? —preguntó a Bob, y levantó la cabeza para mirarlo—. Ver cómo pasan los años, verme sin decir nunca nada. Cuando era pequeño, siempre pensaba: «Hoy lo contaré. Cuando vuelva del colegio, se lo contaré a mamá, lo diré sin más». Luego, cuando fui adolescente, pensé en escribirlo, en dárselo a mamá antes de ir a clase para que tuviera todo el día para darle vueltas. Cuando estaba en Harvard, aún pensaba: «Le mandaré una carta». Pero muchos días pensaba: «No, no fui yo». —Se encogió de hombros y estiró las piernas—. «No fui yo. Eso es todo.»

—No fuiste tú.

—Por Dios, ¿quieres parar? —Jim volvió a abrazarse las rodillas y miró a su hermano—. Te lo suplico. ¿Recuerdas lo que dije el día que nos enteramos de que Zach había chutado la cabeza de cerdo? Dije: «Tiene que entregarse porque ha sido él. Ningún Burgess sale corriendo, no somos fugitivos». Eso fue lo que dije. ¿Te lo puedes creer?

Bob no respondió. Pero ya volvía a oírlo, el ruido de las cascadas mientras el estruendo del río los envolvía. Y entonces oyó que el teléfono empezaba a sonar dentro de la habitación. Al entrar, tropezó con el bordillo de la puerta del balcón.

Susan estaba sollozando.

—Habla más despacio, Susie, no te entiendo.

Jim, que había entrado detrás de Bob, le arrebató el auricular, de nuevo al frente de todo.

—Susan, habla más despacio. —Asintió, lanzó una mirada a Bob, le enseñó el dedo pulgar levantado.

Zachary estaba en Suecia con su padre; había llamado a Susan hacía sólo unos minutos. Su padre había dicho que podía quedarse el tiempo que quisiera y Susan no podía dejar de sollozar; creía que estaba muerto.

En casa de Susan, incluso la señora Drinkwater tenía las mejillas brillantes mientras trajinaba en la cocina con el delantal puesto.

—Ahora Susan podrá comer —dijo a Bob, y asintió como si tuvieran un secreto.

Susan tenía los ojos tan hinchados que apenas podía abrirlos. Estaba tan radiante y tan rebosante de felicidad que abrazó a sus hermanos, a la señora Drinkwater y a la perra, que meneó vigorosamente el rabo.

—Está vivo, está vivo. Mi hijo Zachary está vivo. —El propio Bob no podía dejar de sonreír—. Estoy demasiado feliz para comer —añadió Susan. Rodeó la mesa, pasó la mano por los respaldos de las sillas—. Me ha pedido perdón un montón de veces por haberme dado este susto, pero yo le he dicho: «Cariño, todo me da igual mientras tú estés bien».

—Susan va a derrumbarse —dijo Jim más tarde, cuando regresaban al hotel—. Ahora está eufórica porque su hijo no ha muerto. Dentro de poco se dará cuenta de que se ha ido.

—Volverá —afirmó Bob.

—¿Quieres apostar? —Jim siguió mirando al frente.

—No nos preocupemos por eso ahora —dijo Bob—. Dejemos que sea feliz. Dios mío, yo soy feliz. —Aunque la terrible conversación que habían tenido en el balcón del hotel estaba en el coche con él; era como un repulsivo niñito sentado a su lado en la oscuridad que le hincaba el dedo y le decía: «No te olvides de que estoy aquí». Pero no parecía real. Con la emoción de que Zach estuviera bien, no parecía real ni importante. No tenía cabida en aquel coche ni en la vida de Bob.

—Perdona, Bob —dijo Jim.

—Estabas alterado. Es comprensible. No te preocupes...

—No, perdona por...

—Jim, basta. No es verdad. Mamá lo habría descubierto. Aunque fuera verdad, y no lo es, ¿qué más da? Deja de sentirte tan mal. Me ha asustado verte tan mal. Todo va bien.

Jim no respondió. Atravesaron el puente sobre el río, negro durante la noche.

—No puedo dejar de sonreír —dijo Bob—. Zachary está vivo y con su padre. Y Susan, verla así... Bueno, no puedo dejar de sonreír.

—Tú también vas a derrumbarte —susurró Jim.

LIBRO CUARTO

1

En Brooklyn, Park Slope había crecido por todos los costados. La Séptima Avenida aún era la vía principal, pero, a dos manzanas de ella, la Quinta Avenida se estaba llenando de restaurantes de moda y *boutiques* que vendían blusas elegantes, pantalones de yoga, joyas y zapatos a precios propios de Manhattan. La ancha Cuarta Avenida, antes un caos de tráfico y polvo, tenía, de repente y para sorpresa de todos, edificios de pisos con grandes ventanas entre las viejas casas de ladrillo; aparecieron restaurantes económicos en las esquinas y, los sábados, la gente iba al parque paseando. Los bebés viajaban en cochecitos tan flamantes como coches de carreras con ruedas veloces y capotas regulables. Si los padres tenían alguna preocupación o frustración, no se apreciaba en sus blancas dentaduras ni en sus torneadas extremidades cuando los más entusiastas decidían cruzar el puente de Brooklyn a pie o en patines; allí estaban, el East River, la Estatua de la Libertad, los remolcadores, las grandes barcazas; el constante vaivén de la vida, milagroso, asombroso...

Era el mes de abril y, aunque los días solían ser frescos, la primavera vibraba en las campanitas chinas que se abrían en los jardines delanteros, en el cielo que a veces permanecía azul todo el día, porque marzo había tenido algunos de los días más fríos y lluviosos del año, y, después, las peores nevadas del invierno. Pero abril estaba allí y, pese a las noticias de que la burbuja inmobiliaria había comenzado a desinflarse, en Park Slope no parecía haber indicios de que nada estuviera menguando. Los que paseaban por los Jardines Botánicos de Brooklyn señalaban los narcisos y llamaban a sus hijos a gritos, parecían satisfechos, sin preocupaciones. El índice industrial Dow Jones, después de fluctuar de forma caótica, alcanzó otro récord máximo.

Bob Burgess no se fijaba particularmente en nada de aquello, ni en los mercados financieros, ni en las campanitas chinas que tapizaban la pared de la biblioteca ni en los patinadores que lo adelantaban como flechas. Si parecía aturdido, lo estaba. Dicen que los amnésicos no sólo pierden la capacidad para recordar el pasado, sino que también son incapaces de imaginarse el futuro y, en ciertos aspectos, para Bob era así. Después de descubrir que su pasado podía ser otro, su sensación de incredulidad parecía afectar a su capacidad para entender lo que estaba por llegar y pasaba mucho tiempo andando por las calles de Nueva York. El movimiento le venía bien. (Por eso, ya no frecuentaba el bar restaurante de la Novena Avenida y, además, había dejado la bebida.) Los fines de semana era fácil encontrarlo paseando por el Central Park de Manhattan, que le atraía porque le resultaba menos conocido que el Prospect Park de Brooklyn, y era consciente de la cantidad de turistas que había, con sus cámaras, mapas y distintos idiomas, con su calzado cómodo, sus hijos cansados.

«È bellissimo!», oyó que exclamaba una mujer al entrar en el parque y, por un momento, vio con otros ojos la avenida de árboles de recios troncos, los ciclistas, los corredores, los puestos de helados, todo muy distinto al Central Park que él conoció años atrás cuando se mudó con Pam a Nueva York. Había novias coreanas posando con los hombros desnudos, tiritando, mientras las fotografiaban. Había una mujer joven cerca de las escaleras del lago que todos los fines de semana se pintaba de dorado y, en leotardos y con zapatillas de bailarina, se subía a una caja, adoptaba una postura y no se movía, mientras los turistas le sacaban fotografías y los niños la miraban y se agarraban a la mano de sus padres. Bob no tenía la menor idea de cuánto dinero ganaba; delante de la caja a la que estaba encaramada, el pozal blanco se llenaba de billetes: algunos de cinco dólares; quizá, no lo sabía, uno de veinte. Pero el silencio que soportaba durante aquellas horas parecía similar al silencio que siempre lo acompañaba a él.

También lo acompañaba la idea inquietante de que ahora era un forastero en la ciudad que llevaba tantos años siendo su hogar. No era un visitante, pero tampoco se sentía neoyorquino. Nueva York, pensaba, era para él como un hotel amistoso y laberíntico que lo alojaba con benévola indiferencia, y su gratitud era inconmensurable. Nueva York también le había enseñado cosas; uno de los mejores ejemplos era cuánto hablaba la gente. Los neoyorquinos hablaban de todo. Los Burgess no. Bob había tardado mucho tiempo en comprender que se trataba de una diferencia cultural y, sin duda, después de llevar media vida en Nueva York, hablaba más que antes. Pero no sobre el incidente, el cual, en su mente, ni tan siquiera tenía nombre. Sólo era lo que acechaba debajo de la familia Burgess, un hecho murmurado brevemente, tiempo atrás, en el despacho de la bondadosa Elaine. Que Jim lo sacara a relucir después de tantos años (¡que se lo apropiara!) le causaba una extrañeza que lo desorientaba, le resultaba imposible de asimilar. Mientras paseaba por el parque, tuvo la sensación de que se había pasado años dormido y acababa de despertar en un lugar y una época distintos. La ciudad le pareció exuberante, limpia y llena de personas jóvenes vestidas con mallas de deporte que lo adelantaban como balas mientras paseaba por la orilla del pantano.

Se enfrentaba a un dilema: no sabía qué hacer.

En el avión que los había llevado de regreso a Nueva York hacía dos meses, Jim y él hablaron de Zach, de su padre y de lo que sucedería si el chico no regresaba cuando la Fiscalía del Estado lo acusara; hablaron del juicio por delito menor programado para junio, de que la selección del jurado sería un factor determinante. En el taxi que los llevó a Brooklyn, Bob por fin dijo:

—Jim..., todas las cosas que has dicho. Sólo estabas alterado, ¿verdad? Como esa estupidez sobre Pam el otoño pasado. Todo era broma, tonterías.

Jim se volvió y miró por la ventanilla mientras el taxi circulaba por la autopista. Le tocó ligeramente la mano, pero enseguida se apartó.

—No fuiste tú, Bobby —dijo, en voz baja.

Después de aquello, permanecieron en silencio. El taxi dejó primero a Bob. Cuando se apeó, dijo:

—Jimmy, no te preocupes por eso. Ya no importa.

Y, no obstante, había subido la ladeada escalera hasta el estrecho primer rellano y había pasado por delante del piso donde sus antiguos vecinos solían pelearse como si estuviera en trance. Su propio piso le pareció ligeramente irreal. Pero estaban sus libros, sus camisas en el armario, una toalla arrugada junto al lavabo. Bob Burgess vivía ahí, por supuesto que sí. Aun así, la sensación de irrealidad le asustó.

Cuando aquellos primeros días pasaron, la angustia llamó a su puerta. Su mente, crispada y distraída, le decía: «No es verdad y, si lo es, no importa». Pero eso no le procuraba ningún alivio, porque la repetición constante de aquellos pensamientos le indicaba lo contrario. Una noche, mientras fumaba junto a la ventana, bebió demasiado vino demasiado deprisa (una copa detrás de otra) y lo vio con claridad: era verdad e importaba. Jim, de forma consciente y deliberada, le había encarcelado injustamente en una vida que no era suya. Y un torrente de recuerdos lo inundó: Jimmy, de pequeño, diciéndole, mientras él corría a su encuentro: «Me entran ganas de vomitar con sólo verte. Lárgate». La blanda reprimenda de su madre: «Vamos, Jimmy, pórtate bien con él». Su madre, sin apenas dinero, llevándolo al despacho del psicólogo, que le ofrecía caramelos de un cuenco que tenía en la mesa. En casa, Jimmy susurrando: «Bobby es una nena, un zángano, un cerdo pedorro».

En su estado de ebria clarividencia, Bob vio a su hermano como una persona lo suficientemente amoral para ser casi malvada. El corazón se le aceleró, pareció no caberle en el pecho. En casa de Jim, daría rienda suelta a su cólera, delante de Helen si hacía falta. Se cayó en el último peldaño del angosto vestíbulo de su edificio y, tumbado en el suelo, un hondo desconcierto se apoderó de él.

—Vamos, anda, levántate —susurró.

Pero no parecía capaz de hacerlo. Pensó que alguno de los inquilinos (qué jóvenes eran todos en aquel edificio) podía salir y encontrarlo así. Sólo consiguió levantarse después de hacer varios intentos para darse la vuelta y empujar con las manos en la rasposa moqueta de la escalera. Subió de nuevo a su piso, agarrado a la barandilla.

Después de aquello dejó de beber.

Al cabo de unos días, cuando le sonó el teléfono y apareció el nombre de su hermano, entonces, sin más, el mundo se puso del derecho. ¿Qué era más natural que ver el nombre de Jim en su teléfono?

—Oye —comenzó a decir—. Oye, Jim...

—No te lo vas a creer —le interrumpió él—. ¿Listo? La Fiscalía del Estado acaba de informar a Charlie de que ya no están investigando a su cliente. ¡Increíble! Supongo que la chorrada de las vacas locas les ha impedido demostrar que había intención. O se han cansado. Es estupendo, ¿no? —Jim casi gritaba de contento.

—Ah, sí, es estupendo.

—Susan espera que vuelva enseguida, pero supongo que a él no le apetece. Que le gusta estar ahí con su padre. Más le vale volver antes del juicio por delito menor, que Charlie sigue aplazando aunque no sea importante. Es bueno, Charlie. Muy bueno. Tontaina, ¿sigues ahí?

—Estoy aquí.

—No dices nada.

Bob miró su piso. El sofá le pareció pequeño. La alfombra le pareció pequeña. Le confundía que Jim hablara con tanta familiaridad, como si nada hubiera cambiado entre ellos.

—Jim. ¿Sabes? Me dejaste bastante desconcertado. En el pueblo. Con lo que dijiste. Sigo sin saber si hablabas en serio.

—Ah, Bob. —Dicho como si Bob fuera un niño—. Llamo con buenas noticias. No estropeemos este momento con eso.

—¿Con eso? *Eso* es mi vida.

—Vamos, Bobby.

—Oye, Jim. Sólo digo que ojalá no me hubieras vomitado esa mierda cuando no es cierta. ¿Por qué lo hiciste?

—Bob. Por el amor de Dios.

Bob colgó; Jim no volvió a llamar.

Transcurrió un mes sin que los hermanos hablaran. Entonces, un día soleado y ventoso en el que había basura rodando por la calle y los transeúntes se arrebujaban en sus abrigos, Bob, al regresar al despacho después de comer, halló alivio en una idea que ya había tenido pero que sólo entonces le pareció clara. Llamó a su hermano al trabajo.

—Tú eres mayor, pero eso no significa que te acuerdes, Jim. No significa que tengas razón. Si algo sabemos los abogados criminalistas es lo poco que podemos fiarnos de la memoria.

Jim suspiró ruidosamente.

—Ojalá no te lo hubiera contado.

—Pero me lo contaste.

—Sí.

—Podrías estar equivocado. Tienes que estarlo. Mamá sabía que fui yo.

Un silencio. Luego, en voz baja, Jim dijo:

—Me acuerdo, Bob. Y mamá pensó que eras tú porque yo me las ingenié para que lo pareciera. Ya te lo expliqué.

Bob tuvo un escalofrío; el estómago le dio un vuelco.

—He pensado que a lo mejor tendrías que hacer psicoterapia —dijo Jim—. Cuando fuiste a vivir a Nueva York, tenías una psicoterapeuta, Elaine. Te gustaba. Te ayudó.

—Me ayudó con mi pasado.

—Tendrías que buscarte otra persona. Alguien que pueda volver a ayudarte.

—¿Qué me dices de ti? —preguntó Bob—. ¿Haces psicoterapia? Tocaste fondo, en el pueblo. ¿Tú no necesitas ayuda con tu pasado?

—La verdad es que no, Bob. Es el pasado. No se puede rehacer. Hemos vivido nuestra vida... Y, ¿te soy sincero, Bobby?, en cierto modo, y no pretendo ser insensible, ¿qué importa lo que pasó? Tú mismo lo dijiste. Hemos llegado hasta aquí, y la vida continúa.

Bob no respondió.

—Bueno, Helen te echa de menos —dijo Jim por fin—. Deberías pasar a vernos algún día.

Bob no pasó a verlos. Sin informar a Jim, hizo las maletas con sus escasas pertenencias y se mudó a un piso del Upper West Side.

Una inquietud perseguía a Helen, como si una sombra la siguiera y, si ella se detenía, la sombra sólo se quedara esperando. El único motivo que se le ocurría para sentirse así, siempre que pensaba en ello, era que Zach hubiera abandonado a su madre. No entendía por qué habría de afectarle tanto eso o, para ser más exactos, por qué habría de afectar tanto a Jim.

—Es bueno que esté con su padre, ¿no crees?

—Claro. Todo el mundo debería tener un padre. —Jim lo dijo en tono desagradable.

—Y la Fiscalía del Estado no ha presentado cargos. Pensaba que estarías contentísimo.

—¿Quién no está contento, Helen?

—¿Dónde se mete Bob últimamente? —preguntó ella—. Cuando le llamé al trabajo, se puso a decir vaguedades como hace él y me dijo que está liado.

—Se ha colgado de una estúpida.

—Eso nunca le ha impedido venir a vernos —arguyó Helen—. Te equivocaste cuando dijiste que no tenía que renunciar a Pam. Es totalmente lógico que Sarah quisiera poner fin a eso. Yo no querría casarme con un hombre que siempre está hablando con su exmujer.

—Bueno, no tienes que hacerlo, ¿no?

—Jimmy, ¿por qué estás siempre de tan mal humor? —Helen se puso a ahuecar una almohada de la cama—. Ana tiene sus días descuidados.

Jim pasó por su lado camino del estudio.

—Ya no puedo con el trabajo.

Ella lo siguió.

—¿Cómo, Jim? No hace falta que te quedes en el bufete. Tenemos mucho dinero. Aunque, si ves las noticias, parece que el país se vaya a la ruina.

—Aún tenemos dos hijos en la universidad, Helen. Y a lo mejor se doctoran.

—Tenemos dinero para eso.

—Lo tienes tú. Lo has mantenido aparte desde el día que nos conocimos y lo entiendo. Pero no digas que lo tenemos nosotros, aunque lo tengamos por lo que yo gano.

—Jim, por Dios. Esto es importante. Si de verdad no te gusta tu trabajo...

Jim se volvió.

—Sí, mi trabajo no me gusta nada. Y no debería sorprenderte, Helen. No es la primera vez que te lo digo. Me pongo un traje pijo para reunirme con un cliente pijo. Una compañía farmacéutica acusada de meter porquería tóxica en sus pastillas quiere saber si puede contratar al gran Jim Burgess. Que ya no es grande. De todos modos, siempre se acaba llegando a un acuerdo. Pero, aun así, ahí me tienes, defendiendo a una farmacéutica que suministra pastillas tóxicas a... ¡la gente de Shirley Falls, si me apuras! Vamos, Helen, por el amor de Dios, esto no es nada nuevo. ¿Es que no me escuchas?

A Helen le ardió la cara.

—Vale. De acuerdo. Pero ¿por qué me chillas?

Jim negó con la cabeza.

—Perdona. Oh, Helen. Dios santo. Perdona. —Le tocó el hombro, la atrajo hacia sí con suavidad.

Ella notó que le latía el corazón, vio, por los ventanales de la terraza, una ardilla que corría por la barandilla, oyó el débil ruido de sus patas, raudo, familiar. «¿Por qué me chillas?» Sus palabras chocaron contra un recuerdo. (Meses después, lo identificó. La Debra que no diciendo a su marido: «¿Por qué te metes conmigo esta noche?».)

2

En Shirley Falls, la primavera había tardado más en llegar. Las noches aún eran frías, pero la humedad del aire que acariciaba la piel cuando el alba despuntaba en el horizonte anunciaba un verano lleno de esplendor, y dolía que hubiera tanta promesa flotando en el ambiente. Abdikarim, que se levantaba antes del alba para sus rezos matutinos, percibía la anhelosa dulzura de la primavera mientras recorría las calles camino de su café. Las mañanas, para Susan, a unos barrios de allí, eran el momento en el que tenía que volver a asimilar el hecho de que Zachary se había ido. Al despertar, tenía que aplacar el terror que la asediaba algunas noches con sueños que no recordaba pero que le dejaban el camisón húmedo. Esas mañanas, salía de casa temprano e iba en coche hasta el lago Sabbanock, donde podía recorrer más de tres kilómetros sin ver a nadie, aparte de a algún que otro hombre que pescaba en el hielo a orillas del lago aún parcialmente helado en primavera, junto a su cabaña y el camión que la había remolcado hasta allí. Susan le saludaba con la cabeza y seguía andando, siempre con las gafas de sol puestas; caminaba para mitigar aquel terror y, también, la sensación de que había hecho algo mal, que sólo en aquel camino fangoso podía sentir sin esconder su vergüenza, tan honda que, de haber estado rodeada de personas, la habrían señalado con el dedo porque sabrían que era una marginada, una delincuente. Por supuesto, ella no había hecho nada. Los hombres que pescaban en el hielo no notificarían su presencia a la policía; nadie la estaría esperando en la óptica para decirle: «Por aquí, señora Olson». Pero sus sueños le decían lo contrario. En ellos, se adentraba (probablemente desde hacía ya tiempo) en un terreno peligroso donde su vida se hacía pedazos; su marido la dejaba, su hijo se iba, la esperanza misma la abandonaba, lo cual la arrojaba tan lejos de los límites de la vida normal que vagaba por la tierra de las personas cuya soledad era tan abominable que la sociedad no podía soportarla. El poso de tristeza que sus pesadillas le dejaban por las mañanas no restaba importancia al hecho de que su hijo estuviera vivo ni a la sorprendente decisión de la Fiscalía del Estado de no presentar cargos, pero sí le impedía alegrarse. Era vagamente consciente de la belleza que le rodeaba. El sol que centelleaba en las calmas aguas del lago, los árboles sin hojas, eran hermosos, se daba cuenta, pero eran fútiles, y estaban lejos. Sobre todo, miraba las fangosas raíces que tenía delante; el camino, irregular por la falta de uso, exigía concentración para maniobrar. Quizá fuera la concentración lo que le permitía empezar un nuevo día.

Hacía muchos años, cuando conoció a su futuro marido en la universidad (ella era una estudiante de último año, y él, un novato de un pueblecito de New Sweden situado muy al norte, a varias horas de camino), le sorprendió descubrir que practicaba meditación trascendental, aunque acabara de ponerse de moda en esa época.

Durante treinta minutos por la mañana y por la tarde no debía molestarlo, y ella jamás lo hizo, salvo un sábado que entró en el dormitorio a media mañana y lo encontró sentado en la cama con las piernas cruzadas y la mirada vacía. «Perdona», susurró, y salió, aunque verlo la había incomodado muchísimo, como si le hubiera sorprendido dándose placer, tal como haría muchos años después. Pero, al principio de su matrimonio, él le confió (era un regalo íntimo; ella no debía contarlo jamás) la palabra que repetía durante su meditación, una palabra por la que había pagado a un gurú, una palabra con la que el gurú decía haber conectado las *energías* de Steve. La palabra era *Om*.

«¿Om?», preguntó ella.

Él asintió.

«¿Ésa es tu palabra secreta?»

Cuando subió al coche, cuyo asiento estaba caldeado por el sol, pensó en que quizá no había sabido entenderlo, que mirar al infinito y repetir mentalmente la palabra *Om* no era muy distinto de sus caminatas, en las que sólo pensaba en cada paso que daba. Puede que Steve siguiera meditando. Puede que Zachary hubiera empezado a practicar. Podía escribirle un correo y preguntárselo. Pero no lo haría. Los correos que se mandaban eran vacilantes, educados. Madre e hijo, que jamás se habían escrito hasta entonces, tenían que aprender un lenguaje nuevo y la timidez de ambos resultaba evidente.

Debido a la denuncia de desaparición presentada en la policía, el periódico había publicado un breve artículo sobre la desaparición de Zachary Olson. Poco después, publicó que se había descubierto que Zachary vivía en el extranjero. Aquello creó confusión en algunas personas del pueblo, como si, al marcharse, Zach hubiera logrado eludir lo que habría que obligarle a afrontar. Charlie Tibbetts violó el secreto de sumario e hizo una declaración a la prensa para explicar que Zachary no se había fugado: estaba acusado de un delito menor de clase E y las condiciones de la fianza no exigían que permaneciera en el país. Charlie también hizo público que su cliente ya no estaba siendo investigado por la Fiscalía del Estado y que esa decisión debía respetarse.

El jefe de policía Gerry O'Hare expresó su interés: proteger a la comunidad. Continuaría, dijo, animando a los habitantes del pueblo a denunciar cualquier acto que amenazara su seguridad. (A su mujer, le confesó que estaba aliviado: «Sólo espero que el chico vuelva para el juicio de delito menor. O que, si no lo hace, se quede allí para siempre. Hemos esquivado una bala, el pueblo ha estado magnífico, y lo último que necesitamos es otro follón». Su mujer dijo que a Susan se le partiría el corazón si el chico no regresaba a casa, pero la relación entre madre e hijo no había sido nada sana, ¿no le parecía a Gerry? Siempre tan pegados.)

Los artículos de periódico se habían publicado en febrero, y en abril el nombre de Zachary Olson ya apenas se mencionaba. Era cierto que algunos ancianos de la comunidad somalí seguían enfadados; anteriormente, habían ido a la Oficina de Difamación Racial para hablar con Rick Huddleston y él estaba furioso, pero no había nada que hacer. Abdikarim no estaba furioso. Para él, el chico alto de ojos oscuros que había visto en la sala de justicia el día de la vista ya no era motivo de alarma, ya no era *wiil waal*, un chico loco, sino, simplemente, *wiil*, un chico. Un chico que le llegaba al corazón; incluso en la sala de justicia el día en que todo había comenzado, aquel chico alto y flaco le había llegado al corazón. Abdikarim había visto fotografías suyas en los periódicos. Pero, cuando lo vio en la vida real, primero de pie junto a su abogado y después en el estrado, derramando el agua del vaso, Abdikarim se quedó mudamente sorprendido. Se acordó de cómo había imaginado la nieve. Fría, blanca y extendida sobre el suelo. Pero la nieve no era así. Era silenciosa, compleja y misteriosa la noche que la vio caer por primera vez. Y allí estaba aquel chico, en persona, sus ojos oscuros indefensos, vulnerables, totalmente distinto a como él lo había imaginado. Lo que fuera que le había impulsado a tirar la cabeza de cerdo dentro de la mezquita siempre sería un enigma para Abdikarim, pero ahora sabía que no había sido la maldad. Comprendía que otras personas (su sobrina, Haweeya) no se hubieran dejado impresionar por el miedo tan palpable del chico. (Pero Haweeya no lo había visto.) De modo que mantenía silencio, aunque creyera que su miedo era profundo y visceral, aunque el chico le hubiera llegado al corazón, doliente y cansado, en la sala de justicia.

Era Margaret Estaver la que le había informado de que el chico estaba viviendo en Suecia con su padre y la alegría que había sentido le había reconfortado el cuerpo. «Bien, muy bien», había dicho. Pensaba en eso muchas veces al día, en que el chico estaba viviendo con su padre en Suecia, y, cada vez, la alegría que sentía lo reconfortaba.

—Es bueno. Una buena situación. *Fiican xaalad.* —Margaret Estaver sonrió de oreja a oreja mientras decía aquello. Estaban en la calle, delante de su templo, en cuyo sótano se encontraba el banco de alimentos. Casi todas las mujeres somalíes que hacían cola dos veces a la semana para el reparto de cajas de cereales y galletas saladas, de lechugas, patatas y pañales eran bantúes. Abdikarim no hablaba con ellas, pero, a veces, si pasaba por delante del templo y veía a Margaret Estaver, se detenía a conversar con ella. La ministra estaba aprendiendo frases en somalí y su buena disposición a cometer errores garrafales le enternecía y le abría el corazón. Gracias a ella había empezado a esforzarse por mejorar su inglés.

—¿Puede volver? —preguntó a la ministra.

—Sí, claro. Y debería volver, antes del juicio por delito menor. Si no lo hace, se meterá en un buen lío. Tiene que estar aquí —explicó Margaret, al ver su cara de confusión— cuando llegue la fecha del juicio.

—Explíquese, por favor —dijo Abdikarim. Después de escuchar, añadió—: ¿Y cómo podrían desaparecer los cargos, igual que los cargos de la Fiscalía del Estado?

—La Fiscalía del Estado no ha llegado a presentar cargos, con lo que no ha hecho falta anularlos. ¿Qué haría falta para que el fiscal del distrito retirara los cargos? No sé si eso es posible.

—¿Puede enterarse?

—Lo intentaré.

Aparte de eso, Abdikarim pasaba el tiempo en su café, o fuera de él, en la acera, hablando con el grupo de hombres somalíes que se reunía allí. A medida que hacía más calor, podían quedarse más rato al aire libre; preferían estar al aire libre. Había enfrentamientos en Mogadiscio y ése era el único tema de conversación de los hombres. Una familia que llevaba dos años en Shirley Falls, vencida por la nostalgia, había regresado a Mogadiscio en febrero. Últimamente, no habían tenido noticias de ellos y, ahora, lo que se temían había resultado cierto: habían muerto en los enfrentamientos. La semana anterior, cuando los insurgentes dispararon contra el gobierno y contra el Palacio Presidencial y el Ministerio de Defensa, la sede de las tropas etíopes, éstos habían respondido a los disparos de forma violenta, brutal e indiscriminada, y habían matado a más de mil personas, incluso a sus animales. Los hombres se mantenían al corriente de todo a través del móvil e internet, que podían consultar en la biblioteca municipal de Shirley Falls, y también a través de la emisora de frecuencia modulada 89.8 FM de Garowe, la capital de Puntlandia, que emitía todos los días. A los hombres también les preocupaba otra cosa: Estados Unidos respaldaba a Etiopía. El presidente, la CIA, ¿no estaban involucrados? Tenían que estarlo si sostenían que Somalia era un nido de terroristas. El islam era una religión pacífica; los hombres reunidos delante del Café Mogadiscio estaban a la defensiva y avergonzados.

Abdikarim los escuchaba y se sentía como ellos. Pero quizá había empezado a chochear, porque ahora su corazón abrigaba un sentimiento íntimo que, si no era esperanza, se parecía lo suficiente para ser su hermana. Su país estaba enfermo, sufría convulsiones. Los que deberían estar ayudándolo eran traicioneros, solapados. Pero, en los años venideros, y él sabía que no viviría para verlo, su país volvería a ser fuerte y bueno.

—Pensad esto —dijo a los hombres—: Somalia ha sido el último país africano en tener internet, pero, al cabo de siete años, su accesibilidad ha aumentado más que en ningún otro y las tarifas de telefonía móvil son las más baratas. Mirad esta calle, si queréis pruebas de la inteligencia de los somalíes. —Estiró el brazo y señaló los nuevos negocios que habían surgido en Shirley Falls durante el invierno. Un servicio de traducción, otros dos cafés, una tienda que vendía tarjetas telefónicas, una academia de inglés.

Pero los hombres miraron a otra parte. Querían regresar a su país. Abdikarim los entendía muy bien. Era sólo que ahora le parecía imposible parar lo que él percibía como una apertura de su alma conforme el propio horizonte permanecía abierto un rato más todos los días.

3

La vida de Pam estaba regida por tantas citas, reca-
dos, fiestas y visitas al parque que, como decía a su amiga
Janice, no le quedaba tiempo para pensar. Pero, ahora que
sufría insomnio, tenía mucho tiempo para pensar, y eso
la volvía loca. «Son las hormonas —le dijo Janice—. Mí-
rate los niveles y toma si estás baja.» Pero Pam ya había
tomado una cantidad de hormonas atemorizante para
concebir a sus hijos. Era muy consciente de los riesgos
que había corrido; no iba a añadir más. De modo que
se quedaba en la cama sin poder dormir y, en ocasiones,
hallaba una curiosa paz en ello, la oscuridad cálida, como
si el edredón morado ocultara su negrura y envolviera
a Pam en algún momento tranquilizador de su juventud,
mientras su mente se paseaba por una vida cuya longitud
le parecía desconcertante. Se sorprendía en silencio de
que tantas vidas cupieran en una. No podía nombrarlas,
pero sí sentirlas: el campo de fútbol de su instituto en otoño, el torso delgado de su primer novio, la inocencia que
ahora le parecía increíble, y la inocencia sexual, que, en
algunos aspectos, era la parte más pequeña de esa inocencia. Era imposible poner nombre a las esperanzas re-

motas, sinceras e intensas de una chica de una ciudad rural de Massachusetts hacía ya tantos años. Y, después, Orono y el campus, Shirley Falls y Bob, y Bob, y Bob, la primera infidelidad (ahí estaba: el fin de la inocencia, la temible libertad de ser adulta, ¡formar parte de las complejidades de esa vida!). Y, luego, su segundo matrimonio y sus hijos. Sus hijos. Nada es lo que imaginamos. Su mente se detenía en aquel pensamiento simple y alarmante. Había demasiadas variables y particularidades; la vida era una constante traducción de los anhelos ocultos del corazón a los aspectos inmutables del mundo físico: aquel edredón morado y su marido, que roncaba ligeramente. A veces, para ayudarse a entenderlo, imaginaba que quedaba con su novio del instituto (en un restaurante próximo a la residencia geriátrica de su madre, quizá, inclinados sobre la mesa, él callado, mirándola con curiosidad) y le decía: «Pues ha pasado esto, esto y esto». No sería fiel a la realidad. No pensaba que nada pudiera contarse de un modo que fuera fiel a la realidad. Las palabras, sinceras, frágiles, caían al azar sobre la gran tela extendida de una vida repleta de nudos y hondonadas. ¿Qué palabras utilizaría para desplegar su experiencia ante él? El hecho de que él también tendría su propia experiencia no le interesaba tanto; era consciente de ello. Con horror (pero también con libertad, porque estaba sola en su morada oscuridad), comprendía que no era la experiencia de otro la que quería tocar, voltear, moldear y devorar, sino la suya.

La mente se le cansaba, se le quedaba sin fuerzas.

Entonces, intentaba no pensar en su esquelética madre en la residencia geriátrica, en sus ojos nublados y confusos, ignorantes, cuando ella le susurraba: «Mamá, mamá». O, al darse la vuelta, sin soltar el edredón, intentaba no pensar en las dos (jóvenes) madres de la escuela que nunca eran agradables con ella cuando charlaban mientras esperaban a que sonara el timbre de salida, ¿y eso por qué? ¿Qué tenían contra ella?

Etcétera.

Leer era la mejor solución cuando su mente tomaba ese derrotero, de modo que encendió su lucecita portátil y empezó el libro sobre Somalia que se había mencionado en la magnífica cena donde la mujer sureña había perdido los estribos. Al principio, el libro era aburrido, pero después cobró ritmo y Pam se horrorizó. Era increíble todo lo que no sabía sobre vidas tan distintas a la suya. Pensaba llamar a Bob al día siguiente para hablar de eso con él, pero esa mañana se enteró de que su plaza del hospital iba a desaparecer y el pánico que la invadió fue real.

Por alguna razón, relacionada probablemente con sus fantasías juveniles, se aferró a la idea de hacerse enfermera. De modo que, durante las semanas siguientes, estuvo buscando información sobre cursos de enfermería y se imaginó llenando jeringuillas, extrayendo sangre, sujetándole el brazo magullado a una anciana en una sala de urgencias, atrayendo miradas de respeto de los médicos; se vio (y puede que, finalmente, se informara sobre el Botox) hablando con padres jóvenes aterrorizados, como las madres de la escuela que no eran simpáticas con ella. Se imaginó cruzando las puertas batientes de un quirófano, segura en todos sus gestos. (Ojalá tuvieran las enfermeras que seguir llevando uniformes y gorros blancos en vez de la fea indumentaria actual; se permitían ridículas zapatillas de todo tipo, y los pantalones siempre eran anchísimos.) Se vio administrando transfusiones de sangre, consultando historiales, ordenando medicamentos.

«No se me ocurre nada peor —le dijo Janice—. Las enfermeras trabajan una barbaridad. Se pasan doce horas de pie. ¿Y si cometes un error?»

Pam había sido tan tonta que no había pensado en eso. Claro que cometería un error. Aunque había personas menos inteligentes que ella que eran enfermeras, ¿no? Las veía a todas horas en el hospital, reventando pompas de chicle, con cara de sueño; ah, pero con la confianza de la juventud. Nada era comparable a la confianza de la juventud.

Pero, en verdad, después de pasarse aquellas semanas preocupándose tontamente, todo se reducía (y era inevitable, aunque sólo asistiera a clases nocturnas) a que echaría de menos a sus hijos. Echaría de menos ayudarlos con los deberes (aunque siempre se aburría como una ostra), echaría de menos quedarse en casa con ellos cuando se ponían enfermos o nevaba, y tendría que estudiar durante sus vacaciones. Además, a diferencia de su cuñada, Helen, ella tenía dificultad para conservar a las asistentas, que le harían mucha falta si estudiaba enfermería. Cambiaba de niñeras y empleadas domésticas a una velocidad asombrosa. Tendía a mostrarse demasiado cordial y después se decepcionaba cuando se aprovechaban de ella. Las despedía avisándolas con muy poco tiempo y, cuando ellas se ofendían por la sorpresa, les pagaba lo que les debía y negaba con la cabeza. No, no iba a salir bien. Para consolarse, fue a la peluquería para cambiarse de peinado, pero no le gustó cómo le caía la onda sobre la frente.

Llamó a Bob al despacho y le explicó su dilema.

—No sé, Bob. Puede que ni tan siquiera quiera ser enfermera. Puede que sólo quiera estudiar las materias. Anatomía. Como en la universidad.

Bob tardó mucho en responder.

—Pam, no sé qué decirte. Haz clases de anatomía si te apetece.

—Espera, Bobby. ¿Estás enfadado conmigo? —Lo cierto era que Pam no había contemplado esa posibilidad. Llevaba años llamando a Bob siempre que le apetecía y él siempre la trataba con amabilidad y la escuchaba con paciencia. Dijo—: Oye, no viniste a casa en Navidad, y a los niños les dolió. Y hace siglos que no te veo. Y, ahora que lo pienso, cuando te he llamado, bueno, te seré sincera, has estado seco. ¿Has vuelto con Sarah? Sé que no le caía bien.

—No he vuelto con Sarah, no.

—Entonces, ¿qué pasa? ¿Qué he hecho?

—Sólo estoy liado, Pam. Están pasando muchas cosas.

—Al menos dime una cosa: ¿sigue Zachary con su padre? ¿Qué ha pasado con los cargos?

—La Fiscalía del Estado no ha llegado a presentarlos.

—Caramba. Así que se escapó por nada.

—No sé si vivir con su padre es nada.

—Vale, eso es cierto. ¿Cómo está Susan?

—Ya sabes cómo es.

—Bob, quería hablarte del libro que iba a leer de esa autora somalí. Porque ya lo he leído, casi todo, y es bastante angustioso.

—Háblame del libro, Pam. Tengo una reunión dentro de cinco minutos: Un abogado joven que necesita orientación.

—Vale, vale. Yo también tengo cosas que hacer. Pero la autora dice que ser mujer en Somalia es de locos, y da muchos detalles. Si tienes un hijo fuera del matrimonio, ya puedes despedirte. Literalmente. Puedes morirte en la calle. A nadie le importará. Y eso otro, Dios santo, cogen a niñas de cinco años y se lo rebanan, Bob, y luego las cosen. Las niñas casi no pueden orinar. Escucha esto: les enseñan que, si oyen a una niña orinar con demasiada fuerza, tienen que burlarse de ella.

—Pam, esto me pone malo.

—¡Y a mí! Es decir, queremos respetar su estilo de vida, pero ¿cómo se puede respetar eso? Por supuesto, hay controversia en la comunidad médica, porque algunas somalíes quieren volver a coserse después de tener un hijo y a los médicos occidentales no les entusiasma hacerlo. Sinceramente, Bob, es un poco de locos. La mujer que ha escrito el libro, no sé pronunciar su nombre, está amenazada de muerte por decir la verdad, vaya sorpresa, ¿no? ¿Por qué no dices nada?

—Porque, en primer lugar, Pam, ¿cuándo te has vuelto así? Creía que ellos te preocupaban, que te preocupaban sus parásitos, sus traumas...

—Me preocupan...

—No es verdad. Ese libro es el sueño de la derecha conservadora. ¿Es que no lo ves? ¿Aún lees alguna vez el periódico? Y en segundo lugar, vi a algunas de esas personas supuestamente locas en la vista de Zachary. ¿Y sabes qué, Pam? No están locos. Están agotados. Y, en parte, están agotados por culpa de personas como tú que leen sobre los aspectos más provocadores de su cultura en algún club de lectura y después los odian por eso, porque, en el fondo, desde que derribaron las torres, eso es lo que queremos en este país de blandos e ignorantes. Tener permiso para odiarlos.

—Por el amor de Dios —espetó Pam—. No me lo puedo creer. Los hermanos Burgess. Los abogados defensores de todo el puto mundo.

El nuevo piso de Bob estaba en un edificio alto con portero. Nunca había tenido portero ni había vivido en un edificio tan grande, y supo, de inmediato, que había hecho lo correcto. Los ascensores iban llenos de niños, cochecitos, perros y ancianos, de hombres con traje y mujeres con maletines que llevaban el pelo húmedo por las mañanas. Era como mudarse a otra ciudad. Vivía en la planta dieciocho, enfrente de un matrimonio mayor, Rhoda y Murray, quienes le dieron la bienvenida invitándolo a una copa durante su primera semana allí.

—Tenemos la mejor planta —dijo Murray, que llevaba gafas de culo de botella y usaba bastón. Lo alzó para señalar el salón—. Yo duermo hasta mediodía, pero Rhoda ya está levantada a las seis, moliendo ese café que resucita a los muertos. ¿Tienes hijos? ¿Estás divorciado? Y qué, Rhoda se divorció, yo la pesqué hace treinta años, ahora todo el mundo se divorcia.

—No te preocupes —dijo Rhoda, acerca de no tener hijos. Le llenó la copa de vino (el primer vino que tomaba en varias semanas)—. Mis hijos son una lata. Los quiero, me vuelven loca. Sólo tengo estos anacardos, no sé de cuándo son.

—Siéntate, Rhoda. Se comerá los anacardos encantado. —Murray se arrellanó en un gran sillón y dejó el bastón en el suelo con cuidado. Alzó la copa de vino en dirección a Bob.

Rhoda se hundió en el sofá.

—¿Conoces al matrimonio que vive al final del pasillo? Uno de sus hijos tiene, ¿cómo se llama?, venga ya —Rhoda chasqueó los dedos—, bueno, esa enfermedad que afecta al crecimiento de la columna vertebral. La madre es una santa, tiene un marido maravilloso. ¿Burgess? ¿Eres pariente de Jim Burgess? ¿En serio? ¡Vaya juicio aquél! Ese hijo de perra era culpable, pero vaya juicio, nos encantó verlo por televisión.

Cuando regresó a su piso, Bob llamó a Jim.

—Sé que te has mudado —dijo su hermano.

—¿Lo sabías?

—Pues claro. Pasé por delante de tu piso y había cortinas en la ventana; bueno, parecía habitable, así que supe que te habías largado. Pedí a un detective de nuestro bufete que averiguara dónde habías ido. ¿Y cómo es que tu teléfono sigue sin aparecer en la guía? Cada vez que llamabas al fijo y ponía «privado» sabíamos que eras tú. ¿De qué va eso?

Iba de no ser un Burgess. Durante el juicio de Wally Packer, Pam había dicho que estaba harta de que llamara gente preguntando si eran parientes de Jim Burgess.

—Es como yo lo quiero —respondió Bob.

—Helen está dolida. Nunca llamas. Y te has cambiado de piso sin decir una palabra. Tendrás que decirle que tienes mal de amores. Es lo que yo le he dicho.

—¿Por qué no le has contado la verdad?

Silencio. Al cabo de un rato, Jim dijo:

—¿Qué verdad? Yo no sé realmente por qué te has mudado, zángano.

—Porque me disgustaste, Jim. Jesús. ¿No le has hablado de eso?

—Todavía no. —Jim suspiró de forma audible—. Jesús. Oye, ¿has hablado con Susan últimamente? Parece muy sola.

—Pues claro que se siente sola. Voy a invitarla a venir.

—¿Ah, sí? Susan no ha estado en Nueva York en toda su vida. Bueno, oye, pásatelo bien. Nosotros nos vamos a Arizona a ver a Larry.

—Entonces, esperaré a que hayáis vuelto. —Bob colgó.

El tono de Jim le había aguado la sorpresa, tan dolorosamente grata, de saber que su hermano había investigado su paradero. Se quedó sentado en el sofá mirando el río, donde vio pequeños veleros surcando sus aguas y, detrás de ellos, un barco más grande. No tenía ningún recuerdo de su vida del que Jim no fuera el luminoso centro.

4

La señora Drinkwater se quedó en la puerta de la habitación de Susan, donde ella estaba con los brazos en jarras.

—Pase —dijo—. Soy incapaz de pensar.

La señora Drinkwater se sentó en la cama.

—Antes, creo que en Nueva York se llevaba mucho el negro. No sé si continúa siendo así.

—¿El negro?

—Antes sí. Ha pasado un siglo desde que trabajé en Peck's, pero a veces entraba una señora que quería un vestido negro y yo, naturalmente, suponía que era para un entierro e intentaba tener tacto, pero resultaba que se iba a Nueva York. Me pasó unas cuantas veces.

Susan cogió una fotografía sin enmarcar de la mesilla.

—Ha ganado peso —dijo, y se la pasó a la anciana—, en sólo dos meses.

—Caramba —dijo la señora Drinkwater.

Le costó un poco reconocerlo. Zachary estaba junto al poyo de una cocina y casi sonreía a la cámara. Llevaba el pelo más largo, con una onda que le caía sobre la frente.

—Parece... —La señora Drinkwater se interrumpió.

—¿Normal? —preguntó Susan. Se sentó al otro lado de la cama, cogió la fotografía y la miró—. Es lo que he pensado nada más verla. He pensado: «Cielo santo, mi hijo parece normal». —Y añadió—: Ha llegado hoy por correo.

—Está estupendo —reconoció la señora Drinkwater—. Entonces, ¿es feliz?

Susan dejó la fotografía en la mesilla.

—Eso parece. La novia de su padre vive con ellos. Es enfermera, y puede que buena cocinera, no lo sé. Pero a Zach le cae bien. Tiene hijos de una edad parecida a la suya, supongo que viven cerca. Hacen cosas todos juntos. —Susan miró el techo—. Eso es bueno. —Se pellizcó la nariz y parpadeó. Luego, miró alrededor, con las manos en el regazo. Por fin, dijo—: No sabía que hubiera trabajado en Peck's.

—Durante veinte años. Me encantaba.

—Será mejor que vaya a ponerle el pienso a la perra. —Pero Susan siguió sentada en la cama.

La señora Drinkwater se levantó.

—Ya voy yo. Y haré huevos revueltos para cenar, ¿qué me dices?

—Es usted muy buena conmigo. —Susan alzó los hombros y suspiró.

—No es nada, querida. Llévate un jersey negro de cuello alto y un par de pantalones negros e irás perfecta.

Susan volvió a mirar la fotografía. La cocina en la que estaba Zach le recordaba un quirófano, con ángulos rectos y mucho acero inoxidable. Su hijo (¡su hijo!) miraba a la cámara, la miraba a ella, con franqueza y otra cosa que, más que timidez, era, quizá, una disculpa. Su cara, antes tan angulosa y difícil, era ahora agraciada por el peso que había ganado. Tenía los ojos grandes y oscuros, la mandíbula marcada, cincelada. Casi, y era tan extraño que le resultaba imposible dejar de mirar la fotografía, casi se parecía a Jim cuando era joven. Pero el placer que le había producido descubrirlo ya había dado paso a una insoportable sensación de vacío, mezclada con recuerdos de su anterior comportamiento como madre y esposa.

La memoria. Pasaba con las manos abiertas por delante de las escenas de su vida y las cerraba para llevarse el principio, el final, el marco que las sustentaba. Pero, en aquellos recuerdos fragmentados de sí misma (gritando a Steve, a Zach), reconoció a su propia madre y la cara le ardió de vergüenza. Jamás había comprendido lo que ahora comprendía: que los arrebatos de cólera de su madre habían vuelto aceptable la cólera, que ella hablaba a los demás como su madre le había hablado a ella. Su madre jamás había dicho: «Susan, perdona, no tendría que haberte hablado así». Y, en consecuencia, años después, al hablar ella en ese mismo tono, Susan tampoco había pedido nunca disculpas.

Y ya era demasiado tarde. Nadie quiere creer que es demasiado tarde, pero el tiempo corre y, un buen día, ya no hay marcha atrás.

5

En Arizona, Helen y Jim estaban alojados en un completo turístico situado en las estribaciones de los montes Santa Catalina. Desde su habitación se veía un enorme cactus saguaro con un recio brazo verde dirigido al cielo y otro que apuntaba al suelo; también tenía vistas a la piscina.

—Bien —dijo Helen, la mañana del segundo día—. Sé que te llevaste una decepción cuando Larry vino aquí a estudiar, pero esto es precioso.

—La que quedó decepcionada fuiste tú, no yo. —Jim estaba leyendo algo en el móvil.

—Por lo lejos que está.

—Y porque no era Amherst o Yale. —Jim se había puesto a teclear con los pulgares a una velocidad de vértigo.

—Eso te decepcionó a ti.

—No es cierto. —Jim la miró—. Yo fui a una universidad pública, Helen. No tengo ningún problema con eso.

—Tú fuiste a Harvard. Mi única decepción es que Larry no venga hoy de excursión.

—Está trabajando en su artículo, como ha dicho. Volvemos a verlo esta noche. —Jim cerró el móvil y lo abrió de inmediato, volvió a mirarlo.

—Jimmy, lo que estás haciendo, ¿no puede esperar?

—Un segundo. Es del trabajo, espera.

—Cada vez hace más sol. Sabes que no he dormido bien.

—Helen. Por favor.

—La excursión dura cuatro horas, Jimmy. ¿Por qué no hacemos una más corta?

—Sé que la excursión dura cuatro horas. Y es bonita y me gusta. Y a ti te gustó la última vez. Si esperas un momento de nada, podremos volver a disfrutarla.

Cuando salieron del hotel, ya eran las once y estaban a más de treinta grados de temperatura. Aparcaron cerca del centro de orientación y caminaron por la carretera asfaltada durante mucho tiempo antes de desviarse por una polvorienta senda que discurría entre cactus y algarrobos, y llevaba al río, que atravesaron por unas piedras anchas y lisas. Helen se había despertado a las cuatro de la madrugada y ya no había vuelto a dormirse. De algún modo, en la cena, durante la cual la novia de Larry, Ariel, había hablado sin parar de su horrible padrastro, Helen debía de haberse ido rellenando la copa de vino, mientras Ariel se tiraba del pelo largo y hablaba a toda velocidad, bajo la atenta mirada de Larry, que la observaba con la reverencia de un niño. Se acostaban, de lo contrario no la miraría así; Helen lo sabía. ¿Por qué había elegido Larry a una idiota por novia? Eso le partía un poco el corazón.

«No está tan mal», fue todo lo que dijo Jim. Y eso también le partía un poco el corazón.

Helen miró los talones de las botas de Jim y los siguió. Hacía mucho calor y la senda era estrecha. Una lagartija la atravesó como una bala.

—Jimmy, ¿cuánto llevamos? —preguntó por fin.

Jim consultó el reloj.

—Una hora. —Bebió de la cantimplora y ella bebió de la suya.

—No sé si voy a llegar a los lagos —dijo Helen.

Él la miró con sus gafas de espejo.

—¿No?

—Estoy un poco... baja.

—A ver cómo va.

El sol caía a plomo. Helen apretó el paso, trepó por piedras, pasó entre ramas resecas y plantas que parecían muertas. No habló, pero, cuando Jim se rascó el gemelo, vio en su reloj que habían transcurrido otros treinta minutos. Y entonces, al coronar una pequeña cuesta, el calor se convirtió en un ente vivo y feroz, y Helen comprendió que la había estado persiguiendo y acababa de atraparla. Comenzó a ver puntos oscuros en la parte inferior de su campo visual. Se escurrió al suelo apoyándose en el tronco de un arbolillo.

—Jimmy, voy a desmayarme. Ayúdame.

Él le dijo que pusiera la cabeza entre las piernas y le dio de beber.

—Te pondrás bien —afirmó, y ella dijo que no, que le pasaba algo. Iba a vomitar. Y estaban a casi dos horas del aparcamiento, del centro de orientación, de la seguridad.

—Haz el favor de llamar a alguien —suplicó—. Por favor, van a tardar muchísimo en llegar. —Jim le dijo que no se había llevado el móvil. Le dio más agua, le aconsejó que bebiera despacio. Luego, la guio por el camino de vuelta; las piernas le temblaban tanto que se caía continuamente—. Jimmy —susurró, con los brazos extendidos hacia delante—. Oh, Jimmy. No quiero morir aquí. —No quería morir en el desierto de Arizona, a unos pocos kilómetros de su hijo. Por un momento, se lo imaginó recibiendo la noticia. Era repugnante, aquel aspecto práctico de la muerte: una moría e informaban a sus hijos. Pero Larry se pondría muy triste, aunque la vida era así: ya se sentía alejada de su dolor.

—Acabas de hacerte una revisión —dijo Jim—. No te vas a morir.

Después, Helen no sabía si el comentario sobre lo absurdas que eran las revisiones lo había hecho Jim o lo había pensado ella. Doblada, avanzó dando traspiés mientras Jim la sostenía. Por el cauce del río corría un hilillo de agua. Jim se desató la camisa que llevaba en la cintura, la mojó y le tapó la cabeza con ella. Así fue como desanduvieron sus pasos por el cañón.

Cuando llegaron a la carretera asfaltada, Helen se sintió tan feliz como una niña extraviada que encuentra el camino a casa. Se sentaron en un banco y ella cogió a Jim de la mano.

—¿Te parece que Larry está bien? —preguntó después de beberse casi toda el agua.

—Está enamorado. Encoñado. Llámalo como quieras.

—Jimmy, eso es una grosería. —Ahora que el peligro había pasado, Helen se sentía alegre.

Jim le soltó la mano y se enjugó el sudor de la frente.

—Vale.

—Vamos. —Helen se levantó—. Cómo me alegro de no haberme muerto ahí.

—No ibas a morirte —dijo Jim. Volvió a ponerse la mochila.

No vieron el desvío. Demasiado tarde, Helen se dio cuenta de que se habían pasado el sendero que partía de la carretera, el que conducía a la otra carretera, y ahora rodeaban una larga curva con mucha cuesta. Y, no obstante, ninguno estaba seguro de si el sendero que no habían visto era el correcto. Jim dijo que no había de qué preocuparse. Aquella carretera acabaría llevándolos al centro de orientación. Pero hacía un sol de justicia, y, al cabo de media hora, no se encontraban más cerca. No había agua para mojar la camisa de Jim.

—¡Jimmy! —gritó Helen.

Él le mojó la cabeza con la poca agua que le quedaba en la cantimplora y a ella le fallaron las piernas, como si ya no le pertenecieran. Arrodillada junto a la carretera, comprendió que iba a perder el conocimiento y no lo recobraría. Había agotado todas sus fuerzas para salir del desierto, para llegar hasta allí. Jim se alejó a toda prisa para asomarse al final de la curva y ella vio desaparecer su borrosa figura.

—¡Jim, no me dejes! —gritó, y él regresó.

—Está muy lejos. —Helen percibió preocupación en su voz.

No entendía por qué no se había llevado el móvil.

Las manos le temblaban y los puntos que veía eran negros e inmensos. Oía un zumbido, como si tuviera grandes insectos en los oídos. El calor era cruel, triunfante, la tentaba a regresar al banco, acechaba a aquel matrimonio que creía tenerlo todo.

Cuando la camioneta dobló la curva y Jim se puso a agitar frenéticamente los brazos, Helen ya había vomitado una vez. La camioneta no llevaba pasajeros y el conductor, junto con Jim, la subió a la parte de atrás. Estaba habituado a aquello. Tenía Gatorade debajo del asiento y dijo a Jim que se lo diera despacio, a sorbos. Helen le oyó decir:

—Ya ven por qué muere gente al cruzar la frontera.

—Así, Hellie. Muy bien, cariño —murmuró Jim mientras ella se tomaba el Gatorade con su ayuda, de una forma no muy distinta a como Helen había enseñado a sus hijos a beber de un vaso cuando eran pequeños. Pero Jim estaba lejos, todo estaba lejos. Y, no obstante, había algo, ¿qué era? Su marido tenía miedo. Aquel minúsculo descubrimiento sólo era una mota de polvo suspendida en el aire. Desaparecería, estaba desapareciendo...

En la habitación, bajaron las persianas y se metieron en la cama. Helen tenía mucho frío y agradeció la blandura del edredón. Permanecieron acostados uno al lado del otro, cogidos de la mano. Helen pensó: «Las personas que casi mueren juntas permanecen juntas», y se extrañó de haberlo pensado.

—¿Dónde estabas tú? —le preguntó Ariel, la última noche de su visita.

Ariel.

Helen, que había dicho: «Qué nombre tan bonito», ya no lo soportaba. La miró con los ojos entrecerrados. Estaban en el aparcamiento del hotel al anochecer, a punto de despedirse. Larry y Jim mantenían una conversación al otro lado del coche.

—¿Dónde estaba cuándo? —preguntó Helen a aquella chica que dormía al lado de su hijo.

El aire le pareció frío, seco.

—Cuando Larry iba de colonias.

Helen, después de convivir tantos años con un abogado defensor, tuvo la familiar sensación de que le estaban tendiendo una trampa.

—Vas a tener que explicarte —dijo, sin alterarse. Y, cuando la joven Ariel no respondió, añadió—: No sé a qué te refieres.

—Me refiero a que... ¿dónde estabas tú? Larry no quería ir de colonias y tú lo sabías. Al menos, él piensa que lo sabías. Pero dejabas que fuera. Y él lo pasaba fatal. Piensa que la culpa era de su padre. Que Jim insistía para que fuera. Pero mi pregunta es: ¿Dónde estabas tú?

¡Los jóvenes! ¡Lo sabían todo!

Helen se quedó mucho tiempo callada, el suficiente para que Ariel se mirara la sandalia y pasara la puntera por la grava.

—¿Dónde estaba yo? —dijo Helen, con calma—. En Nueva York, comprando, probablemente.

Ariel la miró, se rio de forma infantil.

—No, hablo en serio. Probablemente fuera así. Comprando y mandando paquetes a mis hijos todas las semanas, esos paquetes llenos de caramelos, pastelitos y todas las cosas que los monitores siempre dicen que no hay que mandar.

—¿No sabías que Larry era infeliz?

Helen lo sabía y en ese preciso momento se sintió como si Ariel le hubiera clavado un fino puñal en el pecho. Cuánta crueldad.

—Ariel, cuando tengas hijos, verás que tus decisiones se basan en lo que crees que es mejor para ellos. Y nos pareció que lo mejor era que Larry se quedara aunque nos echase de menos. Anda, dime, ¿cómo te van las clases?

Helen no prestó atención mientras Ariel hablaba. Pensó en lo mal que se había encontrado en la excursión hacía unos días. Pensó en cómo había tratado de continuar para complacer a Jim. Pensó en los días que iban a visitar a Larry en la casa de colonias, en cómo se le partía el corazón al percibir su esperanza, al oír el discurso que se había preparado para convencerlos de que se lo llevaran a casa con ellos, al ver su abatimiento cuando comprendía que no daría resultado, que tendría que quedarse otras cuatro semanas. ¿Por qué no había insistido para que le permitieran volver a casa? Porque Jim pensaba que no había que permitirle volver a casa. Porque dos personas no pueden tener opiniones completamente distintas sin que una de ellas se imponga.

Helen quería decir algo que hiriera a Ariel y, cuando ella sacó una caja de galletas que había preparado ese día especialmente para ellos y se la dio, dijo:

—Bueno, yo ya no tomo chocolate. Pero Jim sí se las comerá.

6

En la zona de recogida de equipajes del aeropuerto, Bob no encontraba a Susan. Había gente que llevaba sandalias y sombreros de paja, gente con abrigos y niños pequeños, adolescentes desgarbadamente recostados en carritos, con auriculares en los oídos, mientras sus padres, más jóvenes que Bob, miraban la cinta transportadora con preocupación. Cerca de él, una mujer de pelo cano estaba marcando un número en el móvil. Llevaba el bolso bien cogido bajo el brazo y protegía la maleta de mano con el pie.

—¿Susan? —preguntó. Estaba distinta.

—Estás distinto —dijo ella, y metió el móvil en el bolso.

Bob llevó su maletita de ruedas a la cola de la parada de taxis.

—¿Siempre hay tanta gente? —preguntó Susan—. Es como estar en Bangladesh. Dios mío.

—¿Cuándo fue la última vez que estuviste en Bangladesh? —Bob pensó que había parecido Jim al decir eso. Añadió—: Oye, nos lo pasaremos bien, no te preocupes. E iremos a Brooklyn a ver a Jim. Hace siglos que no lo veo.

Susan estaba observando a la mujer que organizaba los taxis, moviendo la cabeza de un lado a otro mientras hacía avanzar a la cola, tocaba el silbato, gritaba, abría las puertas de los taxis.

—¿Qué sabes de Zach? —le preguntó Bob.

Susan metió la mano en el bolso y se puso las gafas de sol, aunque el cielo estaba encapotado.

—Está bien.

—¿Nada más?

Susan miró el cielo.

—Hace un tiempo que no sé nada de él —dijo Bob.

—Está enfadado contigo.

—¿Está enfadado? ¿Conmigo?

—Ahora que vive en familia, se pregunta dónde estabais tú y Jim todos estos años.

—¿No se pregunta dónde estaba su padre en todos estos años?

Susan no respondió. Cuando subieron al taxi, Bob cerró de un portazo.

La llevó al Rockefeller Center. La llevó a pasear por Central Park, donde le señaló a la joven pintada de dorado. La llevó a un musical de Broadway. Era como una niña vergonzosa que decía a todo que sí. Le cedió su dormitorio y durmió en el sofá. El segundo día por la mañana, Susan se sentó a la mesa sujetando el tazón de café con ambas manos y dijo:

—¿No te da miedo vivir tan arriba? ¿Y si hay un incendio?

—No pienso en eso —respondió él. Acercó la silla a la mesa—. ¿Recuerdas alguna cosa del accidente? —preguntó.

Susan lo miró, sorprendida.

—No —dijo por fin, con un hilillo de voz.

—¿Nada?

La expresión de su hermana era franca e inocente. Sus ojos vagaron por la cocina mientras lo consideraba. Habló en tono vacilante, como si temiera darle la respuesta equivocada.

—Creo que hacía mucho sol. Creo que recuerdo un sol cegador, en todas partes. —Apartó su tazón de café—. Pero podría haber estado lloviendo.

—No llovía. Yo también recuerdo que hacía sol.

Jamás habían hablado de aquello. Bob paseó la mirada por el piso, como si necesitara apartarla de Susan. Aún era lo bastante nuevo para no resultarle familiar, y la cocina estaba tan limpia que relucía. Jim no podría decir que aquello era un colegio mayor; allí, Bob no podía fumar echando el humo por la ventana. Deseó no haber mencionado el accidente; era más embarazoso que si le hubiera pedido a Susan que le diera detalles de su vida íntima con Steve. La vergüenza, honda, le tensó los brazos.

—Siempre pensé que había sido yo —dijo Susan.

—¿Qué? —preguntó Bob, y se volvió hacia ella.

—Sí. —Su hermana lo miró un momento antes de concentrarse en sus manos, que tenía juntas en el regazo—. Pensaba que por eso me gritaba tanto mamá. A vosotros dos nunca os gritaba. Así que a lo mejor fui yo. A menudo lo pienso. Y, desde que Zach se fue, tengo unas pesadillas espantosas. No las recuerdo cuando me despierto, pero son horribles. Y, de algún modo, me dejan con esa sensación.

—Susie, tú sabes que no fuiste tú. De pequeños, siempre me decías: «Es todo culpa tuya, idiota».

Los ojos de Susan se cuajaron de ternura.

—Oh, Bobby. Claro que te decía eso. Era una niña asustada.

—¿No lo pensabas siempre que me lo decías?

—No sabía qué pensaba.

—Pues Jim me estuvo hablando de eso. Se acuerda. Dice que se acuerda.

—¿De qué se acuerda? —preguntó Susan.

Pero Bob descubrió que no era capaz de decírselo. Extendió las manos sobre la mesa. Se encogió de hombros.

—Una ambulancia. La policía, creo. Pero sabe que no fuiste tú. Así que hazme el favor de no preocuparte por eso.

Los gemelos permanecieron mucho tiempo en silencio.

Detrás de la ventana, el río centelleaba.

—Aquí todo es carísimo —dijo por fin Susan—. En el pueblo, podría comprarme un sándwich con lo que aquí cuesta un café.

Bob se levantó.

—¿Nos vamos? —preguntó.

En el pasillo, Murray gritó:

—¡Hola! —Y les estrechó la mano.

Rhoda se agarró al brazo de Susan.

—¿Dónde te ha llevado?... No dejes que te agote. La gente se agota y ¿qué gracia tiene eso?... ¿A Brooklyn? ¿A ver a ese hermano famoso vuestro?... Me alegro de conocerte. ¡Divertíos!

En la calle, Susan dijo:

—A personas así, nunca sé qué decirles.

—¿Personas simpáticas y agradables? Sí, te cortan muchísimo el rollo. —Una vez más, Bob pensó que había parecido Jim. Pero no se podía creer que su hermana lo cansara tanto.

En el metro, Susan viajó sentada sin moverse, con el bolso sujeto en el regazo con ambas manos, mientras Bob se balanceaba agarrado a la barra.

—Antes cogía este metro todos los días —le dijo, y ella no respondió—. Oye —añadió—, sobre lo que hemos hablado antes: no fuiste tú. No te preocupes.

Susan no hizo ningún gesto que le indicara que lo había oído, aparte de mirarle un instante a los ojos. Habían salido a la superficie y Susan volvió la cabeza para mirar por la ventanilla. Bob intentó señalarle la Estatua de la Libertad, pero, cuando ella miró en esa dirección, ya habían pasado de largo.

—¿Qué tal ha ido? —preguntó Helen, y se apartó de la puerta. Parecía otra. Más menuda, mayor, y no tan guapa.

—Siento no haberme pasado antes —dijo Bob, y Helen respondió:

—Lo entiendo. Tienes tu vida.

—Zángano. Has traído a nuestra hermana desaparecida. ¿Cómo te va, Susan? —Jim entró en el salón, alto, esbelto. Dio una palmada en el hombro a Bob y un rápido abrazo a Susan—. ¿Te gusta la ciudad? —le preguntó.

—Susan, pareces aterrorizada —dijo Helen.

Susan dijo que necesitaba ir al baño, donde se sentó al borde de la bañera y lloró. No tenían ni idea. El problema no era la ciudad, que no soportaba y le parecía un poco ridícula, como una feria estatal atestada de gente que se extendía por un interminable campo cubierto de hormigón, con las atracciones bajo tierra en vez de sobre ella; todo le parecía un poco sórdido: las escaleras del metro que olían a orina, los papeles que sembraban los bordillos, los excrementos de paloma que manchaban las estatuas, la chica pintada de dorado que posaba en el parque. No, no era la ciudad la que la aterrorizaba. Eran sus hermanos.

¿Quiénes eran? ¿Quién podía vivir así? No eran el Bob y el Jim de su infancia. Bob, que vivía prácticamente en un hotel, en un piso que sólo estaba separado del resto de las viviendas por una puerta que daba a un pasillo enmoquetado. Con un guardia de uniforme en el vestíbulo cuya función era prohibir el paso a los vagabundos y empujar la puerta giratoria. Era una forma espantosa de vivir, no del todo humana. Bob, que le había preguntado si le gustaban las vistas del río. ¿Qué podía importarle a ella un río que estaba tan abajo que parecía visto desde la ventanilla de un avión? Y, lo más raro de todo, que Bob hubiera sacado el tema tácitamente vedado del accidente de su padre en un lugar así, ¡que lo hubiera siquiera sacado! Susan estaba desorientada, debilitada por aquel ataque.

Sus hermanos, incluso después de marcharse de Shirley Falls, habían continuado siendo sus hermanos. Pero ya no lo eran. Ahora, mientras se sonaba la nariz con papel higiénico, Susan tuvo la sensación de que el universo daba un vuelco. Estaba completamente sola, sólo unida a un hijo que ya no la necesitaba. Aquella casa en la que estaba (se echó agua en la cara, abrió la puerta del baño y salió), donde Jim había criado a tres hijos y daba cenas (se las imaginó mientras regresaba al salón), donde celebraba fastuosas Navidades en familia, por donde se paseaba en pijama las mañanas de fin de semana después de recoger los periódicos, donde había visto la televisión incontables noches con sus hijos y su mujer, aquella casa no tenía nada de hogar. Era un gran mueble. Un museo de techos altos. ¡Y oscura! ¿Quién podía vivir en un lugar tan oscuro, con lujosos muebles de madera tallada, con apliques de luz de anticuario? ¿Quién podía vivir así?

Le estaban hablando, Helen le hacía gestos para que subiera, «una visita guiada —decía—, era divertido ver las casas de otras personas, el vestidor —decía—, ella era la única mujer de Nueva York con un marido que tenía más ropa que su esposa». Y pasaron por delante de hileras de trajes, como si estuvieran en unos grandes almacenes; había una ventana, como si la ropa necesitara tener una buena vista, y una pared que era un espejo, muy grande y alto. Susan se vio obligada a mirarse en él: una mujer pálida de pelo cano, con unos pantalones negros que le quedaban grandes. Pero a Helen, en el espejo, se la veía menuda, compacta, como un pincel, con el entallado vestido de punto y las medias que llevaba. ¿Cómo sabía vestirse de esa forma?

Sí, el universo había dado un vuelco. Era aterrador que su sentido de identidad se tambaleara. Que no tuviera padre, madre, marido ni hermanos, y que su hijo no...

—Susan. —La voz de Helen le pareció aguda—. ¿Te apetece tomar algo?

En el jardín trasero, Susan y Bob estaban acomodados en el banco de hierro forjado, ambos con un vaso de agua con gas en la mano. Helen estaba sentada al borde de una silla de jardín, con las piernas cruzadas y una gran copa de vino llena casi hasta el borde.

—Jim, siéntate —dijo, porque su marido no dejaba de moverse. Se había agachado para escudriñar las hojas de las hermosas hostas y los retoños de los lirios (jamás le había interesado nada del jardín), se había apoyado en la viga que sustentaba la terraza e incluso había entrado en casa y había salido con las manos vacías.

Helen no estaba segura de haber estado nunca tan enfadada, aunque, por supuesto, debía de haberlo estado. Pero, en aquel momento, en aquel jardín, algo iba muy muy mal, y lo único que ella sabía era que nadie hacía nada, que, por algún motivo, entre cuatro adultos, mantener a flote aquel momento social dependía por completo de ella. Era fácil culpar a Susan, y Helen lo hizo. Su postura retraída, su holgado jersey de cuello alto, con bolas en la parte de abajo (tan poca calidad tenía), todo aquello la deprimía, y también la recorrían los estremecimientos de la lástima (le bullía en las entrañas, la exaltaba, aquella ira con tantos matices).

—Jim, haz el favor de sentarte —repitió. Él la miró con curiosidad, como si la aspereza de su tono le hubiera sorprendido.

—Deja que vaya a buscar una cerveza. —Jim entró de nuevo en casa.

—Fijaos en cuántas ciruelas hay —dijo Helen, y miró las ciruelitas verdes que pendían de las ramas por encima de ella—. El año pasado no hubo tantas, pero así son los árboles frutales: cada dos años, dan mucha fruta. Las ardillas de Park Slope se pondrán contentas. Se atiborrarán de ciruelas.

Desde el banco, los gemelos Burgess la miraron sin mudar la expresión. Bob tomó un sorbo de agua con educación y enarcó las cejas con aire pasivo. Susan también bebió de su vaso y, después, apartó un poco la mirada, como si su cara le dijera: «No estoy aquí, Helen, y no soporto tu gran casa ni este ridículo patio trasero que tú llamas jardín. Me parece todo vulgar, tu gran vestidor de arriba, esta gran barbacoa de aquí, no los soporto, consumista rica de Connecticut, materialista del mundo moderno».

Helen, al percibir todo aquello en la expresión de su cuñada, pensó en la palabra *palurda* y, después, la invadió un profundo cansancio. No quería pensar eso, ni ser así, y le pareció espantoso que se le hubiera ocurrido aquella palabra. Pero, justo después, pensó, horrorizada, en la palabra *negrata*, lo cual ya le había ocurrido algunas veces.

«Negrata, negrata», como si su mente sufriera un síndrome de Tourette y aquellas cosas espantosas se le ocurrieran sin poder controlarlas.

—¿Os las coméis? —preguntó Bob.

Detrás de Helen, la puerta se abrió y apareció Jim con una botella de cerveza. Cogió una silla de jardín.

—¿A las ardillas? —dijo a su hermano—. Las asamos a la parrilla —añadió, señalando la barbacoa con la cabeza.

—Las ciruelas. Si os coméis las ciruelas.

—Están demasiado amargas —respondió Helen, y pensó: «No es responsabilidad mía que estén a gusto». Pero claro que lo era—. Has adelgazado —le dijo a Bob.

Él asintió.

—Últimamente no bebo. Mucho.

—¿Por qué no bebes? —Helen percibió el tono acusador de su voz, vio que Bob lanzaba una mirada a Jim.

—Estáis bronceados —observó Susan.

—Ellos siempre están bronceados —dijo Bob, y Helen los odió a los dos.

—Hemos estado en Arizona, visitando a Larry. Creía que lo sabíais —respondió Helen.

Susan volvió a apartar la mirada y, para Helen, aquello fue lo más lamentable de todo, que ni tan siquiera preguntara por su sobrino sólo porque su propio hijo la hubiera decepcionado, hubiera huido de su lado.

—¿Cómo está Larry? —preguntó Bob.

—Estupendamente. —Helen tomó un trago de vino y notó cómo se le subía a la cabeza. Justo después, oyeron de forma simultánea un estrépito de cristales rotos y el débil timbre de un teléfono, y Susan se levantó.

—Oh, no. Oh, no, lo siento —dijo.

A Susan le había sonado el móvil y, al parecer, eso la había asustado tanto que el vaso se le había caído al suelo. Mientras hurgaba en el bolso, lo encontraba y, extrañamente, se lo daba a Jim, que se había levantado y se había acercado a ella, Helen dijo:

—No te preocupes, haré que lo limpien. —Y pensó que los cristalitos se incrustarían entre los ladrillos, y que el jardinero, que iba una vez a la semana en esa época del año, se enfadaría.

—Charlie Tibbetts —dijo Jim—. Susan está aquí. Espera, dice que mejor hablas conmigo. —Jim echó a andar por el jardín, con el móvil pegado a la oreja, y asintió varias veces—. Sí, sí, te oigo. —Movió una mano en el aire como un director de orquesta. Por fin, cerró el móvil de Susan, se lo devolvió y añadió—: Ya está. Se acabó. Zach es un hombre libre. Los cargos se han archivado.

Se hizo el silencio. Jim se sentó y bebió un trago de cerveza, con la cabeza echada hacia atrás.

—¿Qué quieres decir con *archivado*? —Helen fue la que por fin preguntó.

—Significa que lo han parado. Si Zach se porta bien, retirarán los cargos. El caso ha perdido popularidad. De hecho, siempre pasa, y es lo que Charlie esperaba. Salvo que, en este caso, había repercusiones políticas. Pero la comunidad somalí, los ancianos, a quienquiera que hayan preguntado, han dicho que les parecía bien que el caso se archivara. —Jim se encogió de hombros—. Quién sabe.

—Pero ahora ya no volverá —dijo Susan.

Y Helen, que esperaba oír un comentario feliz en boca de Susan, captó la angustia de su voz y comprendió, de inmediato, que era lo más probable: el chico no iba a regresar jamás.

—Oh, Susan —murmuró. Y se levantó, se acercó a su cuñada y le frotó la espalda.

Los hermanos siguieron sentados. Bob lanzó continuas miradas a Jim, pero él no le miró ni una sola vez.

Un cálido día de julio, Adriana Martic entró en el despacho de Alan Anglin y, sin decir nada, le entregó unos papeles que él supo de inmediato, por el tamaño y el tipo de letra, que eran una denuncia.

—¿Qué tenemos aquí? —preguntó, en tono amable, y le señaló con la cabeza una de las sillas que había delante de su mesa—. Siéntate, Adri.

Adriana tomó asiento. Después de leer unas líneas, Alan la miró. Llevaba el largo cabello con mechas rubias recogido en una coleta y estaba pálida. Siempre había sido una joven callada y no dijo nada cuando lo miró a los ojos. Le sostuvo la mirada.

Alan leyó la denuncia íntegramente. Tenía cuatro páginas y, cuando la dejó en la mesa, se notó la cara húmeda, pese a tener el despacho climatizado. Su primer impulso fue levantarse y cerrar la puerta, pero el mero carácter de la denuncia volvía peligrosa a aquella mujer. Podría haber estado sentada allí en silencio con una ametralladora automática en el regazo; quedarse a solas con ella era como darle otro cargador. Alan permaneció sentado. Ella también. Él sabía, y sabía que ella sabía, que una respuesta rápida y apropiada del jefe a aquella denuncia podía limitar su responsabilidad. La denuncia debería presentarse de inmediato en el Departamento de Oportunidades de Empleo e investigarla. Adriana pedía un millón de dólares por daños y perjuicios.

—Demos un paseo —dijo Alan, y se puso de pie. Ella también se levantó y él le indicó, con un gesto de la mano que, al ser mujer, debía salir primero.

Fuera, el calor era sofocante en el centro de Manhattan. La gente que pasaba llevaba gafas de sol y maletines. Había un vagabundo hurgando en la basura cerca del quiosco de la esquina. Llevaba un abrigo de invierno, con los bolsillos rotos.

—¿Cómo puede ir así con este calor? —Adriana habló en voz baja.

—Está enfermo. Esquizofrenia, seguramente, con delirios. Les entra mucho frío. Es uno de los síntomas.

—Sé lo que es la esquizofrenia —dijo Adriana, con un deje de irritación en la voz—. Pero no sabía lo de la temperatura corporal.

Alan compró dos botellas de agua en el quiosco y, cuando ella cogió la que le ofreció, vio que tenía las uñas como muñones de mordérselas; percibió, de una forma nueva, el gran peligro que entrañaba. Se sentaron en un banco a la sombra. Alrededor de ellos, hombres y mujeres se movían con rapidez, pese al calor. Sólo una anciana que llevaba una bolsa de plástico caminaba despacio.

—¿Por qué no me lo cuentas? —sugirió Alan, con amabilidad, y la miró.

Adriana se lo contó. Él vio que iba preparada, que tenía miedo, aunque no estaba seguro de si era de él o de que no la creyera. Tenía mensajes de texto, mensajes de voz, recibos de restaurantes, recibos de hoteles. Correos electrónicos enviados a su cuenta particular. Y otros enviados a la cuenta del bufete. Sacó una carpeta de su voluminoso bolso, hojeó los papeles y le entregó varios.

Alan se sintió indecente leyendo las líneas de un hombre al que conocía desde hacía años, a quien quería casi como a un hermano, un hombre que había cometido el error de muchos hombres (aunque de Jim no se lo habría esperado, pero a menudo era así), arrinconado por las burlonas insinuacio-

344

nes de Adriana de que se lo contaría a su mujer. Alan cerró un momento los ojos al leer la palabra *Helen*; luego, siguió leyendo. Sí, ahí estaba, una amenaza: «Serías una insensata, tirarías tu carrera por la borda, tú no me conoces».

Y había más.

—Claro que presentaré la denuncia de inmediato —dijo Alan—. Y la investigarán.

—Y saldrá en los periódicos —añadió ella.

—Podemos intentar evitarlo.

—Probablemente, saldrá. Sois demasiado importantes, demasiado famosos, este bufete.

—¿Estás preparada para que esto salga en los periódicos? —preguntó él—. Tenemos que hacer lo correcto, y puede que tengas razón, puede que esto llegue a los periódicos, lo que significa que tú, tu vida, saldréis en la prensa. ¿Estás preparada para eso?

Ella se miró los zapatos de tacón; tenía las piernas estiradas. Alan se fijó en que no llevaba medias. Claro, hacía demasiado calor. Pero tenía unas pantorrillas perfectas, sin venas ni manchas, con la piel suave, ni muy bronceada ni demasiado blanca. Los zapatos eran marrones y le dejaban los dedos al aire. Alan se sintió asqueado.

—¿Has hablado de esto con alguien? ¿Has consultado a un abogado? —Se tocó la boca con la servilleta de papel que le habían dado con el botellín de agua.

—Todavía no. He redactado la denuncia yo misma.

Alan asintió.

—¿Puedo pedirte que esperes un día más antes de mencionarle esto a alguien? Mañana hablaremos tú y yo.

Ella dio un sorbo a su botellín de agua.

—Está bien —dijo.

Jim y Helen estaban pasando unos días en su apartamento alquilado de Montauk. Alan llamó primero a Dorothy y después a Jim. Luego, fue a Pennsylvania Station y cogió un tren a Montauk. Cuando se apeó en el andén, Jim lo estaba esperando. El aire sabía a sal y condujeron hasta la playa, donde las olas lamían la orilla despacio y sin cesar.

—Ve —dijo Rhoda, e hizo un gesto con la mano desde el sofá—. ¿Tu hermano famoso no es capaz de devolverte la llamada? Ve y plántate en su puerta.

Desde hacía años, Bob pasaba una semana todos los veranos con Jim y Helen en su apartamento de Montauk. Pam montada en una tabla para las olas, riéndose a carcajadas. Helen embadurnando a los niños de crema. Jim corriendo cinco kilómetros por la playa y recibiendo, a su regreso, los elogios que esperaba antes de meterse en el mar... Cuando Pam se marchó, Bob continuó yendo; se llevaba a Larry de pesca con Jim (pobre Larry, lívido y mareado) y por las tardes se tomaba una copa en el balcón. Aquellos días de verano eran una constante en un mundo inconstante. El ancho mar y la arena eran muy distintos a la costa de Maine, rocosa y plagada de algas, a la que les había llevado su abuela (las patatas fritas tibias después de viaje, los termos de agua fría, los secos sándwiches de mantequilla de cacahuete). En Montauk, se abrazaba el placer. «Fijaos en los hermanos Burgess —decía Helen, al sacar una bandeja con queso, galletas saladas y gambas frías—. Libres, libres, al fin libres.»

Ese año, por primera vez, Jim no le había llamado, ni tampoco Helen, para recordarle las fechas.

—Ve, y conoce una chica simpática —dijo Rhoda.

—Rhoda tiene razón —le aconsejó Murray, desde el sillón—. Nueva York es espantosa en verano. Los viejos que llenan los bancos del parque. Parecen velas derritiéndose. Las aceras huelen a basura.

—Esto me gusta.

—Pues claro. —Murray asintió—. Vives en la mejor planta de toda Nueva York.

—Ve —repitió Rhoda—. Es tu hermano. Tráeme una concha.

Bob dejó mensajes en el móvil de Jim. Y en el de Helen. No tuvo noticias de ninguno de los dos. La última vez dijo: «Vamos, llamad. Ni siquiera sé si estáis vivos». Pero por supuesto que lo estaban. De lo contrario, ya se habría enterado por alguien. Así pues, comprendió que, después de acogerlo en su casa y en su familia durante años, ya no deseaban su compañía.

Fue varias veces a los Berkshires con amigos, y una vez a Cabo Cod. Pero la pena le encogía el corazón y le costaba esfuerzo disimular. El último día que estuvo en Cabo Cod, vio a Jim y la sorpresa le hizo tan feliz que le pareció notar un hormigueo en todo el cuerpo. Las facciones cinceladas, las gafas de espejo. Estaba delante de Correos, con los brazos cruzados, leyendo un cartel pintado en un restaurante. «¡Eh!», casi gritó, rebosante de felicidad, antes de que el hombre descruzara los brazos y se enjugara la cara: no era Jim en absoluto, sino un hombre musculoso con una serpiente tatuada en la pantorrilla.

Cuando por fin vio a su hermano, se cruzó con él y, al principio, no lo reconoció. Ocurrió delante de la biblioteca pública de la calle Cuarenta y Dos. Bob había quedado a comer con una mujer que no conocía, una cita a ciegas que le había organizado un amigo; ella trabajaba en la biblioteca. Hacía mucho calor y Bob, pese a llevar gafas de sol, iba con los ojos entrecerrados. No se habría dado cuenta de que era Jim si su mente no hubiera retenido la imagen de que el hombre con el que acababa de cruzarse, con una gorra de béisbol y gafas de espejo, había apartado furtivamente la mirada. Se volvió y gritó:

—¡Jim!

El hombre apretó el paso y Bob corrió para alcanzarlo mientras los transeúntes se apartaban. Jim, que parecía encogido dentro de la chaqueta de su traje, no dijo nada. Se quedó inmóvil, con la cara congelada bajo la gorra de béisbol, salvo por una leve crispación de la mandíbula.

—Jimmy... —Bob vaciló—. Jimmy, ¿estás enfermo? —Se quitó las gafas de sol, pero no le vio los ojos detrás de las suyas. Sus facciones sólo recobraron su aspecto cincelado cuando alzó el mentón, como hacía él, con aire desafiante.

—No.

—¿Qué pasa? ¿Por qué no me coges el teléfono?

Jim miró el cielo y detrás de él antes de volverse otra vez hacia Bob.

—Este año tenía ganas de pasar un verano agradable en Montauk. Con mi mujer.

Al recordar aquel momento en los meses siguientes, Bob creía que su hermano no le había mirado ni una sola vez; la conversación que mantuvieron fue breve y Bob no sería capaz de recordar nada aparte del tono suplicante de su propia voz y las últimas frases de Jim, que tenía los labios finos y casi azules, y cuyas palabras fueron pausadas, casi susurradas: «Bob, voy a serte muy franco. Siempre me has sacado de quicio. Estoy harto de ti, Bob. Estoy hasta el culo de ti. De tu forma de ser. Estoy... Bob, sólo quiero que desaparezcas. Jesús, vete, por favor».

Como a veces les ocurre a las personas, Bob reaccionó de una forma poco habitual y fue capaz de entrar en un café para refugiarse del ruido de la calle y llamar a la mujer con la que había quedado a comer. Habló con calma y educación: le había surgido un imprevisto en el trabajo, lo sentía mucho, volvería a llamarla para que se vieran otro día.

Después de aquello, deambuló obnubilado por las calurosas calles, con la camisa empapada de sudor, parando a veces para sentarse en una escalera, fumando, fumando, fumando.

7

A mediados de agosto, pese al calor, las copas de algunos arces ya estaban anaranjadas. Susan y la señora Drinkwater veían uno desde el porche trasero de la casa de Susan, donde estaban sentadas en sillas de jardín. No corría viento y el aire húmedo olía ligeramente a tierra en descomposición. La anciana se había bajado las medias hasta los tobillos y tenía las flacas piernas blancas un poco separadas y el vestido subido por encima de las rodillas.

—Es curioso que el calor no parezca afectarnos cuando somos pequeños. —Se abanicó con una revista.

Susan dijo que era cierto y tomó un sorbo de té helado. Desde su viaje a Nueva York, desde que sabía que los cargos de Zachary se habían archivado, hablaba con él una vez a la semana. Todas las veces se quedaba feliz después de oír su voz fuerte y grave, pero enseguida la embargaba una honda tristeza. Se había acabado. La angustiosa preocupación después de su arresto, las semanas previas a la manifestación (parecía que había sido hacía una eternidad), la idea catastrófica de que Zach fuera a la cárcel: se había acabado. Su cabeza era incapaz de asimilarlo. Cogió el vaso perlado de agua que había dejado en el suelo y dijo:

—Zach está trabajando en un hospital. De voluntario.

—Caramba. —La señora Drinkwater se subió las gafas con el huesudo puño.

—No se dedica a poner cuñas. Repone vendas, ese tipo de cosas, en el almacén. Supongo.

—Pero está con gente.

—Sí.

En la calle, oyeron el motor de un cortacésped. Cuando el ruido menguó, como si el cortacésped se hubiera alejado y estuviera detrás de una casa, Susan añadió:

—Hoy he hablado con Steve por primera vez en muchos años. Le he dicho que sentía haber sido una mala esposa en tantos aspectos. Ha estado encantador. —Como se temía, una lágrima le rodó por la mejilla. Se la enjugó con la muñeca.

—Eso es maravilloso, querida. Que haya estado encantador. —La señora Drinkwater se quitó las gafas y las limpió con un pañuelo de papel—. Tener remordimientos no es agradable. Nada agradable.

La lágrima alivió la tristeza de Susan.

—Pero usted no puede tener remordimientos por ser una mala esposa —dijo—. A mí me parece que fue una esposa ideal. Renunció a su familia por él.

La señora Drinkwater asintió de forma apenas perceptible.

—Tengo remordimientos con mis hijas. Fui una buena esposa. Creo que quise a Carl más que a mis hijas y no creo que eso sea natural. Creo que se sintieron solas. Enfadadas. —La anciana volvió a ponerse las gafas y se quedó un rato callada, mirando la hierba—. No es infrecuente, querida, que un hijo te dé problemas. Pero que te los den dos...

Bajo la sombra del arce real, la perra gimoteó en sueños. Meneó el rabo una vez y después siguió durmiendo tranquilamente.

Susan se puso el vaso frío en el cuello.

—Los somalís piensan que habría que tener una docena de hijos —dijo—. Es lo que he oído. Las mujeres que sólo tienen dos les dan lástima. —Y añadió—: Así que tener sólo uno debe de ser una cosa rara, como parir una cabra.

—Siempre creí que el propósito de la Iglesia católica era producir montones de pequeños católicos. Puede que los somalís quieran producir montones de somalís. —La señora Drinkwater miró a Susan con sus grandes gafas—. Pero ninguna de mis hijas tiene hijos y me da mucha pena. —Negó con la cabeza, despacio—. Que ninguna de las dos haya querido ser madre. Jesús.

Susan se miró la puntera de la zapatilla de lona. Seguía llevando las sencillas zapatillas planas de su juventud. Dijo, en tono amable:

—Creo que no hay una forma perfecta de vivir. —Miró a la anciana—. No pasa nada porque no hayan tenido hijos.

—No —convino la señora Drinkwater—. No hay una forma perfecta de vivir.

—Cuando estuve en Nueva York —dijo Susan, con aire pensativo—, se me ocurrió que quizá era así como se sentían los somalís. Estoy segura de que no es lo mismo, aunque puede que un poco sí. Pero venir aquí donde todo es tan tremendamente distinto. Yo no sabía ir en metro, y todos me adelantaban, porque ellos sí sabían. Todas las cosas que damos por hechas, porque estamos acostumbrados. No hubo ni un momento en el que no me sintiera desorientada. No fue agradable, créame.

La señora Drinkwater ladeó la cabeza como un pajarillo.

—Mis hermanos me parecieron lo más raro de todo —añadió Susan—. Quizá, cuando llegan aquí, a los somalís también les parecen raros los parientes que ya llevan un tiempo en el pueblo. —Se rascó el tobillo—. Sólo es una idea que se me ocurrió.

Steve había dicho que él tenía más culpa que ella. «Eres una persona decente y trabajadora —había afirmado—. Zach te adora.»

—Ojalá fuera todo como en los viejos tiempos —dijo la señora Drinkwater. Miró a Susan—. Acabo de tener un recuerdo de Peck's.

—Cuénteme el recuerdo de Peck's. —Susan tomó otro sorbo de té helado, sin prestar atención. Había entrado pocas veces en Peck's. Sus hermanos se compraban la ropa escolar allí, pero a ella se la confeccionaba su madre. Susan, encaramada a una silla de la cocina para que le cogiera el dobladillo. «¡Estate quieta! —exclamaba Barbara—. ¡Por Dios!»

«Lo hicimos lo mejor que supimos —había dicho Steve esa mañana—. Ninguno de los dos tuvo una infancia fácil, Susan. Ninguno sabía lo que hacía. No quiero que te eches la culpa», añadió.

La señora Drinkwater estaba terminando:

—Iban bien vestidas, las señoras de Peck's. Nadie salía a comprar sin arreglarse..., en esa época.

Cuando la madre de Steve era pequeña, la habían encontrado descalza y sucia, vagando por aquel pueblecito situado tan al norte de Maine. Unos parientes se la llevaron a casa e iniciaron una disputa familiar plagada de calumnias que duró años. Cuando Susan la conoció, era obesa y ya estaba divorciada.

—Tengo una historia interesante —dijo.

La señora Drinkwater volvió parcialmente la silla hacia ella.

—Me encantan las historias interesantes.

—¿Se acuerda de ese pueblo del norte donde hace unos años un diácono envenenó el café y mató a una o dos personas? ¿Se acuerda? Pues está en New Sweden. Es el pueblo donde nació de Steve.

La señora Drinkwater fijó su oscilante mirada en Susan.

—¿Ése es el pueblo donde nació tu marido?

Susan asintió.

—La gente de ahí nunca me pareció muy simpática. En el siglo XIX, fueron a buscar suecos para que trabajaran en sus fábricas, ¿sabe?, porque querían gente blanca.

—Pero no francocanadienses como yo —dijo la señora Drinkwater, en tono alegre, y negó con la cabeza—. Qué rara es la gente. Se me había olvidado que el diácono había puesto veneno en el café. Jesús.

—Bueno, ahora el pueblo ya casi no existe. Las fábricas han cerrado. Y la gente se marcha. A Suecia, como Steve.

—Mejor irse que quedarse y envenenarse entre ellos —dijo la señora Drinkwater—. ¿Qué le pasó al diácono? Lo he olvidado.

—Se suicidó.

Se quedaron cómodamente en silencio mientras el sol se escondía por detrás de los árboles y el calor remitía un poco. La perra, aún dormida, meneó la cola con indolencia.

—Se me había olvidado comentárselo —dijo Susan—. La mujer de Gerry O'Hare, el jefe de policía con el que fui al instituto, me ha llamado para preguntarme si me gustaría hacer punto con ellas.

—Espero que hayas dicho que sí, querida.

—Sí. Estoy un poco nerviosa.

—Bobadas —dijo la anciana.

8

Un día después del Día del Trabajo, Helen se tropezó con Dorothy en una verdulería. Se encontraba en la caja, comprando tres girasoles. El tendero se los estaba envolviendo en papel y ella tenía la billetera abierta cuando se volvió y vio a Dorothy.

—¡Hola! —exclamó, porque, al verla, echó de menos su antigua amistad—. ¿Cómo estás? ¿Recién llegada de los Berkshires? Nosotros hemos pasado el mes de agosto aquí. No lo hacíamos desde hace años, pero, por supuesto... Jim quería ponerlo todo en marcha. —Pagó los girasoles y cargó con ellos—. Es emocionante, pero también nos parece el final de una era.

—¿Qué es emocionante, Helen?

Después, Helen no recordaría qué había comprado Dorothy ese día, sólo que estaba detrás de ella en la cola cuando le respondió, con entusiasmo:

—Que Jim se independice.

—Qué girasoles tan bonitos, Helen —dijo Dorothy.

Helen recordaría que la expresión de Dorothy había manifestado una mezcla de sorpresa contenida y lástima. Así es como lo recordaría más adelante (y durante el resto de su vida), después de que descubriera que Alan había pedido a Jim que dejara el bufete, que una empleada los había amenazado con una demanda por acoso sexual alegando que Jim había mantenido una relación física íntima con ella, que había utilizado su poder e influencia para hacer que se sintiera incómoda. El asunto se había tapado enseguida: la joven había recibido una suma de dinero, la prensa no se había enterado. Durante cinco semanas, Jim Burgess se había vestido todas las mañanas, había cogido el maletín, había dado un beso a Helen en la puerta y se había ido a la biblioteca pública de Manhattan. Dijo a Helen que la nueva normativa del bufete exigía que las llamadas personales se realizaran a los móviles particulares, de modo que era importante que no le llamara al teléfono fijo del bufete y, por supuesto, ella había accedido. Jim comenzó a hablar con más frecuencia de que no estaba contento en el bufete y Helen dijo: «Pues ¿por qué no te independizas? Con tu reputación y tus aptitudes, podrás permitirte elegir».

A Jim le preocupaban los gastos derivados de tener un bufete propio.

«Pero tenemos suficiente dinero. Utilicemos parte del mío», exclamó Helen, y se sentó con él todas las noches para calcular los gastos del alquiler, los servicios de facturación, las negligencias profesionales y la contratación de una secretaria. Llamó a la amiga de una amiga que trabajaba en una agencia inmobiliaria de Manhattan. Había unas oficinas en alquiler en la planta veinticuatro de un edificio del centro de Manhattan y, si no les convencían, había otras opciones. Cierto que Helen pensaba que Jim no estaba tan entusiasmado con su libertad como debería, dada la libertad que él afirmaba querer. Helen recordaría eso. Y cierto que, esa primavera, había encontrado un pelo largo rubio en una camisa suya cuando la preparaba para llevarla a la tintorería. Eso también era cierto, pero ¿qué iba a pensar Helen Farber Burgess de un pelo largo rubio hallado en la manga de una camisa de su marido? Ella no era científica forense.

Una mañana, unos días después de haberse encontrado con Dorothy en la verdulería (Jim estaba de viaje, tomando una declaración en Atlanta), Helen encontró en el bolsillo de su pantalón la tarjeta de visita de una mujer que se anunciaba como *coach* personal: «Tu vida es mi trabajo». Helen se sentó en la cama. No le gustó la palabra *trabajo*. No le gustó nada de aquello. Llamó a su marido al móvil.

—Oh, es una imbécil —dijo él—. Fue a ver el mismo espacio para oficinas que yo. Dio su tarjeta a la agente inmobiliaria, nos la dio a todos.

—¿Una *coach* personal fue a ver las mismas oficinas que tú? ¿Cuánto espacio necesita una *coach* personal? ¿Qué es una *coach* personal, por Dios?

—Hellie, no lo sé. Cariño, no te preocupes.

Helen se quedó sentada en la cama durante un buen rato. Pensó que Jim llevaba una temporada sin dormir bien, pensó que había adelgazado. Pensó que la mala actitud de Bob (parecía haberse distanciado por completo de Jim, igual que Zach había hecho con Susan) debía de guardar alguna relación con aquello. Estuvo a punto de llamar a Bob, pero su ausencia la ofendía. Por fin, descolgó el teléfono, llamó a la agente inmobiliaria amiga de su amiga y dijo que querría ver el espacio para oficinas que había visto Jim. La agente pareció desconcertada cuando respondió: «Señora Burgess, su marido no ha visto ningún espacio para oficinas».

Cuando llamó a Jim al teléfono móvil, estaba temblando. Él se quedó un momento callado antes de decir, en voz baja:

—Tenemos que hablar. —Al cabo de un momento, añadió—: Vuelvo mañana. Hablaremos entonces.

—Me gustaría que cogieras un avión ya. Me gustaría hablar ya —dijo Helen.

—Mañana, Hellie. Tengo que terminar de tomar declaración.

A Helen se le desbocó el corazón y, al colgar, notó un hormigueo en la nariz y el mentón. Tuvo la extraña sensación de que debería ir a comprar agua embotellada, linternas, pilas, leche y huevos, como hacía siempre que había un aviso de huracán. Pero no salió de casa. Se comió un trozo de pollo frío mientras veía la televisión y esperó a que su marido entrara por la puerta.

9

En Maine, más arces se estaban enrojeciendo y las hayas ya tenían partes amarillas. Seguía haciendo calor, pero refrescaba por las noches y, cuando el sol se ponía, la gente sacaba los jerséis de lana. Esa noche, Abdikarim se había puesto su holgado chaleco acolchado y estaba inclinado hacia delante, escuchando mientras Haweeya y su marido conversaban; sus hijos dormían. La mayor ya tenía doce años y era una buena hija, educada y obediente. Pero, cuando llegaba a casa, les explicaba que sus compañeras llevaban camisetas tan escotadas que casi iban con los pechos al aire y se besaban con chicos en el pasillo o detrás de la escuela. Haweeya ya sabía que ese día iba a llegar, pero no imaginaba que fuera a sentirse tan preocupada y triste.

—Él cuidará de nosotros hasta que nos instalemos —no dejaba de repetir. Su hermano vivía en Nairobi, donde había una comunidad de somalíes. Omad no quería vivir en Nairobi.

—Ahí también nos odian —dijo, y Haweeya asintió—. Pero tú conoces a Rashid y a Noda Oya, y a muchos primos, y nuestros hijos pueden continuar siendo somalíes.

Aquí, pueden continuar siendo musulmanes. Pero no somalíes. Serán somalí-estadounidenses, y yo no quiero eso.

Abdikarim sabía que no se iría con ellos. Ya no era capaz de volver a trasladarse. Tenía su café y a su hija en Nashville; sus nietos pronto podrían ir a visitarlo a Shirley Falls o incluso a vivir. En su fuero interno, abrigaba el sueño de que sus nietos varones fueran a trabajar con él. En lo que respectaba a su joven esposa Asha y a su hijo, recibía fotografías de vez en cuando, pero su corazón permanecía cerrado. La expresión del chico siempre era esquiva; en la última fotografía, su cara de desprecio le recordó la mueca que ponían algunos de los chicos *adano* de la calle Gratham, como si no tuvieran a nadie que se ocupara de ellos o les enseñara. Abdikarim comprendía los temores de Haweeya y Omad: había visto cómo sus hijos les hablaban en inglés y utilizaban expresiones inglesas entre ellos: «Eres guay. Eres la bomba, tío». Y, por supuesto, cuanto más tiempo se quedaran, más estadounidenses serían. Pasarían a tener un nombre compuesto. Somalí-estadounidenses. Qué extraño, pensó Abdikarim, pasar a llamarse, en parte, como el país que ahora parecía encantado con la idea de que todos los somalíes eran piratas. En primavera, unos piratas somalíes habían matado a un capitán chino en el golfo de Adén. Aquel incidente había entristecido a la comunidad de Shirley Falls. Ningún somalí podía disculparlo. Pero los periodistas no habían querido, o quizá no habían sabido, comprender que la costa de los pescadores había sido contaminada con desechos tóxicos, que ya no podían pescar como antes: los estadounidenses no sabían qué era la desesperación. Resultaba más sencillo, y sin duda más satisfactorio, considerar el golfo de Adén un lugar sin ley donde reinaban los piratas somalíes. Un padre chiflado, eso era Estados Unidos. Bueno y generoso en un aspecto, desdeñoso y cruel en otros. Mientras lo pensaba, Abdikarim se apretó la frente con los dedos: se podría decir que él trataba a su hijo vivo, el hijo de Asha, del mismo modo. Comprender aquello le instó, brevemente, a ser más benévolo, no con su hijo, sino con Estados Unidos. La vida era difícil, se tomaban decisiones...

—Iré a ver a Margaret Estaver mañana —anunció Haweeya. Miró a Abdikarim y él asintió.

El despacho de Margaret Estaver era como ella. Desorganizado, agradable, acogedor. Haweeya estaba sentada en una silla, observando a la mujer a quien tanto había llegado a querer, con el pelo despeinado apenas sujeto por la horquilla. Margaret había estado mirando por la ventana desde que Haweeya le había explicado sus planes.

—Pensaba que te gustaban los semáforos —dijo por fin.

—Me gustan. Los semáforos me encantan. Me encanta la Constitución. Pero mis hijos... —Haweeya movió las manos—. Quiero que sean africanos. No lo serán si se quedan aquí. —Haweeya volvió a repetir lo que llevaba media hora diciendo. Su hermano tenía un negocio en Kenia, su marido estaba de acuerdo. Siguió repitiéndolo.

Margaret asintió.

—Os echaré de menos —dijo.

Fuera, una ráfaga de aire hizo susurrar las hojas de los árboles y la ventana entreabierta se cerró de golpe. Haweeya se irguió en la silla y esperó a que el corazón le latiera más despacio. Cuando lo hizo, dijo:

—Yo también te echaré de menos. —Aquella conversación le causaba un hondo dolor—. Otras personas necesitan tu ayuda, Margaret. Tu trabajo es muy importante.

Margaret Estaver le sonrió con aire cansado y se inclinó hacia delante para volver a abrir la ventana.

—Perdona por el golpetazo —dijo, y colocó un libro entre el alféizar y el marco de la ventana. Después, se volvió hacia Haweeya, que se había sorprendido de ver que el libro utilizado era una biblia.

—En Estados Unidos —arguyó—, lo que más importa es el individuo. La realización personal. En la tienda de comestibles, en la consulta del médico, en todas las revistas, siempre es yo, yo, yo. Pero, en mi cultura, lo que más importa es la comunidad y la familia.

—Lo sé, Haweeya —dijo Margaret—. No hace falta que te justifiques.

—Quiero justificarme. No quiero que mis hijos se sientan con derecho a todo. Aquí, la gente educa a sus hijos para que se sientan así. Si un niño tiene una opinión, la dice, aunque falte al respeto a sus mayores. Y los padres dicen: «Qué bien, se está expresando». Dicen: «Quiero que mi hijo se sienta con derecho a expresarse».

—No creo que eso sea del todo cierto. —Margaret respiró hondo y soltó el aire despacio—. Trabajo con muchas familias en este pueblo y, créeme, hay muchos niños, niños estadounidenses, que no se sienten así, que ni siquiera se sienten queridos. —Cuando Haweeya no respondió, Margaret admitió—: Pero sé a qué te refieres.

Haweeya trató de hacer una broma.

—Sí, tengo todo el derecho a tener mi opinión. —Pero comprendió que Margaret no estaba de humor para bromas—. Gracias —añadió.

Margaret se levantó. Parecía mayor que otras veces.

—Haces muy bien en pensar en tus hijos —dijo.

Haweeya también se levantó. Quería decir: «No estarías sola si fueras somalí, Margaret. Tendrías montones de hermanos y tíos. No volverías a tu casa vacía todas las noches», pero se contuvo. Además puede que a Margaret no le importara que su casa estuviera vacía. Haweeya nunca había sido capaz de saber con exactitud qué querían los estadounidenses. «Todo —pensaba a veces—. Lo quieren todo.»

10

—Oh, Helen, Helen, ¡Helen!

—¿Por qué? —susurró ella varias veces mientras veía cómo hablaba su marido—. ¿Por qué? ¿Por qué, Jim? —Él se encogió de hombros con impotencia. Tenía los ojos pequeños y secos.

—No lo sé —repitió—. Hellie, no lo sé.

—¿La querías?

—No.

Hacía calor, pero Helen se levantó y cerró todas las ventanas. Después, cerró los postigos.

—Y lo sabe todo el mundo —dijo, en voz baja, asombrada, cuando volvió a sentarse al borde de la mesa baja.

—No, Hellie, no se ha enterado nadie.

—Es imposible que una cosa como ésta no se sepa. Seguro que esa guarra lo cuenta.

—No, Hellie. Es parte del acuerdo. No puede hablar de eso.

—Eres tonto, Jim Burgess. Eres tonto perdido. Una chica así tiene amigas. Las chicas hablan. Hablan de la imbécil de la esposa. ¿Le hablabas de mí?

—Dios mío, claro que no.

Pero ella vio, creyó, que lo había hecho.

—¿Le contaste que en Arizona casi me muero porque tú no estabas pendiente de mí? ¿Porque cuando yo quise volver al hotel tú te negaste?

Jim no respondió. Se quedó inmóvil, con los brazos pegados a los costados.

—¿Todos los días que salías de esta casa e ibas a la biblioteca? ¿Todos esos días me mentiste?

—Estaba asustado, Hellie.

—¿Ibas a verla?

—Oh, no. Por Dios, no.

—¿Dónde estabas anoche?

—En Atlanta, Helen. Tomando una declaración. Ayudando a cerrar un caso.

—Dios santo. Estás mintiendo.

—Hellie. Por favor. No miento. Por favor.

—¿Dónde está ella?

—No lo sé. Ni siquiera sé si todavía está en el bufete. No hablo con nadie de ahí, aparte de alguna vez con Alan, porque está repartiendo mis casos.

—¡Mientes! Si anoche estuviste en Atlanta, debiste de estar con alguien del bufete. Así que, o no estuviste en Atlanta, o sí hablas con otras personas del bufete aparte de Alan. ¡Y sabes perfectamente dónde está ella!

—En Atlanta estuve con una asociada. Él no la ha mencionado porque ni tan siquiera sabe...

—Voy a vomitar.

En el baño, Helen casi permitió que le acariciara el pelo, pero, en cuanto se le pasaron las náuseas, lo apartó de un empujón. Sus propios gestos le parecieron teatrales. Los hacía de corazón, de igual forma que pensaba todo lo que decía. Pero aquella forma de mover los brazos, aquel modo de hablar, jamás los había necesitado y se le hacían extraños. Intentó conservar la calma, porque comprendió que, en cuanto la perdiera, aquella extrañeza la volvería loca: le aguardaba el vacío de la histeria. Trató de no caer en él.

—No lo entiendo —repitió una vez más. Jim seguía de pie y le ordenó que se sentara—. Pero no cerca de mí. No te quiero cerca de mí. —Casi gritando—: No te quiero cerca de mí. Se acurrucó en un extremo del sofá. No lo hacía para castigarlo. Pero no lo quería cerca. Quería estar lejos, muy lejos. Se sentía como una araña que se replegaba sobre sí misma—. Dios mío —susurró, al sentirse más próxima al vacío que la aguardaba—. ¿Qué he hecho mal? —preguntó.

Jim estaba sentado al borde de la otomana de piel, con los labios casi blancos.

—Nada.

—Eso no es cierto, Jim. He debido de hacer algo que no me has dicho.

—No, no, Hellie.

—Por favor, intenta explicarme la razón. —Helen empleó un tono de falsa amabilidad que los engañó a los dos.

Jim no la miró. Pero, poco a poco, empezó a construir frases. Dijo que ir a Maine para hacerse cargo de Zach, lo cual no habían conseguido ni Bob ni él, lo había puesto furioso, colérico, como si tuviera un tubo en las entrañas por el que fluyera agua con óxido.

—No lo entiendo —dijo ella, con sinceridad.

Jim dijo que él tampoco lo entendía. Pero añadió que le habían entrado ganas de irse lejos y no volver jamás. Ver el desastre que era Zach, el vacío de la vida de Bob...

—¿El vacío de la vida de Bob? —Helen lo dijo casi gritando—. ¿El vacío de la vida de Bob te empujó a tener una sórdida aventura con alguien del bufete? ¡Y la vida de Bob ni tan siquiera está vacía! ¿De qué estás hablando?

Jim clavó en ella sus ojos pequeños y asustados.

—No sé, Helen. Yo tenía que cuidar de todos. Ser adulto. Ése era mi cometido. Pero me marché cuando mamá murió, y no estaba cuando Steve abandonó a Susan y a Zach, y Bob...

—Para. Para. ¿Tú tenías que cuidar de todos? ¿A quién quieres engañar, Jim? Como si esto fuera una novedad. ¿Crees que es la primera vez que oigo hablar de esto? En serio... Te lo digo de verdad, Jim. No me puedo creer que no tengas nada más que decir.

Él asintió, cabizbajo.

—Pero continúa —dijo por fin Helen. No sabía qué más hacer.

La mirada de Jim vagó por el salón antes de enfocarse de nuevo en Helen.

—Todos nuestros hijos se han ido. —Estiró el brazo y lo movió para abarcar el vacío de su hogar—. Todo es tan... deprimente. Y Adri me hacía sentir importante.

Eso desató el llanto de Helen, que se deshizo en sollozos largos, angustiados, agitados. Jim se acercó y le tocó el brazo con vacilación. Ella gritó palabras, frases entrecortadas, para señalar que no era la vida de Bob la que estaba vacía, sino la de Jim, que ella también había sentido la marcha de sus hijos y él no la había consolado ni una sola vez, ¡que a ella jamás se le habría ocurrido acostarse con nadie para sentirse importante!, que él lo había echado todo a perder. ¿Cómo podía no verlo? Jim le frotó el brazo y dijo que lo veía.

Y él no volvería a pronunciar el nombre de esa mujer horrible nunca jamás. ¡Decir su nombre dentro de casa! No tenía hijos, ¿verdad? No, claro que no. Eran un charco de orina, las mujeres de esa clase. Y Jim dijo que tenía razón, que jamás volvería a decir su nombre, que no quería volver a decir su nombre nunca más, ni allí ni en ninguna otra parte.

Esa noche se durmieron abrazados, en pijama, asustados.

Helen se despertó temprano, la luz era verdosa, incipiente. Su marido ya no estaba a su lado.

—¿Jim? —Lo vio sentado junto a la ventana. Jim se volvió, la miró y no dijo nada. Ella susurró—: Jimmy, ¿ha pasado de verdad? —Él asintió. Tenía profundas ojeras.

Helen se incorporó y buscó de inmediato su ropa. Entró en el vestidor y se puso la ropa que llevaba el día anterior. Luego se la quitó (la tiraría a la basura) y se puso otra. Cuando regresó al dormitorio, dijo:

—Vas a tener que explicárselo a nuestros hijos. —Y Jim pareció desolado y luego asintió. De inmediato, Helen añadió—: Se lo diré yo. —Porque no quería que se asustaran, aunque seguro que lo hacían, muchísimo; ella misma no había estado nunca tan asustada.

—Por favor, no me dejes —dijo Jim.

—Me has dejado tú, no yo. —Se refería a que la había dejado sola en la cama, durmiendo. Pero añadió—: Quiero que te vayas.

No quería que se fuera, pero, en el fondo, debía de quererlo, porque no dejó de repetirlo. Incluso mientras Jim metía cosas en una maleta, no dejó de repetir:

—Quiero que te vayas. Lo único que quiero es estar lejos de ti. —No se podía creer que Jim la creyera. Ella quería que aquella persona repugnante, atemorizante, se fuera; a eso se refería. Cuando Jim se quedó quieto y la miró lívido de miedo, ella exclamó—: ¡Vete! ¡Vete! Quiero que te vayas. —Le dijo que lo odiaba. Le dijo que le

369

había entregado su vida. Le dijo que siempre había confiado él. Lo siguió hasta la puerta mientras le decía que jamás en su vida lo había traicionado. Le repitió que quería que se fuera.

Corrió arriba para no oír el chasquido de la puerta enrejada. Y después deambuló por toda la casa, gritando:

—¡Jim! ¡Jim! —No se podía creer que él hubiera sido capaz de hacer aquello, de marcharse así sin más. No se podía creer nada de aquello—. ¡Jim! —gritó—. ¡Jim!

El río Hudson siempre estaba surcado por barcazas, remolcadores y veleros. Más fascinante para Bob era cómo cambiaba el río según la hora del día y, por supuesto, el tiempo que hacía. Por la mañana, el agua a menudo estaba calma y gris; hacia la tarde, la luz del sol la teñía de gloria; y los sábados, los veleros se congregaban como una flota de barcos de juguete vista desde la ventana de la decimoctava planta de Bob. Al anochecer, el sol arrojaba anchas ráfagas rosas y rojas, y el agua brillaba como si fuera un cuadro imbuido de vida, con pinceladas de color cambiantes, espesas, apasionantes, y las luces de Nueva Jersey parecían señalar una costa extranjera. En todos los años que llevaba en Nueva York (pensó, sorprendido) no había tenido ningún interés por la historia de la ciudad. En Maine, había estudiado en el colegio a los indios abenakis y sus viajes por el río Androscoggin todas las primaveras para sembrar cultivos por el camino y cosecharlos a su regreso. Pero allí estaba el río Hudson, y vaya si tenía historia. Compró libros, todos relacionados, y acabó leyendo sobre la isla Ellis, de la que sabía cosas, por supuesto, pero no muchas. (Al criarse en Shirley Falls, no conocía a nadie que tuviera parientes que hubieran entrado en Estados Unidos a través de la isla Ellis.) Vio documentales, con el cuerpo inclinado hacia el televisor para ver la marea de inmigrantes que bajaban a tierra con tantas esperanzas y temores, porque algunos serían rechazados si los médicos decidían que estaban ciegos, sifilíticos o simplemente locos, y ellos lo sabían. Pero, cuando les dejaban pasar, cuando les hacían una seña para que siguieran adelante, Bob sentía un gran alivio por cada una de aquellas personas en blanco y negro que se movían a trompicones.

Él mismo estaba despertando a un mundo en el que todo parecía factible. El proceso había sido inesperado y gradual, pero también rápido. Cuando la ciudad volvió a la rutina en otoño, Bob retomó su vida sin la inseguridad a la que estaba tan habituado que no había sido consciente de su peso hasta que dejó de notarlo. Apenas recordaba nada de agosto, sólo el calor y el polvo de Nueva York, y el viento que le había rugido en las entrañas. Había sucedido lo inimaginable: Jim ya no formaba parte de su vida. A veces se despertaba angustiado y sólo era capaz de pensar: «Jim». Pero ya no era joven, y estaba familiarizado con la pérdida. Conocía el silencio que se instauraba, el ofuscamiento del miedo, y también sabía que todas las pérdidas iban acompañadas de una extraña sensación de liberación apenas reconocida. No era una persona especialmente contemplativa y no pensó demasiado en ello. Pero, cuando llegó octubre, había muchos días en los que, por momentos, se sentía bien, ágil, con los pies en el suelo. Igual que cuando era niño y descubrió que por fin podía colorear sin salirse de las figuras.

En el trabajo, observó que sus compañeros a menudo le pedían ayuda, que tenían la mirada receptiva. Puede que siempre hubiera sido así. Se habituó a que el portero le saludara: «Hola, señor Bob», y a que Rhoda y Murray le abrieran la puerta de su piso: «¡Bobbala! Entra a tomarte una copa de vino». Se quedó a cargo de los niños que vivían al final del pasillo una noche, sacó a pasear el perro de un vecino, le regó las plantas a otro que no estaba.

Tenía el piso ordenado y eso, más que el hecho de que no bebiera casi nunca y sólo fumara un cigarrillo diario, hizo que se diera cuenta: había cambiado. No sabía por qué colgaba el abrigo, recogía los platos o tiraba los calcetines al cesto de la ropa sucia. Pero entendía por qué su anterior incapacidad para hacerlo había irritado tanto a Pam: ahora lo veía de otra forma. Pero, por alguna razón, Pam, al igual que Jim, ya no formaba parte de su vida. Ambos parecían estar en el cajón al que la conciencia sabe relegar las cosas tristes y desagradables y, sin demasiado vino para dejar volar la imaginación, parecían quedarse ahí.

Llamaba a Susan todas las semanas. Ella siempre empezaba explicándole qué hacía Zachary (se comunicaban por Skype y él ya decía algunas palabras en sueco). Hablaba a Bob de sus temores de que la actual capacidad de su hijo para ser feliz demostrara que había sido mala madre, pues Zach jamás había sido tan feliz con ella. Pero lo único que quería, decía siempre, era que su hijo conservara aquella salud de la que parecía gozar. Bob respondía a todas sus preocupaciones y advertía que su tono no era el de una mujer deprimida. Susan tenía un grupo de mujeres con las que se reunía para hacer punto (Brenda O'Hare, la esposa de Gerry, era un verdadero encanto) y cenaba todas las noches con la señora Drinkwater. ¿Pensaba Bob que debería bajarle el alquiler? No, le aconsejó él: hacía años que no se lo subía. Un día, Susan se había tropezado con Rick Huddleston, del Departamento de

Difamación Racial. Ocurrió en el colmado y él la miró como si fuera el mismo diablo. «Peor para él —afirmó Bob—. Es un capullo si actuó así.» «Es lo que yo me dije», convino Susan. (Eran como hermanos. Como gemelos.) Sólo en una ocasión le preguntó Susan si tenía noticias de Jim: le había llamado pero él no había dado señales de vida. «No te preocupes —dijo Bob—. Yo tampoco sé nada de él.»

Habían vuelto a detener a Wally Packer. Esa vez era por tenencia ilegal de armas de fuego, pero él se había resistido y había amenazado a un agente de policía; se enfrentaba a una posible condena de cárcel. Cuando los gemelos hablaron de ello, Susan dijo, en tono resignado, que no le sorprendía nada. Bob le dio la razón. Ninguno mencionó a Jim mientras lo comentaban, y para Bob fue una liberación darse cuenta de que no tenía que hablar con Jim de Wally Packer (ni de nada), de que no tenía que aguantar su desdén.

Sobre todo, no podría haber predicho que iba a sentirse así.

A mediados de octubre, empezó a hacer un calor inusitado en Nueva York. El sol calentó como en verano y las terrazas de los cafés se llenaron de gente. Una mañana, camino del trabajo, Bob pasó por delante de una terraza donde había gente sentada tomando café y leyendo el periódico y, cuando alguien gritó su nombre, no se dio por aludido. Pero había sido Pam, que se levantó y casi volcó una silla de la mesa más próxima a él.

—¡Bob! ¡Espera! Oh, mierda —dijo, porque había derramado el café. Bob se detuvo.

—Pam. ¿Qué haces aquí?

—Psicoterapeuta nuevo. Acabo de salir. ¿Me dejas ir contigo, por favor? —Dejó unos billetes en la mesa, puso encima la taza del café que acababa de derramar y fue a su encuentro.

—Voy al trabajo.

—Lo sé, Bobby. Ahora mismo estaba pensando en ti. Este psicoterapeuta es muy bueno. Dice que tenemos temas sin resolver.

Bob se paró.

—¿Desde cuándo crees en la psicoterapia?

Pam estaba delgada y parecía preocupada.

—No sé. Decidí darle una oportunidad. Me siento un poco perdida últimamente. Tú estás casi desaparecido. Oye, fíjate. —Le tocó el brazo—. Antes de empezar con este psicoterapeuta, que es bastante bueno, estuve con una mujer que siempre llamaba Shelly Falls a Shirley Falls y, al final, le dije: «¿Por qué no es capaz de decirlo bien?». Y su respuesta fue: «Pamela, es un error sin importancia, perdona». Pero yo le dije: «Pues a la gente de Shirley Falls puede que no le parezca un error sin importancia. ¿Qué pensaría usted si yo le dijera: "Ah, su despacho está en Flatbush Avenue. Me había confundido con Park Avenue, ¡perrrdón!"»".

Bob se quedó mirándola.

—Era una gilipollas. Me llamaba Pamela y, cuando le dije que me llamaba Pam, ella me soltó que era un nombre de niña y que yo era una mujer. En serio. Una idiota con una chaqueta verde y una mesa enorme.

—Pam, ¿estás pagando a un psicoterapeuta para hablar de Shirley Falls?

Pam pareció desconcertada.

—Bueno, no hablo sólo de eso. Surge porque, bueno, digamos que lo echo de menos.

—Vives en una casa grandiosa, vas a fiestas con Picassos en las paredes y echas de menos Shirley Falls.

Pam miró calle abajo.

—A veces.

—Pam. Escúchame. —Bob percibió miedo en su rostro. Seguía pasando gente camino del trabajo, con maletines en bandolera y tacones que resonaban en la acera—. Deja que te haga una pregunta. Después de que rompiéramos, ¿te viste con Jim, te emborrachaste, le dijiste que era atractivo y le hablaste de cosas que hiciste mientras estábamos casados? Dime la verdad.

—¿Qué? —Pam echó la cabeza hacia delante, como si lo buscara entre la multitud—. ¿Qué? —repitió. El miedo había dado paso a la confusión—. ¿Que si le dije a tu hermano que me parecía atractivo? ¿A Jim?

—Es el único hermano que tengo. Sí, a Jim. Mucha gente lo encuentra atractivo. Fue uno de los hombres más sexis de 1993. —Bob intentó alejarse de todas las personas que invadían la acera camino de la parada de autobús o la boca de metro. Pam lo siguió; estaban casi en la calzada. Bob le explicó lo que Jim había dicho de ella en el hotel cuando fueron a Shirley Falls para asistir a la manifestación—. Que le confesaste una serie de cosas que habrías hecho mejor en callarte —concluyó.

—¿Sabes una cosa? —Pam se pasó los dedos por el pelo—. Escúchame bien, Bob Burgess. No soporto a tu hermano. ¿Sabes por qué? La verdad es que se parece un poco a mí. Sólo que no es como yo, porque él es fuerte, triunfador, y siempre consigue tener un público. Yo soy ansiosa, un poco patética, y no encuentro a mi público. En parte, por eso me gusta ir a este psicoterapeuta, aunque tenga que pagarle para que sea mi público. Pero Jim y yo nos reconocemos, siempre lo hemos hecho y, en su estilo pasivo-agresivo, me ha humillado. Está ávido de atención, su necesidad de obtenerla es tan transparente que me pone enferma, y la pobre Helen lo aguanta porque es demasiado tonta para verlo. Así que reclama atención, pero, cuando la obtiene, no deja que nadie se le acerque, porque querer atención no tiene nada que ver con relacionarse con los demás, que es lo que nos gusta hacer a la mayoría de los humanos. Y, sí, me tomé unas copas con él. Y me sonsacó, porque ése es su fuerte. Ha dedicado toda su vida a conseguir que la gente diga justo lo que él quiere, sea una confesión o una mentira. ¿Te dijo que yo lo encontraba atractivo? ¿Te parecen palabras que yo utilizaría? «¡Oh, Jim, te he encontrado siempre tan atractivo!» ¿Me tomas el pelo? Eso es más o menos lo que diría una ridícula ricachona de Connecticut como Helen.

—Dijo que eras un parásito.

—Muy bonito. Muy bonito que tú lo repitas.

—Ah, Pam. ¿A quién le importa lo que dijo?

—¡A ti! O no me estarías acusando de esta forma.

—No te estoy acusando. Sólo quería saberlo.

—Pues lo que yo quiero es decirle a tu hermano que deje de calentarte la cabeza. Él es el parásito. Vivió a costa de Wally Packer. Y ahora vive a costa de delincuentes de guante blanco.

Pam no lloraba ni estaba a punto de hacerlo. Hacía años que Bob no la veía tan entera. Le pidió disculpas. Dijo que le pararía un taxi.

—¡A tomar por el culo! —exclamó Pam. Sacó el móvil del bolso—. Tengo ganas de llamarle ahora mismo. Puedes oír lo que tengo que decirle. —Le apuntó al pecho con el teléfono—. La verdad es que Jim y yo no somos parásitos, Bob. Somos cifras. Otras dos personas que no han hecho por la sociedad todas las grandes cosas que creían que harían. Y ahora nos da por lloriquear, ¡bua! Sí, voy a cenas con Picassos en las paredes, pero, a veces,

Bobby, y sé que es ridículo, me pongo triste porque, en cierto modo, pensaba que sería una científica que recorrería África buscando parásitos y la gente me admiraría. Gente medio muerta no se moriría gracias a mí. ¡Salvaría a toda Somalia, joder! Se llama narcisismo, Bobby. Que yo sepa, es una enfermedad como cualquier otra...

»No te muevas de aquí. Tengo unas cuantas cosas que decirle al cabrón de tu hermano. ¿Qué número tiene? Da igual. Llamaré a información. Sí. Manhattan. Un bufete de abogados, por favor. Anglin, Davenport & Sheath. Gracias.

—Pam...

—¿Qué? Hace tan sólo media hora, mi psicoterapeuta me ha dicho: «¿Por qué complace toda la familia a Jim? ¿Por qué nadie le ha pedido explicaciones por lo mal que te trata?». Ese día me dijo..., oh, da igual. Él mismo puede explicarte lo que dijo sobre ti, sobre lo nervioso que siempre le pones... Sí, querría hablar con Jim Burgess, por favor. Pam Carlson.

—Pam, ¿por qué le das la lata a un psicoterapeuta con...? Ella le hizo un gesto negativo con la cabeza.

—Ah, ya veo. No está. Pues dígale que me llame. —Dio su número de teléfono, furiosa, con frialdad—. ¿Cómo dice? —Ladeó la cabeza, se tapó el otro oído, miró a Bob con el entrecejo fruncido, profundamente desconcertada—. ¿Acaba usted de decir que el señor Burgess ya no trabaja ahí?

El trayecto a Park Slope no fue ni largo ni corto, sino sólo un lapso de tiempo que Bob pasó apretujado entre otras personas conforme el tren circulaba por debajo de las calles de Manhattan y, después, por debajo del East River.

Todos los pasajeros le parecían inocentes y entrañables, con los ojos desenfocados y absortos en sus pensamientos, ensimismados quizá en palabras que acababan de decirles, o en palabras que soñaban con decir; algunos leían el periódico, muchos escuchaban su propia banda sonora con auriculares en los oídos, pero la mayoría tenía la mirada tan ausente como Bob, que estaba conmovido por la singularidad y el misterio de todas las personas que veía. Su propia cabeza, si hubieran mirado dentro, estaba repleta de ideas extrañas y estremecedoras, pero suponía que los demás pasajeros (que tiraban de las bandoleras de sus bolsos, que se tambalearon hacia delante cuando el tren paró, murmuraron «Perdone» al pisar un pie, asintieron para indicar que no era nada) tenían cosas cotidianas en las suyas. Pero ¿cómo lo sabía?, ¿cómo podía saberlo? El tren reanudó la marcha.

Lo primero que había pensado (o sentido, porque, de hecho, no era nada intelectual) una vez que se había librado de Pam en la calle y había intentado, sin éxito, llamar a Jim y luego a Helen, era que se había cometido un horrible crimen, que Jim Burgess había asesinado a alguien en secreto o iba a ser asesinado, que la familia había emprendido una de esas rocambolescas huidas que la prensa amarilla publica en primera plana. Bob sabía que era una idea absurda, pero el miedo que le inspiraba lo impulsaba a adorar, y a envidiar ligeramente, la inocencia de las personas corrientes que le rodeaban: quizá les horrorizaba tener que trabajar ese día, pero seguro que ninguna estaba pensando en el asesinato de su hermano. Se le había ido un poco la cabeza, lo admitía. Se apeó más gente y, cuando el tren paró en Park Slope, sólo quedaban unos pocos pasajeros en el vagón y la exaltación interna ya se le había pasado. Lo que le sucedía a Jim, fuera lo que fuera

(Bob tenía un mal presentimiento), no era espectacular, sino tremendamente cotidiano. Bob se sintió abatido mientras andaba; incluso en la fantasía, su hermano reclamaba la grandiosidad de la que había hablado Pam.

Pero la duda le corroía y, a cuatro manzanas de la casa, llamó a su sobrino Larry, quien le sorprendió cuando cogió la llamada, y todavía más cuando le dijo: «Oh, tío Bob, esto es un desastre. Espera, te llamo enseguida». Cuando volvió a llamarle y dijo: «Sí, mamá está en casa. Ha dicho que puedes ir, pero se han separado, tío Bob. Papá se acostaba con una chica del bufete», Bob apretó paso y, ya sin aliento, dobló por la calle donde vivía su hermano.

Al entrar en la casa, Bob percibió la diferencia, aunque le llevó un momento comprender que no era únicamente una sensación de vacío; faltaban cosas. Los abrigos, por ejemplo, que siempre estaban colgados en el recibidor. Ahora sólo había uno, corto y negro, de Helen. Y en las librerías del salón faltaba al menos la mitad de los libros. El gran televisor de pantalla plana no estaba.

—Helen, ¿se ha llevado todo esto?

—Se llevó la ropa que llevaba puesta cuando vino a casa y me contó lo que había pasado con esa guarra del bufete. Lo demás lo he tirado.

—¿Has tirado su ropa? ¿Sus libros? —Bob lanzó una rápida mirada a su cuñada. Llevaba el pelo recogido en una cola y tenía canas en las sienes. Su cara parecía desnuda, como si llevara gafas y se las hubiera quitado, pero ella nunca llevaba gafas, salvo en la nariz cuando leía.

—Sí. He tirado el televisor porque a él le gustaba. He subido uno viejo del sótano. En esta casa ya no queda nada que tenga relación con él.

—Caramba. —Bob susurró la palabra.

—¿Caramba? —Helen se volvió para mirarlo y se sentó en el sofá—. No me juzgues, Bob.

—No te juzgo. —Él alzó ambas manos. La mecedora no estaba. Se sentó en un viejo sillón de piel que no recordaba haber visto.

Helen cruzó las piernas por los tobillos. Parecía muy menuda. Sus zapatos eran como zapatillas de baile con lacitos negros. Bob se fijó en que no llevaba joyas ni anillos. Helen no le ofreció una copa, ni él se la pidió.

—¿Cómo estás, Helen? —preguntó, con cautela.

—Ni siquiera voy a responder a eso.

Bob asintió.

—Lo entiendo. Oye, ¿te puedo ayudar en algo?

—A lo mejor piensas que, como te divorciaste, sabes qué es esto, pero no lo sabes. —Helen habló sin acritud.

—No, no, Helen. Sé que no lo sé.

Siguieron sentados. Helen le preguntó si no le importaba que cerrara los postigos. Los había abierto hacía un rato, pero la verdad era que estaba más a gusto si los tenía cerrados.

Bob se levantó y lo hizo en su lugar. Luego, volvió a sentarse. Encendió una lámpara cercana.

—¿Dónde está?

—Da clases en un colegio universitario para pijos. Está en el norte del estado de Nueva York, no sé la ciudad. Y la verdad es que me trae sin cuidado. Pero, si se acuesta con alguna alumna, también lo echarán de ahí.

—Jimmy no hará eso —dijo Bob.

—¿Es que —en ese momento, Helen se inclinó hacia delante y espetó— no lo pillas, joder?

Bob jamás la había oído utilizar esa palabra.

—¿Es que no lo pillas? —repitió, con lágrimas en los ojos—. Él no es la persona que yo creía. —Bob abrió la boca para responder, pero Helen continuó, sin recostarse en el sofá—. ¿Sabes quién era? ¿La zorra del bufete? Era la chica que vivía debajo de tu piso, la que echó a su marido. Dijo que tú le aconsejaste que solicitara un dichoso trabajo a Jim.

—¿Adriana? ¿Adriana Martic? ¿Estás de guasa?

—¿De guasa? —Helen bajó la voz y por fin se recostó en el sofá—. Qué voy a estar de guasa, Bob. No estoy en absoluto de guasa. Pero ¿por qué se la mandaste a Jim, Bobby? ¿Por qué lo hiciste? —Miró a Bob con una confusión tan sincera que él comenzó a decir «Helen...», pero ella ya le estaba preguntando—: ¿Es que no distingues a una puta cuando la ves? Ya veo que no. Siempre me pareció que Pam también tenía un poco pinta de pelandusca. No tienes ni idea, Bob. No las distingues porque no eres mujer. Pero una mujer que construye un hogar, que educa a sus hijos, que se mantiene en forma..., no es que sea nada fácil. Y entonces el marido se encapricha de una cría guarra que debe de recordarle el instituto o algo así, no sé, pero duele, Bob, ni te lo imaginas. Y, por supuesto, una nunca piensa que va a pasarle a ella. Por eso no salgo de casa. Tengo amigas a las que les encantaría venir a consolarme. Antes prefiero morirme, en serio. Se alegran, en el fondo, porque creen que a ellas no puede pasarles.

—Helen...

—Ella le hacía sentirse importante, eso me dijo. Él la asesoró con su divorcio. Treinta y tres años: su propia hija casi tiene esa edad. Ella se quedó papeles de todo y luego tiró de la manta. ¿Y Jim me lo cuenta? Qué va. Prefiere seguir hundiéndose en la mierda y decide que está condenado al infierno. No, espera, dice que su vida es un infierno, ¿te lo imaginas? Se supone que debo compadecerme de Jim Burgess por buscarse el infierno él solito. De veras que actuó así, Bob, como si yo tuviera que compadecerme. Siempre él, él, él. Y luego se larga con una «*coach* personal», Bob, sólo por si esto no te parece ya lo bastante increíble, y ella se lo lleva a Fire Island: su marido no está. Y Jim me dice que está en Atlanta. Lo descubrí porque ella le llamó aquí. Cuando Jim ya se había ido. ¿Te lo puedes creer? Después de mentirme durante tanto tiempo, ¿qué es otra mentira? —Helen miró al frente sin comprender—. Nada. Otra mentira no es nada. Porque no hay nada.

Permanecieron mucho rato el silencio. Luego, Bob dijo en voz baja, más para sí:

—¿Jim hizo todo eso?

—Jim hizo todo eso. Y probablemente más. Los chicos están muy confundidos. Vinieron todos a casa para ayudarme, pero me di cuenta de que estaban muertos de miedo. Necesitamos a los padres, Bob, da igual la edad que tengamos. Ellos han bajado a su padre del pedestal y eso los aterra. No podía permitir que vieran a su madre destrozada. Así que tuve que hacerme la fuerte, consolarlos y despacharlos. Y fue agotador, no te lo imaginas.

—Ah, Helen. Lo siento.

Y Bob lo sentía. Muchísimo. También estaba tremendamente triste. Era como si el universo se hubiera partido en dos. Helen y Jim eran una unidad. No podían ser dos. Sintió una honda compasión por sus sobrinos, sintió que había perdido lo que ellos habían perdido. Pero sus sobrinos eran más jóvenes, y eran sus padres, de manera que era mucho peor.

—*Oy* —dijo—. *Oy*.

Helen asintió. Al cabo de un momento, añadió, pensativa:

—Yo lo he hecho todo por él.

—Sí. —A Bob no le cabía ninguna duda. Helen había recogido los calcetines de Jim allí mismo el día que él los había tirado al suelo mientras Bob explicaba que Adriana había llamado a la policía para denunciar a su marido. (¡Adriana! ¡Bob se había compadecido de ella aquella mañana en la calle!)—. Jesús, Helen. Siento haberle hablado a esa mujer del bufete de Jim. No lo pensé. Tendría que haber sabido que no era de fiar. Ese día dije varias veces que no creía que lo que le había contado a la policía fuera cierto.

Helen lo miró sin comprender.

—¿Qué?

—Adriana. Tienes razón, tendría que haber sabido que no era buena persona.

Helen sonrió con tristeza.

—Oh, Bobby —murmuró—. No cargues también con eso. Jim habría encontrado a otra. Como la *coach* personal. Las hay montones, supongo. No sé. Es un idioma desconocido para mí. Ni tan siquiera sabría qué palabras hay que decir para ligar.

Bob asintió.

—Eres una buena persona, Helen.

—Jim siempre me lo decía. —Helen levantó lánguidamente la mano y volvió a dejarla en el regazo—. Y me hacía feliz oírlo. Dios santo.

Bob miró alrededor, despacio. Helen había construido un bonito hogar y había sido una madre paciente y cariñosa. Había sido amable con los vecinos cuando Jim pasaba de largo con aire arrogante. Había llenado la casa de plantas y flores y había tratado bien a Ana. Había hecho las maletas para sus vacaciones de lujo, había esperado a Jim mientras él jugaba al golf y, sobre todo (Pam tenía razón en eso), había escuchado mientras él hablaba sin parar de sí mismo, de lo listo que había sido ese día en el juicio, de que era el mejor abogado defensor que había y que todo el mundo lo sabía... Helen le había comprado un cajón de gemelos, un reloj ridículamente caro, porque él dijo que siempre había querido uno.

Pero, aun así... Un hogar no debería destruirse. Las personas no comprendían eso: los hogares y las familias no deberían destruirse.

—Helen —dijo—, ¿te contó Jim por qué llevábamos meses sin hablarnos?

Ella alzó la mano con aire distraído.

—Porque estabas con una mujer, no sé.

—No. Es porque nos peleamos.

—No me importa.

—Pero tiene que importarte. ¿No te contó la pelea? ¿No te contó lo que me dijo?

—No. Y no tiene que importarme. Es justo al revés. Tiene que darme igual.

Bob le explicó lo que había dicho Jim en el balcón del hotel cuando Zachary había desaparecido.

—Jim lleva toda la vida viviendo con eso, Helen. Mató a su padre, o eso cree, y estaba demasiado asustado para contárselo a nadie. ¿Helen?

Ella entrecerró los ojos.

—¿Se supone que tendría que sentirme mejor? —preguntó.

—Es para que entiendas por qué está tan mal.

—Aún me siento peor. Me he estado diciendo que ha tenido una especie de crisis de madurez, pero lleva toda su vida mintiéndome a sangre fría.

—No puedes llamar mentir a eso, Helen. Eso es miedo. —Bob había empezado a suplicarle, pero con disimulo, como haría un abogado—. Cualquier niño haría eso: intentar que no lo pillen. Tenía ocho años, Helen. Era un niño. Hasta la ley dice que a los ocho años somos niños. Hizo aquello, o eso creyó, y pasó el tiempo y no pudo contarlo, porque, cuanto más tiempo pasa, más cuesta contarlo. Y ha terminado viviendo con miedo toda su vida, como si fueran a pillarle y castigarle.

Helen se levantó.

—Bob. Basta. Lo estás empeorando. Ahora no hay un solo día de mi matrimonio, ni uno solo, que yo sepa que fue verdaderamente mío, con un marido bueno y honrado. No sé qué hacer, no tengo ni idea de cómo pasar los días. Ésa es la verdad. Envidio a los muertos, Bob. Ni tan siquiera lloro, porque el ruido me repugna, me repugnan los ruidos patéticos y lastimeros que hago aquí sola por la noche. Tengo abogados redactando el acuerdo y después... no sé. Me iré a vivir a otro sitio. Vete, por favor.

—Helen. —Bob se levantó y alargó la mano—. Helen, por favor. Siente un poco de compasión. No puedes dejarle. No puedes... Está completamente solo. Te quiere. Tú eres su familia. Vamos, Helen. Tú eres su mujer. Jesús. Treinta años. ¡No puedes tirarlo todo por la borda!

La pobre mujer perdió la cabeza. Enloqueció, o se dejó llevar (cuando luego pensaba en ello, como a menudo hacía, Bob nunca estaba seguro de si Helen habría podido dominarse). Porque dijo algunas cosas bastante inauditas.

Dijo (y Bob susurraba «Jesús» cada vez que lo recordaba) que siempre había creído, en el fondo, que los Burgess eran bastante chungos. Casi escoria, la verdad. Unos cafres. La casucha en la que se habían criado..., y Susan era una bruja. Susan había sido cruel con ella desde el momento en que se conocieron. ¿Sabía qué le había regalado Susan unas Navidades? ¡Un paraguas!

Helen le dijo a Bob que debía irse y él lo hizo. Cuando ya estaba en la calle, la oyó gritar:

—¡Un paraguas negro! ¡No, gracias!

11

Bob condujo sin parar. Rodeó una curva, rebasó una colina, pasó junto a un riachuelo, atravesó un pueblo de pocas casas y una gasolinera. Condujo durante horas antes de ver un indicador del colegio universitario. Desde hacía kilómetros, la carretera era tortuosa y estrecha, y, a ambos lados, se alzaban colinas, doradas bajo el sol otoñal. A veces, la carretera ascendía a la cima de una de aquellas colinas y Bob veía, en kilómetros a la redonda, las suaves ondulaciones del terreno, los campos de diversos colores, marrones, amarillos, verdes, y, extendido sobre ellos, un cielo que era infinito y azul, con nubes blancas dispersas. Su belleza no le conmovía.

—Jesús —susurró cuando entró en el pueblo de Wilson, donde estaba el colegio universitario. Habló en voz alta para convencerse—: Jim da clases en este colegio. Las cosas cambian. Esto no es una película de terror. —Pero a él se lo parecía; no podía evitarlo. Aquel pueblo pequeño, aquella desolada calle mayor, le daban mala espina. Se sintió observado mientras el coche rojo de alquiler recorría las calles vacías un sábado por la tarde en Wilson.

Encontró el piso de su hermano no lejos del campus. El edificio estaba construido en la ladera de la colina y había que subir muchas escaleras de madera incluso para llegar a la puerta. Bob llamó al portero automático y esperó. Por fin, oyó pasos en el interior.

Jim entreabrió la puerta y se apoyó en ella. Estaba ojeroso y llevaba una sudadera sin camiseta debajo; tenía el cuello nervudo y se le marcaban las clavículas.

—Hola —se limitó a decir, y alzó una mano.

Bob subió detrás de él por la escalera enmoquetada llena de manchas y se fijó en sus pies, en los sucios calcetines que llevaba, en los vaqueros que le quedaban demasiado grandes. Al pasar por delante de una puerta del segundo rellano, Bob oyó un rápido idioma extranjero que provenía de dentro y olió a ajo confitado y especias; el olor era insidioso. Jim volvió la cabeza y señaló arriba: «Sigue».

En su piso, Jim se hundió en un sofá verde de cuadros y le señaló la silla del rincón con un gesto de la cabeza. Bob se sentó en ella con cautela.

—¿Te apetece una cerveza? —preguntó Jim.

Bob negó con la cabeza. El piso parecía tener poca luz, pese a la gran ventana que había detrás del sofá ocupado por Jim. Su hermano tenía la cara cenicienta.

—Cutre, ¿eh? —Jim abrió una caja de tiritas que había junto a una lámpara y sacó un porro. Se lamió los dedos.

—Jimmy...

—¿Qué tal estás, hermano mío?

—Jimmy, estás...

—No soporto esto, lo confieso. Por si me lo ibas a preguntar. —Jim alzó un dedo, se llevó el porro a los finos labios, encontró un encendedor en el bolsillo, lo encendió, le dio una calada y retuvo el humo—. No soporto a los alumnos —continuó, sin soltar el humo—, no soporto el campus, no soporto este piso —exhaló—, no soporto a los... lo que sean, vietnamitas, supongo, de abajo, que empiezan con ese puto olor a grasa y ajo a las seis de la mañana.

—Jimmy, estás hecho una mierda.

Jim ignoró el comentario.

—Un sitio escalofriante, Wilson. Hoy hay fútbol. Pero nunca se ve a nadie. Los profesores viven en las colinas; los alumnos en sus colegios mayores, fraternidades. —Dio otra calada al porro—. Un sitio horrible.

—El olor que sube de abajo es asqueroso.

—Sí. Sí que lo es.

Jim parecía destemplado. Se frotó un brazo y cruzó las piernas. Apoyó la cabeza en el sofá, echó el humo y miró un momento el techo. Luego, levantó la cabeza y volvió a mirar a su hermano.

—Me alegro de verte, Bobby.

Bob se inclinó hacia delante.

—Dios santo, Jimmy. Escúchame.

—Te escucho.

—¿Qué haces aquí?

La cara de Jim parecía cenicienta por la barba.

—Huir —respondió—. ¿Qué crees que hago aquí? Pensé: «Un campus agradable, alumnos inteligentes, otra oportunidad». Pero no sé enseñar, ésa es la verdad.

—¿Te cae bien algún alumno?

—Ya te he dicho que no soporto a los alumnos. ¿Quieres saber una cosa graciosa? Ni tan siquiera saben quién es realmente Wally Packer. Dicen: «Ah, sí. Conozco la canción». Creen que es casi como Frank Sinatra; no tienen ni idea del juicio. Ni tan siquiera saben quién es O. J. Simpson. La mayoría no lo saben. Eran bebés cuando pasó. No lo saben, y les da igual. Son chicos muy muy privilegiados. Los hijos de los magnates de la industria. Eso es lo que son. Un profesor me dijo que todos los empresarios mandan a sus hijos aquí porque saben que, cuando vuelvan, seguirán siendo republicanos.

—¿Cómo conseguiste el trabajo?

Jim se encogió de hombros y dio otra calada al porro.

—Un profesor tuvo que operarse, creo. Me lo consiguió Alan.

—¿Lo haces a menudo? —Bob le señaló el porro con la cabeza—. Porque estás un poco flaco para ser un fumeta.

Jim volvió a encogerse de hombros.

—¿Qué? ¿Te metes algo más? Tú nunca has... Dios santo, Jim. ¿Forma esto parte de tu nueva vida de fracasado?

Jim movió una mano con aire cansado.

—No te estás metiendo coca ni ninguna otra cosa, ¿no? Podrías pensar en tu corazón.

—Mi corazón. Sí. Podría pensar en mi corazón.

Bob se levantó y fue a mirar en la nevera. Había cerveza, un litro de leche y un bote de aceitunas. Regresó junto a Jim.

—Pues ahora deberían saber quién es O. J. Está otra vez en la cárcel. —Se sentó despacio en la silla—. Con tu amigo Wally.

—Sí. Están en la cárcel. —Jim empezaba a tener los ojos rojos—. Pero a ningún alumno de Wilson le importa un carajo.

—Creo que a nadie le importa un carajo —dijo Bob.

—Sí, creo que tienes razón.

—¿Sabes algo de Wally? —preguntó Bob al cabo de un momento.

Jim asintió.

—Está solo en esto.

—¿Crees que irá a la cárcel? No he prestado mucha atención.

Jim volvió a asentir.

—Sí.

Fue un momento triste. Hay momentos tristes en la vida y aquél fue uno. Bob pensó en su hermano vestido con sus trajes a medida y sus caros gemelos, hablando por un micrófono en las escaleras del juzgado al final de cada jornada. Pensó en el júbilo de la absolución. Y ahora el acusado tenía muchas posibilidades de ir a la cárcel por ser descuidado, temerario, alborotador. Y allí estaba su defensor, Jim Burgess, flaco y sin afeitar, viviendo en un piso pequeño que estaba en mitad del bosque y por cuyas paredes se filtraba el olor acre de comida cocinada con ajo...

—Jim.

Su hermano enarcó las cejas, apagó el porro en un cenicero y lo guardó con cuidado en su bolsita antes de meterlo en la caja de tiritas.

—Quiero que dejes esto.

Jim asintió.

—Diles que no te puedes quedar. Se lo diré yo.

—He estado pensando en una serie de cosas —dijo Jim.

Bob esperó.

—Y una la veo clara, clarísima. Y, créeme, no veo claro casi nada, pero esto sí: no tengo ni idea de cómo es ser negro en este país.

—¿Qué?

—Hablo en serio. Ni tú tampoco.

—Pues claro que no. Jesús. ¿He dicho alguna vez que lo supiera? ¿Lo has dicho tú?

—No. Pero ésa no es la cuestión.

—¿Cuál es la cuestión, Jim?

Jim pareció confuso.

—Se me ha olvidado. —De pronto, se inclinó hacia delante—. Presta atención, hermano mío de Maine. Presta atención. Cuando te presentan a una persona, no hay que decir: «¿Qué tal?». Eso es vulgar. Demasiado familiar, sin clase. —Se recostó en el sofá—. Hay que decir: «¿Cómo está?». —Jim asintió—. Seguro que no lo sabías.

—Pues no.

—Eso es porque somos paletos de Maine. La gente verdaderamente refinada de este país sabe que, en las presentaciones, hay que decir «¿Cómo está?». Y se ríe de los que decimos «¿Qué tal?». Eso he aprendido en este colegio.

—Dios santo —dijo Bob—. Jimmy, estás empezando a asustarme.

—Eso debería asustarte.

Bob se levantó y se dirigió a la puerta del dormitorio de Jim. La ropa estaba desperdigada, los cajones de la cómoda, abiertos, la cama, tan deshecha que se veía parte del colchón. Regresó al salón.

—¿Cuántas semanas faltan para que acabe el semestre?

Jim lo miró con los ojos inyectados en sangre.

—Siete. —Se inclinó hacia delante—. Lo del acoso sexual... no era cierto. Es verdad que mantuvimos relaciones sexuales. Eso es verdad. Pero no lo es que ella me tuviera miedo, que le diera miedo quedarse sin trabajo. Era yo el que tenía miedo.

—¿De qué? —preguntó Bob.

—¿De qué? —Jim se llevó una mano a la cabeza—. ¡De esto! ¡De perder a Helen! Pero no pensé que Adriana andaba tras un millón de dólares. No pensé que me quedaría sin trabajo.

—¿Eso le disteis?

—Le dimos quinientos mil. Todas empiezan pidiendo un millón. Tengo que pagarlo, ¿sabes? Con mis acciones del bufete. —Jim estaba sentado con los brazos pegados a los costados y parecía que tuviera el pecho muy delgado. Movió ligeramente la cabeza para indicar lo que parecía indiferencia—. Vivía en tu edificio de Brooklyn. Es la chica que te daba pena.

—Lo sé. Yo fui el que le sugerí que...

Jim hizo un gesto con la mano.

—Habría acudido a nosotros de todas formas. Buscaba dinero. Solicitó trabajo en todos los bufetes importantes. En fin, resulta que sabía negociar. Eso fue lo que se llevó.

—¿No tenías miedo de quedarte sin trabajo? ¿Nunca se te pasó por la cabeza? ¿Cómo es posible que no se te pasara por la cabeza, Jim? Eres abogado.

—Bobby, me conmueves. Lo digo en serio, no te enfades. Piensas como un niño. Como si las cosas tuvieran que ser coherentes. La gente dice «Qué tontería ha hecho» cuando un congresista intenta ligar con un tío en un urinario público. Pues sí. Claro que sí.

Bob miró en el armario, encontró una maleta y la sacó. Jim no pareció darse cuenta.

—Algunos estamos secretamente enamorados de la destrucción —continuó—. Estoy convencido. ¿Te soy sincero? Desde que me enteré de que Zach había tirado la cabeza de cerdo dentro de la mezquita supe, en el fondo de mi alma, que estaba jodido. «Tu corazón mentiroso te delatará.» No podía sacarme esa canción de la cabeza. Pero, tío, toda mi vida, sobre todo con la metedura de pata de Zach, y con todos mis hijos en la universidad y la casa vacía, y con esa mierda de trabajo sin sentido en el bufete, siempre he pensado: «Soy hombre muerto. Sólo es cuestión de tiempo». —Jim pareció agotado después del discurso. Cerró los ojos y movió una mano con aire cansado—. No he sabido estar a la altura.

—Tienes que irte de aquí, Jimmy.

—Eso ya lo has dicho. ¿Dónde crees que voy a ir?

A Bob le sonó el móvil.

—Susan —dijo. Escuchó. Luego, añadió—: Eso es estupendo. Es maravilloso. Voy para allá. Sí, en serio. Llevaré a Jim. Ahora estoy con él en Wilson. Está fatal, hecho una mierda, así que prepárate. —Cerró el teléfono y se dirigió a su hermano—: Nos vamos a Maine. Nuestro sobrino vuelve a casa. Pasado mañana. Se bajará de un autobús en Portland y los tres estaremos ahí. ¿Lo pillas? La familia.

Jim negó con la cabeza y se restregó la cara.

—¿Sabías que Larry siempre me ha odiado? Le obligaba a quedarse en la casa de colonias cuando él quería volver.

—Ha pasado mucho tiempo, Jim. No te odia.

—El tiempo nunca pasa.

—Dime cómo se llama el presidente de aquí —dijo Bob.

—Es mujer —respondió Jim—. Presidenta. Decana. Como coño se diga.

12

Así fue como los hermanos Burgess pusieron rumbo a Maine desde el norte del estado de Nueva York, por tortuosas carreteras bordeadas de caseríos ruinosos y otros no tan ruinosos, de casas pequeñas y casas grandes, con tres coches delante, o una moto de nieve, o una barca cubierta con una lona. Se detuvieron para poner gasolina y volvieron a la carretera. Conducía Bob. Jim viajaba a su lado, hundido en el asiento. A veces, dormía profundamente o, si no, miraba por la ventanilla.

—¿Piensas en Helen? —le preguntó Bob.

—Siempre. —Jim se puso más derecho—. Y no quiero hablar de eso. —Al cabo de un momento, añadió—: No me puedo creer que esté yendo a Maine.

—Ya lo has dicho varias veces. Es mejor que el cuchitril en el que estabas. Y moverse va bien.

—¿Por qué?

—Por el movimiento del líquido amniótico. Algo así.

Jim volvió a mirar por la ventanilla. Dejaron atrás más campos, gasolineras, pequeños centros comerciales, tiendas de antigüedades; la carretera no se terminaba nunca. A Bob, todas las casas que veían le parecían aisladas, solitarias, y cuando Jim dijo: «Un profesor del Departamento de Alemán me comentó que esto me gustaría porque se parece a Maine», él afirmó que no creía que se pareciera en nada a Maine y Jim añadió: «Yo tampoco».

Cuando entraron en Massachusetts, había nubes bajas y los árboles eran más achaparrados. Circularon entre relajantes campos sin cultivar.

—Jim. ¿Te acuerdas de él?

Su hermano lo miró, como si estuviera lejos de allí.

—¿De quién?

—De nuestro padre. Que está en los Cielos.

Jim cambió de postura y dirigió las piernas hacia Bob. Al cabo de un momento, dijo:

—Me acuerdo de que me llevó a pescar en el hielo. Me dijo que mirara una bolita naranja que flotaba en un circulito de agua rodeado de hielo. Me dijo que, si la bola se hundía, teníamos un pez. Nunca pescamos nada. No me acuerdo de su cara, pero me acuerdo de la bolita naranja.

—¿De qué más te acuerdas?

—A veces, en verano, cuando hacía calor, nos mojaba con la manguera. ¿Te acuerdas de eso?

Bob no lo recordaba.

—A veces cantaba.

—¿Cantaba? ¿Iba borracho?

—Dios santo, no. —Jim miró el techo del coche y negó con la cabeza.

—Sólo un puritano de Nueva Inglaterra pensaría que hay que ir borracho para cantar. No, Bob. Creo que simplemente le gustaba cantar de vez en cuando. Cantaba *Home on the Range*, creo.

—¿Nos gritaba?

—No recuerdo que lo hiciera.

—Entonces, era... ¿Cómo era?

—Creo que se parecía a ti —respondió Jim con aire pensativo. Tenía las manos apresadas bajo las rodillas—. Por supuesto, no sé cómo era. No tengo suficientes recuerdos, pero a menudo pienso, ¿sabes, Bob?, que tú tienes un candor especial, y a menudo pienso que has podido salir a él. —Se quedó un buen rato callado mientras Bob aguardaba. Luego, añadió—: Si Pam hubiera vuelto y te hubiera pedido, te hubiera suplicado, que regresaras con ella, ¿lo habrías hecho?

—Sí. Nunca me lo pidió. Pero no te conviene dejar pasar mucho tiempo.

—Helen está muy enfadada.

—Sí. Está muy enfadada. Es lo lógico.

—Por si no te has dado cuenta —dijo Jim—, nos volvemos insensibles con las personas a las que hacemos daño. Porque no lo soportamos. Literalmente. No soportamos pensar que se lo hemos hecho nosotros. Pensar: «Se lo he hecho yo». Así que nos ponemos a buscar razones para justificarlo. ¿Está Susan al corriente de todo?

—Se lo conté. Después de ver a Helen. Le dije que me iba a Wilson a buscarte.

—A Susan nunca le ha caído bien Helen.

—No le echa la culpa. ¿Quién podría culparla?

—Yo lo he intentado. Tiene porradas de dinero, ¿sabes? De su padre. Lo guarda para nuestros hijos. Así que, si se muriera, no me tocaría nada. Pasaría directo a nuestros hijos. Su padre lo quiso así. —Jim estiró las piernas—. De hecho, es bastante corriente en familias con dinero.

—Exacto.

—Ésa es casi la única acusación que he encontrado contra Helen —dijo Jim—. El hecho de que me repateara defender odiosos delitos de guante blanco no es culpa suya. Lleva años animándome a dejarlo. Sabe que no es lo que me gusta. Y no quiero hablar de esto. Una cosa más, creo que la noche que pasé con la *coach* personal la destrozó.

—Jim. Si tienes algún otro lío de faldas no lo confieses. Es mi consejo, ¿vale?

—¿Qué voy a hacer, Bob? No tengo familia.

—Tienes familia —dijo Bob—. Tienes una mujer que te odia. Unos hijos que están furiosos contigo. Unos hermanos que te sacan de quicio. Y un sobrino que antes era rarito pero que, al final, resulta que no lo es tanto. Eso es la familia.

Jim se quedó dormido, con el mentón casi apoyado en el pecho.

Susan salió a recibirlos cuando aparcaron delante de la casa. Abrazó a Jim con una ternura que Bob no sabía que tuviera.

—Vamos adentro —le dijo—. Esta noche dormiré en el sofá y tú te quedarás en mi habitación. Tienes que ducharte y afeitarte. Y he preparado cena.

Susan los dirigía de un modo que sorprendió a Bob. Intentó llamar la atención de Jim, pero él sólo pareció aturdido mientras Susan le buscaba toallas y una de las viejas maquinillas de Zach. Bob dormiría en el cuarto de Zach, y Susan lo mandó allí con el equipaje. Cuando oyó el agua de la ducha, Bob dijo:

—Ahora vuelvo. Voy a dar una vuelta.

Margaret Estaver estaba delante de su templo, conversando con un hombre alto de piel oscura. Bob aparcó junto a la acera, bajó del coche, vio cómo se le iluminaba la cara mientras se acercaba a ella. Margaret dijo algo al hombre, que saludó a Bob con la cabeza. Cuando estuvo más cerca, a Bob le resultó ligeramente familiar.

—Te presento a Abdikarim Ahmed —dijo Margaret, y el hombre le ofreció la mano.

—Un placer, un placer —dijo. Tenía los ojos oscuros, inteligentes; cuando sonrió, enseñó una dentadura desigual y manchada.

—¿Qué sabéis de Zachary? —preguntó Margaret. Bob lanzó una mirada a Abdikarim; quizá fuera uno de los hombres que habían declarado en la vista de Zach; no estaba seguro.

—¿Está bien? —preguntó el hombre—. ¿Con su padre? ¿Volverá? Ahora puede volver, creo.

—Vuelve mañana —respondió Bob. Y añadió—: Pero no se preocupe. Se ha enmendado. Se porta mejor. —Dijo la última frase en voz muy alta, que era como la gente hablaba a los extranjeros o a los sordos, advirtió. Margaret puso los ojos en blanco.

—Vuelve a casa —dijo el hombre, y pareció alegrarse—. Muy bien, muy bien. —Volvió a estrecharle la mano—. Un placer. Espero que el chico esté bien. —Asintió y se alejó.

Cuando Abdikarim no pudo oírlos, Margaret dijo:

—Ha intercedido por Zach.

—¿Ese hombre?

Bob la siguió a su despacho. Siempre recordaría cómo había encendido una lámpara y la habitación se había inundado de luz mientras, fuera, la oscuridad otoñal caía contra las ventanas. Jamás sabría identificar el momento exacto (aunque podría haber sido aquél, con la luz de la lámpara impregnada de la calidez de Abdikarim e incluso de Shirley Falls) en el que supo que su futuro sería con ella. No hablaron mucho rato, ni tampoco hablaron de ellos. Margaret le deseó suerte con Jim y con la llegada de Zachary. Bob le prometió que la mantendría informada y ella dijo «Bien» y no lo acompañó al coche.

—Está hecho polvo —murmuró su hermana, y le señaló el salón con la cabeza—. La ha llamado tres veces y ella no le coge el teléfono. Pero Zach acaba de enviar un correo diciendo que está entusiasmadísimo y que le hace una ilusión tremenda que vayáis a recogerlo. Al menos hay algo bueno.

Bob entró en el salón y se sentó enfrente de Jim.

—Esto es lo que vas a hacer —le dijo—. Irás a Park Slope y dormirás en la puerta hasta que te deje entrar.

—Llamará a la policía. —Jim tenía el mentón apoyado en el puño y los ojos clavados en la alfombra.

—Que llame. Sigue siendo tu casa, ¿no?

—Conseguirá una orden de alejamiento.

—No le has pegado, ¿no? Jesús.

Jim despegó los ojos de la alfombra y lo miró.

—Vamos, Bob. No. Ni tampoco le he tirado nunca la ropa por la ventana, joder.

—Vale —dijo Bob—. Vale.

Por la mañana, la señora Drinkwater se quedó escuchando a hurtadillas en lo alto de la escalera. «Caramba», articuló en silencio, porque la conversación no cesaba mientras aquellos tres chiquillos (los consideraba chiquillos, oía el tono cantarín de sus voces, sobre todo el de Susan, como si estar sin sus cónyuges o hijos los hubiera devuelto a la infancia) hablaban sobre el futuro de Zachary (puede que fuera a la universidad), la crisis de Jim (lo había fastidiado todo, según parecía; sólo una hija seguía hablándole) y la vida de la propia Susan (a lo mejor se apuntaba a clases de pintura una noche a la semana; eso fue lo que más la sorprendió: no tenía la menor idea de que Susan quisiera pintar).

Alguien corrió una silla en la cocina y la señora Drinkwater casi se dio la vuelta para regresar a su habitación, pero entonces abrieron el grifo del fregadero, volvieron a cerrarlo y se pusieron de nuevo a charlar. Bob explicó a Susan que un compañero del trabajo conocía a una mujer que era de familia humilde y siempre había comprado la ropa en K-Mart. Luego, se había casado con un hombre muy rico y aún seguía, después de llevar un montón de años casada con un hombre rico, comprándose la ropa en K-Mart.

—¿Por qué? —preguntó Susan, y la señora Drinkwater se hizo la misma pregunta.

—Porque es lo conocido —respondió Bob.

—Yo me compraría ropa bonita si estuviera casada con un hombre rico —arguyó Susan.

—Eso piensas —dijo su hermano—. Pero a lo mejor no.

Se quedaron callados el tiempo suficiente para que la señora Drinkwater se planteara retirarse. Entonces oyó la voz de Susan.

—Jimmy, ¿quieres recuperar a Helen? Porque, cuando Steve se marchó, mis amigos me dijeron lo que se dice siempre: «Estás mejor sin él», ese tipo de cosas. Pero, por muchos fallos que me empeñara en encontrarle, le habría dejado volver. Ojalá hubiera vuelto. Así que, si quieres recuperar a Helen, creo que tendrías que suplicarle.

—Yo también lo creo.

La señora Drinkwater casi se cayó por la escalera de tanto inclinarse hacia delante. Quería gritar: «¡Yo también pienso que tendrías que suplicarle!», pero la discreción se lo impidió. Aquel momento era sólo de ellos.

—Helen no te cae bien —dijo Jim.

—No hagas eso —respondió Susan—. Helen está bien. No la tomes conmigo. A lo mejor no estabas del todo cómodo casado con una estadounidense de pura cepa y rica, pero eso no es culpa de Helen. —Susan añadió—: Me pasé mucho tiempo sin saber que yo también lo era.

—¿Cuándo te enteraste? —Era la voz de Bob.

—A los veinte años.

—¿Qué pasó cuando tenías veinte años?

—Salí con un judío.

—¿Ah, sí? —Era la voz de Jim.

—No sabía que era judío.

—Ah, bueno. Gracias a Dios. Estás perdonada.

La señora Drinkwater pensó que Jim había sido sarcástico; Jim le caía bien. Le había caído bien hacía años, cuando lo veía en televisión todas las noches.

—¿Cómo te enteraste de que era judío? —preguntó Bob.

—Él sacó el tema. Me habló de que alguien lo veía únicamente como a un judío y pensé: «Ah, debe de ser judío». No me importó. ¿Por qué tenía que importarme? Pero entonces empezó a llamarme Muffy. Yo le pregunté: «¿Por qué me llamas Muffy?», y él respondió: «Porque las estadounidenses de pura cepa se llaman así». Ahí me di cuenta.

—¿Qué fue de él? —preguntó Bob.

—Se graduó. Volvió a Massachusetts, era de allí. Al año siguiente, conocí a Steve.

—Susie tiene un pasado —dijo Jim—. Quién lo iba a imaginar.

Corrieron otra silla, comenzaron a apilar los platos.

—Chicos, estoy tan nerviosa que tengo ganas de vomitar. ¿Y si Zach no quiere saber nada de mí cuando me vea?

—Zach te quiere. Vuelve a casa. —Había sido la voz de Bob, y la señora Drinkwater regresó a su habitación.

13

Estaban sentados en la estación de autobuses de Portland, que no era la estación de autobuses de su juventud, sino una más nueva, construida en mitad de lo que parecía un vasto aparcamiento. Al otro lado de los ventanales se veían algunos taxistas sentados en sus coches (no amarillos) que esperaban la llegada de los autobuses.

—¿Por qué no ha cogido Zach un autobús a Shirley Falls? —preguntó Jim. Estaba hundido en la silla de plástico, sin mirar alrededor.

—Porque habría tenido que cambiar de autobús aquí y esperar varias horas, y el autobús que va a Shirley Falls llega tardísimo —respondió Susan—. Así que me ofrecí a recogerlo.

—Claro que sí —dijo Bob. Estaba pensando en Margaret. En cómo le contaría todo aquello—. Susie, no te asustes si está raro y no te da un abrazo. Probablemente, ahora se siente muy adulto. Yo espero un apretón de manos. Así que no te lleves una decepción. Sólo digo eso.

—Ya he pensado en todo eso —convino Susan.

Bob se levantó.

—Voy a comprarme un café en esa máquina de ahí. ¿Queréis algo?

—No, gracias —dijo Susan.

Jim no respondió.

Si uno u otro lo vio ir a la taquilla, ninguno lo comentó. Había autobuses que iban a Boston, Nueva York, Washington y también Bangor. Bob regresó con un café.

—¿Habéis visto a los taxistas? Hay un par de somalíes. En Minneapolis, a algunos no los contrataban porque no querían llevar a gente que toma alcohol.

—¿Cómo van a saber si una persona ha bebido? —preguntó Susan—. ¿Y qué más les da? Si están tan desesperados por trabajar.

—Susie, Susie. Guárdate esas opiniones para ti. Tu hijo ha podido volver a casa gracias a un tal Abdikarim. —Bob enarcó las cejas y asintió—. En serio. El hombre que declaró en la vista. Es muy respetado en la comunidad somalí. Se interesó mucho por Zach, intercedió por él con los ancianos. Si no lo hubiera hecho, el fiscal del distrito probablemente no habría archivado el caso y ahora os esperaría un juicio. Hablé con él ayer.

Susan no lograba entenderlo. Miró a Bob con el entrecejo fruncido.

—¿Ese somalí hizo eso? ¿Por qué?

—Te lo acabo de decir. Zach le cayó bien. Le recuerda al hijo que perdió hace muchos años, en su país.

—No sé qué decir.

Bob se encogió de hombros.

—Bueno, ya sabes. Tenlo presente. Y, más adelante, tendremos que enseñar mejores modales a Zach.

Jim no abrió la boca durante toda la conversación. Cuando se levantó, Susan le preguntó adónde iba.

—Al baño. Si te parece bien.

Jim cruzó la estación, encorvado y flaco. Susan y Bob lo observaron.

—Me tiene preocupadísima —dijo ella, sin despegar los ojos de la espalda de su hermano.

—¿Sabes?, Susan... —Bob dejó el café en el suelo junto a los pies—. Jim me dijo que lo hizo él. Que no lo hice yo.

Susan esperó, con los ojos clavados en él.

—¿Hacer qué? ¿Eso? ¿En serio? Uf, vaya. Pero claro que no fue él. No crees que sea verdad, ¿no?

—Creo que nunca lo sabremos.

—Pero ¿él cree que sí lo fue?

—Eso parece.

—¿Cuándo te lo dijo?

—Cuando Zach desapareció.

Vieron que Jim regresaba del baño. No parecía el hombre alto que siempre había sido. Estaba avejentado y demacrado con aquel abrigo largo.

—¿Hablabais de mí? —Se sentó entre los dos.

—Sí —respondieron al unísono.

Anunciaron por megafonía que los viajeros ya podían subir al autobús que se dirigía a la ciudad de Nueva York. Los gemelos se miraron y se volvieron hacia Jim. Él crispó la mandíbula.

—Sube al autobús, Jimmy —dijo Susan con dulzura.

—No tengo billete. No tengo mis cosas, y la cola es demasiado...

—Sube al autobús, Jim. —Bob le enseñó el billete—. Ve. Dejaré el móvil encendido. Ve.

Jim siguió sentado.

Susan le pasó la mano por debajo del codo y Bob lo cogió por el otro brazo; se levantaron los tres. Como si llevaran a un prisionero, lo acompañaron hasta la puerta.

Susan, al verlo dirigirse al autobús que esperaba fuera sintió, de pronto, una punzada de angustia, como si Zach estuviera abandonándola otra vez.

Jim se volvió.

—Saludad a mi sobrino de mi parte —dijo—. Decidle que me alegro de que haya vuelto.

Se quedaron mientras él subía al autobús. No lo vieron detrás de las ventanillas tintadas. Esperaron hasta que el autobús se alejó y regresaron a las sillas de plástico. Por fin, Bob dijo:

—¿Estás segura de que no te apetece un café?

Susan negó con la cabeza.

—¿Cuánto falta? —preguntó Bob, y Susan respondió que diez minutos. Bob le tocó la rodilla—. No te preocupes por Jim. Nos tiene a nosotros, si hace falta. —Y Susan asintió. Bob sabía que probablemente ya no volverían a hablar de la muerte de su padre. Los hechos no importaban. Importaban sus historias, y cada uno tenía la suya.

—Ahí está. —Susan le dio un golpe en el brazo.

Al otro lado del cristal, vieron que el autobús entraba en el aparcamiento como una mansa oruga gigante. La espera junto a la puerta fue interminable y, después, rápida porque, de repente, Zachary estaba allí: con el pelo casi tapándole los ojos, alto, sonriendo con timidez, Zach.

—Hola, mamá. —Bob se apartó mientras su hermana abrazaba a su hijo y ambos permanecían un buen rato así, balanceándose un poco de un lado a otro. La gente los sorteó con educación y algunas personas sonrieron al pasar. Luego, Zach abrazó a Bob y él percibió la robustez de su sobrino. Cuando se separaron, lo cogió por los hombros y le dijo:

—Estás increíble.

Por supuesto, Zach no había cambiado tanto. Tenía unos pocos granitos cerca del nacimiento del pelo, visibles cada vez que se lo apartaba de la frente, un gesto que repetía continuamente. Y, aunque había engordado, aún tenía un aire desgarbado. Lo que había cambiado era la emoción que expresaba su rostro.

—Muy raro, tío. Superraro. Rarísimo —repitió camino del coche. Con lo que Bob no contaba, ni probablemente tampoco Susan, era con el hecho de que hablara. Y hablara. Les habló de que en Suecia pagaban muchos impuestos (se lo había explicado su padre), aunque, por otra parte, tenían todo lo que querían. Hospitales, médicos, parques de bomberos perfectos, calles limpias. Les habló de que los suecos vivían más cerca entre ellos y cuidaban más unos de otros que allí. Les habló de lo guapas que eran las chicas, «alucinarías, tío Bob». Chicas impresionantes por todas partes. Al principio, se sentía como un inútil, pero siempre eran simpáticas con él. ¿Estaba hablando demasiado?, preguntó.

—Santo Cielo, no —respondió Susan.

Pero la casa le hizo vacilar. Bob se dio cuenta. Zach rascó la cabeza a la perra, miró alrededor y dijo:

—Está todo igual. Pero distinto.

—Lo sé —convino Susan. Se apoyó en una silla—. No estás obligado a quedarte, cariño. Puedes volver a Suecia cuando quieras.

Zach se pasó la mano por el pelo, le dirigió su sonrisa bonachona.

—Quiero estar aquí. Sólo digo que es raro.

—Bueno, no puedes quedarte aquí para siempre —objetó Susan—. No sería normal. Y ningún joven se queda ya en Maine. No hay trabajo.

—Susie —dijo Bob—. Estás un poco ceniza, ¿no? Si Zach estudia medicina geriátrica, aquí tiene trabajo para rato.

—Eh, ¿qué le ha pasado al tío Jim?

—Está liado —respondió Bob—. Muy liado, esperamos.

En la costa este ya hacía horas que había anochecido. El sol se había puesto primero en la ciudad costera de Lubec, Maine, después en el pueblo de Shirley Falls y, luego, con rapidez, en todo el resto de la costa: Massachusetts, Connecticut, Nueva York. Ya hacía horas que era de noche cuando el autobús que llevaba a Jim Burgess paró en la enorme terminal de autobuses de Port Authority y él contempló el puente de Brooklyn desde la ventanilla de un taxi. Abdikarim había terminado el último rezo del día y estaba pensado en Bob Burgess, que debía de estar en casa con el chico de ojos oscuros, el chico que, de hecho, acababa de decirle a su madre: «Oye, tenemos que pintar este cuarto». Bob había bajado para dejar salir a la perra y se había quedado en el porche. Hacía frío y el cielo no tenía luna ni estrellas. Era increíble lo oscuro que estaba todo. Pensó en Margaret, con asombro, y con un corazón sabedor de su destino. Nunca en su vida había imaginado que regresaría a Maine. Por un momento, la idea le estremeció: llevar jerséis recios día tras día, sacudirse la nieve de las botas, entrar en habitaciones frías. Había huido de aquello, y Jim también. Y, no obstante, lo que le deparaba el futuro no le parecía extraño, y así era la vida, pensó. Sobre Jim no tuvo pensamientos, sólo una arrolladora sensación tan vasta como el cielo nocturno. Llamó a la perra y entró. Cuando se quedó dormido en el sofá de Susan, tenía el teléfono en las manos (no lo soltó en toda la noche), puesto en modo vibración, por si Jim lo necesitaba. Pero el aparato permaneció inmóvil y apagado, y todavía lo estaba cuando los primeros pálidos rayos de sol se colaron sin piedad por debajo de las persianas.

AGRADECIMIENTOS

La autora quiere dar las gracias a las siguientes personas, que fueron de mucha ayuda para escribir este libro: Kathy Chamberlain, Molly Friedrich, Susan Kamil, Lucy Carson, Benjamin Dreyer, Jim Howaniec, Ellen Crosby, Trish Riley y Peter Schwindt, y Jonathan Strout, así como a los muchos, muchos, que han sido tan generosos con su tiempo, y que han ayudado a que haya más conocimiento y se comprenda mejor a la población inmigrante.

ÍNDICE